KB268680

마르키타 공주를 구하라

마르키타 공주를
구하라

마르키타 공주를 구하라

다그뉘 라셴 글 | 함미라 옮김

느림보

제1부

1

봄이 시작되었지만 샌드비켄의 날씨는 여전히 얼음장 같았다. 날은 어두컴컴했다. 그러나 마르키타의 성은 환했다. 옛날부터 방적실에서 길러 온 반딧불이 덕분이었다. 열여덟 살의 마르키타는 공주다. 에릭은 푸른색 스웨터를 입고 학교로 향했다. 마르키타는 비스랜드를 다스려야 한다. 에릭은 샌드비켄의 불 켜진 건물 앞에 앉아 있다. 에릭은 어디를 가든 《마르키타 공주를 구하라》를 지니고 다녔다. 이른 아침부터 늦은 밤까지, 펼쳐져 있건 덮여 있건, 그 책은 한시도 에릭의 곁을 떠나지 않았다.

그러나 그날 오후만큼은 마르키타의 이야기에 빠져들 수가 없었다. 곧 자신의 이야기가 시작되었기 때문이다. 에릭은 아빠를 기다리고 있었다. 아빠가 곧 모퉁이를 돌아 에릭에게 다가올 것이다.

하지만 모퉁이를 돌아온 건 불을 뿜는 악마였다. 날아다니는 악마. 물론 그건 얼떨결에 잘못 본 거지만. 에릭 앞에 나타난 건 롤러스케이트를 탄 빨강머리 여자아이였다. 얼마나 빠르고 대담하게 커브를 틀었는지 에릭은 그 아이가 피겨스케이팅 선수이거나 그에 버금가는 재주를 지녔다고 생각했다. 쏜살같이 지나가느라 바닥에 놓인 에릭의 책가방을 보지 못했는지, 아이는 가방에 걸려 양팔을 허우적거리다가 오던 속력 그대로 넘어지면서 양손으로 바닥을 짚었다.

에릭은 온몸이 돌처럼 굳었다. 길 한가운데다 책가방을 놔두는 멍청이가 어디에 있겠는가?

"어떤 멍청이가 길 한가운데 책가방을 놔둔 거야?"

여자아이가 소리를 질렀다.

에릭은 가방을 치워 주고 싶었지만 움직일 수가 없었다.

"아팠니?"

에릭이 얼른 물었다.

"나는 괜찮아."

여자아이는 어느새 일어나 있었다. 나이는 에릭보다 많아 보였지만 몸집이 작고 귀여웠다.

"넌 누구니? 처음 보는 것 같은데."

"에릭이라고 해. 이사 온 지 얼마 안 됐거든."

여자아이가 에릭 앞으로 휙 다가오더니 다리를 벌리고 멈춰 섰다.

"잘 들어, 에릭. 여긴 내 구역이야. 문제를 일으킬 생각이 아니라면 내 구역에 뭘 놓아두는 사람은 없거든."

"알았어."

에릭이 고개를 끄덕였다.

"너도 탈 줄 아니?"

여자아이가 롤러스케이트를 가리키며 물었다.

"타 보려고 했지…… 옛날엔."

“지금이라도 타 보지 그러니? 난 트롤라라고 해. 무슨 책을 읽는 거야?”

트롤라가 옆으로 와 앉았다.

“트롤라? 그런 이름도 다 있니?”

에릭이 웃으며 말했다.

트롤라는 벌떡 일어나더니 겁을 주듯 무섭게 회전했다.

“난 말이야, 내가 다니는 길에 물건 따위를 놔두는 사람도 싫어하지만, 내 이름이 웃기다고 생각하는 사람은 더더욱 싫어하거든!”

트롤라가 에릭의 책 쪽으로 손을 뻗었다.

“뭘 읽고 있는지 좀 보자!”

에릭은 책을 품에 꼭 안았다. 트롤라가 더욱 힘을 주어 책을 잡아당겼다. 에릭이 두 손으로 책을 움켜쥐었다.

“이건…… 내…… 거야!”

에릭은 있는 힘껏 소리쳤다.

연약해 보이는 겉모습과 달리 트롤라는 힘이 정말 셌다. 한쪽 발을 벤치에 대고 잡아당기는데도 에릭이 책을 놓지 않자, 트롤라는 온몸이 딸려올 정도로 에릭을 잡아끌었다.

에릭은 잠시 일어섰다가 그대로 바닥으로 쓰러졌다. 바닥엔 책가방이 아직 그대로 놓여 있었다. 트롤라는 의기양양한 표정으로 책을 들고 있었다.

“엄살 부리지 마.”

트롤라가 길바닥에 누워 있는 에릭을 보며 말했다.

“엄살 부리는 거 아니야. 난 소아마비란 말이야.”

에릭이 씩씩거렸다.

트롤라는 당황스러웠다. 소아마비가 무슨 뜻인지도 몰랐거니와 팔 힘에 의지해서 벤치에 오르는 사람은 처음 보았기 때문이다.

"그런데 너 '소아'라는 말을 들을 나이는 지나지 않았니?"

"그냥 소아마비라고 부르는 거야."

에릭이 짜증을 내며 말했다. 지나가던 사람들이 여기저기서 뒤를 돌아보았다.

"좋아, 그렇다면 내가 도와줄게."

트롤라는 책을 옆에다 놓고 에릭을 부축하여 벤치에 앉혀 주었다.

"무슨 일이냐?!"

트롤라의 귀에 신경질적인 목소리가 들렸다.

아노락(모자가 달려 있는 방한용 외투-옮긴이)을 입은 남자가 휠체어를 밀며 서둘러 벤치로 다가왔다.

"넘어졌니?"

남자의 눈이 슬퍼 보였다. 남자는 나이든 얼굴을 한 소년 같은 인상이었다.

"넘어졌다고 하긴 좀 그래요."

에릭이 대답했다. 에릭의 아빠는 새 휠체어를 가지러 병원에 갔다 오는 길이었다. 트론드스톨-비거르트 표 휠체어였다.

"애는 트롤라예요. 트롤라, 우리 아빠야."

에릭은 두 사람이 뜸을 들이다 마지못해 악수하는 모습을 물끄러미 바라보았다.

"책 잃어버릴라."

아빠가 에릭의 무릎 위에 책을 올려놓았다.

"책 내용이 궁금하면 우리 집으로 와!"

에릭이 소리쳤다. 에릭의 아빠는 벌써 휠체어를 밀고 차도로 내려서고 있었다.

트롤라가 에릭의 집에 찾아온 건 사흘 뒤였다. 문을 열어 준 건 에릭이 아니라 에릭의 누나, 깔보기 대장 지그리트였다.

"무슨 일이니?"

지그리트는 이어폰을 빼면서 신경질적으로 물었다.

"에릭을 좀 만나고 싶어서요."

"그래? 그러고 싶은 거로구나."

지그리트는 누군가 불쑥 찾아와 무엇을 하고 싶다고 말하는 상황이 익숙하지 않았다.

"에릭 있어요?"

트롤라는 지그리트의 쌀쌀맞은 말투가 마음에 들지 않았다.

지그리트가 트롤라를 뚫어지게 바라보았다.

"걔한테 무슨 볼일이 있는데?"

트롤라는 뭐라고 대답해야 할지 난감했다. 지난 며칠 동안 휠체어에 앉은 남자애가 왜 그렇게 자주 생각났던 걸까? 자기가 좋아하는 달리기나 점프 같은 걸 할 수 없다는 것이 트롤라로서는 상상도 할 수 없는 일이기 때문이었을까?

"전 에릭의 여자 친구예요."

이렇게 말하면서 트롤라는 지그리트를 지나쳐 갔다.

꼬맹이 남동생에게 빨강머리 여자 친구가 있었다니! 지그리트는 기가 막혀 입을 다물지 못한 채 그 자리에 그대로 서 있었다.

트롤라는 여태 이렇게 생긴 집은 한 번도 본 적이 없었다. 통나무 천장에 거실 한가운데에는 들보가 길게 가로질러 있었고, 올라가는 곳마다 휠체어를 위한 램프가 있었다. 에릭의 아빠가 아들이 편하게 다닐 수 있도록 샌드비켄의 변두리에 있는 창고를 개조하여 만든 집이었다. 스르륵하는 소리와 끼익거리는 소리가 들리더니, 어느새 휠체어가 모퉁이를 돌아 나왔다.

"어, 트롤라!"

에릭은 자기가 왜 그렇게 반가워하는지 알 수 없었다.

"너 주려고 뭘 좀 가져왔어!"

트롤라가 가방에서 만화책을 꺼내 에릭에게 던졌다.

에릭은 한 손으로 브레이크를 잡고, 다른 한 손으로 간신히 만화책을 잡았다.

지그리트는 동생이 여자 아이와 방으로 사라지는 걸 보면서 맹랑하다는 생각이 들었다.

"하루 종일 뭘 하고 지내니?"

트롤라가 소파에 몸을 던지며 물었다. 뒤이어 트롤라의 눈길이 여러 장의 포스터 위로 미끄러졌다. 눈 덮인 풍경, 순록들과 북극곰, 에스키모 등의 그림이었다.

에릭이 이야기를 시작했다. 에릭은 오래 앓지는 않았다고 했다. 병은 불현듯 찾아왔다가 다시 가 버린 것 같다고 했다. 에릭의 이야기는 얼마 전에 엄마가 사라진 것으로 끝을 맺었다.

"뭐라고? 엄마가?"

트롤라는 무슨 말인지 이해가 되지 않았다.

에릭의 아빠는 원래 오슬로에서 직장을 다녔다. 그런데 어느 수요일 오후 에릭의 엄마 인베아가 사라졌다. 단순히 주말을 보내려고 친구 집에 가거나 부부싸움 끝에 집을 나간 게 아니라 진짜로 사라진 것이다. 석 달 동안이나 찾아보았지만 경찰도 아빠도 엄마의 흔적조차 발견하지 못했다. 결국 아내도 없이 오슬로에서 지내는 게 힘들었던 아빠는 샌드비켄으로 근무지를 옮겼다.

트롤라는 못 믿겠다는 표정이었다. 생각해 보니 트롤라의 엄마는 늘 집에 있었다. 트롤라는 자기도 모르게 '난 엄마가 가끔씩 사라져 준다면 정말 좋을 것 같은데'라고 말해 버렸다. 하지만 그 말이 에릭의 마음을 아프게 한 걸 눈치채고는 얼른 얼버무려 말했다.

"틀림없이 곧 돌아오실 거야."

하지만 에릭은 어린애가 아니었다. 트롤라는 좀 더 수준 높은 이야기로 화제를 돌려야겠다고 생각했다.

"대체 무슨 얘기가 쓰여 있기에 그 책을 그렇게 끼고 다니니?"

이 말이 끝나기가 무섭게 에릭의 두 귀가 새빨갛게 달아올랐다. 에릭에게 그 책은 무엇과도 비교할 수 없는 소중한 책이었다. 엄마가 사라지기 며칠 전에 준 책이었으니까. 에릭은 짐짓 의식을 치르듯 책상 위에 책을 올려놓았다. 이 책에는 전설에나 나올 법한 흥미진진하고 스케일이 큰 모험담이 담겨 있다. 무너지는 빙하와 얼음해적, 썰매 경주 등 공주를 둘러싸고 벌어지는 이야기들. 이야기는 시종일관 북극에 맞닿을 정도로 머나 먼 북쪽 나라를 배경으로 전개

된다.

"시작 부분을 좀 읽어 줄까?!"

에릭이 첫 페이지를 펼쳐 들었다.

"읽어 준다고?"

트롤라는 북극이건 어디건 공주 이야기에는 전혀 관심이 없었다. 오후 시간이 몽땅 날아갈 수도 있었다! 하지만 에릭은 이미 천장 불을 끈 뒤 휠체어를 끌고 독서용 전등 아래로 가 있었다. 에릭은 첫 번째 줄에 손가락을 올려놓고 책을 읽기 시작했다.

마르키타 공주를 구하라

제1장
북극곰

보르데 왕은 네 번이나 임종침상에 누웠다. 비스랜드 국민 신문은 네 번이나 왕의 부고를 1면에 실었다. 비스랜드의 대주교 역시 벌써 네 번째로 삼중관(교황이 머리에 착용하는 교황 전용 장식관으로 교황의 직권을 상징한다. 삼층관이라고도 한다-옮긴이)과 보라색 수술이 달린 장례 예복을 준비시켰다. 그러나 늙은 익살꾼 보르데 왕은 네 번 모두 보란 듯이 임종침상에서 다시 일어났고, 평소 가장 즐기는 고래콩팥을 곁들인 토스트를 내오라고 명령했다. 그러니 비스랜드 사람들이 왕의 서거를 진지하게 받아들이지 않는 건 당연한 결과였다.

모든 관심이 왕위계승자이자 비스랜드 전국 컬링(얼음판에서 둥글고 납작한 돌을 미끄러뜨려 과녁에 넣어 득점하는 빙상경기-옮긴이) 대회 챔피언인 18세의 마르키타 공주에게 향했다. 그녀는 기개 있는 미인이었다. 날씬하고 큰 키에 머리카락은 강철같이 검었고, 두 눈은 빈데고르 빙하처럼 연한 푸른빛을 띠었다. 마르키타를 보고 있으면 왕실에 에스키모의 피가 흐르고 있다는 걸 단번에 알 수 있었다. 목소리는 힘이 있었고, 신발 크기는 41호였으며, 비스랜드에서 내로라하는 장사들을 상대로 경합을 벌여도 뒤지지 않을 정도였다.

실제로 경합을 벌여도 예상을 벗어난 적이 없었다. 마르키타는 대부분의 시간을 그렇게 보냈다. 아버지가 돌아가시려면 아직 시간이 남았다는 걸 깨닫자 그녀는 다시 트레이닝을 시작했다. 아침에 눈을 뜨면 발코니로 뛰어가 눈보라 속에서 100번씩 팔굽혀펴기를 했고 해가 뜨기 전까지 1000미터 스피드스케이팅을 완주했다. 아침식사를 하고 난 뒤엔 왕실전용 하우스베르크(일반적으로 도시 근교의 사람들이 자주 오르는 낮은 산을 의미하지만, 스키 선수들 사이에선 집에서 가까워 연습장으로 이용되는 산을 일컫는다-옮긴이)인 빈데고르에서 슬랄롬(경사진 내리막 코스에 여러 개의 깃대를 세워 놓고 지그재그로 내려오는 활강경기-옮긴이)과 살인적일 만큼 힘든 자유활강 스키를 탔다. 최고의 스키선수들과 겨루기 위해서였다. 스키복을 입은 채 점심식사를 했고, 식사를 하는 동안 대공 브외레고르의 잔소리를 들으며 우편물을 읽었다. 라이프 군나르 프레데릭 브외레고르 대공이 정식 호칭인 그는 마르키타가 기억하는 한 줄곧 비스랜드의 수상이었다. 그는 왕의 상임고문이며 집권당인 왕정당의 당수이기도 했다. 브외레고르는 사람들의 입에 가장 많이 오르내리는 인물이었다. 그는 항상 비서관인 땀범벅 프래드햄과 함께 다녔는데, 프래드햄은 나이는 젊지만 머리카락이 한 올도 없는 대머리였다.

대공은 마르키타가 운동 실력은 뛰어나지만 공주로서의 의무에 소홀한 점이 늘 못마땅했다. 공주를 알현할 때마다 그는 이런 심경을 드러냈다. '전하, 스키로 인해 많이 피곤하지 않으시다면 순록세금 건에 대해 말씀드려도 될런지요' 라던가, '전하, 트라이애슬론에서 승리하신 걸 축하드립니다. 하지만 고래포획법이 연기되게 생겼습니다' 하는 식으로.

마르키타는 하품을 하며 브외레고르의 말을 들었고 비서가 제출한 서류에 서명을 했다. 두 사람이 밖으로 나가기가 무섭게 마르키타는 왕실전용 봅슬레이 경기장으로 향했다. 그곳에는 벌써 다른 선수들이 기다리고 있었다. 여름을 제외하곤 늘 그랬다.

비스랜드의 여름은 8월 8일부터 13일까지 엿새 동안 이어진다. 그나마 날씨가 좋을 경우에만. 비스랜드 사람들이 원 없이 여름휴가를 보낼 수 있도록 비스랜드의 공휴일은 전부 이 기간에 몰려 있다.

어두워지면 마르키타는 반딧불이를 투입해 수천 개의 점들이 반짝이는 가운데 '보르데 왕 기념도약대'에서 스키점프를 했다. 이 경기를 보려고 수많은 사람들이 모여들었다. 공주의 스키점프를 구경하는 건 거의 관례가 되어 있었다. 사람들은 차단막대에 붙어 서서 훈제고래껍데기를 안주 삼아 올라치주를 마시며 이 광경을 지켜봤다. 마르키타가 챔피언다운 솜씨로 능숙하게 착지를 하면 박수갈채가 쏟아져 나왔다. 그런 뒤 사람들은 나라 안의 모든 일이 잘 돌아가고 있다고 여기며 집으로 향했다.

아마도 그래서였을 것이다. 브리게스터의 소수정당으로 사람들이 점점 몰려들고 있는데도 그 사실에 주의를 기울이는 사람이 거의 없었던 것은. 처음에 그들은 이글루나 눈집에 사는 사람들, 얼음낚시꾼이나 고래잡이 어부들을 중심으로 세력을 넓혔고, 나중에는 썰매 제작공과 가죽상인, 얼음조각가들을 통해 소도시를 장악해 나갔다. 그 끝은 아무도 예측할 수 없었다.

스키점프를 마친 마르키타는 사냥터로 갔다. 속도감을 즐기는 마르키타는 날쌔고 민첩하게 움직이는 생물을 보면 감탄했다. 그녀는 동물을 사랑했다. 하지만 아쉽게도 비스랜드에는 동물이 많지 않았다. 북극곰과 북극늑대, 순록, 고집 센 윙그나콕센, 북극여우, 고리무늬물범과 흰띠박이물범, 흰 담비 그리고 400여종의 모기가 전부였다. 마르키타가 가장 미더워하고 사랑하는 동물은 썰매개였다.

왕실 썰매의 고삐를 팽팽하게 잡아당기며 열다섯 마리의

개가 부채꼴로 흩어져 꽁꽁 언 바다 위를 달리는 것, 그것 이상으로 그녀를 매료시키는 것은 없었다. 흩날리는 눈보라를 가르며 공주는 환호성을 질렀다. 위험을 무릅쓰고 빈데고르의 빙하 틈새까지 갔다가 썰매가 눈구덩이에 빠져서 개들과 함께 눈을 파헤쳐 끌어낸 적도 있었다.

그중에서도 마르키타가 가장 좋아하는 녀석은 리드 독(썰매개들의 맨 앞에 서서 썰매개들을 이끌고 속도를 조절해 주는 개-옮긴이) 이주크였다. 이주크의 어미가 물린 상처 때문에 죽은 뒤로 마르키타는 젖병으로 녀석을 키웠다. 이주크는 푸른빛이 감도는 회색 털에 신비스런 눈을 가진 수컷 개였다.

"이주크?"

에릭은 트롤라의 말에 소스라치게 놀랐다. 방에 다른 사람이 있다는 걸 까맣게 잊고 있었다.

트롤라는 예전부터 개를 키우고 싶었다. 그러나 부모님의 대답은 항상 똑같았다. '우리 집은 너무 좁단다.'

"계속해."

트롤라가 몸을 동그랗게 구부리고 앉으며 말했다.

"뜨거운 레몬차 마실래?"

에릭이 물었다.

"아니, 나중에. 계속 읽어 봐."

에릭은 책장을 넘겼다.

"마르키타는 잘생긴 썰매개를 40마리도 넘게 갖고 있었다."

마르키타는 잘생긴 썰매개를 40마리도 넘게 갖고 있었다. 강아지 전용 사육장도 있었다. 작은 털실뭉치 같은 강아지들은 눈밭에서 뛰어놀다가 어미 개에게 이끌려 형제자매들에게 오곤 했다. 어미는 사랑을 담뿍 담아 녀석들을 물어 날랐다. 마르키타는 강아지들이 큰 누나로 여길 만큼 녀석들 곁에서 많은 시간을 보냈다.

춘월인 그륀의 어느 볕 좋은 오후, 마르키타는 봅슬레이 훈련을 취소하고 개들을 데리고 밖으로 나가야겠다고 마음먹었다. 그녀는 지루함을 달래며 선거에 출마하는 정당들에 관한 설명을 들었다. 마르키타는 선거엔 관심이 없었다. 어찌됐든 늘 왕정당이 이겼으니까. 보고를 마친 브외레고르 대공이 물러가기도 전에 그녀는 아노락 지퍼를 올리고 털신을 발을 끼우는 둥 마는 둥 하고는 사육장으로 달려갔다. 개들이 흥분하여 끈을 세차게 잡아당겼다. 이주크가 날카롭게 컹컹거리며 질서를 잡으려고 애썼다.

썰매는 서쪽 문을 빠져나와 빈데고르 산을 향했다. 교외의 골목길을 달릴 때까지 고삐를 꽉 잡고 있던 마르키타는 탁 트인 곳에 이르자 개들을 마음껏 달리도록 놔두었다. 개들이 거칠게 돌변한 악마처럼 푸른빛이 감도는 흰 언덕을 달렸다. 썰매의 속도 때문에 바람이 일자 얼음 결정이 튀어 올랐다. 물방울이 된 결정들이 마르키타의 눈 속으로 파고들었다. 썰매 개들이 몰려오는 소리에 놀라 여행객들과 목동들이 팅기듯 옆으로 비켜섰다. 그들은 썰매를 끄는 사람이 누구인지 알아 차리고 모자를 벗어 경의를 표했다. 마르키타가 고삐로 신호 를 보냈다. 이주크는 정상을 향한 출발점이 되는 골짜기로 개 들을 몰고 나아갔다.

숲으로 가는 도중 다른 썰매를 만났다. 흰 개 열두 마리가 끄는 썰매였다. 남자가 고삐를 쥐고 있었다.

마르키타에게 이것은 더할 수 없는 즐거움, 즉 경주를 의미 했다. 마르키타는 먼저 골짜기에 도착하리라 마음먹었다. 공 주는 착착 소리가 날 정도로 고삐를 휘두르며 개들의 사기를 북돋웠다.

"이주크, 앞장서서 달려! 카프타, 그렇게 꾸물거리지 말고! 쥘복, 너는 뒤꽁무니에만 있을 거니? 모두 달려! 1등은 우리 거다!"

흥분한 마르키타는 모자가 바람에 벗겨진 줄도 몰랐다. 푸 른빛이 감도는 검은 머릿결이 얼음바람에 나부꼈다. 그녀는 해를 바라보며 입가에 미소를 지었다. 곁눈질로 보니 상대 썰 매가 점점 가까이 다가오고 있었다. 썰매는 전속력으로 따라 왔다. 밝은색 머리카락의 늘씬한 남자가 보였다. 그는 푸른색 외투를 걸치고 있었다. 이주크는 온힘을 다해 훌륭하게 무리 를 이끌었다. 두 썰매는 거의 동시에 골짜기 입구에 다다랐 다. 골짜기 사이의 평지는 눈으로 뒤덮여 있었는데 마르키타

쪽은 얼음 덩어리가 무너져 내려 길이 가로막혀 있었다. 마르키타는 고삐를 잡아당겨 장애물을 지나쳐 가도록 조종했다. 낯선 남자는 이 기회를 이용해 마르키타를 앞질렀다. 졸지에 2등으로 밀려난 공주는 좁은 골짜기를 빠르게 통과했다. 어떤 경우든 1등을 놓치는 건 참을 수 없었다.

길이 넓어지자 마르키타는 이주크가 최대한 기량을 발휘할 수 있도록 용기를 북돋워 주었다. 이주크는 더욱 빠르게 무리를 이끌었다. 조금씩 조금씩 마르키타의 썰매가 낯선 남자를 앞질렀다. 썰매는 빙하를 향해 높이 오르고 있었다. 마르키타는 뒤를 돌아보며 경쟁자에게 웃는 얼굴로 손짓을 했다. 썰매에 탄 남자 역시 손짓을 하며 앞쪽을 가리켰다.

그가 가리킨 쪽을 바라보는 순간, 마르키타는 썰매가 낭떠러지로 질주하고 있다는 걸 깨달았다. 이주크는 영리한 개였지만 이주크도 다른 개들도 엄청난 속도로 달리고 있었기 때문에 마르키타의 힘으로는 도저히 녀석들을 멈출 수가 없었다. 세차게 고삐를 잡아당겼지만 썰매는 계속 가파른 암벽을 향해 내달렸다.

그때였다. 갑자기 북극곰 한 마리가 바위 뒤에서 튀어나왔다. 쥘복과 카프타가 무리에서 이탈했다. 썰매의 속도가 느려졌다. 이주크 역시 곰이 돌진해 오는 걸 알아차렸고 썰매는 제어할 수 없는 상태가 되었다. 개들이 각기 다른 방향으로 줄을 끌어당겼다. 썰매가 이리저리 휩쓸리며 썰매끈과 개들의 목줄이 여기저기로 흩어졌다. 개들이 짖어댔다. 결국 썰매가 뒤집히고 마르키타는 눈 속으로 나동그라졌다. 그녀의 위쪽에선 아직 썰매에 묶인 개들이 필사적으로 버둥거리고 있었다. 북극곰은 몇 발자국 떨어지지 않은 곳에 있었다.

"집에 누구 있니?"

현관문 여는 소리가 들렸다.

"우리 아빠야!"

에릭이 속삭였다.

트롤라는 짜증을 내며 두 눈을 굴렸다.

"누구 없니?"

방으로 다가오는 발소리가 들렸다.

에릭이 뭐라고 대답할 겨를도 없이 트롤라가 벌떡 일어나 독서용 전등을 껐다.

"에릭, 안에 있니?"

어둠이 감돌았다. 문이 열리면서 빈 소파 위로 한 줄기 불빛이 떨어졌다. 문틈에 아빠의 그림자가 어렸다.

"에릭?"

방 안은 쥐죽은 듯 조용했다. 에릭은 자기 심장 소리가 아빠에게까지 들릴 것만 같았다. 천천히 문이 닫혔다. 빛줄기가 점점 가늘어지더니 이내 사라지며 찰카닥하는 소리가 났다. 트롤라가 다시 전등을 켰다.

"지그리트 누나가 아빠한테 내가 집에 있다고 얘기할 텐데."

에릭이 속삭였다.

"난 그저 북극곰에 관한 얘기를 끝까지 듣고 싶을 뿐이야."

트롤라는 휠체어 앞에 책상다리를 하고 앉았다.

에릭은 귀를 기울여 보았다. 밖에서 달가닥거리는 소리가 들렸다. 아빠가 저녁을 준비하는 모양이었다. 에릭은 읽던 페이지 위로 몸을 숙이고 나지막한 목소리로 다시 읽어 내려갔다.

"마르키타는 썰매를 잡으려고 손을 뻗어 보았다."

마르키타는 썰매를 잡으려고 손을 뻗어 보았다. 썰매에는 그녀의 사냥칼이 있었다. 하지만 썰매까지 갈 수가 없었다. 곰이 뒷발로 버티고 일어섰기 때문이다. 지저분한 가슴털과 주둥이, 흰 이빨이 마르키타의 눈에 들어왔다. 곰이 앞발을 벌린 채 돌진해 왔다.

그 순간 총탄이 발사되었다. 쿵하는 소리가 얼음벽을 치며 되돌아왔다. 곰이 울부짖었다. 몸을 굴려 옆으로 피하지 않았다면, 마르키타는 곰에게 그대로 깔리고 말았을 것이다. 그러나 녀석의 앞발에 변을 당한 것은 암캐 쥘복이었다. 곰이 쥘복을 깔아뭉갰다. 곰의 털 위로 피가 번졌다. 마르키타가 고개를 들었다. 50미터가량 떨어진 곳에서 그 낯선 남자가 썰매에 탄 채 총을 겨누고 있었다. 곰이 더 이상 움직이지 않자 남자가 썰매에서 뛰어내려 조심스럽게 다가왔다. 마르키타는 몸을 일으켰다.

"괜찮습니까?"

"저는 괜찮습니다만 제 개는 아니네요."

마르키타가 떨리는 목소리로 말했다.

쥘복이 곰에게 깔려 목숨을 잃은 채 누워 있었다. 곰이 앞발을 내리치면서 쥘복의 옆구리를 찢은 것이다.

"운이 좋았네요."

그가 말했다. 그는 물개모피로 깃을 덧댄 짙은 청색 외투를 입고 있었다.

"개들을 제자리로 정렬시켜야겠어요."

썰매 쪽으로 가려는 마르키타를 남자가 붙잡았다.

"이름을 말씀해 주시면 제가 당신의 부모님께 알려드리겠습니다."

마르키타는 믿을 수 없다는 듯 그를 빤히 바라보았다. 자신을 알아보지 못하다니 있을 수나 있는 일인가? 비스랜드의 우표 두 장 가운데 한 장이 자신의 사진으로 장식되어 있는데! 껌 한 통을 사도 그녀의 사진을 보지 않고선 뜯을 수 없었다. 심지어 청어통조림에도 웃고 있는 공주의 얼굴이 있었다.

"제 부모님이요?"

마르키타는 혹시 그가 농담을 하는 건가 싶어 그의 눈을 빤히 들여다보았다. 순간 그의 왼쪽 눈이 실룩거렸다.

그가 빠른 동작으로 돌아섰다. 그는 썰매에 등을 기대더니 썰매를 번쩍 들어 올렸다. 활대(썰매가 잘 미끄러지도록 활처럼

휘어 썰매 바닥에 댄 목재-옮긴이)가 삐걱거리며 눈 속으로 내려
앉았다.
　"이곳 분이세요?"
　공주가 물었다.
　"아닙니다."
　그는 컹컹거리는 개들에게서 하네스(썰매개들이 편하고 효율
적으로 달릴 수 있도록 개들의 몸에 착용시키는 기구-옮긴이)를 벗기
기 시작했다.
　"어디서 오셨어요?"
　그가 북쪽을 가리켰다.
　"세상의 끝에서요."
　"이름은요?"
　"브렉케입니다."
　그가 미소 지으며 말했다.
　"괜찮으시다면 곰가죽은 제가 간직하겠습니다."

　"괜찮으시다면 곰가죽은 제가 간직하겠습니다."
　트롤라는 에릭 앞에 쪼그리고 앉아 있었다. 주위는 어두컴컴했다.
　에릭이 책장을 넘길 때였다. 무슨 소리가 들리는 것 같았다. 옷장
쪽에서 나는 소리였다.
　"무슨 소리지?"
　"글쎄."

“너희 집에 쥐 있는 거 아니니?”

트롤라는 자리에서 일어나 벽에 귀를 대 보았다.

에릭이 휠체어를 굴리며 다가왔다.

“그쪽 바깥에는 눈 더미뿐이야.”

“북극곰이 집 주변을 어슬렁거리고 있을지도 모르지.”

트롤라가 비죽거렸다.

에릭이 천장 불을 켰다. 트롤라의 시선이 침대 옆 자명종 시계에 머물렀다.

“벌써 시간이 이렇게 되었어?! 그만 가야겠다.”

트롤라는 재킷을 들고 문으로 가다가 에릭의 아빠가 생각났다. 에릭의 아빠와는 마주치고 싶지 않았다. 트롤라는 창문을 열며 동시에 아노락을 스르륵 껴입었다. 에릭은 놀란 눈으로 그 모습을 빤히 바라보았다.

“뭘 하려고?”

트롤라는 대답 대신 의자를 끌고 왔다.

“너의 공주님, 맘에 든다.”

책은 에릭의 무릎 위에 있었다.

“앞으로 점점 더 좋아질걸.”

“그것 좀 빌려 줄래?”

트롤라는 원숭이처럼 창턱에 걸터앉아서 말했다.

“여태까지 한 번도 빌려 준 적이 없…….”

“내일까지만.”

트롤라가 졸라댔다.

트롤라는 책을 좋아하는 아이 같지는 않았다. 그러나 샌드비켄에 친구가 한 명도 없던 에릭은 트롤라를 실망시키고 싶지 않았다.

"내일 다시 가져올 거지?"

에릭은 머뭇머뭇 트롤라에게 책을 내밀었다.

트롤라가 책을 덥석 움켜쥐었다.

"당연하지!"

트롤라는 눈 속으로 뛰어내렸다. 다음 순간, 어둠이 트롤라를 삼켜 버렸다.

2

다음 날 트롤라는 오지 않았다. 그 다음 날도 오지 않았다.

트롤라가 모습을 보이지 않은 지 닷새가 지났다. 이레가 되자 에릭은 걱정이 이만저만이 아니었다. 물론 책 걱정이다. 에릭은 트롤라의 주소도 모르고 정확한 이름도 모른다. 지그리트는 서슴없이 에릭을 깔보았다. 에릭 역시 자신의 보물을 그렇게 가볍게 다룬 걸 자책하고 있었다.

열흘째 되는 날 트롤라가 찾아왔다. 창백해 보이는 데다 두꺼운 목도리까지 두르고 있었다.

"무슨 일 있었어?"

에릭이 부엌으로 들어가며 물었다.

"응, 열이 심했어."

트롤라는 목소리에 힘이 하나도 없었다.

"39.3도까지 올라갔어. 엄마가 걱정하실까 봐 내가 직접 쟀거든. 40도가 넘었을 때는 나도 겁이 나더라. 그런데 왠지 침대 곁에서 검정색 개가 사납게 이빨을 드러내고 있다는 생각이 드는 거야."

에릭은 레몬을 꺼내고 가스레인지에 물을 올려놓았다.

“검정개 뒤에는 모피장화를 신은 남자가 서 있었는데, 그 사람이 책을 뺏으려고 했어.”

“책을?!”

에릭은 휠체어를 타고 방 안을 이리저리 왔다 갔다 했다.

“베개 밑에다 책을 뒀는데 거기만 빼고 온 방 안을 다 뒤지더라고. 개가 계속 이빨을 드러내고 으르렁거려서 소리를 지를 수밖에 없었어. 엄마가 들어오셨을 때는 잠에서 깨어 있었지만. 너무 심하게 아파서 전화도 못 걸 정도였어.”

물주전자에서 삐삐 소리가 났다. 에릭은 레몬차를 만들었다.

“엄마는 내가 열이 너무 심해서 헛것을 본 거라고 생각하셔.”

“그런데 그 모피인간 말이야. 그 사람, 다시 왔었니?”

에릭이 머뭇거리며 물었다.

트롤라는 입을 비죽거리며 웃었다.

“무슨 소리야, 꿈이었다니까.”

“모피장화에 검정개라면서? 그 남자는 책에도 나온다고.”

에릭이 고개를 저으며 말했다.

“알아.”

“그 사람, 으스스하지 않았니?”

“재미있는 건 내가 그 꿈을 꾼 게 책을 읽기 전이라는 거야.”

트롤라는 컵을 호호 불었다.

“뭐라고?!”

“처음 몇 페이지를 재미있게 읽고 난 뒤였는데, 갑자기 열이 났어. 그리고 꿈을 꾸게 된 거야. 책은 나중에야 다시 읽었거든.”

에릭은 아무 말도 없이 쿵쾅거리는 가슴을 안고 창밖을 바라보았다. 메마른 나뭇가지 하나가 유리창에 부딪혔다.

"왜 그렇게 열이 났던 것 같니?"

에릭이 조심스럽게 물었다.

"내 생각에는…… 네 책 때문인 것 같아."

트롤라는 차를 한 모금 홀짝였다.

"나랑 증세가 똑같아. 나도 책을 읽을 때 가끔씩 몸이 뜨거워졌다 차가워졌다 하거든."

에릭이 나지막한 소리로 말했다.

트롤라가 소리 내어 웃었다.

"난 모험소설 때문에 열병이 날 만큼 어린애는 아니란다."

"이건 모험소설 이상이라고!"

트롤라가 고개를 저으며 가방에서 책을 꺼냈다.

"아무튼 보기 드문 이야기인 건 맞는 것 같아. 비어 있는 페이지가 많은 걸 보니."

"비어 있어?!"

"직접 봐."

에릭은 책을 펼쳐 보았다. 사실이었다. 아무것도 쓰여 있지 않은 페이지가 꽤 여러 장 있었다. 한 챕터 전체가 사라지고 없었다!

"네가 혹시 찢은 거 아니니?!"

트롤라는 목도리를 단단히 동였다.

"난 남의 책에 함부로 손을 대지는 않는단다. 레몬차 고마웠어. 가봐야겠다."

트롤라가 벌떡 일어섰다.

에릭은 트롤라를 문까지 바래다주었다. 트롤라는 곧 진눈깨비 속으로 사라졌다.

에릭은 깊이 생각에 잠긴 채 방으로 돌아와 문을 잠갔다.

"사랑하는 내 책, 너는 지금도 내가 사랑하는 책이고 앞으로도 변함없이 그럴 거야."

에릭은 마르키타의 이야기를 펼쳤다.

제2장
크보렌 축제

보르데 왕이 다섯 번째로 임종침상에 누운 날은 비스랜드의 국회의원 선거일이었다. 그날 비스랜드는 놀라운 일을 겪었다. 처음으로 왕정당이 선거에서 진 것이다. 브리게스터 무리가 승리를 거두었다. 그들은 이 승리를 단 한 사람, 아이나르 퇴테볼 덕으로 돌렸다.

새로 선출된 수상은 회그스틴 숲에서 왕에게 친히 권한을 위임받는 것이 관례였다. 그러나 숲이라는 말은 애정이 담긴 일종의 과장된 표현이었다. 오래전부터 비스랜드에서는 나무 구경을 할 수 없었다. 나무라고는 회그스틴 근처에 유일하게 솟아 있는, 마디가 울퉁불퉁한 낙엽송 한 그루가 전부였다. 역사학자들은 이 나무의 나이가 600살에 달하는 것으로 평가했다.

왕의 상태가 좋지 않았으므로(그는 여섯 번째로 임종침상에 누워 있었다) 공주에게 의전집행 권한이 위임되었다. 낙엽송의 발치에는 곰가죽이 펼쳐졌다. 마르키타는 임시로 마련된 왕좌에 자리를 잡았다. 관람석에는 암석 부스러기가 깔려 있어서 행사에 참석한 사람들은 번번이 이 암석 부스러기에 발목을 삐곤 했다. 모두들 호기심에 가득 찬 표정으로 새 수상을 기다렸다.

그러나 수상은 올 기미조차 보이지 않았다. 순록 한 마리쯤은 거뜬히 넘어뜨리고도 남을 돌풍으로 유명한 비스랜드의 봄 날씨를 고려해 볼 때, 반 시간이나 늦는 건 무례하기 짝이 없는 일이었다. 마침내 수상의 근위대가 모습을 드러냈다. 그들은 보조를 맞추어 행진해 왔다. 사람들이 길 양옆으로 늘어섰다. 그러고도 10분이 지나서야 백색 순록을 탄 퇴테볼이 나타났다. 그는 순록에서 내려오지도 않은 채 마르키타에게 인사를 건넸다. 공주가 몸을 일으켰다. 그와 눈높이를 맞추기 위해서였다. 새 수상은 키가 꼬마 아이만큼 작았다. 그곳에 모인 비스랜드 사람들도 쉽게 그 사실을 눈치챘다. 어깨까지 늘어뜨린 역청처럼 검은 머리카락, 움푹 들어간 눈, 신문에 실린 그의 눈은 꿰뚫어 보는 듯 오싹했다. 얼굴은 통치자다웠지만 몸은 물개 쪽에 가까웠다. 억센 팔뚝에, 손에는 항상 장갑을 끼고 있었다. 또 북(베틀에서, 날실의 틈으로 왔다 갔다 하면서 씨실을 푸는 기구-옮긴이)처럼 생긴 두 다리를 숨기려는 듯 굽이 높은 구두를 신고 있었다. 위풍당당한 공주와 검은 모피를 입은 퇴테볼 수상, 그들의 공통점이라고는 비스랜드 사람이라는 것밖에 없었다.

의식에 따라 왕실에서 한 발, 그리고 수상이 한 발씩 총을 발사하게 되어 있었다. 과녁은 눈 먼 노인이 쏘아도 빗나갈 수 없을 정도로 가까이 있었다. 쌀쌀맞게 인사를 한 뒤 마르키타가 총을 들었다. 퇴테볼의 능장사태를 경쾌하게 넘어가게 했던 군악대가 잠시 음악을 멈추었다. 북치는 사람이 북채를 빙빙 돌렸다. 공주는 나라 안 최고의 사수였다. 이 정도 거리라면 어깨로 쏘아도 명중시킬 수 있었다. 마르키타가 총을 쏘았다. 예상대로 명중이었다. 박수갈채가 쏟아졌다.

퇴테볼이 순록에서 내려왔다. 경호원 두 명이 순록을 넘겨받았다. 그는 재빨리 계단을 뛰어올라갔다.

그에게 총을 건네며 공주가 말했다.

"발사는 두 번이지만 목표는 하나입니다."

"저 역시 비스랜드를 위해 발사하겠습니다."

그는 공주를 향해 몸을 쭉 뻗고는 나지막이 덧붙였다.

"오늘따라 아주 예뻐 보이는군, 마르키타."

두 사람 외에는 아무도 그 말을 듣지 못했다. 누군들 그런 일이 가능하다고 생각이나 했을까. 퇴테볼은 공주를 향해 눈을 깜박거렸다.

"나라에 변화가 좀 있을 거야. 1년 뒤에 당신이 당신 나라를 못 알아보게 될 만큼."

중얼거리며 그가 총을 잡았다.

그는 번개처럼 빠르게 총을 발사했다. 총알은 명중되지 않고 근처 어딘가로 떨어졌다. 그러나 명중되거나 말거나 근본적으로는 상관없는 일이었으므로 모두들 다시 한 번 환호성을 질렀고 군악대는 '비스랜드, 오 비스랜드!'를 연주했다.

"그 옷, 눈이 부실 정도로 잘 어울리는군. 자주 입도록!"

작별 인사 끝에 퇴테볼이 덧붙였다. 그 말과 함께 그는 근위병들의 도움을 받아 순록에 올라타고는 그곳을 떠났다.

그날 이후 여러 날 동안 마르키타는 새 수상이 자기가 이해하지 못하는 독특한 유머를 구사했던 걸까 골똘히 생각해 보았다. 그렇지 않다면 미친 건가? 하지만 진지하게 한 말일 수도 있다!

문제는 그녀가 이런 종류의 일을 상의할 사람이 궁 안을 통틀어 단 한 사람도 없다는 것이다. 마르키타는 학교 친구도 없었다. 개인 교사로부터 수업을 받았기 때문이다. 운동 동료도 없다. 어떤 단체에 속해 본 적이 없으니까. 대공을 신뢰하긴 하지만 그는 공주보다 나이가 예순 살이나 많았다. 마르키타는 속마음을 털어놓을 수 있는 사람이 필요했다. 그러나 생각나는 사람이 아무도, 정말이지 이 커다란 비스랜드 궁전 안에 아무도 없었다. 그렇다고 푸른 외투를 입은 남자에 관해서 누군가에게 물어보거나 할 생각은 꿈에도 없었다. 그냥 우연히 알게 된 것, 그 이상은 아무것도 아니니까. 그렇긴 해도……, 제 나라 공주를 알아보지 못하는 비스랜드인이란 뭔가 특별한 존재였다. 밝은 색에 짧게 자른 머리모양도 나쁘지 않았다. 게다가 갈색으로 짙게 그을린 피부 덕분에 아름다운 치아가 더욱 돋보였다. 하지만 그녀의 목숨을 구해 주었다는 것 말고 그다지 특출 난 점은 없었다. 나이는 20대 후반쯤으로 보였다. 그러니까 나이가 적은 편은 아니었지만, 나이가 너무 많은 편도 아니었다.

공주는 서쪽 익랑(17~18세기에 성을 지을 때 많이 사용한 건축양식으로 성문의 좌우 양편에 이어서 지은 곁채-옮긴이)에 있는 옥탑방에서 생각에 잠겨 있었다. 어떤 경우에도 공주로서 그 남자 앞에 나서고 싶지는 않아. 그렇게는 말고. 그래, 그렇다면 어떻게? 그냥 그와 즐겁게 수다 떨고 싶은데. 웃으면서 친절하게 자기소개도 하고, 생각 없는 어리석은 말이라도 오랫동안. 그런데 그 사람을 다시 만나는 건 힘들겠지. 그렇게 되면 내가 누구인지 알게 될 테니까. 안 돼, 그건 배제해야 해. 그런 생각을 하며 공주는 책상으로 걸음을 옮겼다.

그녀는 자리에 앉아 퇴테볼이 제출한 정부성명문을 읽기 시작했다.

"고귀하신 왕실과 존경하는 대공님, 비스랜드는 지금 어려운 변화의 물결 앞에 서 있습니다."

공주는 창밖을 내다보았다. 변화! 바로 그거야! 내 삶에도 변화가 필요해! 날마다 잠에서 깨면 어김없이 공주 역할을 해야 하고, 운동 연습을 하고 잠자리에 드는 일과. 이 일상의 틀에서 벗어난 적이 있었던가?

그 남자의 이름이 뭐였더라? 그녀는 잠시 생각을 더듬었다. 브렉케였지? 그랬던 것 같은데? 사는 곳은 세상의 끝이라고 했고. 어떻게 그곳으로 가지? 마르키타는 퇴테볼의 연설문을 옆으로 밀쳐놓고 자리에서 일어났다. '크보렌 근처에 가야 세상의 끝에 다다른 것'이라는 비스랜드의 속담이 생각났다. 그녀는 더 이상 정부성명문은 거들떠보지도 않고 밖으로 달려 나갔다.

다음 날 퇴테볼이 연단에 올라 중대한 변혁을 알리는 동안, 마르키타는 이미 궁을 떠나 북쪽 지방으로 향하고 있었다.

"……마르키타는 이미 궁을 떠나 북쪽 지방으로 향하고 있었다."
에릭은 조용한 방 안에서 이 구절을 소리 내어 읽어 보았다. 이 부분은 원래 이런 내용이었다. 모든 것이 그대로다. 책이 잘못된 것 같다고? 트롤라는 왜 그런 생각을 하는 걸까? 그는 책장을 넘겼다.

마르키타는 커튼을 쳤다. 그 덕에 균열투성이인 로브나르크 설원지대, 랑달 하늘을 떠도는 오로라, 깎아지른 듯한 이스쿠라 산악 지대 등 크보렌 지역으로 진입할 때 거쳐야 하는 난관들을 직접 보지 않고 지날 수 있었다. 그녀는 한 명의 시녀만 데려왔다. 비스랜드의 여자 선수들은 공주의 상대가 되지 못했다. 공주는 아예 남자들하고만 겨뤘다. 마르키타는 남자를 좋아했다. 물론 시합 상대로. 최근 아버지와 브외레고르는 넌지시 그녀에게 결혼 애기를 비쳤다. 마르키타는 어릴 때부터 결혼은 공주의 사명 중 하나라고 배워왔다. 왕위와 왕조, 권력, 이 모든 것이 결혼과 밀접하게 얽혀 있었다. 그러나 마르키타는 그런 건 알려고 들지 않았다. 결혼은 고난이도의 스포츠를 연마하고 나서도 언제든 할 수 있는 것이었다.

마차가 눈보라를 뚫고 북쪽을 향하는 동안, 마르키타는 평범한 기회를 이용해 브렉케를 만나야겠다고 생각했다. 눈에 띄지 않는 수수한 장소에서 일상적인 일을 계기로.

장소는 북쪽에서 가장 큰 고원지대, 크보렌 축제를 기회로 삼고, 그런데 어떤 일을 계기로? 아, 조키 던지기로 하자.

비스랜드의 북쪽은 딱히 경계선이 없었다. 땅 위에 두 발을 디디고 있는 건지, 이미 얼음 덩어리 위를 걷고 있는 건지 정확히 말할 수 있는 사람은 없었다. 크보렌 사람들은 고기잡이와 광산 일로 생계를 유지했다. 그들 가운데 살아생전에 공주를 보게 될 거라고 생각하는 사람은 없었다. 이방인이 길을 잃고 크보렌 지역으로 들어오는 일도 드물었다. 지독한 기온과 폭풍우는 제쳐 두고라도, 극점에 거의 다다른 지리적 위치 탓에 나침반 바늘이 미친 듯 널을 뛰어서 아무도 정확한 위치를 알 수 없었다.

니아쿠르나 고원지대에선 1년에 한 번씩 크보렌 축제가 열렸다. 이 축제는 비스랜드의 유혈 개척시대에 연원을 둔 축제였지만 오늘날에는 결혼을 앞둔 젊은이의 수가 충족되면 언제든 열렸다.

마르키타는 털모자와 스노고글로 얼굴을 다 가리다시피 했다. 사람들이 알아보지 못하는 가운데 그녀는 고원으로 올라갔다. 크보렌이 가까워질수록 점점 큰 소리가 들렸다. 북치는 사람들은 젖 먹던 힘까지 동원하여 북을 쳐댔고, 그 사이로 사람들의 노랫소리가 들려왔다. 물고기와 봄에 관한 노래였다. 고원지대의 가장자리에는 천막들이 서 있었다. 천막마다 모락모락 연기가 피어났다. 사람들은 뜨거운 올라치주에 대구꼬치와 단맛이 도는 간유향 고래고기를 먹었다. 북치는 사람들은 제멋대로 장단을 쳤다. 그러나 마르키타는 그 소음이 궁정에서 듣던 나른한 비스랜드 민요보다 마음에 들었다.

그녀의 눈길은 줄곧 브렉케를 찾아 헤맸다. 그를 찾으면 무슨 말부터 해야 할지 알 수 없었지만, 그때가 되면 적절한 말이 떠오를 것 같았다.

젊은 남자 하나가 조키 블록으로 뛰어올라갔다. 늑대모피를 입고 로프를 든 남자였다. 모두 앞으로 몰려들기 시작했다. 늙고 허약해 보이는 노인이 사람들의 도움을 받아 블록 위로 올라가고 있었다. 크보렌의 최고 연장자인 그는 봄의 근원과 목적에 관해 설명했다. 늘 그렇지만 마르키타는 늙은 남자들의 말에 귀를 기울일 생각이 없었다. 드디어 노인이 축제의 시작을 알렸다. 그 순간 공주는 옆으로 거칠게 떠밀렸다. 젊은 남자들이 블록으로 몰려와 번호판을 뽑았다. 1번을 뽑은 남자가 위로 기어 올라갔다. 노인이 손짓을 하자 북치는 사람들이 북채를 빙글빙글 돌렸다. 젊은 여자들이 달리기 시작했다. 마르키타도 함께 휩쓸렸다. 어디로 가는 거지? 이들은 블록을 둘러싸고 커다란 원을 그리며 달렸다. 미끄러지기도 하고 껑충껑충 뛰기도 했지만 시선은 여전히 블록 위를 향하고 있었다. 1번 남자가 로프를 머리 위로 쳐들고 휘휘 돌리기 시작했다. 로프가 돌아가자 로프의 올가미가 점점 커졌다. 그러는 동안 남자의 눈은 여자들을 관찰했다. 드디어 마음에 드는 사람을 발견했는지, 로프가 눈에 보이지 않을 정도로 빠르게 회전했다. 올가미가 점점 높아졌다. 마침내 1번 남자가 로프를 아래로 날려 보냈고, 공기를 가르며 날아가던 올가미가 흰색 모피를 입은 여자의 어깨에 내려앉았다. 남자가 로프를 잡아챘다. 그러자 올가미가 조여졌다. 흰색 모피의 여인은 자신에게 무슨 일이 일어났는지 미처 깨닫기도 전에 블록 위로 올라가 있었다. 그는 놀란 여인에게 키스를 한 뒤 올가미를 풀어 주었다. 모두들 환호성을 질렀다. 약혼이 이루어진 것이다.

마르키타는 그 약혼녀가 행복해하는 건지 아닌지 분간할 수 없었다. 그러나 깊이 생각하고 있을 시간이 없었다. 다시 젊은 여자들의 윤무가 시작되었기 때문이다. 공주는 꺼림칙한 기분이 들었다. 공주는 약혼을 위해 니아쿠르나로 온 것이 아니었다! 계속해서 조키 던지기가 이어지는 동안 공주는 뒷전에서 얼쩡거렸다. 몇 번이나 로프가 날아와 닿을 듯 말듯 그녀의 머리를 스쳐 지나갔다. 남자의 품에 바로 안기는 여자

들도 있었고 로프를 잡아당기며 블록에 올라가지 않으려는
여자들도 있었다. 한 여자는 칼을 꺼내 로프를 끊고 달아나기
도 했다. 사람들이 그녀를 다시 데려오자 최고령의 노인이 엄
한 표정으로 그녀를 나무랐다. 그녀는 눈을 아래로 내리깔고
블록 위로 올라가 키스를 받았다. 다시 로프가 던져졌다.

마르키타는 9번 남자가 그녀를 뜨거운 눈길로 바라보고 있
다는 걸 알아챘다. 그는 로프를 앞뒤로 휘휘 돌리며 마르키타
를 조준했다. 공주는 밧줄에 걸리지 않으려고 온갖 발레동작
을 동원했다. 뒤쳐지기도 하고 남보다 빨리 달리기도 했다.
갑자기 그녀 위로 로프가 날아왔다. 잡히기 일보직전에 마르
키타는 무릎을 구부렸다. 올가미는 다른 크보렌 여인의 어깨
를 감쌌다. 붙잡힌 여인은 더할 나위 없이 기뻐했다. 그녀는
화난 눈길로 마르키타를 바라보는 9번 남자의 목을 환한 얼
굴로 얼싸안았다. 일단 조키를 던지고 나면 약혼을 무효화할
수 없었다. 마르키타는 두 사람의 행운을 빌며 계속 달렸다.
그녀는 조키 던지기의 스포츠적인 면이 재미있었다. 다른 여
자들은 모두 숨이 차서 헐떡거리는데 마르키타는 이제야 몸
이 풀리기 시작했다.

13번 남자는 늑대모피를 입은 사람이었다. 그는 다른 남자
들보다 더 높이, 더 멀리 로프를 흔들었다. 그러나 정확한 목
표를 정하지 않은 듯 그냥 허공에 엄청난 포물선을 그리며 올
가미를 던졌다.

로프는 정확하게 마르키타를 사로잡았다. 걷던 자세 그대

로 잡아 채이고 만 것이다. 올가미가 공주의 팔을 조였다. 몸을 움직일 수가 없었다. 억센 힘이 그녀를 블록으로 잡아끌었다. 놀라움과 분노가 공주를 사로잡았다. 어떻게 감히 이럴 수가 있단 말인가?! 그녀는 두 발을 눈 속에 파묻고 단단히 버티면서, 모자와 고글을 벗어 사람들이 자신을 알아본다면 13번 남자가 얼마나 놀랄지 상상해 보았다. 모두 절을 하며 그들의 공주님께 경의를 표하겠지.

모두들 큰 소리로 웃는 가운데 마르키타는 블록 위로 올려졌다. 그녀는 모자를 벗어 자신의 정체를 드러내지도 저항을 하지도 못했다. 13번 남자가 키스를 했기 때문이다. 그는 정확히 마르키타의 입술에 키스를 했다. 그 순간 그녀에게 스키와 키스 중 어느 편이 더 좋으냐고 물었다면 키스를 선택했을지도 모른다. 마르키타는 한참 뒤에야 정신을 가다듬을 수 있었다. 그사이 13번 남자는 로프를 풀고 그녀를 양 팔로 안았다. 그리고 박수를 받으며 조키 블록에서 훌쩍 뛰어내렸다.

브렉케였다. 가지런한 치아를 지닌 남자. 북극곰으로부터 그녀를 구해 주었던 브렉케. 마르키타는 어리둥절하여 그를 바라보았다.

"북극곰 모피는 침대에 깔아 두었습니다. 살을 에는 듯한 추운 밤마다 모피가 나를 따뜻하게 감싸 주지요."

"저를 바로 알아보신 건가요?"

"대도시에서 오신 숙녀님인걸요."

그가 음식 판매대로 그녀를 이끌었다. 브렉케는 올라치주와 움콰트 빵을 시켰다. 술이 얼마나 독한지 한 모금밖에 안 마셨는데도 마르키타는 눈물이 핑 돌았다.

"일부러 나한테 로프를 던진 건가요?"

그는 특유의 눈길로 그녀를 힐끗 쳐다보았다.

"나는 조키 챔피언입니다. 원하는 신부를 잡는 것쯤이야."

이번에도 마르키타는 그의 눈이 실룩거리는 걸 느꼈다. 왼쪽 눈꺼풀이 더 늘어져 있었다. 왼쪽에서 보면 얼굴이 굳어 있는 것처럼 보였다.

"눈은 어쩌다 그렇게 되셨어요?"

"이건 제 행운의 눈이지요."

그가 마르키타 쪽을 향해 완전히 돌아섰다. 그녀는 그의 환한 미소에 마음이 놓였다.

올라치주 때문에 마르키타는 머리가 멍해졌다. 움콰트 빵을 베어 물었지만 삼키기가 힘들었다.

"우리의 약혼 말인데요…… 그것에 관해 분명히 해 둘 게 있어요."

마르키타가 움콰트 빵을 한입 가득 문 채 말했다.

"나중에요. 올라치주 한 잔 더 하실래요?"

"나중에요? 약혼이 정해진 뒤에 약혼자들은 뭘 하나요?"

마르키타가 걱정스럽게 물었다.

"노래를 부르지요."

브렉케는 그녀를 데리고 커플들이 모여 있는 천막으로 갔다. 브렉케를 따라 얼음 위를 미끄러져 가는데, 혼잡함을 뚫고 누군가가 뒤따라오는 것이 보였다. 모피로 온몸을 휘감은 듯한 거구의 남자였다. 그러나 그는 곧 군중 속으로 사라졌다. 천막 안으로 들어온 마르키타는 여자들에게 밀려 브렉케를 시야에서 놓쳤다.

크보렌 민요를 전혀 모르는 데다 북소리가 너무 컸기 때문에 처음에는 아무것도 알아들을 수가 없었다. 그러나 점차 그 노래들이 봄을 노래하고 있다는 걸 알 수 있었다. 낮이 점점 길어지고 태양이 바다 위로 떠오르면 물고기들이 물에서 코를 내밀며 봄이 시작된 걸 기뻐한다는 내용이었다. 마르키타는 함께 노래하며 브렉케와 이야기할 기회를 기다렸다.

점점 많은 사람들이 천막 안으로 들어왔다. 최고령 노인도 들어왔다. 그가 신호를 보내자 갓 약혼한 사람들이 물 밖으로 코를 내미는 물고기 노래를 불렀다. 물고기와 관련된 소절이 열네 번이나 나왔다. 노인은 그 소절이 재미있는지 매번 큰 소리로 웃음을 터트렸다. 마르키타는 브렉케를 찬찬히 살펴보았다. 그는 잘생긴 외모만큼이나 힘차고 젊었다. 그녀는 그와 단둘이 있고 싶었다. 노랫소리가 멎었다. 노인은 여전히 웃고 있었다. 마르키타는 더 기다리지 않고 사람들 사이를 헤치고 브렉케에게 다가갔다.

그 순간 시녀가 천막 안으로 뛰어 들어왔다. 그녀는 공주에게 절을 하고는 지금 당장 떠나야 한다고 말했다. 왕이 돌아가시기 직전이라는 거였다.

"몇 주 전부터 계속 그러고 계시잖아!"

마르키타가 수많은 북 너머로 외쳤다.

"공주님, 이번이 진짜 마지막인 듯하옵니다."

시녀가 대답했다.

마르키타는 같이 온 시녀가 감정에 들뜨는 사람이 아니라는 걸 잘 알고 있었다. 지체할 시간이 없었다.

브렉케가 가까이 다가왔다. 그는 마르키타가 왕실 문장이 찍힌 외투를 입는 모습을 호기심어린 눈으로 바라보았다. 그가 마르키타 쪽으로 천천히 몸을 돌렸다.

"당신은?"

그는 더 이상 아무 말도 하지 않았다. 그의 왼쪽 눈이 격렬하게 실룩거렸다.

"다음에 설명할게요. 곧 다시 만나게 될 거예요."

마르키타는 그의 목을 감싸며 속삭였다.

도화선에 불이 붙듯 마르키타의 이름이 천막 안 여기저기로 퍼져나갔다. 시녀가 그녀를 밖으로 이끄는 동안 마르키타는 사람들에게 미소로 답했다. 밖에선 마차가 기다리고 있었다. 그들은 남쪽을 향해 전속력으로 마차를 몰았다.

"어휴!"

에릭이 말했다. 하지만 목소리가 나오지 않았다. 에릭은 책에 깊숙이 머리를 파묻고 입을 헤 벌리고 있었다. 목이 몹시 말랐다. 에릭은 부엌으로 가서 우유 한 잔을 따랐다. 밖에서 아빠의 발소리가 들렸다. 벌써 시간이 이렇게 되었나? 지금은 아빠와 얘기하고 싶지 않았다. 에릭은 우유 잔을 무릎 사이에 끼우고 전속력으로 방으로 되돌아갔다. 에릭의 방문이 닫히자 현관문이 열렸다.

"집에 아무도 없냐?"

아빠가 외쳤다.

밖에서 달각달각 냄비 소리가 들렸다. 에릭은 다시 책을 펼쳤다.

제3장
왕의 비명

보르데 왕이 일곱 번째로 임종을 결정했을 때도 사람들은 변함없이 관심을 보였다. 공휴일이 하루 더 늘어난다는 사실 때문이었다. 하지만 이번에는 왕의 상태가 심각했다. 왕은 고래콩팥 요리를 다 토해내고 임종침상 위에 자리를 잡았다. 더 이상 삶의 의미를 찾지 못한 것 같았다. 비스랜드 국민신문은 1면에 왕의 사진을 실었다. 대주교는 보라색 장례복을 입고 신발을 끌며 짜증난 표정으로 나타났다. 머리엔 삼중관을 쓰고 있었다. 성가대는 맥없이 일곱 번째 장송곡을 부르기 시작했다. 궁 안은 향냄새가 퍼지면서 서서히 숨쉬기가 힘들어졌다. 퇴테볼 수상이 방문 의사를 밝히지만 않았어도 모든 것은 예정대로 진행되었을 것이다. 그러나 상황이 극도로 혼란스러워졌다. 사람들은 죽어가는 왕에게 수치스러운 정부교체 사실을 함구해 왔던 것이다. 접견실에서는 간신들이 궁정의 례에 의거하여 수상의 방문을 막을 근거를 찾고 있었다.

퇴테볼은 의례 따위는 신경 쓰지 않고 그냥 왔다. 그는 접견실에 외투를 벗어 놓고, 당황하여 어쩔 줄 모르는 브외레고르와 악수를 나눈 뒤 임종실로 들어갔다. 보르데 왕은 높은 침상 위에 흰색 내의 차림으로 누워 있었다. 은빛여우의 모피로 된 침상 덮개에, 베갯잇은 금실로 수놓아져 있었다. 달리 할 일이 없었으므로 왕은 촛대를 세어 본 다음, 나무 조각상들을 세었다. 더 이상 셀 것이 없어지자 그는 잠을 청했다. 하지만 성가대의 노랫소리가 너무 컸다. 그 바람에 왕은 머리카락을 어깨까지 늘어뜨린 키 작은 남자가 침대로 다가왔을 때에도 잠들지 못한 채 그냥 누워만 있었다. 자리에 모여 있던 사람들은 늙은 왕이 수상에 대해 어떤 반응을 보일지 잔뜩 긴장한 모습들이었다.

키가 작은 퇴테볼은 여우모피로 된 침상 덮개 위를 넘겨다보기가 힘들었다. 그러나 왕은 대체 어떤 인물이 자신을 방문했는지 알고 싶었으므로 퇴테볼에게 가까이 오라는 손짓을 했다. 퇴테볼은 두 팔을 지렛대 삼아 몸을 들어 올려 임종침상 위로 올라앉았다. 놀랍게도 늙은 왕은 미소를 지어 보이며 그에게 질문을 했다. 퇴테볼은 질문에 답하고 왕의 건강 상태에 관해 물었다. 왕은 머리를 흔들었다. 두 사람은 계속 대화를 나누었다.

성가대가 '하늘의 짐은 냉엄하도다'를 부르기 시작했기 때문에 아무도 그들이 무슨 이야기를 하는지 알아들을 수 없었다. 대주교가 시샘하며 한 걸음 다가갔다. 왕께서 정신적인 지원을 필요로 하실지도 모른다는 것이었다. 대공 역시 한 걸음 옮겼다. 그는 보르데 왕의 가장 오래된 친구였다. 청년 시절, 두 사람은 함께 총을 쏘아 은빛여우를 잡았고, 지금 왕이 덮고 있는 털이 바로 그 여우털이다. 마지막으로 왕실주치의 들이 자리를 옮겨 가까이 다가갔다. 대주교가 또다시 한 걸음 다가갔고, 그 다음엔 브외레고르, 왕실주치의가 순서대로 점점 왕에게 다가갔다. 침상 주변이 들썩거리는 동안에도 보르데 왕과 퇴테볼은 활기차게 담소를 나누었다. 왕은 몇 번이나 쿡쿡대고 웃으며 상대방의 말에 귀를 기울였다. 그러다 왕이 갑자기 경직되었다.

왕이 수상의 눈을 들여다보았다. 퇴테볼은 사악한 미소를 지으며 고개를 끄덕였다. 그는 관자놀이에 늘어진 검은 머리카락을 옆으로 넘기며 왕을 향해 몸을 숙였다. 그러곤 왕의 귀에 대고 무어라 속삭였다. 보르데 왕은 숨을 헐떡거리며 무언가 말을 하려고 애썼지만 그르렁거리는 소리를 낼 뿐이었다. 퇴테볼이 걱정스러운 표정으로 의사들을 향해 몸을 돌렸다. 의사들이 왕을 에워싸는 바람에 왕은 마지막 숨 쉴 공기마저 제한당하고 말았다. 심각한 표정으로 퇴테볼이 침상에서 내려왔다. 장난기 많은 보르데 왕이 그런 모습을 보인 건 처음이었다. 그는 가공할 만큼 끔찍한 소리를 냈다. 그 소리에 놀란 소년성가대원들이 우왕좌왕하며 노래의 도입부를 놓쳤다. 왕은 혼신의 힘을 다해 비명을 지르는 듯했다. 심장이 문제인가? 담낭? 아니면 허파? 누가 군주를 치료할 것인가를 두고 왕실주치의 사이에 분란이 일어났다. 당황한 대주교는 향로를 이리저리 흔들어댔다. 심장이 불규칙하게 뛰는 걸 느낀 브외레고르 대공은 약을 한 알 복용했다. 그 북새통에 침착함을 잃지 않은 사람은 단 한 명뿐이었다. 아이나르 퇴테볼은 검정 가죽장갑을 쓰다듬어 폈다. 왕이 마지막으로 비명을 지르고 다시 주저앉았다.

마르키타의 마차가 바깥 궁정을 통과할 때였다. 보초병이 마차를 검사했다. 공주를 알아본 보초병은 놀라서 옆으로 물러섰다. 마르키타는 살아계신 아버지의 모습을 볼 수 있기를, 아버지의 손을 잡고 은백색 머리카락을 쓰다듬어 드릴 수 있기를 빌었다. 마차가 안쪽 궁정으로 들어왔다. 마르키타는 마차에서 튕겨 나오다시피 내려와 아케이드를 지나고 앞쪽 계단실을 통과하여 다시 길게 펼쳐진 계단을 뛰어올라갔다. 그런 뒤 기다란 회랑을 거쳐 안쪽 계단실로 이어지는 짧은 회랑에 다다랐다. 마르키타의 머릿속엔 온통 아버지 생각뿐이었다. 안쪽 계단을 돌진하여 올라간 그녀는 세 개의 회랑을 통과했다. 이 회랑들은 다시 세 개의 회랑으로 이어졌다. 그녀는 쉴 새 없이 달렸다. 마침내 국왕 접견실에 도착해 흥분한 신하들과 맞닥뜨렸을 때는 거의 쓰러질 지경이었다…….

“에릭, 밥 먹어라!”

밖에서 아빠의 목소리가 들렸다.

에릭은 씩씩거리며 마지못해 대답했다.

“배 안 고파요!”

그러나 소용이 없었다. 에릭은 식탁으로 가서 아빠가 건네는 친절한 질문에 답을 해 드려야 했다. 으깬 감자를 곁들인 소시지가 차려져 있었다. 에릭은 서둘러 음식을 먹었다. 하지만 너무 빨리 먹은 탓에 벌로 소시지 한 개를 더 먹어야 했다. 마침내 에릭은 다시 자기 방으로 돌아올 수 있었다. 그는 다시 책을 펼쳤다.

“마르키타는 마차에서 튕겨 나오다시피 내려와 아케이드를 지나고……”

마르키타는 마차에서 튕겨 나오다시피 내려와 아케이드를 지나고 앞쪽 계단실을 통과하여 다시 길게 펼쳐진 계단을 뛰어올라갔다. 그런 뒤 기다란 회랑을 거쳐 안쪽 계단실로 이어지는 짧은 회랑에 다다랐다. 마르키타의 머릿속엔 온통 아버지 생각뿐이었다. 안쪽 계단을 돌진하여 올라간 그녀는

세 개의 회랑을   했다.

이 회랑들은   세 개의   이어졌다.

국왕 접   분한 신

거의   쓰러질……

왜 페이지가 비어 있지? 한 글자도 쓰여 있지 않았다. 정전으로 인쇄기가 고장 나기라도 한 듯, 강력 수정액으로 글자를 모두 지워버리기라도 한 듯이.

"방금 전까지도 글자가 있었는데!"

에릭이 소리쳤다. 보르데 왕의 마지막 순간들, 아버지를 다시 보기 위해 애쓰는 마르키타의 이야기. 모두 사라졌다!

사라진 건 이 페이지만이 아니었다! 에릭은 당황하여 계속 책장을 넘겼다. 다음 페이지 그리고 그 다음 페이지도 없었다. 마치 그 대목에서 작가의 아이디어가 잠시 외출을 나갔거나, 아니면 부인이 밥을 먹으라고 작가를 불러내기라도 한 것처럼, 에릭이 가장 좋아하는 책, 그 책이 모두 여섯 장이나 비어 있었다.

에릭은 아무 글자도 없는 페이지들을 뚫어져라 바라보았다. 흰 바탕 위로 글자를 불러내기라도 하려는 듯. 그러나 그 페이지들은 여전히 빈 상태였다. 에릭은 점점 혼란스러워졌다.

벽 뒤에서 긁어대는 듯한 이상한 소리를 여러 번 들었는데 그것 때문일지도 몰랐다. 에릭은 지금도 그 소리가 들리는 걸 깨닫고 깜짝 놀랐다. 바깥에 눈 속에 누가 앉아 있나? 고양이인가? 떠돌이 개인가? 이 주변에는 술주정뱅이들이 많았다. 이곳은 집을 짓기에 적당한 장소는 아니었다. 그러나 술 취한 사람들은 전혀 무섭지 않았다. 에릭은 이 소리가 왠지 책과 관련이 있을 것 같아 두려웠다. 내용이 줄어드는 이야기, 독자에게서 달아나는 이야기? 아니다, 정신 나간 생각일 뿐이다.

에릭은 스위치를 눌러 불을 켰다. 가구며 장난감들이 평소의 모습으로 돌아왔다. 책상은 더 이상 얼음으로 뒤덮인 산악지대가 아니었다. 모빌이 살랑거리며 움직였다. 시계를 보았다. 벌써 11시가 넘었다. 이렇게 오랫동안 책을 읽었나?

에릭은 손잡이를 눌러 문을 열고 뒷문으로 향했다. 나지막하게 음악 소리가 들렸다. 지그리트 누나가 아직 깨어 있다는 신호이다. 뒷문은 쉽게 열리지 않았다. 에릭은 휠체어 밖으로 몸을 숙인 채 빗장을 세게 잡아당기고는 좌우로 계속 밀고 당겼다. 잠금 쇠가 느슨해지기 시작했다. 바깥에는 눈이 쌓여 있어서 문짝으로 눈을 밀어내야 했다.

밖에는 아무것도 없었다. 회색빛을 띤 바닥이 두 개의 가로등 불빛을 받으며 조용히 자리 잡고 있을 뿐이었다. 이곳은 눈 때문에 경사면이 잘 보이지 않아 사람들이 자주 넘어지는 곳이다. 에릭은 휠체어를 몰고 함석으로 된 경사로를 내려갔다. 집 외벽을 빙 둘러 눈이 쌓이지 않은 좁고 기다란 길이 있었다. 에릭은 그 길을 따라 자기 방 창문 아래까지 갔다.

에릭은 동물 발자국에 대해서 잘 알고 있었다. 언제 개가 집 주변을 킁킁거리고 다니는지도 안다. 가끔씩 노루가 숲에서 내려올 때도 있었다. 사람의 발자국은 더 크고 깊다. 그러나 이렇게 크지는 않다! 짐승의 앞발 모양도 아니다. 이곳에 몰래 다녀간 생물체는 무게가 아주 많이 나가는 녀석임에 틀림없었다. 발바닥의 볼록한 부분과 뒤꿈치, 그리고 발톱 자국도 보였다.

에릭은 더럭 겁이 났다. 발자국의 주인은 누구일까? 혹시 아직 근처에 있는 건 아닐까? 《마르키타 공주를 구하라》를 읽고 있을 때 이상한 소리를 낸 건 누굴까? 에릭은 되도록 빨리 집 안으로 돌아가려고 했다. 바퀴가 얼음판 위에서 헛돌자 에릭은 순간적으로 엄청난 공포에 휩싸였다.

"지그리트 누나!"

에릭은 큰 소리로 누나를 불렀다. 그러곤 금방 자기 자신에게 화가 났다. 어느새 경사로까지 다다른 에릭은 서둘러 휠체어를 끌고 집으로 들어와 문에 빗장을 질렀다. 지그리트는 아무 소리도 듣지 못했다. 음악을 하도 들어서 귀가 닳아 없어진 모양이다.

에릭은 부엌으로 가서 바나나 토스트를 만들고 그 위에 꿀을 발랐다. 빵을 씹으면서 곰곰이 생각했다. 변하는 책도 있나? 엄마는《마르키타 공주를 구하라》를 대체 어디서 산 걸까? 당연히 서점이겠지. 왜 내가 여태 그 생각을 못했지? 내일 수업 시작 전에 쥘테 아주머니의 서점에 가 봐야겠다. 새로 한 권을 사는 거야. 그러면 다른 책도 변하는지 내가 갖고 있는 책만 결함이 있는지 확인할 수 있을 거야.

3

아침 일찍 일어나는 걸 몹시 힘들어하던 에릭이 오늘은 아빠보다도 먼저 잠자리에서 나왔다.

"잠을 잘 못 잔 모양이구나?"

"아니요."

에릭은 칫솔을 입에 문 채 웅얼거렸다.

"아침에 뭐 특별히 먹고 싶은 거 있니?"

아빠가 아들의 헝클어진 머리를 쓰다듬으며 말했다.

에릭은 입을 헹구었다.

"시간 없어요."

"저는 모과젤리 바른 토스트요."

지그리트가 모닝가운 차림으로 건들거리며 들어왔다.

"남자들은 나가 있어요."

그녀는 수건을 휘휘 휘두르며 동생과 아빠를 쫓아냈다.

"집에 모과젤리가 있던가?"

아빠가 문에 대고 소리쳤다.

"없으면 두 신사 분 중 한 분이 사 오셔야죠!"

이 말을 끝으로 쏴쏴 물소리가 났다. 지그리트는 따뜻한 물을 맞으며 10분씩 서 있는 습관이 있었다.

"네가 찾아볼 수 있겠니, 혹시 모과젤리가……?"

에릭은 벌써 목도리를 두르고 있었다.

"늦었어요!"

아빠는 아들이 벌써 옷을 다 차려입은 모습에 놀랐다.

"이렇게 일찍 어디를……?"

"뭘 좀 사려고요!"

에릭은 경사로를 내려갔다.

"조심해라!"

아빠는 생각에 잠긴 채 문을 닫았다.

에릭이 너무 빨리 철이 든 건 아닐까? 아내가 사라진 뒤로 아들이 변한 건가? 그는 맨틀피스(벽난로의 윗면에 설치한 장식용 선반-옮긴이) 위에 놓여 있는 사라진 부인의 사진을 물끄러미 바라보았다. 당신이 있을 곳은 거기가 아닌데. 인베아, 그녀는 다시는 돌아오지 않을 것이다. 그는 마음속 깊은 곳에서 느끼고 있었다. 아내가 죽지 않았다는 것을. 아내는 그저 그의 곁을 떠난 건지도 모른다. 그럴 수 있다고 그는 생각했다. 나는 특별한 사람이 아니니까. 인베아는 나보다 더 비범한 사람을 만날 자격이 있는 사람이지. 그는 사진 속 그녀의 두 눈을 어루만졌다. 에릭은 여러 모로 엄마를 닮았어. 이 사람은 결코 아들을 두고 멀리 떠날 사람이 아니야. 예상치 못한 일이 생겼던 게 틀림없어. 그는 한숨을 쉬며 부엌으로 갔다. 찬장 문이란 문은 모두 열고 모과젤리를 찾아보았다. 여전히 쏴쏴 물소리가 들렸다.

에릭은 쥘테 서점을 좋아했다. 이곳은 가게가 매우 작았기 때문에 쥘테 아주머니는 책을 엄선해 놓아야만 했다. 그런데도 에릭은 그곳에 가면 무슨 책이든 전부 구할 수 있었다. 대형 서점의 젊은 점원들은 항상 이렇게 말했다. '작가 이름이 어떻게 되죠? 무슨 출판사에서 나왔나요? 우리 서점엔 없네요.' 하지만 쥘테 아주머니는 에릭이 찾는 책의 대부분을 직접 읽기까지 하셨다.

"안녕하세요, 쥘테 아주머니."

에릭이 가게의 벨소리에 뒤질세라 큰 소리로 외쳤다.

"에릭, 이렇게 일찍 웬일이냐?"

아주머니는 에릭이 계단 위로 올라오도록 도와주었다.

쥘테 아주머니는 아랫입술이 심하게 두꺼웠다. 게다가 아래로 쳐져 있어서 한 번도 제대로 입을 다물어 본 적이 없는 것 같았다.

"찾는 책이 있어서요."

에릭이 말했다.

"그렇다면 제대로 찾아왔구나."

아주머니의 아랫입술이 흔들렸다.

"《마르키타 공주를 구하라》 있어요?"

"당연하지."

쥘테 아주머니가 빙그레 웃으며 말했다.

책꽂이 쪽으로 간 아주머니는 바퀴 달린 보조의자를 꺼내 그 위에 올라섰다.

"사람들이 찾지 않은 지 벌써 한참이나 된 책이지. 원래 왼쪽 꼭대기에 됐었는데……."

그 다음 순간 일이 터졌다. 누가 민 것도 아닌데 쥘테 아주머니가 올라서 있던 보조의자가 미끄러지며 옆으로 굴러갔다. 아주머니는 비명을 지르며 책꽂이 맨 위 칸을 붙잡았고, 보조의자는 무섭게 가속도를 내며 굴러가 회전식 스탠드책꽂이에 쾅 부딪쳤다. 스탠드책꽂이가 팽그르르 돌았다. 문고판 소책자들이 허공으로 날아갔다.

"조심하세요!"

에릭이 아주머니에게 다가가려는 순간, 쥘테 아주머니는 더 이상 버티지 못하고 바닥으로 떨어졌다. 아주머니는 일그러진 얼굴로 다리를 주물렀다.

"뭘 건드리셨나 봐요?"

쥘테 아주머니가 힘겹게 몸을 일으켰다. 아랫입술이 떨렸다.

"아니야…… 아무 것도 안 건드렸는데."

아주머니는 화가 난 눈초리로 보조의자를 바라보았다.

"바퀴달린 사다리를 살 때가 되었나 보다!"

아주머니가 신음 소리를 내며 일어났다.

"그런데 제 책은요?"

에릭이 머뭇거리며 물었다.

"아이고, 그래."

쥘테 아주머니는 절뚝거리며 다시 책꽂이로 갔다. 그러곤 손가락으로 꽂혀 있는 책들을 하나씩 미끄러지듯 따라갔다.

"이상하네. 여기에는 없는 것 같구나."

아주머니가 중얼거렸다.

"우선 정리부터 해야겠다. 그러고 나서 조용히 찾아보마. 학교가 끝난 뒤에 다시 오렴."

아주머니가 뒤돌아서며 말했다.

하지만 학교가 끝난 뒤에도 아주머니는 책을 찾지 못한 채였다.

에릭은 서점 다섯 곳을 더 돌아다녔다. 휠체어를 밀고 굴리며 샌드비켄을 누비고 다닌 것이다. 상당히 힘든 일이었다. 대형서점도 마다하지 않고 들어갔다. 코걸이를 한 여자 점원이 예상했던 대로 다음과 같이 말했다.

"들어 본 적이 없는데. 제목이 뭐라고?"

"《마르키타 공주를 구하라》요."

점원이 컴퓨터로 검색을 했다.

"있긴 있었네. 그런데 지금은 절판되었어."

마지막으로 그녀에게서 돌아온 대답이었다.

에릭은 기분이 엉망이 되어 바깥으로 나왔다. 눈발이 날리기 시작했다.

검정개가 보였다. 녀석은 코를 치켜든 채 꼼짝 않고 있었다. 그리고 그 너머 그늘진 자동차 진입로에 서 있는 모피인간을 발견했다. 그는 현실에선 볼 수 없을 정도로 큰 키에, 머리끝부터 발끝까지 모피를 걸치고 있었다. 이마 깊숙이 어두운 색 모자를 당겨썼는데, 모자의 귀덮개가 어깨까지 늘어져 있었다. 알아볼 수 있는 건 코와 서릿발 같이 흰 수염뿐이었다. 수염이 들썩거렸다. 무언가 씹고 있는 것 같았다. 늑대모피 재킷에, 물범가죽 장화를 신고 있었다. 그는 이미 진입로의 어두움 속으로 빨려 들어가고 있었다. 검정개도 주인을 따라 암흑 속으로 사라졌다.

번화한 거리엔 행인들이 오가고 있었다. 네온사인이 현란한 불빛을 던지고 있었고 어디선가 음악이 흘러나왔다. 에릭은 방금 모피인간을 본 것이 실제로 있었던 일인가 싶었다. 하지만 확인해 볼 용기가 나지 않았다. 그는 맞서 싸울 힘도 도망칠 힘도 없는, 그냥 휠체어를 탄 소년에 불과했다. 이 순간 아빠가 옆에서 '전부 네가 상상한 것일 뿐'이라고 말해 주었으면 좋겠다고 생각했다.

갑자기 어디선가 개 짖는 소리가 들렸다. 아픈 듯 쉰 목소리였다. 그 소리가 온 거리에 울려 퍼졌다. 털북숭이 개 한 마리가 외롭게 짖어대는 소리였다.

에릭은 더 이상 참을 수 없었다. 그는 휠체어를 몰기도 하고 굴리기도 하며 눈 덮인 웅덩이를 질주해갔다. 튕겨져 나가듯 비켜서는 사람들은 아랑곳하지 않았다. 벌써부터 양 팔이 마비된 듯했지만 집에 도착할 때까지 달리고 또 달렸다. 떨리는 손가락으로 열쇠를 찾은 그는 집 안으로 들어가 이중으로 문을 잠갔다.

에릭은 글이 사라진 이유를 밝혀낼 때까지 책을 펼쳐보지 않으려고 했다. 그러나 저녁을 먹은 뒤 편안하게 누워서 아빠의 친숙한 목소리를 듣고 있으려니, 매일 저녁 그랬던 것처럼 책이 읽고 싶어졌다. 에릭은 이불을 끌어당겨 덮고 책을 펼쳤다. 빈 페이지들을 건너뛰고 책장을 넘기자 이야기가 계속 이어졌다. 그런데 이 이야기는 전이랑 똑같은 걸까?

제4장
콰르누르타안 광산

　장례 기간 중 퇴테볼이 마르키타에게 면담을 요청했다.

　마르키타는 그를 자신의 집무실로 안내했다. 그는 거리낌 없이 시녀에게 나가 있어 달라고 했다. 마르키타는 수상과의 관계 개선을 결심했던 터라 그가 원하는 대로 해 주었다. 시녀들은 긴 치맛자락을 끌며 급히 방을 나갔다. 마르키타와 퇴테볼, 단둘만 남았다.

　"와 주셔서 감사합니다. 저는 아버지께서 생을 마감하시기 전에 수상님을 알게 되신 걸 대단히 기쁘게 생각합니다."

　그녀는 그에게 의자를 권했다.

　"아마 그분께선 그렇게 기뻐하시지 않았을 거야."

　수상이 자리에 앉으며 말했다.

　"그게 무슨 말씀이신지요?"

　"당신 아버지 말이요, 마르키타. 그는 구리디 구린 거짓말쟁이였어."

　갑자기 정적이 감돌았다. 벽난로 위의 시계가 똑딱거리는 소리까지 들릴 정도였다.

　"죄송합니다만, 방금 하신 말씀을 제대로 알아듣지 못해서요."

　"늙은 왕, 보르데 님께서는 반쯤 모자라거나 정신이 오락가락하는 위인이 아니었단 말씀이야. 사람들이 생각하는 것처럼 재미있는 인물은 더더군다나 아니었고."

"아하, 그런 분이 아니셨다고요, 그렇군요."

마르키타는 괜히 시녀들을 내보냈다는 후회가 밀려왔다.

"기운이 팔팔한 왕, 보르데! 착취자 보르데가 더 잘 어울리지."

퇴테볼은 큰 소리로 웃었다.

마르키타가 자리를 박차고 일어났다.

"제정신이세요?!"

"앉으세요, 아가씨, 앉아요. 힘을 아껴 두셔야지. 들어 둬야 할 것들이 아직 많거든."

공주는 아무 말 없이 소파에 도로 주저앉았다.

"당신도 크보렌 사람들을 알고 있겠지?"

"어디…… 사람들이라고요?"

퇴테볼이 소리 없이 웃었다.

"당연히 알고 있겠지. 그들이 당신을 먹여 살리니까. 크보렌 사람들은 당신 왕국에서 가장 가난하고 가장 춥고 가장 많은 폭풍이 몰아치는 곳에 살고 있어. 그들의 삶은 하루하루를 견디어내느냐 못하느냐에 달려 있지."

뒤죽박죽 혼란스러운 가운데 마르키타가 생각해낸 말이라고는 고작 '비스랜드의 다른 지역에서도 사람들은 얼음 속의 삶을 힘들어 합니다.'라는 것뿐이었다.

"하필이면 당신 같은 사람 입에서 그런 말이 나오는군. 얼음과 눈을 즐기기만 하는 사람 입에서."

"나는 운동을 하는 겁니다!"

퇴테볼은 그게 아니라는 듯한 제스처를 취했다.

"그게 문제가 아니야. 불쌍한 크보렌 사람들이 원래 그들이 누려야 할 권한을 누릴 수만 있었어도 그렇게까지 가난하게 살지는 않았을 거란 얘기지."

"누려야 할 거라니요?"

"텅스텐(크롬족에 속하는 전이 원소로, 흰색이나 회색빛을 띤다. 전구 필라멘트나 합금 제조에 쓰인다-옮긴이)."

"텅스텐이요?"

"왕실 지질학자들이 크보렌 지역 일대에서 거대한 텅스텐 매장지를 발견했거든."

"그건…… 몰랐어요."

마르키타는 얼굴이 빨개지는 걸 느꼈다.

"그렇다면 왜 하필 광산에서 몇 마일밖에 떨어지지 않은 니아쿠르나로 갔던 거지?"

"광산이라니요?"

"콰르누르타안 광산! 당신의 백성들이 착취당하고 강제로 노동하는 곳 말이야!"

"그런데 내가 거기에 간 건 대체 어떻게 아셨습니까?"

"왕은 임종 직전인데 왕위계승자는 자신의 세금수입원을 살펴본다? 거기서 뭘 하려고 했던 거지?"

퇴테볼은 천연덕스럽게 공주의 질문에 대한 답을 건너뛰고 말했다.

물론 마르키타는 브렉케를 찾아간 일을 말할 수도 있었다. 그러나 그래 봤자 나아질 게 없으리라는 예감이 들었다.

"나는…… 크보렌 축제에 참가했습니다."

"아, 그래. 축제."

퇴테볼이 조금 더 가까이 다가왔다.

"크보렌 최고의 축제일에 모습을 드러내시다니 정말 감동적이군. 평민 출신 아가씨라고 속이고 그들의 풍습을 즐기셨다고!"

그때의 장면들이 섬광처럼 마르키타의 눈앞을 스치고 지나갔다. 조키에 잡히던 순간, 브렉케가 그녀에게 키스하던 순간, '물고기의 작은 코' 노래를 불렀던 것…….

"나는 그 쾨르누르…… 뭐라고 하는 광산에 관해선 전혀 아는 바가 없었어요!"

"전혀 아는 바가 없어? 대공이 당신한테 텅스텐 법안을 제출했는데도?!"

퇴테볼이 소리 내어 웃었다.

"대공의 말엔 단 한 번도 귀를 기울여 본 적이 없었으니까요!"

마르키타는 퇴테볼이 가까이 있는 걸 더 이상 참을 수 없어 책상으로 피해갔다.

"몇 주 뒤면 대관식인데 자기 나라에서 무슨 일이 벌어지고 있는지 '나는 모릅니다'라고 말하려는 건가?"

"나는…… 나는 그저……."

“스키를 타셨다?”

“그래요.”

“그리고 스케이트를 탔다?”

“그래요.”

“스키점프 도약대에서 뛰어내렸고 봅슬레이 경기를 개최했다?”

“그래요, 그렇다고요!”

마르키타는 천천히 무너지듯 주저앉았다.

수상이 거칠게 책상을 내리쳤다.

“자기 아버지가 죽어가는 동안에? 단 한 번도 자신에게 맡겨진 의무를 다해야겠다는 생각은 해 본 적이 없어?! 여왕으로서의 의무를!”

갑자기 퇴테볼이 뒤로 물러섰다.

“내가 이 사건을 법정에 세워야 한다는 것이 두렵군. 나는 이 무자비한 착취를 알고도 묵인한 자들을 모두 탄핵할 것이오.”

퇴테볼이 마르키타에게 몸을 굽히며 말했다.

“누구든지, 한 사람도 예외 없이.”

마르키타는 회벽처럼 창백해진 얼굴로 퇴테볼을 올려다보았다. 머릿속이 뒤죽박죽이었다.

“나한테 말 놓지 마세요.”

그녀가 속삭이듯 작은 목소리로 말했다.

퇴테볼은 미소를 지으며 짧게 절을 한 뒤 방에서 나갔다.

4

"트롤라, 너 시간 좀 있니?"

둘이 처음 만났던 벤치 옆에 에릭이 휠체어를 타고 앉아 있었다. 말 그대로 받아들이자면 트롤라는 시간이 아주 많았다. 그러나 상상력이 많아도 너무 많은 남자애를 위해 보모 역할을 해 줄 시간은 눈곱만큼도 없었다.

"나 연습해야 돼."

트롤라는 스케이트보드를 톡톡 치며 말했다.

"무슨 일이 벌어졌는지 상상도 못 할 거야!"

아니, 트롤라는 상상이 가고도 남았다. 분명 그 책과 관련된 일일 테니까.

"아무 데서도 구할 수 없었어! 어떤 서점엘 가 봐도 그 책이 없더라고!"

에릭이 소리쳤다.

트롤라는 스케이트보드를 다른 쪽 겨드랑이에다 끼우고는 빠른 걸음으로 계속 걸어갔다.

"네가 가장 좋아한다는 그 책, 그다지 잘 팔리는 책은 아닌가 보다.”

휠체어도 걷기에 가담했다. 에릭은 빈 페이지들에 관해 이야기했다. 서점들과 모피인간에 관해서도.

“유령을 봤나 보지. 이런 날씨에 모피를 입고 다니는 사람이 어디 한둘이니.”

트롤라는 멈춰 설 기색이라곤 없이 큰 소리로 말했다.

“하지만 거인처럼 컸어! 그리고 고래껍데기를 쓰고 있었는걸!”

“이야기에 나오는 그 인물처럼 말이지? 당연하지. 책 속에 있자니 얼마나 심심했겠어! 그래서 책 밖으로 나와서 이리저리 걸어 다닌 거지!”

트롤라는 소리 내어 웃었다.

둘은 가벨룽까지 왔다. 이곳에서 트롤라는 왼쪽으로, 에릭은 오른 쪽으로 가야 했다.

“그래서 말인데, 우리가 뭔가 조처를 취해야 하지 않을까?”

에릭이 물었다.

“우리라고?!”

“곰곰이 생각해 봤는데 이미 책을 갖고 있는 사람들이 있을 거야. 광고를 낼 수도 있고 여기저기 다니며 물어볼 수도 있을 거야. 아니 면…….”

“에릭, 나는 시간이 없거든.”

트롤라가 왼쪽 길로 가려고 했다.

에릭은 휠체어로 트롤라의 길을 막아섰다.

“그 바보 같은 널빤지를 타고 돌아다닐 시간은 있고?!”

에릭이 씩씩거리며 그녀를 바라보았다.

에릭은 반대 방향으로 고무바퀴를 돌려 집으로 향했다.

트롤라는 뒤에서 에릭을 바라보며 생각했다. 쟤는 휠체어를 탄 아이야. 성격 고약한 누나가 도와줄 리도 없고. 아빠한테는 기껏해야 훌륭한 충고나 몇 마디 듣겠지.

"하루만이야."

트롤라가 소리쳤다.

에릭은 멈춰 서지 않았다.

"하루만 도와줄 거야! 그래도 못 찾으면 너 혼자 계속하는 거다."

휠체어가 멈추어 섰다. 에릭이 천천히 돌아섰다.

둘은 고서점이란 고서점은 다 뒤졌다. 그러나 매번 같은 대답이 돌아왔다. '그래, 틀림없이 여기 있을 게다.' 그 다음엔 '미안하구나. 거기 없지 뭐냐.'였다. 《마르키타 공주를 구하라》라는 책을 보관하고 계신 분을 찾습니다.' 라는 광고문도 작성했다. 에릭은 용돈을 긁어모았고, 트롤라는 신문에 광고를 냈다. 어떤 부부에게서 한 통의 전화가 왔다. 에릭과 트롤라는 버스를 타고 시내를 가로질러 갔다. 휠체어를 싣고 내리며, 두 번이나 버스를 갈아탄 끝에 마침내 주소지에 도착했다.

"책 갖고 계시죠?"

문이 열리자마자 에릭이 다짜고짜 물었다.

"천천히 하렴."

높고 가느다란 목소리가 들렸다. 파마머리를 한 아주머니였다.

"책 천국에 온 걸 환영한다."

그녀의 남편이 말했다.

"여기라면 너희들의 원하는 걸 다 찾을 수 있을 게다."

부부는 둘을 부부의 도서관으로 안내했다.

"그 책을 좀 볼 수 있을까요?"

에릭이 희망에 부풀어 말했다.

"그 책? 네가 볼 책은 수도 없이 많단다! 벌써 여기 아주 재미있는 게 있구나.《아기 오리와 담비의 드라이브》."

아주머니가 특유의 높은 목소리로 말했다.

아주머니는 책상 위에 그 그림책을 올려놓았다. 표지엔 자동차를 운전하는 오리와 가죽옷을 입은 담비가 그려져 있었다.

"무슨 책인데요?"

에릭은 책에는 손도 대지 않고 말했다.

"많은 아이들이 열광하는 책이지."

아저씨가 대답했다.

"우리 집엔 이 책 말고도 재미있는 책이 얼마든지 있단다!"

파마머리 아주머니가 말했다.

《어민(북반구에 널리 퍼져 있는 족제비속의 동물. 유럽 귀족들의 옷감으로 사용되었다-옮긴이)이 해변에 가고 싶대요》,《트론드하임의 가출 소년》,《구스타프와 사자 사육사》,《기니피그가 목욕을 하러 간대요》 등등 트롤라가 말을 가로막지 않았다면 두 사람은 천장까지 책을 쌓아 올릴 기세였다.

"《마르키타 공주를 구하라》는 어디에 있죠?"

트롤라가 큰 소리로 물었다.

"원, 참! 그게 말이다……."

두 사람은 서로의 얼굴을 쳐다보았다.

"어느 날 밤 집에 들어와 보니 누군가 부엌 창문을 부수고 들어와서 책이란 책은 몽땅 뒤져 놓았더구나. 처음에는 없어진 게 아무것도 없다고 생각했지."

"그 책이 없어진 걸 알아차리기 전까지는 말이다."

아저씨가 슬퍼하며 말했다.

"그 책을 도둑맞은 거네요?"

"그것 참 희한하지 않니?"

아주머니가 고개를 끄덕이며 말했다.

"희한한 것 이상이에요. 겁이 나는걸요."

에릭이 진지하게 말했다.

트롤라가 에릭을 돕기 시작한 지 사흘째 되는 날이었다. 트롤라와 에릭은 시무룩한 표정으로 벤치에 앉아 있었다.

"네 책이 진짜로 세상에 남아 있는 유일한 출판본인가 봐."

트롤라는 양손으로 턱을 괴었다.

날이 어둡고 추웠다. 둘 다 배가 고팠고 더 이상 아무 생각도 떠오르지 않았다. 둘은 다음 약속을 정하지 않은 채 그냥 헤어졌다.

그날 저녁 안나 리자 그외스팅이라는 사람한테서 전화가 왔다. 그녀는 그 책이 훌륭한 책이라고 생각하며, 세 번이나 읽었다고 말했다. 편안한 목소리였다. 그런데 어떤 남자가 집으로 찾아와 그녀의 어머니에게 도저히 거절할 수 없을 정도의 높은 가격을 제시하며 책을 팔라고 했다는 것이다.

"그 남자가 어떻게 생겼는데요?"

에릭이 전화에 대고 큰 소리로 물었다.

"어머니 말이 키가 크고 모피를 둘둘 휘감고 있었대."

"뭔가를 씹고 있었죠?!"

"모르겠어, 나는 집에 없었거든."

"어머니께 물어봐 주세요!"

"지금은 안 돼. 며칠 동안 할아버지 댁에 가셨거든."

에릭은 안나 리자와 다음 날 만나기로 약속했다.

안나 리자는 아직 학생이긴 했지만 벌써 다 큰 성인이었다. 그녀는 밝은 금발에 정감 어린 눈매를 지니고 있었다.

트롤라는 에릭을 밀고 자작나무 가구로 꾸며진 안락한 집 안으로 들어갔다. 안나 리자가 냉장고에서 주스를 꺼내 세 잔을 따랐다.

"누나 책에도 빠진 페이지들이 있었어요?"

에릭이 물었다.

"아니. 왜? 너희들 그 책 때문에 불평 신고라도 하려는 거니?"

그녀는 에릭에게 주스 잔을 건넸다.

에릭은 주스를 흘리지 않으려고 조심하며 말했다.

"불평신고라니 무슨 말이에요?"

"출판사를 상대로 불편사항 신고하는 거 말이야."

에릭과 트롤라는 서로 마주 보며 황당해했다. 그 생각을 못하다니! 무슨 책이든 책이 나오려면 기본적으로 세 가지가 필요하다. 작가, 출판사 그리고 인쇄소.

"출판사라는 데가 그냥 아무나 갈 수 있는 곳이에요?"

"갈 수 있는 곳이냐고? 출판사들이 무슨 별나라에라도 있다던!"

안나 리자가 웃었다.

그녀가 다시 생각해 보더니 말했다.

"그런데 내 기억에 그 출판사는 여기서 아주 먼 곳에 있었어."

"책은 왜 안 가져왔니?"

트롤라가 나무라듯 에릭을 바라봤다.

"너, 마르키타 책을 갖고 있으면서 그러는 거니?"

안나 리자가 헷갈린다는 듯 물었다.

"네, 하지만 애 책에 좀 문제가 있거든요."

트롤라가 대답했다.

에릭은 자초지종을 설명했다. 책과 사라진 엄마, 트롤라의 열병, 텅 비어 버린 페이지들. 그리고 모피인간에 관해서.

"내가 늘 원하던 게 그런 거였어. 읽을 때마다 변하는 책."

안나 리자가 말했다.

에릭이 가까이 다가가 속삭였다.

"사람이 이야기 속으로 들어갈 수 있는 그런 책이요."

트롤라는 눈알을 굴렸다. 에릭이 수리수리마수리류의 이야기에 흥미를 느끼는 건 이해가 갔다. 그러나 다 큰 성인이 마법의 책을 바라다니. 트롤라는 안나 리자가 상당히 괴짜같이 여겨졌다.

"책 속으로 들어갈 수만 있다면 사람들이 마르키타를 도와줄 수 있을 텐데."

무아지경에 빠진 채 안나 리자가 머리카락을 쓸어 넘겼다.

"두 분, 책 속으로 들어가시기 전에 우선 출판사에 가서 새 책부터 구해야 하지 않겠어요!"

트롤라가 비꼬는 말투로 말했다.

두 사람도 그게 현명하겠다고 생각했다. 집으로 돌아온 에릭은 벽돌을 밀치고 《마르키타 공주를 구하라》를 꺼냈다.

책에는 '헨리크 스텐베르크 출판사, 엘레쉰드'라고 쓰여 있었다.

5

"다행이야, 우리 엄마가 밤눈이 어두우셔서. 할아버지 댁에 기차를 타고 가셨거든."

안나 리자는 뭔가 구체적으로 행동에 옮길 수 있겠다는 생각에 얼굴이 환해졌다.

"그래서요?"

트롤라와 에릭은 무슨 말인지 얼른 알아채지 못했다.

"엄마가 기차로 가셨기 때문에 차고에 차가 그대로 있거든. 아무도 사용해 주지 않아 슬퍼하고 있지."

"누나, 벌써 운전해도…… 돼요?"

에릭이 물었다.

"그럼, 이래 봬도 3주 전에 운전면허증을 따신 몸인걸."

"운전은 얼마나 해 봤는데요?"

트롤라가 못 미덥다는 듯 물었다.

"엄마가 쇼핑 가실 때 종종 태워다 드렸지."

"국도에서는요? 노르웨이 국도 말이에요."

"그러니까 드디어 이 몸이 국도로 나가게 됐다는 말씀이지."

안나 리자가 말했다.

"샌드비켄에서 엘레쉰드까지 운전을 해서 가겠다는 거예요?"

에릭은 기가 막혔다.

"마침 내일 쉴 수 있거든."

안나 리자가 잠깐 생각해 보더니 말했다.

"뭐라고요, 내일?!"

"나도 내일이 좋아. 내일은 물리 보고서를 쓰는 날이거든."

트롤라가 고개를 끄덕였다.

"에릭, 너는?"

안나 리자가 신이 나서 물었다.

"아빠가 아마 사유서를 써 주실 거예요."

에릭이 우물쭈물하며 말했다.

"넌 뭐든 아빠한테 물어봐야 하니?"

에릭은 안나 리자의 차 뒷좌석에 앉았다. 아빠에게 거짓말을 한다는 게 에릭한테는 쉬운 일이 아니었다.

"호수 근처 오두막에서 밤을 샐 거라고 말씀드렸어. 만약에 지그리트 누나가 고자질을 하면 이어폰 줄에다 누나를 매달아 버릴 거야."

"조심들 해라!"

아빠가 걱정스러운 눈으로 소리쳤다.

트롤라가 조수석에서 에릭의 아빠에게 손을 흔들었다. 차가 출발했다.

"내일까지는 돌아와야 해요!"

에릭이 몸을 앞으로 구부리며 말했다.

"문제없어."

안나 리자가 신호등에 걸려 급작스레 멈춰 섰다.

"오늘 오후면 엘레쉰드에 있는 출판사에 가서 책을 구할 수 있을 거야. 잠은 유스호스텔에서 자고, 내일 아침 일찍 출발하면 정확히 저녁 시간에 맞춰서 집에 도착할 거야."

에릭은 안심이 되어 몸을 뒤로 기댔다. 안나 리자의 계획대로라면 문제 될 게 없었다. 에릭은 가방에서 책을 꺼냈다.

"책 읽어 줄까요?"

트롤라는 라디오가 듣고 싶었다. 그러나 안나 리자는 자기가 좋아하는 책 이야기를 듣고 싶었다. 에릭은 첫 줄에 손가락을 얹고 읽기 시작했다.

제5장
도주

궁 안에서 아무도 자신에게 진실을 말하지 않는다는 것을 파악하는 데는 오랜 시간이 걸리지 않았다. 마르키타가 광산에 관해 묻자 땀범벅이 된 비서관은 대답을 회피했고, 내무장관은 독감에 걸렸다며 용서를 구했다. 브외레고르조차 경제 자료에 관해 무언가 주절거렸을 뿐이다.

퇴테볼이 옳았던 걸까? 광산을 둘러싼 검은 음모가 있다는 게 사실일까? 도대체 텅스텐이 무엇일까? 그걸로 무엇을 만들기에? 나는 왜 날마다 스키만 타고 그런 공부는 전혀 해 두지 않았던 걸까? 마르키타는 훌륭한 여왕이 되고 싶었다. 그러나 제아무리 훌륭한 여왕이라도 모든 걸 다 알 수는 없는 법. 경제를 위해선 경제부장관이, 교통을 위해선 교통부장관이 있다. 체육부장관이라면 혹시 할 수 있을지도 모르지. 마르키타는 혼란스러웠다. 모든 것이 너무도 갑작스럽게 찾아왔다. 왕의 죽음, 수상의 위협, 희한한 약혼식…….

약혼식? 그녀는 생각했다. 나는 약혼한 몸이야. 그건 나한테 약혼자가 있다는 뜻이고, 약혼자의 도움을 기대해도 된다는 뜻이지. 마르키타는 다음과 같은 추론에 이르렀다. 브렉케는 크보렌 사람이야. 크보렌에 관한 일을 그보다 더 잘 아는 사람이 있을까. 그의 지원을 받는다면 광산 문제를 밝혀내 퇴테볼에게 평생 잊지 못할 가르침을 주게 될 거야.

수상이 분명히 마르키타를 감시하도록 시켰을 것이다. 그녀는 비밀리에 브렉케에게 가기로 결정했다. 비스랜드 기상 관측소에서 저기압 전선이 폭풍을 불러올 거라고 예보했지만 공주는 자신이 있었다. 지도를 보니 니아쿠르나는 멀리 떨어진 곳이 아니었다. 보르데 왕이 항상 말씀하셨던 것처럼, '행운의 여신은 결단한 자에게 찾아오는 법'이니까.

이틀 후 마르키타는 개들을 썰매에 매고, 잠깐 바람을 쐬고 오겠다며 궁을 나섰다. 마르키타는 이주크를 쓰다듬었다. 이주크가 그녀의 코를 핥았다. 마르키타가 채찍으로 착착 소리를 냈다. 일단 그녀는 빈데고르 언덕으로 이어지는 익숙한 코스를 택했다. 그러나 궁이 시아에서 벗어나자마자 커다랗게 커브를 틀어 북쪽 방향으로 썰매를 몰았다. 얼마 지나지 않아 랑달 지역으로 들어섰다.

하늘이 흐려졌다. 그러나 날이 어두워진 건 아니었다. 빛이 뿜어내는 색깔이란 색깔을 모두 바닥이 빨아들이는 것 같았다. 마르키타는 시작도 없고 끝도 없는 연회색 허공 속을 달리고 있는 것 같았다. 자박거리는 개들의 발소리, 쉭쉭거리며 미끄러지는 썰매 소리가 없었다면 날고 있다고 생각할 정도였다. 양손으로 균형을 맞추어 고삐를 잡고 있는데도 때때로 썰매가 오른쪽으로 향하는 것 같았다. 그럴 때마다 눈 덮인 바닥이 옆으로 내려앉는 듯했고 금방이라도 썰매가 뒤집힐 것 같았다. 평평한 들판을 달리고 있다는 걸 잘 알고 있었지만 마르키타는 급경사면을 따라 돌진해 가는 느낌이 들었다.

마르키타는 환각 상태에서 벗어나기 위해 노래를 시작했다. 시험 삼아 '물고기의 작은 코' 노래를 불러 보았다. 그러나 목소리가 날카롭게 들렸다. 술 취한 사람 목소리 같았다.

납빛 하늘이 갑자기 섬뜩할 정도로 이글거리는 빛으로 바뀌었다. 여태껏 한 번도 본 적이 없는 푸른색 이글거림이었다. 빛이 계속 이글거리며 변해서 두 눈을 깜빡이지 않고선 도저히 견딜 수가 없었다. 개들이 겁을 먹었다. 녀석들은 낑낑거리며 고개를 처박고 꼬리를 내렸다. 그러면서도 다른 때보다 훨씬 빠른 속도로 달렸다. 이 비현실적인 공간에서 멀찍이 벗어나려는 듯 계속 달릴 뿐이었다.

밤이 되기 전에 마르키타는 잠시 휴식을 취했다. 썰매 위로 텐트를 치고 개들을 실 뭉치처럼 모아 놓은 뒤, 개들 한가운데에 모피를 두르고 누웠다. 나지막이 낑낑거리는 개들의 울음소리가 잠자는 내내 마르키타를 따라다녔다.

마르키타가 잠에서 깨어났을 때였다. 개들도 썰매도 흔적도 없이 사라지고 없었다. 눈 덮인 풍경도 보이지 않았다. 마르키타는 빛이 들어오지 않는 곳에 있었다. 통 속 같았다. 통은 통째로 오르락내리락하며 흔들리고 있었다. 마르키타는 벽을 쳤다. 벽은 이상하리만치 부드러웠다. 몇 번 만져 보자고래 갈비뼈로 뼈대를 만들고 그 위에 순록 가죽을 팽팽하게 잡아 늘린 통임을 알 수 있었다. 도와달라고 소리쳐 보았지만 아무런 대답이 없었다. 힘껏 발길질도 해 보았지만 전혀 찢어질 기미가 보이지 않았다. 흔들림도 변함이 없었다.

마르키타는 생각을 정리해 보려고 애썼다. 밤에 잠깐 깼던 게 생각났다. 개들이 짖어댔기 때문이다. 그런데 어떻게 이렇게 꼼짝 없이 붙잡혀 있는 거지? 뒷머리에 느껴지는 묵직한 통증이 대답을 대신해 주었다. 이번엔 팔다리를 만져 보았다. 다른 다친 곳은 없는 것 같았다. 옷도 찢어진 곳 없이 말짱했다. 없어진 건 단지 값 비싼 담비모피 모자뿐이었다. 노상강도들의 손아귀에 들어온 걸까? 드넓은 얼음 벌판에서 불량배들을 만나면 비스랜드 경찰이라도 속수무책이었다. 언젠가 브외레고르가 '코스니오크'라는 얼음해적에 관해 얘기한 적이 있었다. 그들의 해적 행위에 관한 법안이 통과되어야 한다는 얘기였다. 정말로 마르키타가 코스니오크에 의해 납치된 거라면 법안의 국회 상정은 뒷북치기에 불과했다.

흔들거리는 통 속에서 몇 시간쯤 보냈을까. 뼈대의 문이 열렸을 때 마르키타는 자신의 생각이 맞다는 확신이 들었다. 그녀는 밝은 구멍을 통해 밖으로 나왔다. 구멍 둘레로 남자들이 빙 둘러서 있었다. 그들은 키가 큰 편은 아니었지만 공포감을 자아냈다.

"나는 법률에 의거한 그대들의 여왕, 마르키타다. 그대들이 잠시 나와 동행해 준 데 대해 감사하노라. 그러나 이제 나는……."

그녀는 인사말을 했다.

"콤프흐투."

얼음해적이 그녀의 말을 가로막았다.

그는 해마가죽 외투를 입고 있었는데 한눈에 보기에도 너무 큰 옷이었다. 훔친 옷이라는 건 의심할 여지가 없었다.

"짐은 코스니오크에 관한 법안 상정에 그대들의 어려운 상황을 고려할 것을 약속하노라!"

'코스니오크!'라는 표현이 남자들을 즐겁게 했다. 그들은 '코스니오크, 코스니오크!'를 반복했다. 턱을 쩍 벌리고 혓바닥을 내미는 그들의 행동이 웃는 것인지 아닌지 궁금했다.

"그하퀴외트."

해마가죽 외투를 입은 남자가 대답했다. 보아하니 그가 발언권을 가진 책임자인 듯했다.

"외크트휠 메 브리흐포크?"

각 고장을 경계로 200여개의 북빙양(얼음이 얼어붙은 넓고 큰 북극 바다. 북극해-옮긴이) 사투리가 있다는 이야기는 들어 본 적이 있다. 그러나 그것도 별로 도움이 되지 않았다. 마르키타는 이 코스니오크가 뭘 원하는지 전혀 감을 잡을 수가 없었다. 그는 모자를 벗고 제멋대로 뻗쳐 있는 역청처럼 검은 머리카락을 문질렀다.

"메프토흐크 룀멜크호르."

그가 조금 더 친절하게 말했다.

나머지 사람들은 배를 문질렀다. 마르키타는 그것을 인사로 해석했다. 마르키타도 그들과 똑같이 마사지하듯 배를 문질렀다. 배를 문지르다 보니 여태 먹은 게 없다는 생각이 들었다. 배문지르기 덕분인지 분위기가 조금 부드러워졌다. 남자들이 뒤로 벌러덩 눕더니 그대로 눈 위에 앉았다. 뒤쪽에서 조그맣게 불이 타오르고 있었다. 냄새로 미루어 순록의 배설물을 연료로 쓴다는 걸 알 수 있었다. 개들은 하네스를 푼 채 얼음 덩어리를 바람막이 삼아 누워 있었다. 마르키타의 개들은 짐썰매에 묶여 있었다.

이주크를 발견한 마르키타가 녀석에게 가려고 했다. 해적 하나가 달려들어 마르키타를 가로막았다.

"콤프흐투!"

그는 마르키타가 마음대로 다닐 수 없는 몸이라는 걸 분명히 해 두었다. 이주크는 줄에 묶인 채 마르키타의 모습을 눈으로 좇으며 구름이 짙게 뒤덮인 하늘을 향해 울부짖었다.

"그대들이 나를 통해 얻고자 하는 것이 무엇인지 물어보아도 되겠느냐?"

마르키타가 두목에게 물었다.

"몰호크 콸호크."

두목은 대접 하나를 그녀의 손에 들이밀었다. 역겨운 냄새를 풀풀 풍기는 찌개였다.

지독한 추위에도 불구하고 고개를 돌리지 않을 수 없었다. 구린내가 너무 지독했다. 그러나 자신에게 이목이 집중되었기 때문에 마르키타는 장갑을 벗고 걸쭉한 국물에 손을 넣어 회갈색의 건더기를 건져 입에 넣었다. 물개족발을 삶은 것이니 그보다 더 지독할 수는 없었다. 그녀는 유쾌하게 씹는 시늉을 했다. 해적들은 만족해하며 고개를 끄덕였다.

어느 정도 배고픔이 가시자 마르키타는 도망갈 궁리를 했다. 이들은 빙상경기 5관왕이자 트라이애슬론 최고 기록 보유자인 그녀를 붙잡을 만한 실력이 없었다. 물론 현재 마르키타에게는 스케이트도 스키도 없었다. 이 인적 드문 벌판에서 예비 식량과 나침반도 없이 길을 간다는 건 만만한 일이 아니었다. '개들이 있는 곳으로 가야겠어.' 마르키타는 어느새 대접에 담긴 찌개를 바닥까지 다 긁어 먹었다.

코스니오크들이 불 주위에 둘러앉아 있었다. 모두 아홉 명이었다. 약간 떨어진 곳에 머리숱이 적은 고수머리 남자가 쪼그리고 앉아 있었다. 안경을 쓰고 있었다. 비스랜드 사람들은 시력이 좋기로 유명하다. 그들은 백발노인이 될 때까지 물총새와 같은 시력을 유지했고, 100미터나 떨어진 곳에서도 눈속에 있는 토끼를 명중시킬 수 있었다. 이 남자는 비스랜드 사람이 아닐 수도 있다. 그 역시 코스니오크들에게 잡힌 모양이었다. 마르키타는 다른 사람들의 눈에 띄지 않게 그에게 다가갔다. 그가 마르키타를 힐끗 쳐다보았다.

해적들은 냉동 고라니 고기가 연해질 때까지 질경질경 씹다가 다시 뱉어서 불 위에 올려놓았다. 마르키타와 가장 가까이 앉아 있던 남자가 씹은 고라니를 권했다. 마르키타는 다음엔 무엇이 주어질지 몰라 일단 한 덩어리를 받았다.

다른 한 명이 안경 쓴 남자에게 몸을 돌렸다.

"월크투트?"

"브르간트뤼드 므월."

고수머리가 대답했다.

그는 코스니오크어를 이해하는 것 같았다. 불길이 잦아들자 두목이 마르키타의 팔을 붙잡고 아까의 그 통으로 데리고 갔다. 마르키타는 숨쉬기가 답답하다며 문을 잠그지 말아달라는 뜻을 비쳤다.

"콤프흐투."

남자가 씨익 웃으며 그녀의 부탁을 들어주었다.

곧 얼음 속을 휘도는 칼바람 소리와 코스니오크들의 코고는 소리 외에는 아무 소리도 들리지 않았다. 마르키타는 코끝이 새파랗게 얼었다. 좁은 침실에서 조용히 기어 나온 마르키타는 뽀드득 소리를 내지 않고 가볍게 걸으려고 애썼다. 타고 남은 순록 배설물에선 아직 희미한 불빛이 새어나왔다. 해적들은 거기서 잠을 청하고 있었다. 마르키타는 다닥다닥 붙어 누워 있는 개들에게로 시선을 옮겼다. 안경잡이는 어디에서도 찾아볼 수 없었다.

그를 찾은 것은 그에게 걸려 넘어지면서였다. 그는 썰매의 바람막이 뒤에 들어가 있었다. 손바닥으로 눈을 짚는 바람에 뽀드득 소리가 났다.

"잠이 안 오는 모양이지?"

'나한테 말을 놓는 사람이 또 있네.'

마르키타는 생각했다.

"제가 당신을 깨웠나요?"

"책을 읽는 중이었어."

"이 빛에요? 눈이 나빠지는 것도 놀랄 일은 아니군요."

"보름달일 때는 괜찮아."

그는 책을 가방에 집어넣었다.

"무슨 책을 읽는 거예요?"

"《비스랜드 동부의 레밍(나그네쥐라고도 하는 쥣과의 포유류-옮긴이)에게서 나타난 짝짓기 행태의 변화》."

"짝짓기 행태요?"

마르키타는 썰매 뒤에 쪼그리고 앉았다.

"믿을 수 없을 정도로 흥미진진해. 비스랜드 동부의 레밍은 들쥐 과에 속하는데도 최근 들어선 부화 행태가 드러나고 있거든."

마르키타는 어스름한 빛에 드러난 남자의 모습을 찬찬히 훑어보았다. 이마를 덮은 머리카락이 보였다. 얼굴의 거의 절반을 안경이 덮고 있었다. 보기 드물게 커다란 코가 받쳐 주지 않았다면 그대로 흘러내릴 것 같았다.

"생물학자이신가 보죠?"

마르키타가 물었다.

그가 놀라며 마르키타를 바라보았다.

"나는 대학생이야. 비스랜드에서 할 수 있는 공부는 전부 하고 있지. 첫째는 언어이고, 주요 전공은 지질학이야. 동물학은 막 시작했고."

"그런데 하필이면 왜 여기로 온 거죠?"

"코스니오크들과 함께 돌아다닌 지는 벌써 꽤 되었지."

"왜죠?!"

마르키타는 조금 크다 싶게 소리를 질렀다.

"그래야 생존 자체가 가능할 것 같지 않은 지역으로 들어올 수 있으니까. 저들은 뒤에서 나를 퇴코프라고들 놀려. 멍청이라는 뜻이야."

"하지만 코스니오크들은……."

"그래, 범죄자들이지."

그가 고개를 끄덕였다.

"하지만 이런 극지에서 그런 게 무슨 상관이 있겠어."

"저들이 나를 어떻게 하려는 걸까요?"

"네가 무엇을 보상해 주느냐에 따라 달라지지."

남자가 마르키타를 똑바로 쳐다보며 말했다.

"모피의 품질로 보아하니 부자인 것 같은데. 그렇지만 코스니오크들이 인질의 몸값을 요구하는 경우는 드물어. 비용도 엄청나고, 협상이 성공적으로 끝날 때쯤이면 이미 죽은 목숨일 수도 있으니까."

"죽어요?"

마르키타는 여태 그 단어를 떨쳐내려고 애쓰고 있었다.

"잡힌 사람들에게는 대부분 선택권이 주어지지."

"어떤 것들인데요?"

"코스니오크들에게 모든 것을 빼앗긴 다음 죽임을 당하거나, 얼린 고기 한 덩어리를 받아들고 얼음 벌판으로 가거나."

잠시 정적이 감돌았다.

"대부분은 죽는 쪽을 택하지."

그는 안경을 벗고 잠을 자려고 몸을 웅숭그렸다.

"잘 자요."

마르키타는 썰매를 뒤로 하고 되돌아갔다.

통발(가는 댓조각이나 싸리를 엮어서 통같이 만든 고기잡이 기구-옮긴이)처럼 생긴 통 안에 눕자 홀로 길을 떠나온 것 자체가 불행을 자초한 일이었다는 원망이 들었다. 마르키타는 궁에서 아주 멀리 떨어진 곳에 있었다. 행방불명 상태이며 찾아낼 수도 없었다.

그러니까 이제 마르키타는 영락없이 퇴테볼의 수중에 떨어진 셈이다. 왕의 사망과 공주의 사망. 그의 입장에서 이보다 더 잘된 일이 있을까. 마르키타는 덜덜 떨면서 얼음같이 차가워진 양손을 겨드랑에 비벼댔다.

"아차토카라고 해."

그가 말했다.

다음 날 아침 얼어붙은 팔다리에 다시 활력을 불어넣기 위해 모두들 발을 구르며 양팔을 두들기고 있을 때였다.

"당신, 비스랜드 사람인 거 확실해요?"

밝은 데서 보니 그의 고수머리가 더욱 우스꽝스러웠다.

"물론이지. 나는 동비스랜드 사람이야. 백 년 전 겨울에 우리 증조부께서 알라스카로부터 걸어서 건너오셨다고."

그가 펄쩍 뛰며 대답했다.

코스니오크들이 출발을 재촉했다. 마르키타는 혹시 처형이 코앞에 닥친 건 아닌지, 두려운 심정으로 그들의 얼굴을 살폈다. 놈들은 짐을 쌓아 올리고 개들에게 먹이를 먹이느라 바빴다. 금방 죽이지는 않을 거라는 걸 느낀 마르키타는 두목에게 신선한 공기를 쐬며 여행을 하고 싶다는 뜻을 전했다.

그는 '브롤무크 파르톨롤로'라고 말하며 씩 웃었다. 이가 하나도 남아 있지 않은 윗잇몸이 고스란히 드러났다. 고라니 고기를 씹느라 단단해진 회색빛 잇몸이었다. 그는 억센 팔로 그녀를 붙잡아 단숨에 썰매 위에 올려놓았다.

행렬이 움직이기 시작했다. 이주크와 녀석의 무리들이 왕실 썰매를 끌었다. 두 명의 코스니오크들이 고삐를 잡고 썰매를 운전했다. 그들은 대화를 나누며 쩌렁쩌렁하게 웃음을 터뜨렸다. 그들의 웃음소리가 일대에 울려 퍼졌다. 둘의 웃음소리는 우울한 하늘을 이고 암석과 얼음으로 뒤덮인 황야로 빨려 들어갔다. 암석과 얼음이라고 해 봤자 겉보기엔 둘 다 똑같았다.

점심식사로 고라니 고기가 배급되었다. 날것으로 먹어야 했다. 두목은 마르키타를 자신의 썰매에 그대로 있게 해 주었다. 그는 마르키타에게 특별히 큰 고깃덩어리를 던져 주었다. 몇 분이나 씹어 보았지만 녹이는 것조차 힘들었다.

"이제야 알겠군, 왜 클뢰베가 네 목을 자르지 않는지."

아차토카가 마르키타의 곁에서 올라치주를 따랐다.

해적들은 물개 가죽으로 만든 주머니에 술을 넣고 다녔다.

"클뢰베?"

마르키타는 조심스럽게 해마 외투를 입은 남자를 가리키며 물었다.

"여기 두목이지."

아차토카는 고개를 끄덕이며 안경에 낀 얼음을 긁어냈다.

"두목이 너를 노리개로 고른 것 같은데."

아차토카의 눈으로 뭔가가 날아들었다. 그는 잽싸게 돌아서며 폭풍을 등졌다.

마르키타는 충격에 올라치주 한 잔을 더 마셔야 했다. 두목의 노리개라니? 도대체 남자들이란! 그렇지만 내 스스로가 남자처럼 굴었던 시간들은 어쩌고? 스포츠 동료들과 함께 허약한 비스랜드의 여성들을 비웃었던 건? 그런데 이 남자들은 왜 갑자기 이렇게 이죽거리는 거야? 어쩌자고 이자들은 처음 준 덩어리도 다 못 먹었는데 고라니 고기를 더 들이미는 거냐고?

클뢰베가 미끄러지듯 그녀에게 바짝 다가왔다. 마르키타는 썰매에서 떨어질까 봐 겁이 났다. 그는 축축한 눈으로 '브롤무크 파르톨롤로'를 반복하며 마르키타의 무릎 위에 손을 올려놓았다.

다행히 개들이 날뛰기 시작했다. 두목이 출발 신호를 했다. 작은 행렬은 눈보라 속으로 다시 길을 떠났다. 왕실 썰매 위에선 아까의 그 코스니오크 둘이 고삐를 가는 대로 놔둔 채 킥킥거리고 있었다. 식사할 때 마르키타는 우연히 그들의 이름을 들었다. 뷜프와 뮐브였다.

"내가 도망간다고 하면 개들을 썰매에 매도록 도와줄 수 있어요?"

마르키타가 대학생에게 물었다. 모닥불이 타오르는 저녁때였다.

"저 극지에선 아무것도 할 수 없어."

그가 걱정스러운 표정을 지으며 안경 너머로 그녀를 바라보았다.

"여기 남아 있어 봐야 두목의 여자가 되어야 하는걸요. 고맙지만 그건 사양하겠어요."

마르키타는 클뢰베에게 눈길을 돌렸다.

그는 순록 배설물을 불 속에 던지고 있었다.

"얼음 폭풍에 얼굴을 뜯기고 사지가 하나씩 죽어가는 걸 느끼면서 망상에 사로잡혀 죽는 것. 뭐든 그것보다야 훨씬 낫지."

"그렇게까지 망가지지는 않을 거예요."

마르키타는 몰래 외투에다 고라니 고기를 쌌다. 올라치주도 조금 덜었다. 클뢰베의 시선이 느껴지자 그를 향해 친절하게 손을 흔들어 주었다. 그는 잇몸을 드러내며 씩 웃었다.

"차라리 얼어 죽고 말지. 당신이라면 어느 쪽으로 달아날 것 같아요?"

마르키타가 투덜거리며 말했다.

아차토카가 고개를 저었다.

"이 근처엔 마을도 없고 항구도 없어. 아무것도 없다고!"

"아무리 그래도 그 뒤엔 틀림없이 뭔가가 나타날 거예요."

"언젠가는 세상의 끝이 시작되겠지."

"좋았어요. 바로 그곳으로 가는 거예요."

그녀가 외쳤다.

"네가 그 끝을 보지 못할 거라는 게 유감스럽긴 하지만."

아차토카는 얼음 위에 주저앉아 안경을 닦았다.

"도와줄 거예요, 말 거예요?"

"정말 미쳤구나."

그가 중얼거렸다.

아차토카는 그녀를 도와주지 않았다. 아니 도와줄 수가 없었다. 저녁식사 후에 뮐브와 뷜프가 물어보지도 않고 그의 옆으로 와서 누웠는데, 얼마나 바짝 에워쌌는지 그들에게 들키지 않고는 도저히 일어날 수가 없었던 것이다. 둘은 그의 머리 위로 웃음꽃을 피우다 잠이 들었다. 마침내 그들이 코를 곯기 시작했다. 아차토카는 잠들지 못한 채 마르키타가 개들에게 기어가는 소리에 귀를 기울였다. 곧이어 개들이 잠든 이들을 깨울 만큼 요란한 소리를 냈다. 클뢰베가 쩝쩝거리며 다른 쪽으로 돌아누웠다. 다시 잠잠해졌다. 아차토카는 마르키타가 계획을 포기한 게 분명하다고 생각했다. 그는 홀가분한 마음으로 잠이 들었다.

다음 날 아침 포로는 사라지고 없었다. 그녀와 함께 리드독도 사라졌다. 나머지 개들은 남아 있었다. 클뢰베는 길길이 날뛰고 고래고래 소리쳤지만, 아차토카는 솔직히 슬픈 마음이 들었다. 독특했던 그 젊은 여인을 다시는 볼 수 없을 것이기 때문이었다. 얼음 속으로의 도주란 100퍼센트 죽음을 의미했다.

"내가 뭐랬어? 이 책엔 비참하고 고통스럽고 그리고 죽는 이야기

밖에 없다니까!"

트롤라가 큰 소리로 끼어들었다.

"모험소설이 다 그렇지 뭐."

안나 리자가 반박했다. 그녀는 눈살을 찌푸리며 자동차 앞 유리를 내다보았다.

"마르키타가 해냈어!"

뒷자리에서 에릭이 소리쳤다.

트롤라는 '왜 그 책을 가장 좋아하는 책으로 꼽는지 이해가 안 간다'고 말하며 히터를 높였다. 그러나 히터는 이미 최고로 돌아가고 있었다.

"이제 곧 마을이 나타날 거야. 거기서 몸을 좀 녹일 수 있을 거야."

안나 리자가 말했다.

그들은 쵤스트라를 지나 길게 뻗은 호수를 따라 달렸다. 안나 리자는 길이 끝날 때쯤에야 모습을 드러내곤 하는 암벽으로 된 급커브 길 때문에 애를 먹었다. 매번 심하게 핸들을 꺾어 트롤라가 옆으로 내동댕이쳐질 정도였다.

"이런 운전 실력으로 어떻게 주행시험에 통과했어요?"

"랠리(자동차 경주의 하나. 일반 도로의 정해진 구간을 규정된 시간과 속도로 달려서 실점의 차이로 우열을 가린다―옮긴이) 선수는 하루아침에 만들어지지 않는단다."

안나 리자가 커브를 돌며 말했다.

"누나, 400킬로미터만 가면 된다고 하지 않았어요?"

에릭이 앞쪽으로 몸을 수그렸다.

"벌써 하루 종일 달렸는데 조금 전에야 겨우 절반을 지났어요."

에릭은 아빠가 거짓말 한 걸 알아차릴 경우 무슨 일이 벌어질지 자세히 설명했다.

"내가 직선거리를 알아봤나 봐."

안나 리자도 동의했다. 그녀는 와이퍼를 더 넓게 작동시켰다. 와이퍼의 고무날이 시원찮게 유리를 닦더니 조그만 구멍 두 개만 달랑 남겨 놓았다. 안나 리자는 구불구불한 길을 물끄러미 바라보았다.

"오늘 안으로 아이스피요르드까지만 가면 일단 한시름 놓을 수 있어."

트롤라가 무릎 위에 지도를 놓고 손가락으로 구간구간 짚어가며 말했다.

"거기서 배를 탈 수 있어야 할 텐데."

"엘레쉰드까지 못 간다고요? 그럼 제 시간에 집에 못 가는데!"

에릭이 불안해하며 말했다.

"엘레쉰드에 도착하면 아빠께 전화해서 너무너무 맘에 들어서 조금 더 있고 싶다고 말씀드려."

안나 리자가 백미러로 눈을 맞추며 에릭을 안심시켰다.

"뭐 먹을 때 깨워 줘."

트롤라가 옆으로 돌아앉으며 말했다.

"이야기가 어떻게 돼 가는지 알고 싶지 않아?"

에릭이 두 좌석 사이에 책을 들이밀었다.

"난 지금 이 차 안의 얼음이랑 추위로도 충분하거든."

트롤라가 투덜거리며 옷에 달린 모자를 머리 위로 끄집어 올렸다. 안나 리자는 아무 말도 하지 않았다. 몹시 피곤했기 때문이다. 에릭은 조용히 있는 것이 상책이라고 생각했다. 차가 바닥이 다 갈라진 호숫가의 꼬불꼬불한 길로 접어들었다. 천천히 나아갈 수밖에 없었다. 에릭은 다시 책을 펼쳐 들었다.

도망가던 처음 몇 시간 동안 마르키타는 아차토카가 괘씸해서 견딜 수가 없었다. 이 정도 여행길이 뭐가 나쁘다는 거야? 그녀는 철저히 훈련된 몸이었고 옆에는 이주크가 있었다. 동이 틀 무렵엔 이미 꽤 멀리 와 있었기 때문에 해적들이 더는 자신을 찾을 수 없을 거라는 희망이 생겼다. 지나온 흔적도 폭풍이 날려 보낸 지 오래였다.

손가락에서부터 신호가 왔다. 신발 끈을 단단히 조이려고 장갑을 벗었다가 다시 끼려는 순간이었다. 손가락이 잘 움직이지 않았다. 그녀는 재빨리 푸르딩딩하게 언 손가락에 입김을 호호 불었다. 뽀얀 입김은 곧바로 가느다란 얼음 바늘로 변해 무감각해진 손에 꽂혔다. 마르키타는 놀라서 손을 겨드랑이에 끼고 박자를 맞춰 몸을 움직였다. 그렇게 하는 한편 그녀는 칼날처럼 날카로운 언덕 마루에 옷이 찢기지 않도록 조심하면서 얼음 언덕을 기어올랐다. 마르키타는 영하 20도까지의 온도에는 익숙했다. 그러나 이스쿠라 산악 지대에선 온도가 쉽사리 영하 40도 이하로 내려갔고 폭풍이라도 불어

닥치면 체감온도는 영하 80도까지 떨어졌다. 바람이 잠잠한데도 눈꺼풀이 다 얼 정도였다. 마르키타는 한 번씩 멈춰 서서 눈꺼풀에 붙은 얼음이 섬세한 결정체가 되어 떨어질 때까지 살짝살짝 두들겨 주어야 했다. 불을 지피고 쉬어야 했지만 그녀는 너무 잘 알고 있었다. 이런 추위에 멈춰 서는 사람은 더는 앞으로 나아갈 힘이 없는 사람뿐이라는 걸.

이주크는 한 걸음씩 앞장서 걸으며 마르키타에게 길을 알려 주었다. 마르키타의 속도가 느려지면 녀석은 다시 되돌아와 주인에게 코를 들이밀었다. '계속 가야 해요'라고 말하는 것 같았다. 어떤 대가를 치르더라도 계속 가야 해. 마르키타는 생각했다. 그렇지 않으면 이 끔찍한 곳에서 죽고 말거야. 그녀는 동사에 관한 기사를 읽은 적이 있었다. 신경이 무뎌지고 태무심해지며 기면증 환자처럼 잠이 쏟아지는 것. 한 인간이 얼어서 죽어가는 명백한 신호들이었다. 그에 맞설 수 있는 유일한 수단은 걷는 것이다. 다음 오르막은 도저히 못 넘겠다는 생각이 들 때마다, 얼음 언덕들은 매번 주저앉기를 요구했지만 마르키타는 꿋꿋이 몸을 끌고 갔다. 그녀는 걸으면서 음식을 먹었다. 작은 고라니 고기 한 덩어리를 녹이는 데에도 시간이 한없이 걸렸다.

마르키타는 스키를 내려다보았다. 한 걸음 한 걸음 옮길 때마다 스키가 모습을 드러냈다. 한 걸음 옮기면 또 한쪽이 따라왔다. 마르키타는 그저 이주크의 발자국만 보고 걸었다. 남은 고기를 녀석에게 던져 주자 녀석은 게걸스럽게 달려들어

한입에 삼켜 버렸다.

마르키타가 계속 나아갈 수 있었던 건 분노와 비슷한 어떤 감정 때문이었다. 비스랜드의 공주는 얼음 벌판 같은 데서 죽지 않아! 폭풍이 내 시신 위로 몰려와 나를 영원히 덮어 버리게 할 수는 없어! 그런 일이 일어나서는 안 돼!

그러나 분노도, 이를 악물고 견디어내는 것도 탑처럼 쌓인 현무암 덩어리들을 넘고 깨진 얼음 사이를 기어가는 데에는 별로 도움이 되지 않았다. 마르키타는 죽은 산들을 넘고, 더듬거리며 산등성이를 따라가고, 갈지자로 비틀거리며 눈 언덕을 넘기도 했다. 끊임없이 휘몰아치며 그녀를 쓰러드리는 폭풍도 울부짖는 바람 소리도 들리지 않았다. 기운을 차리기 위해 마르키타는 온기로 가득한 천국을 상상했지만, 동시에 자신이 지옥에 있다는 걸 잘 알고 있었다. 발에도 감각이 없어진 지 오래였다. 눈은 거의 장님처럼 멀어 있었다. 얼굴도 더 이상 감각을 느끼지 못했으므로 얼굴 여기저기의 살이 터진 것도 알아차리지 못했다. 피가 눈 깜짝할 새 얼어붙었기 때문이다.

그리고 어느 순간 끝이 찾아왔다. 끝없이 늘어선 얼음산들 가운데 한 산을 앞에 두고 마르키타는 무릎을 굽히고 말았다. 이렇게 높은 산은 당해낼 수가 없었다. 이제 더는 산꼭대기까지 오를 수가 없었다. 앞서가던 이주크가 낑낑거리고 그르렁거리며 제 주인에게 다가 왔다. 녀석은 코로 주인을 밀쳐 보았다. 거칠게 울부짖는 폭풍을 향해 컹컹 짖어대기도 했다.

주인의 모피를 물어뜯고 세게 잡아당겨도 보았다. 하지만 공주는 더 이상 움직이지 않았다.

제6장
퇴테볼의 밀사

"물론 국장을 다음으로 미루는 건 불가능합니다."
브외레고르 대공이 가라앉은 목소리로 말했다.
"말해 무엇 하겠습니까."
"하지만 왕위계승자가 없으면 장례식도 거행될 수 없습니다."
프래드햄 비서관이 끼어들었다.
"여부가 있겠습니까."
"그런데 현재 공주님께서는 침대를 떠날 수 없는 상태이십니다."
대공이 말했다.
"유감천만한 일이로군요."
대공과 비서가 상대하고 있는 사람은 퇴테볼 수상이었다.
"그렇게까지 심각하다는 말입니까?"
그는 커다란 관심을 보이며 물었다.
브외레고르는 슬퍼하며 고개를 끄덕였다. 그는 수상의 맞은편에 앉아 있었다. 위기시에는 정부와 궁이 단결해야 했다. 보르데 왕은 벌써 16일째 왕실 전용 냉동관에 누워 있었다.

영원한 안식을 위해 그를 잠재울 시간이 되었다. 궁에서 공표한 뉴스에 따르면 공주는 급성폐렴 때문에 고생 중이며 유감스럽게도 회복될 기미가 보이지 않는다는 것이었다.

진실을 아는 사람은 몇몇뿐이었다. 마르키타가 여드레 전부터 사라진 것 같다는 진실. 전해 오는 소식도, 이렇다 할 지시 사항도 없었다. 브외레고르는 이 일을 끝까지 비밀로 부칠 수는 없다는 걸 잘 알고 있었다. 벌써 오래전에 경찰에 수사를 의뢰했어야 했고 비밀정보기관과 퇴테볼에게 알렸어야 했다.

그러나 브외레고르는 그렇게 하고 싶지 않았다! 그는 마르키타가 얼른 돌아와 자신이 그런 일을 하지 않게 해 주기를 바라고 있었다. 분명 공주가 자신의 의무를 인식하고 다시 돌아오리라 믿었다. 수상이 그의 거짓말을 믿지 않으리라는 것쯤은 알고 있었다. 수상은 여러 차례 정부의 이름으로 마르키타의 안부를 묻다가 급기야 몸소 찾아온 것이었다.

"왕실주치의들은 뭐라고 합니까?"

퇴테볼이 우려하는 얼굴로 물었다.

"폐렴이 여전히 위험한 상태랍니다."

브외레고르는 마치 서류에 적힌 진단 내용을 읽어 내리듯 말했다. 그의 앞에는 점심 식단표가 세워져 있을 뿐이었다.

"공주님께서는 열이 높으십니다. 간밤에는 환각 증세를 보이셨답니다."

"공주를 들것에 실어서 장례식에 참가시킬 수는 없습니

까?”

퇴테볼이 제안했다.

“마우솔레움(웅장한 무덤. 그리스의 할리카르나소스에 있는, 페르시아 제국 카리아의 총독 마우솔로스의 묘. 마우솔로스가 죽자, 그를 기리기 위해 왕비가 화려하게 무덤을 세운 것에서 유래-옮긴이) 내의 냉기를 고려해 보십시오.”

비서관이 반론했다.

“당신 말이 옳소. 보기에도 이상해 보일 거고. 관에 안치된 왕과 들것에 누운 공주라니.”

퇴테볼이 고개를 끄덕였다.

그는 어쩔 수 없다는 표정을 지으며 말했다.

“기다리는 수밖에 달리 방법이 없군요.”

브외레고르는 안도하는 기색이 역력했다.

“저도 그렇게 생각합니다.”

그가 한숨을 쉬며 말했다.

비서관도 손가락 끝을 맞부딪치며 그 말에 동의했다.

“공주님의 쾌유를 비는 정부의 바람을 직접 전해드릴 수 없다니, 유감입니다.”

퇴테볼이 일어섰다.

“그건 안 됩니다.”

대공이 말을 가로막았다.

“절대로 안 됩니다.”

프래드햄 비서관도 따라 말했다.

"당연하지요."

퇴테볼은 경외심을 담아 머리를 조아리며 슬픔을 표했다. 사실 그는 비죽비죽 새어나오는 비웃음을 삼키느라 애쓰고 있었다.

퇴테볼은 기다릴 생각이 없었다. 궁에 심어 놓은 첩자에게 공주가 궁에 없다는 보고를 들은 지 이미 오래였다. 행방불명 되었거나 사라졌거나 잠적했을 수도 있다는 여러 추측이 있었다. 퇴테볼은 정확한 사실을 알고자 했다.

그날 저녁 퇴테볼은 평소 신임하는 인물을 집으로 불렀다. 그는 겉으로 보기에 믿음직한 인물은 아니었다. 거구인 데다 수상의 집에 드나들 사람으로는 보이지 않는 이상한 차림새였다. 그는 닳아빠진 늑대가죽 재킷에 굽이 높은 장화를 신고 있었다. 장화 옆에는 물범의 발톱이 튀어나와 있었다. 얼굴 부분은 수염과 모피, 모자가 분간이 되지 않았다.

손님이 들어오기 전에 퇴테볼은 계란화주를 한 잔 마셨다. 손님이 풍기는 냄새가 그의 외모보다 훨씬 더 지독했기 때문이다.

"안녕하신가, 퀴르콜?"

빈 잔을 내려놓으며 수상이 말했다.

"호."

거대한 형체가 말했다.

"자네도 한잔 하겠나?"

"호."

퇴테볼은 잔을 가득 채워 퀴르콜에게 건넸다. 퀴르콜이 화주를 수염 속으로 쏟아부었다.

"여행을 다녀와야겠네."

퇴테볼은 자리에 앉지 않은 채 말했다.

그는 이 방문객이 서 있는 걸 좋아한다는 것을 잘 알고 있었다. 사실 그는 이제껏 퀴르콜이 앉아 있는 걸 한 번도 본 적이 없었다.

"궁에 있는 멍청이들은 공주가 어디에 있는지 감도 못 잡고 있네. 자네라면 공주를 찾아낼 수 있겠지."

퇴테볼은 어둠이 잦아드는 집무실 안을 이리저리 걷기 시작했다.

"호?"

거대한 형체가 물었다.

"정확히는 모르네. 어쨌든 내가 확신하는 건 공주가 크보렌 지역 근처에 있다는 걸세."

수상이 대답했다.

"호?"

"그렇다네, 내 정보는 믿을 만하지."

"호 호."

거대한 형체가 말했다. 꽤 긴 답변으로 간주할 만한 것이었다.

"좋네, 오늘 밤 떠나도록 하게."

퇴테볼이 동의했다.

"마르키타를 찾으면 해야 할 일들은……."

수상이 퀴르콜에게 가까이 다가갔다. 퀴르콜은 수상이 상대방의 귀라고 짐작하는 곳에다 말을 할 수 있도록 몸을 숙여주었다.

퀴르콜이 집무실을 떠났다. 퇴테볼은 창밖을 내다보았다. 반딧불이 애벌레들의 희미한 불빛 아래에서 검정개 한 마리가 펄쩍펄쩍 뛰며 제 주인에게 달려오고 있었다.

"방금 어디까지 읽었지?"

안나 리자가 졸음이 가득한 눈으로 백미러를 보며 말했다.

"퀴르콜이 모습을 드러낸 부분."

에릭이 안나 리자에게로 몸을 숙였다.

이 부분에서 에릭은 공포를 느꼈다. 검정개를 데리고 다니는 털북숭이 인간. 불과 얼마 전 샌드비켄에서 에릭이 보았던 그 존재와 판박이였다.

"아직도 도착하지 않은 거야?"

트롤라가 반쯤 잠이 든 상태로 투덜거렸다.

에릭은 밤 풍경을 내다보았다. 눈앞에 펼쳐진 도로는 한도 끝도 없었다. 에릭은 졸린 눈으로 다음 줄로 시선을 옮겼다.

제7장
얼음성

　무언가가 자신의 눈꺼풀을 스치는 느낌이 들었다. 마르키타는 눈을 뜨기 위해 엄청나게 애를 써야 했다. 이주크가 코로 그녀를 쿡쿡 찌르며 짖어대다가 킹킹거리며 그녀의 얼굴을 핥는 모습이 희미하게 보였다. 어디서 힘을 얻어야 할지, 이 산의 정상까지 기어올라야 하는 이유가 무엇인지 알 수 없었다. 버티기 힘들 정도로 뼈 마디마디의 고통이 극심했지만 그녀는 무릎을 일으켜 눈 속으로 발을 내디뎠다. 한쪽 다리를 지렛대 삼아 겨우 버티고 서서 다른 쪽 발을 끌어당겨 똑바로 섰다. 첫 걸음을 내디뎠다. 그런 다음 또 한 걸음, 그리고 또 한 걸음⋯⋯. 그렇게 그녀는 1미터, 1미터씩 산비탈을 정복해 나갔다. 뒤로 미끄러지는 것은 용납하지 않았다. 추락하지 않으려고 가까스로 버티며 오르고 기고, 심지어 감각이 없는 두 손까지 이용했다. 마르키타는 더 이상 위로 올라갈 필요가 없는 그 순간을 동경했다. 산등성이의, 그것의 꼭대기에 도달하는 순간. 그곳에서는 몸을 던져 누울 수 있었고 눈 속으로 쓰러질 수도 있었으며, 얼음을 헤치고 다시 앞으로 나아갈 수도 있었다.
　이주크가 앞장서서 걸었다. 리드 독인 녀석은 폭풍이 휘몰아치는 산꼭대기에 서 있었다. 그러나 녀석은 혼자가 아니었다. 누군가가 녀석의 곁에서 무릎을 꿇고 녀석의 털을 쓰다듬

고 있었다. 마르키타의 눈은 완전히 얼어서 그게 누구인지 알
아 볼 수 없을 정도였다. 그녀는 마지막 힘을 다해 구릉을 기
어올라 눈 속에 몸을 던졌다. 아래쪽으로 탑이 하나 솟아 있
었다. 뾰족한 꼭대기가 희미하지만 하얗게 빛나고 있었다. 마
르키타는 정신을 잃었다.

정신이 든 마르키타는 양손이 붕대로 둘둘 감겨 있다는 걸
알았다. 몸을 일으켜 보려 했지만 모피 이불을 들어 올릴 힘
조차 없었다.

"아직 잊지 않았겠지?"

그녀의 귓전으로 믿음직한 목소리가 들렸다.

"우리가 처음 만났을 때 내가 쏘았던 그 곰의 가죽이오."

그가 누구인지는 눈으로 확인할 필요도 없었다. 브렉케, 그
녀의 약혼자, 마침내 그를 찾은 것이다!

"당신, 틀림없이 얼어 죽고 말았을 거야."

그가 그녀의 자존심을 한풀 꺾어 놓았다.

"어째서요?"

이제 마르키타는 두 눈을 완전히 떴다. 침대 가장자리에 브
렉케가 앉아 있었다. 푸른색 재킷을 입고 있었다. 그의 치아
가 반짝였다. 마르키타가 폭풍과 얼음 속에서 가장 힘든 순간
마다 머릿속에 그렸던 모습 그대로였다.

"당신, 저 사람 덕분에 구조될 수 있었어."

그가 말했다.

브렉케의 옆에 누군가가 앉아 있었다. 창문으로 들어오는 빛을 통해 가느다란 곱슬머리의 실루엣이 보였다. 그가 머리를 움직이자 안경알이 반짝였다.

"아차토카?"

마르키타는 믿을 수 없다는 듯 물었다.

남자는 안경을 벗어 마르키타의 침대 시트로 안경알을 닦았다.

"내가 경고했잖아. 여기 극지에서 혼자 힘으로는 아무것도 해낼 수 없다고."

"당신……, 날 뒤따라온 거예요?"

마르키타는 다시 한 번 몸을 일으키려고 했다.

그러나 약혼자가 만류하며 그녀를 다시 눕혔다.

"누워 있는 게 좋아."

브렉케의 얼굴이 진지해졌다.

"자, 어떤 손가락에서 감각이 느껴지지?"

마르키타는 손을 움직여 보고 대답하려고 했다. 하지만 가당키나 한 일인가? 그녀는 손가락을 구부려 손을 쥐락펴락해 보고는 붕대를 얼굴 쪽으로 가져왔다. 아무런 감각도 느낄 수 없었다.

"정확히 잘 모르겠어요. 손가락이…… 동상에 걸린 건가요?"

그녀는 더듬거리며 말했다.

"감각은 다시 돌아올 거야. 참고 기다려. 물론 아프긴 하겠지만."

브렉케가 대답했다. 갑자기 그의 왼쪽 눈이 실룩거렸다.

아차토카가 고개를 끄덕였다.

"얼었던 사지가 풀리는 것만큼 끔찍한 고통도 없지."

마르키타는 놀라서 두 사람을 빤히 쳐다보았다.

"얼굴은 좀 더 빨리 풀릴 거야."

아차토카가 기운을 북돋아 주었다.

"얼굴이라고요? 내 얼굴이 어떻게 되었는데요?!"

마르키타의 가슴 속에서 두려운 기운이 뜨겁게 끓어올랐다.

"흉터는 남지 않을 것 같아."

"흉터요?! 거울을 봐야겠어요!"

마르키타는 북극곰의 털가죽을 옆으로 밀쳤다.

"나 같으면 오늘은 거울을 안 볼 거야. 특별히 예뻐 보이진 않을 테니까."

아차토카가 경고했다.

손에 붕대가 친친 둘러져 있어 얼굴을 만져 볼 수도 없었다. 그녀는 도로 주저앉았다.

브렉케가 마르키타에게 몸을 숙였다.

"나도 저 극지의 얼음에서 내 행운의 눈을 얻었지."

그가 미소를 지었다. 눈꺼풀이 움찔거렸다.

마르키타는 담담하게 고개를 끄덕여 보이려고 했다. 하지만 울음이 터지고 말았다. 눈물이 흐르는 대로 그냥 내버려두고 있는데 뭔가 쪼개지는 소리가 그녀의 관심을 끌었다. 곧

지진이라도 일듯 한 저음의 삐걱거림이었다. 마르키타는 방 안을 둘러보았다. 모피가 걸린 벽들이 많았다. 나머지 벽들은 하나같이 푸른빛이 감도는 하얀 광채를 뿜어냈다. 유리처럼 반들거리거나 모피털 같은 서리로 뒤덮여 있었다. 실내 공간이 전부 얼음으로 이루어져 있었다. 눈에 보이지 않게 움직이는 얼음으로.

"여기가 어디죠?"

"내 성이야. 북쪽 지방에서 이 성보다 높은 성은 찾아볼 수 없을걸."

브렉케가 대답했다.

"성이 얼음으로 만들어졌네요?"

브렉케가 벽으로 다가가자 벽 색깔이 변했다.

"내 손으로 직접 벽돌을 다듬었지. 나는 얼음을 좋아하거든."

그가 뿌듯해하며 말했다.

"필요한 게 있으면 나한테 말해요. 무엇보다도 내 사람들은 시중드는 일에 익숙지 않으니까 그 사람들에게 너그럽게 대하도록 하고."

그가 문 쪽으로 갔다.

남자들이 나갔다. 그녀는 옆으로 돌아누워 꿈도 꾸지 않은 채 깊은 잠에 빠졌다.

잦아드는 오후의 햇살 아래 누군가 성으로 다가왔다. 그 방문객은 바쁜 게 없는 사람 같았다. 그는 꽁꽁 언 눈 위로 조용

히 걸음을 옮겼다. 개 한 마리가 주인의 그림자에 숨어 폭풍
을 피하며 뒤따라오고 있었다. 방문객은 어느덧 성문 가까이
다가왔다.

피곤한 승객들을 실은 차가 아이스피요르드에 도착했을 때는 마지막 배가 막 출발하고 난 뒤였다. 다음 배는 새벽 5시에나 있었다. 선착장은 음울한 안개에 싸여 있었고, 부슬부슬 빙우가 내리고 있었다. 불빛이라고는 음료수와 과자 자판기의 불빛이 전부였다. 트롤라는 코코아 세 잔과 캐러멜 사탕 다섯 줄, 젤리 두 봉지를 뽑았다. 이제 세 사람은 밤을 샐 수 있었다.

에릭은 춥고 두려웠다. 지금 집에 있다면 얼마나 좋을까. 아빠가 분명 먹을 걸 해 주셨을 텐데. 심지어 여기 있느니 누나의 잔소리를 듣는 게 더 낫겠다 싶은 마음도 들었다. 유감스럽게도 자동차는 시동을 켜 놓아야 난방이 되었다. 그러나 기름이 얼마 남지 않았으므로 배짱 좋게 밤새도록 시동을 걸어 놓을 수도 없었다. 여자들은 의자를 뒤로 눕히고 덮을 수 있는 건 모조리 덮었다. 에릭은 뒷자리에서 동그랗게 몸을 웅크리고 눈을 감았다. 폭풍이 울부짖으며 자동차를 흔들어댔다. 양철 조각이 바람에 나부껴 덜거덕거리며 광장을 돌아다녔다. 그러나 더욱 귀에 거슬리는 건 한 번도 들어본 적 없는 소음들이었다. 새소리인가? 아니면 광장을 떠도는 동물? 누군가를 부르는 소리인가? 에릭은 분명 한숨도 못 잘 것 같은 예감이 들었다.

잠에서 깨어났을 때였다. 에릭은 뭔가 달라졌다는 걸 알 수 있었다. 모직 담요가 널빤지처럼 딱딱해져서 팔다리 주변에 꽁꽁 얼어 있었다. 밤사이 셋이서 내뿜은 입김이 얼어붙어 자동차 내부가 뿌연 동굴 속 같았다. 셋은 뻣뻣해진 손가락을 조금이라도 녹여 보려고 쉬지 않고 입김을 불었다. 안나 리자가 시동을 걸었다. 아니 그렇게 하려고 했다. 세 사람 모두 숨을 죽였다. 모터가 약하게 한 번 쿨렁 거린 것 말고는 아무런 응답이 없었다. 안나 리자는 계속 열쇠를 돌려 보았지만 자동차에선 신음하듯 끽끽거리는 소리만 났다. 트롤라와 에릭은 안나 리자에게서 눈을 떼지 않았다. 그녀가 모터에 마법이라도 걸어 주기를 바라는 듯. 그러나 안나 리자의 마법은 전혀 진전이 없었다. 배를 기다리던 장사꾼 두 명이 차를 밀어 준 뒤에야 스프링처럼 튀어 오르며 차가 겨우 작동하기 시작했다. 안나 리자는 자동차가 잘 굴러갈 수 있도록 광장을 세 바퀴나 돌았다. 그런 뒤에야 그들은 아이스피요르드로 가는 카페리(여행객을 태우거나 자동차를 실어 운반하는 배-옮긴이) 속으로 들어갔다.

낮이 되었는데도 해가 구름에 가려 나타나지 않았다. 반대쪽 기슭이 희미하게 윤곽을 드러냈다. 에릭은 차 안에만 있는 게 답답했다. 트롤라가 휠체어를 펼쳐 주었다. 에릭은 휠체어를 밀고 뱃머리로 갔다. 뱃머리의 난간은 경사가 심해서 승객의 접근이 금지된 곳이었다. 그러나 맘씨 좋은 선장 덕분에 에릭은 그곳에 앉아서 경치를 바라볼 수 있었다. 에릭은 떨리는 몸을 감싸 안으며 왜 사람들이 유독 추위에만은 적응하지 못할까 궁금해졌다.

배가 닿을 곳은 회이겐이라는 곳이었다. 알록달록한 집 몇 채와 교회가 눈에 들어왔다. 곧 도착 시간이었다. 배가 천천히 뒷질(물에 뜬 배가 앞뒤로 흔들리는 일-옮긴이)을 했다.

그때였다. 에릭은 회이겐 기슭에 모피인간이 서 있는 걸 보았다. 그는 꼼짝 않고 그곳에 서 있었다. 곁에는 검정개가 앉아 있었다. 멀리 떨어져 있는데도 에릭은 그가 거인처럼 거대하게 느껴졌다.

"퀴르콜."

속삭이듯 읊조리던 에릭은 곧이어 큰 소리로 외쳤다.

"퀴르콜이에요!"

"그래, 애야. 곧 삼촌이 너를 데리러 오실 게다."

선장이 말했다.

에릭은 트롤라와 안나 리자를 불렀다. 그러나 두 사람이 뱃머리에 도착했을 때 모피인간은 집들 사이로 사라지고 없었다. 에릭이 아무리 두 눈으로 똑똑히 퀴르콜을 보았다고 말해도 두 사람은 믿으려 하지 않았다.

"그 사람이 대체 여기서 뭘 하게? 퀴르콜은 퇴테볼이 지시한 걸 해결해야 하잖아?"

안나 리자는 논리적으로 접근해 보려고 했다.

"아마 그 일을 하는 중이겠지!"

에릭이 소리쳤다.

"휴!"

트롤라가 한숨을 지었다.

트롤라는 이런 말도 안 되는 이야기에 끼어들고 싶은 마음이 눈곱

만큼도 없었다.

육지에 도착했을 때는 퀴르콜이 완전히 자취를 감춘 뒤였다. 두려움이 에릭의 뼛속을 파고들었다. '퀴르콜은 나한테 오려고 하는 거야.' 에릭은 그 털북숭이 인간이 커브길에 숨어서 기다리는 건 아닐까 주위를 둘러보았다.

일은 빠른 속도로 진행되었다. 그들은 회이겐 부두에서 아침식사를 했다. 안나 리자는 조금 쉬고 나자 기분이 한결 좋아졌다. 트롤라의 예상대로 점심 전에 엘레쉰드에 도착했다. 이 항구도시는 여러 개의 섬을 두루 아우르고 있었다. 알록달록하게 색칠한 집들이 마음에 들었다. 도시안내도를 구한 덕분에 딱 두 번 길을 물은 것 빼고는 별 문제 없이 길을 찾을 수 있었다. 도로는 부두에서 멀리 떨어지지 않은 곳에 있었다. 길에는 단순한 목조 가옥들이 한 줄로 늘어서 있었다. 그 너머로는 어선단의 배들이 비죽비죽 나와 있었다. 안나 리자는 알록달록한 건물 정면을 따라 천천히 차를 몰았다. '출판사'라는 간판을 발견하자 에릭은 모피인간에 대한 두려움마저 잊었다.

"저기 있다! 헨리크 스텐베르크 출판사!"

잽싸게 휠체어가 내려지고 세 사람은 벌써 문 앞에 서 있었다. 안나 리자가 초인종을 눌렀다. 아무 대답이 없었다. 그녀는 벨을 한 번 더 눌렀다. 안달스런 트롤라는 까치발을 하고 서서 창문을 들여다보았다. 안에는 불이 켜져 있었다.

"누군가 안에 있어."

건물 뒤편으로 이어진 길로 들어서면서 그녀가 말했다.

"누가 있다면 벌써 문을 열었겠지."

에릭이 소리쳤다.

"우리 소리를 못 들었을 수도 있어."

트롤라가 건물 모퉁이를 돌아 사라졌다.

안나 리자는 현관문에 기대서서 생각에 잠겼다.

"이제 어떻게 하지?"

갑자기 현관문이 뒤로 밀렸다! 어두컴컴한 복도가 보였다. 안나 리자가 두 칸짜리 계단 위로 휠체어를 끌어 올렸다. 그 순간 안쪽에서 비명이 들렸다. 둘은 놀라서 몸을 움츠렸다. 안나 리자는 서둘러 휠체어를 밀고 커다란 사무실 안으로 들어갔다. 사무실 벽은 온통 책으로 뒤덮여 있었다. 안쪽 구석, 문에서 얼마 떨어지지 않은 곳에 트롤라가 얼어붙은 듯 서 있었다.

"너 왜……?"

트롤라는 말 대신 바닥을 가리켰다.

둘이 책상을 빙 돌아가자 백발이 성성한 늙은 남자가 보였다. 남자는 파이프를 손에 쥔 채 비스듬히 누워 있었다. 그 옆으로 책들이 흩어져 있었다. 유별나게 지루한 책을 읽다가 잠이든 거라고 봐도 될 모습이었다. 머리에서 흘러내리는 피만 없었다면! 어둡고 진한 액체가 마루 위에 번져 있었다.

안나 리자는 그저 '오'라는 외마디 소리만 냈다. 그리고 미처 무슨 말이나 어떤 행동도 하기 전에 시끌벅적한 소리가 났다. '끼익'하는 바퀴 소리가 나더니 차들이 멈춰 섰다. 사방에서 크게 외치는 소리, 뛰어오는 소리가 들렸다. 창문 앞으로 불빛이 번쩍거렸다. 눈 깜짝할 사이에 경찰관들이 방에 들어와 있었다.

“꼼짝 마라! 움직이지 말고 제 자리에 가만히 있어!”

남자들이 한목소리로 소리쳤다.

에릭은 악몽을 꾸고 있는 것 같았다. 아니면 범죄 영화를 찍고 있거나. 에릭이 아는 경찰이라고는 순찰대장 브외르크 씨뿐이었다. 그는 동네를 순찰하다가 종종 에릭이 계단에 오르는 걸 도와주곤 했다. 경찰 제복을 입고 다니긴 하지만, 무기는 업무 규정상 어쩔 수 없이 지참하고 다닐 뿐이었다. 그런데 지금 이들은 전투복을 입은 데다, 사격 자세로 총을 겨누고 있었다. 모두 에릭과 트롤라, 그리고 안나 리자를 겨냥하고 있었다.

한 순간 정적이 감돌았다. 아무것도 움직이지 않았다.

“이거야 원……, 아이들이잖아.”

갑자기 한 사람이 말했다.

“함정일지도 몰라.”

뒤에 있던 사람이 말했다.

“말도 안 돼.”

첫 번째 사람이 그 말에 반박하며 무기를 내렸다.

“너희들은 누구냐?”

그가 가까이 다가왔다.

가장 먼저 정신을 차린 건 트롤라였다.

“우리는 책을 찾고 있어요.”

나머지 경찰관 두 명도 총을 내려놓았다.

“책이라고?”

“여기는 출판사잖아요. 우리는 책을 사러 왔어요.”

들릴락 말락 한 목소리로 안나 리자가 말했다.

"쟤들은 처음 보는 아이들이에요!"

뒤편에서 날카롭게 외치는 소리가 들렸다. 그곳엔 한 아주머니가 서 있었다. 그녀는 꼭 사탕 같았다. 당황해하는 보라색 크림사탕.

"진정하세요, 벵트쏜 부인."

첫 번째 경찰관이 말했다.

"너희들 어떻게 들어왔니?"

그는 다른 사람들보다 젊어 보였지만 가장 발언권이 세 보였다.

"무…… 문이 열려 있었어요."

안나 리자가 대답했다.

"이 말이 맞습니까?"

경찰관이 보라색 옷의 부인에게 물었다.

"제가 흥분해서 잠그지 않았을 수도 있어요. 상사가 바닥에 죽어 있는 걸 보는 게 흔한 일은 아니니까요."

"너희들 뭐 만진 거 있니?"

경찰관이 총을 집어넣으며 물었다.

"저희는 지금 막 들어왔어요."

"좋아. 단서가 사라지지 않도록 좀 나가 있으렴."

그가 고개를 끄덕였다.

셋은 서둘러 방을 떠났다.

몇 분 뒤 셋은 작은 사무실에서 경찰관과 마주 보고 있었다. 형사 반장 스톨베어였다. 또 한 명의 경찰이 문을 잠갔다. 반장은 한쪽 다리를 의자 위에 올려놓고 조사하듯 셋을 바라보았다.

"너희들이 어떤 이야기를 들려줄지 흥미진진하다. 아직 미성년자 같은데, 그렇지 않니?"

"저는 11월이면 열아홉 살이 돼요."

안나 리자가 대답했다.

"미안."

반장이 미소를 지었다.

그는 트롤라와 에릭을 가리키며 말했다.

"하지만 너희들, 너희들도 11월에 열아홉 살이 될 거라고 말하려는 건 아니겠지?"

에릭은 여태까지 자기가 그렇게 어리다고 생각해 본 적이 한 번도 없었다.

진술이 시작되었다. 하지만 책 한 권을 찾기 위해 400킬로미터를 달려온 사연을 어떻게 이야기해야 할까? 처음에 셋은 함께 이야기를 해 보려고 했지만 몇 분이 지나자 형사 반장은 아예 귀를 막아 버렸다. 다음엔 차례차례 이야기를 해 보았다. 그러나 그것도 소용이 없었다.

"책이라면 샌드비켄에서도 살 수 있었을 텐데."

마침내 스톨베어 반장이 입을 열었다.

아니라고, 그 책은 사라져 버렸다고 에릭이 대답했다. 그래서 셋이 출판사까지 오게 된 거라고.

"그래서? 그 책은 찾아냈니?"

"제가 찾아낸 건 죽은 남자뿐이었어요."

트롤라가 나지막이 대답했다.

“너희들 부모님께서는 알고 계시냐?”

모두들 말이 없었다.

“물론이죠.”

안나 리자가 당연하다는 듯 힘주어 말했다.

에릭은 속임수가 곧 들통이 날 거라고 생각했다. 한 남자가 살해를 당했다. 살인 사건이 발생한 것이다. 에릭은 사건을 납득할 수 있도록 나열해 보았다. 헨리크 스텐베르크 씨는 앉아서 책을 보고 있었다. 갑자기 누군가 그의 머리를 세차게 내리쳤고, 지금은 죽은 몸이 되었다. 마음속 깊은 곳에선 이미 답을 알고 있었다. 그 정도의 일격을 가할 힘을 가진 자가 누구인지. 에릭은 살인자가 누구인지 알고 있었다.

에릭이 속삭였다.

“퀴르콜.”

스톨베어 반장이 몸을 돌렸다.

“퀴르콜이 살인자예요.”

에릭이 말했다.

안나 리자가 경고하듯 머리를 흔들었다. 트롤라 역시 입 다물고 있으라는 신호를 보냈다. 하지만 이미 엎질러진 물이었다. 에릭이 책에 나오는 모피인간이 범인이 분명하다고 얘기하자, 반장의 얼굴에 참을 만큼 참았다는 표정이 역력했다. 그는 구체적인 증거를 원했다.

“그래 좋다. 너희들은 조서 기록을 위해 모든 걸 진술해야 한다. 다시 말해 너희들을 곧바로 집으로 보내 줄 수 없다는 말이다.”

"하지만 지금 말씀드린 게 전부예요!"

에릭이 반론을 제기했다.

"저희를 의심한다는 말씀이세요?"

트롤라가 물었다.

"직접적으로는 아니다. 그러나 하필 이때 너희들이 이곳에 나타났다는 것 자체가 그냥 넘어가긴 힘든 상황이지."

반장이 대답했다.

셋은 관할 경찰서로 가서 진술을 반복했다. 담당 경찰관이 황당해하며 컴퓨터 자판을 두드렸다.

"난 집에 가야 해."

에릭이 조그맣게 안나 리자에게 말했다.

"아직 아무도 엄마 아빠에게 전화하지 않았어."

안나 리자가 속삭이듯 대꾸했다.

"그러니까 잘된 일이기도 하지."

트롤라가 이를 악문 채 투덜거렸다.

형사 반장이 아이들을 위해 호텔방을 잡아 놓으라고 했다.

"아침에 질문할 것이 더 생길지도 모르니 그때를 대비하는 것뿐이다. 이제 순찰 과장이 너희들의 전화번호를 적을 거다."

그가 친절하게 설명해 주었다.

"전화……"

에릭이 더듬거리며 말했다.

"……번호요?"

트롤라가 말을 마무리했다.

"그래야 너희 부모님들이 걱정을 안 하시지."

스톨베어 반장이 미소를 지었다.

에릭은 생각했다. 샌드비켄에 전화벨이 울리겠지. 아빠가 전화를 받으실 거고, 그런 다음 아빠는 경찰관으로부터 아들이 자신을 속였다는 이야기를 듣게 되시겠지.

순찰 과장은 연필을 손에 쥐고 어서 말하라는 듯 셋을 빤히 바라보았다.

엘레쉰드 경찰서는 그다지 큰 편이 아니었다. 어떤 남자가 눈을 뒤집어쓰고 뛰어 들어와 큰 소리를 치자 그쪽으로 관심이 쏠렸다.

"모피를 입은 거인이요!"

그가 소리쳤다.

에릭은 몸속을 돌던 피가 얼어붙는 것 같았다.

"날 덮쳤어요!"

경찰관들이 벌떡 일어섰다. 순찰 과장도 연필을 쥔 채 일어섰다.

"어디서요?"

스톨베어 반장이 물었다.

"악슬라베르크에서요!"

남자가 소매에 묻은 눈을 툭툭 털어내며 말했다.

"다친 데는 없습니까?"

"저는 괜찮습니다! 하지만 토끼 한 마리가 그자에게 잡혀 찢겨 죽었습니다!"

"찢겨 죽어요?"

반장은 못 믿겠다는 듯 반복해서 말했다.

순찰 과장이 연필을 옆으로 치웠다.

"거친 짐승 같았어요. 정말 깜짝 놀랐습니다. 그자가 저도 덮치려고 했어요. 저는 제가 그렇게 빨리 달릴 수 있다는 걸 오늘 처음 알았다니까요!"

"인상착의는 어땠습니까?"

스톨베어 반장이 물었다.

"완전히 온몸을 도배하다시피 모피를 휘휘 감고 있었습니다. 키가 적어도 2미터 50센티미터는 되는 것 같았어요!"

형사 반장이 천천히 에릭에게로 돌아섰다.

"너, 책 속에 나오는 그 거구가 어떻게 생겼다고 했지?"

"저 분이 지금 말씀하신 대로요."

에릭은 쥐어짜듯 악센트 없이 말했다.

"그리고 그 남자 이름이……"

"퀴르콜."

경찰관들만 에릭을 바라본 건 아니었다. 트롤라와 안나 리자도 그랬다. 에릭은 마침내 이 두 아가씨가 자신을 믿게 됐다는 걸 느낄 수 있었다.

"자네는 아이들을 호텔로 데리고 가게."

반장이 지시를 내렸다.

"나머지는 나와 함께 간다."

그는 아노락을 걸쳐 입고 경찰서를 떠났다.

순찰 과장은 책상 위에 연필을 놓아 둔 사실을 까맣게 잊고 상사를 따라 나섰다.

10분 뒤 셋은 아늑하고 편한 호텔방에 앉아 있었다. 방에는 커다란 침대가 두 개, 그리고 미니 냉장고와 텔레비전이 있었고 교회가 내다보였다.

"내일이면 다 들통 날 거야."

안나 리자가 말했다. 그녀는 훌쩍거리며 차를 마셨다.

"우리가 직접 전화를 해야 하지 않을까. 그러면 일이 그렇게까지 나빠지지는 않을 텐데."

에릭이 제안했다.

"나도 아까부터 그 생각을 하고 있었어."

"둘 다 그 걱정밖에 못해요?"

트롤라가 벌떡 일어섰다.

"그러면 또 뭐가 있는데?"

"또 뭐가 있냐고요?!"

빨강머리가 두 사람 앞에 다리를 벌리고 버티어 섰다.

"에릭의 책 때문에 누군가가 살해당했어요! 모피인간이 실제로 나타났다고요! 나 같으면 이런 상황에서 엄마 아빠가 오늘 나 없이 텔레비전을 보게 되면 어떡하지, 그런 걱정 따위는 안 할 것 같아요!"

"무슨 뜻이야?"

안나 리자는 두 발을 침대 위로 끌어 올렸다.

"거의 다 다가갔다고요!"

트롤라가 확신하듯 소리쳤다.

“어디로 다가갔다는 거야?”

“비밀로요! 비밀은 책 속에 있어요. 우리는 반드시 책을 찾아내야 해요!”

트롤라는 문 쪽으로 갔다.

“우리라고? 경찰이 지금 사건에 전념하고 있잖아.”

에릭은 트롤라에게로 휠체어를 밀고 갔다.

“그들이 찾는 건 살인자고, 우리가 찾는 건 책이야.”

“이제 할 만큼 했어. 경찰한테 전부 다 말했잖아.”

안나 리자가 엄하게 말했다.

“경찰이 우리 말을 믿을 것 같아요? 반장이 에릭을 미친 사람 보듯 쳐다보던데요. 우리도 뭔가 조처를 취해야 하지 않겠어요?”

트롤라가 말했다.

“아무튼 나는 지금 내가 뭘 해야 할지 알아. 먼저 목욕을 한 다음 잠자리에 드는 거지. 부모님께는 내일 전화 드리자. 그래야 우리 머리가 온전히 남아 있을 거야.”

안나 리자가 자리에서 일어섰다. 그 순간 안나 리자는 화들짝 놀라 ‘머리’라고 속삭이며 다시 말했다.

“그분이 누워 있던 것처럼……, 불쌍한 스텐베르크 씨.”

모두들 침묵했다.

“살인자는 분명히 책을 찾고 있었을 거야. 그때 스텐베르크 씨가 그를 놀라게 한 거지. 그래서 맞아 죽게 된 거고. 아직 책을 찾지는 못했을 거야!”

트롤라는 아노락을 들었다.

"아무리 값진 보물을 준다 해도 그곳엔 다시 안 갈 거야."

안나 리자가 반대했다.

에릭은 고마워하며 그녀를 바라보았다.

"두 사람 다 이해할 수 없어. 단서를 쥐게 될지도 모르는데 둘 다 그걸 마다하려는 거예요?"

"이건 마다하는 게 아니야. 부모님들이 항상 말씀하시는 이성을 작동시킨 것뿐이지."

안나 리자는 욕실로 들어갔다.

스벤 스톨베어 반장은 보통의 경찰관들에 비해 상상력이 풍부했다. 그것은 아마도 그가 일상적인 것과 비일상적인 것이 공존하는 그린란드 출신이기 때문일 것이다. 물론 스톨베어 반장도 책 속의 등장인물이 엘레쉰드에 사는 출판인을 죽이려고 책장을 벗어났다는 말을 믿는 건 아니었다. 그러나 그는 아이들의 상상 속에는 진실이 숨겨져 있다는 걸 알고 있었다.

그날 저녁 악슬라베르크에서 거대하고 육중한 인간의 흔적과 맹수의 발톱 자국을 발견했을 때, 반장은 에릭이 사건 해결의 열쇠를 쥐고 있을지도 모른다고 생각했다. 스벤 스톨베어 반장은 제아무리 공상적인 단서라도 그냥 무시해 버리는 경찰관이 아니었다.

반장이 노크를 하고 호텔방 안으로 들어섰을 때 눈앞에 놀라운 광경이 펼쳐졌다. 빨강머리 여자아이는 옷을 제대로 갖춰 입은 채 문 옆에 서 있었지만 그 너머에 있는 안나 리자는 거의 걸친 게 없었다. 남자아이는 휠체어를 타고 창가에 앉아서 고개를 돌린 채 숫자를 세고 있었다.

"열아홉, 스물. 이제 돌아봐도 돼?"

"대체 무슨 일이냐?"

스톨베어 반장이 물었다.

"목욕을 하려고요. 그래서 에릭한테 좀 돌아서 있어 달라고 했거든요. 제가……."

안나 리자는 몸에 두르고 있던 조그만 수건을 더 크게 펼쳐 보려고 애썼다.

안나 리자는 더 이상 어린애가 아니었다. 스톨베어 반장은 한눈에 그걸 알아보았다. 반장 역시 옆으로 돌아서며 말했다.

"옷 입어라."

"그럼 목욕은 언제 하라고요?"

"나중에."

반장은 복도에 나가 있었다. 그는 5분 뒤 다시 노크를 했다. 이번엔 모두 옷을 입고 있었다.

"너희들, 그 책을 알아볼 수 있겠니?"

셋이 반장과 마주 보고 앉자, 반장이 물었다.

"네, 책이 수천 권 있다고 해도요!"

에릭이 외쳤다.

가방에 있는 책이 생각났지만 에릭은 입을 다물고 있기로 했다. 다른 두 명도 똑같이 행동해 주기를 바라는 마음뿐이었다.

"이해한다."

스톨베어 반장은 잠시 머뭇거렸다. 자신이 제안해야 할 일을 입

밖에 꺼내기가 쉽지 않았다.

"너희들, 나와 함께 출판사에 다시 가 보지 않겠니? 아, 그 늙은 남자는 이미 다른 곳으로 옮겼단다."

반장은 손을 들어 아이들을 진정시키며 말했다.

트롤라가 으쓱거리며 다른 아이들을 바라보았다.

"동의하지?"

스벤 스톨베어 반장이 안나 리자에게 물었다.

"그래야 된다면요."

안나 리자는 왜 얼굴이 빨개지는지 설명할 길이 없었다.

에릭은 바닥에 있던 피를 생각했다.

그들은 검은색과 노란색의 출입통제 테이프 앞에 서 있었다.

"가능한 한 있는 그대로 놔둬야 한다. 내가 찾고 너희들은 맞는지 말만 해 주면 돼."

스톨베어 반장은 고무장갑을 끼었다.

"단서를 흐트러뜨릴 리가 있겠어요."

트롤라가 볼멘소리를 했다.

"어련하시겠어. 그렇다면 이제부터 너를 내 보조 요원으로 임명하노라."

반장이 웃으며 트롤라에게 장갑을 던져 주었다.

트롤라는 조심스럽게 통제 테이프를 넘어갔다. 안나 리자는 옆 사무실로 들어가 책꽂이를 조사했다.

에릭은 트롤라에게 어느 곳을 찾아보아야 할지 큰 소리로 말해 주었다. 그들은 《마르키타 공주를 구하라》와 비슷한 수십 권의 책을 찾아냈다. 그러나 에릭은 번번이 실망스러운 표정으로 고개를 저었다.

"이것도 아니야."

반장이 두 번째로 시계를 보았을 때는 자정이 되어 있었다.

"그만 자러 가야겠다."

그가 한숨을 내쉬었다.

"이젠 너무 피곤해서 목욕도 못하겠어요."

안나 리자가 경찰차 안에서 말했다.

스톨베어 반장은 아이들을 호텔에 내려 주고, 깊은 생각에 잠긴 채 페르시아고양이가 기다리고 있는 집으로 돌아왔다. 맥주를 한 병 마시고 나자 안나 리자에 대해 생각할 여유가 생겼다. 반장은 고양이를 쓰다듬어 주었다. 아이들의 부모에게 아직 아무도 연락을 하지 않았다는 사실은 까맣게 잊은 채.

7

에릭은 잠이 오지 않았다. 다들 말할 기운도 없을 정도로 지쳐서 호텔로 돌아왔다. 15분 정도 지나자 두 여자아이의 고른 숨소리가 들렸다. 에릭은 이 믿기지 않는 사건에서 헤어날 수가 없었다. 책한 권 때문에 사람이 미칠 수도 있을까? 사람이 이야기 속으로 들어가 실제와 허구를 구별하지 못하는 게 있을 수나 있는 일일까? 이모든 걸 분명 누군가가 생각해 냈겠지? 그래, 분명 누군가 책상에앉아 머리에 떠오르는 걸 그대로 적어 내려갔을 거야. 그렇지 않다면? 에릭은 반대쪽으로 몸을 뒤척였다.

마르키타가 진짜로 있다는 말일까? 그러면 퇴테볼과 브렉케, 리드 독 이주크도? 실제로 벌어진 사건을 쓴 걸까? 그러나 비스랜드라는 나라는 들어 본 적이 없다. 지도의 어디에도 표시되어 있지 않은 나라다. 비스랜드는 상상의 나라야. 에릭은 혼잣말로 중얼거렸다. 마르키타 역시 허구 속의 공주이고. 그렇지만 에릭은 날마다 만나는 사람들보다 마르키타에 대해 더 많은 걸 알았다. 가로등 불빛에 침대맡에 세워 둔 가방이 보였다. 그는 책을 꺼냈다. 고개를 저으며 제목을 읽었다. 마르키타 공주를 구하라. 어떻게 존재하지도 않는 사람을 구한단 말이지? 에릭은 책을 펼쳤다.

제8장
약혼녀

　이곳에서 마르키타는 자신이 신부처럼 느껴졌다. 지금 상황에서 앞으로 어떤 일이 벌어질지 정확히 알 수는 없었지만, 바로 그 사실 때문에 긴장되고 흥미진진했다. 그녀는 이 특이한 요새를 손수 지은 남자의 손님으로 이곳에 와 있다. 사람들이 눈치채지 못하는 사이 마르키타는 이 얼음성이 실용성과는 거리가 멀다는 걸 간파했다. 여기저기서 사람들이 미끄러졌고 자리에 앉으면 엉덩이가 얼음처럼 차가워졌다. 약혼 기간 동안이야 이 별난 집도 참을 만했지만, 나중엔 자신과 브렉케를 위해 좀 더 쾌적한 곳을 찾고 싶었다. 뚜렷한 비스랜드 풍의 가옥 가운데 돌을 적당히 사용한 것과 많이 사용한 것 사이에서 마음이 오락가락했다. 또 멋진 뾰족지붕에, 돌출창이 있고 나지막한 방들과 따뜻한 목조로 이루어진 영국식 별장 스타일도 좋았다. 그녀는 편한 마음으로 궁에서 즐겨 보던 잡지들을 브렉케와 함께 한 장 한 장 펼쳐 보고 싶었다. 얼음 요새에 온 지 며칠 지나지 않아서 마르키타는 이곳에 신문이며 잡지 같은 게 하나도 없다는 걸 알았다. 책이라고는 텅스텐 광산의 채굴량을 기록한 장부들뿐이었다.

공주는 브렉케와 광산에 관해서 이야기해 보기로 단단히 마음먹었다. 하지만 이 사안에 관해선 나중에 이야기할 시간이 틀림없이 있을 것이다. 공주는 브렉케의 개방적인 태도가 좋았다. 동료처럼 대해 주고 유머가 풍부하며 직선적인 태도들이. 조금은 더 사랑에 빠진 사람처럼 공주를 대할 수도 있을 텐데. 예의를 갖춘 동지애라……. 어깨를 감싸던 아늑한 밤과 반대되는 이 행동들을 뭐라고 해야 할까? 얼음성의 온도는 결코 영상으로 올라가는 법이 없었지만, 커다란 북극곰 털가죽 속으로 들어가면 이내 따뜻하게 몸을 덥힐 수 있었다. 그러나 마르키타가 뭔가 이야기를 꺼내려고 하면 브렉케는 번번이 급히 처리할 일들을 앞세웠다. 마르키타는 마음이 상했지만 그렇다고 그의 본심을 의심해 본 적은 없었다.

그런데 어느 날인가, 하룻밤 사이에 무언가가 달라진 것 같았다. 말로 표현할 수는 없었지만 그날 이후로 무언가가 달라져 있었다. 왠지 그녀는 그 변화가 마음에 들지 않았다. 벽들이 가깝게 움직인 것 같기도 하고 갑자기 부하들이 마르키타를 적대적으로 대하는 것 같기도 했다. 더디기만 한 동상의 치유 때문에 안절부절못하던 공주는 인내심의 시험대에 오른 듯했다. 그녀는 고통스러웠다. 흉터가 남을까 봐 두려워할 때도 아무도 격려의 말 한마디 건네지 않았다.

마르키타는 밖으로 나가 이주크를 만났다. 이주크에게는 모든 걸 이야기할 수 있었다. 불편한 마음까지도. 녀석도 그녀처럼 풀이 죽어 보였다. 그녀는 이주크를 쓰다듬으며 눈 위에 주저앉았다. 이주크는 슬픈 듯 멍하게 있었다. 거의 먹지도 않고 다른 개들과 어울리는 것도 꺼렸다. 마르키타는 브렉케에게 이주크를 곁에 두게 해 달라고 부탁했다.

"개들은 전부 바깥에 두어야 해."

그의 대답이었다.

이때부터 브렉케는 점점 더 약혼자다운 행동을 삼갔다. 더이상 예비 신부를 안아 주지도 않았고 간혹 안더라도 병든 삼촌을 대하듯 했다. 아무리 궂은 날씨여도 얼음성 주변을 산책하는 건 빼놓지 않았는데 이제는 그런 외출조차 하지 않았다. 마르키타가 이런 변화들에 대해 말하면 그는 그저 그녀의 착각일 뿐이라고 반박했다.

마르키타는 약혼자가 무서워지기 시작했다. 여전히 믿음직스런 어깨에, 밝은 머리카락 역시 그을린 피부에 맞춘 듯 잘 어울렸으며, 웃을 때 빛나는 치아도 여전했지만 그의 미소는 차가웠다. 행운의 왼쪽 눈 역시 차갑고 음흉하게 느껴졌다. 이곳은 모든 것이 차갑구나. 그녀는 생각했다. 마치 이 성이 모두에게서 온기를 뺏어간 것 같았다.

어느 날, 이런 느낌 때문에 너무도 우울해진 마르키타는 그냥 떠나 버리자고 마음을 먹었다. 마르키타는 그때까지도 여행의 원래 목적이었던 텅스텐 광산에 대해서는 한마디도 못 꺼낸 상태였다. 마르키타는 집으로 돌아가고 싶었다. 마르키타는 갑자기 자신의 왕궁이, 온갖 문제를 안은 채 격식만 따지는 그곳이 브렉케의 성과 그의 현재 모습보다 더 아늑하게 여겨졌다.

"이제 떠날 때가 된 것 같아요."

다음 날 아침, 식사를 하면서 마르키타가 말했다.

"그거 뜻밖인데."

브렉케의 눈이 실룩거렸다.

"벌써 한참 전에 돌아갔어야죠."

마르키타는 무겁게 작별 인사를 하고 싶지는 않았다.

"당신이 아니었다면 이렇게 오래 머무를 수도 없었지요."

그녀는 미소를 지었다.

"돌아가기가 겁나나?"

브렉케는 큰 칼로 훈제 순록고기를 한 덩어리 잘라냈다.

"겁이 나다니, 뭐가요?"

"누군가가 당신 등 뒤에서 흉터투성이 얼굴이라고 외칠지도 모르니까."

그는 길쭉길쭉하게 고기를 썰었다.

마르키타는 불과 며칠 전에 얼굴에 남은 마지막 붕대를 떼어냈다. 아직 상처가 근질거리고 부어 있긴 했지만 상처는 잘 아문 편이었다. 이마에 남은 작은 흔적들은 머리카락으로 덮으면 되었다. 그녀는 브렉케가 왜 그런 말을 하는지 알 수 없었다.

"수도엔…… 훌륭한 의사들이 있잖아요."

마르키타는 접시를 도로 물렸다. 브렉케가 말이 없었으므로 마르키타는 대화가 끝났다고 생각했다.

"마차를 불러 줄 수 있어요? 이주크를 데리고 가겠어요."

브렉케는 대답이 없었다. 고기만 점점 더 잘게 썰 뿐이었다. 마르키타는 자리에서 일어나 말없이 방을 나갔다.

떠날 채비를 마치고 나온 마르키타는 출발 준비가 전혀 안 돼 있다는 걸 알았다. 브렉케를 찾아가 항의하려고 했지만, 그의 부하로부터 그가 외출중이며 어떠한 지시 사항도 남기지 않았다는 말만 전해 들었을 뿐이다. 외투를 들고, 머리에는 스노고글을 낀 채 마르키타는 한참이나 홀에 서 있었다. 그녀는 혼란스런 심정으로 방으로 돌아왔다. 하인들이 침대와 가구들을 밖으로 들어내고 있었다.

"너희들 뭘 하는 거냐?!"

마르키타가 소리쳤다.

"방이 필요해서요."

눈두덩에 사마귀가 난 아주머니가 대답했다.

"그러면 나는 어디로 가란 말이냐?!"

"아래로요."

짤막한 대답이 돌아왔다.

브렉케는 낮이 되어도 저녁이 되어도 돌아오지 않았다. 마르키타는 속수무책으로 기다렸다.

그가 어디 있는지 물어봐도 부하들은 한결같이 대답을 거부했다. 밤이 되자 마르키타는 참을 수 없을 정도로 화가 났다. 그녀는 외투를 입고 정문으로 갔다.

"브렉케에게 말하세요, 내가 출발했다고!"

마르키타는 성질이 까다로워 보이는 한 부하에게 그렇게 일렀다.

"잠깐! 주인님께서는 당신이 성을 떠나도 된다고 말씀하신 적이 없습니다."

남자가 성문을 가로막고 섰다.

"비키세요! 내 개도 함께 데려갈 겁니다!"

성격이 까칠한 그 남자는 꿈쩍도 하지 않았다.

"어디 두고 보시지!"

마르키타는 그를 밀치려고 했다.

그때 누군가 그녀의 팔을 붙잡았다. 다른 부하들이 표정 없는 얼굴로 그녀를 에워쌌다. 그중에는 사마귀가 난 아주머니도 끼어 있었다.

"놓아라! 너희들 미쳤느냐?!"

"아래로 데리고 가."

까다롭게 굴던 남자가 말했다.

"이주크!"

마르키타는 다급해질 대로 다급해져 소리쳤다. 억센 자들이라 그녀의 힘으로는 어떻게 해 볼 도리가 없었다. 부하들은 그녀를 움켜잡은 채 계단을 내려갔다. 그러곤 어떤 방에 그녀를 던져 놓았다. 방에는 창문이 없었다. 얼음으로 된 벽뿐이었다. 탁자 하나, 침대 하나에 구석에는 양동이 한 개가 놓여 있었다. 부하들은 아무 말 없이 나갔고, 덜컥 문이 잠겼다.

마르키타는 무슨 일이 벌어진 건지 이해할 수 없었다. 사람

들이 진실이라고 믿는 모든 것이 무너지고 끔찍한 뒷면만 남
는 그런 일은 악몽에나 나오는 얘기였다. 얼어붙은 문을 두들
겨 보았지만 소용이 없었다. 그녀는 주저앉았다. 침대는 축축
하고 차가웠다. 반딧불이 애벌레 한 쌍이 접시 속에서 희미하
게 빛을 내고 있었다. 반딧불이 애벌레는 곧 빛을 잃을 것이
다. 그리고 나면?

마르키타는 벌떡 일어났다가 다시 주저앉았다. 벽에 몸을
기댄 채 얼음의 숨결을 느꼈다. 그리고 두려운 마음으로 반딧
불이 애벌레의 불빛이 차례차례 사라지는 모습을 지켜보았
다. 이제 그녀의 옆에는 아무것도 없었다. 오직 그녀의 숨소
리와 '이주크, 와서 나를 도와줘!'라는 절망에 찬 읊조림뿐이
었다.

마르키타는 불현듯 아차토카 생각이 났다. 그가 아직 떠나
지 않았으면 좋을 텐데. 그는 며칠 전에 연구를 위해 돌아가
겠다며 작별 인사를 했었다. 어두운 얼음방에 갇힌 자신의 처
지가 아차토카에게 전달되었을 리 만무하다는 생각이 들었
다. 두려움과 혼란스러움에 지친 마르키타는 외투를 뒤집어
쓰고 잠이 들었다.

다음 날 아침이 되어도 브렉케는 오지 않았다. 와서 어찌된
영문인지 설명을 해줘야 하지 않은가. 점심때도 오지 않았다.
저녁이 되었는데도 그는 모습을 드러내지 않았다. 공주는 길
길이 날뛰며 주먹이 빨게질 정도로 문짝을 쳤다. 브렉케는 오
지 않았다. 아무도 오지 않았다. 문 옆에 차 한 잔과 훈제 고

래고기가 놓여 있을 뿐이었다. 두 번째 날이 되자 그녀는 더 이상 절망과 맞서 싸울 힘이 없었다. 몇 시간 동안 울기만 했다. 낮인지 밤인지도 잊은 채 놓여 있는 음식을 먹고 마셨다. 마르키타는 지금까지 이렇게 지독한 고독은 느껴 본 적이 없었다. 이렇게 절망해 본 적도 단 한 번도 없었다.

에릭은 책을 덮었다. 트롤라의 말이 맞는 걸까? 이 책에는 절망만이, 그러니까 비참함 외에는 아무것도 없는 걸까? 이야기가 더 암담하고 잔혹하게 변한 걸까? 에릭은 처음으로 책을 치우지 않았다. 피곤해서가 아니라 앞으로 어떤 일이 일어날지 알게 되는 게 두려워서였다. 에릭은 낙심할 대로 낙심한 채 잠이 들었다.

다음 날 트롤라와 안나 리자가 잠에서 깨었을 때, 에릭은 벌써 옷을 모두 갖춰 입고 휠체어에 앉아 있었다.

"작가를 찾아야 해."

"으응?"

트롤라는 밤사이 꾼 알록달록한 새들과 따뜻한 날씨에 관한 꿈 이야기를 했다.

에릭은 트롤라의 꿈에는 관심도 없었다.

"우리가 미처 생각하지 못한 게 있어! 이 이야기를 생각해낸 사람이 있을 거라는 사실을 말이야!"

어젯밤만 해도 심드렁하던 안나 리자는 아침 햇살이 창문을 뚫고 들어오자 다시 이야기에 열광했다. 베개를 등 뒤에 밀어 넣고 안나 리자가 말했다.

"당연히 작가겠지. 문제는 정말로 작가가 그걸 생각해냈는지 아니면……."

"아니면 누군가가 작가에게 이야기를 해 주었거나?"

에릭은 손가락을 치켜세우고 큰 소리로 말했다.

"여기에 콘플레이크가 있을까?"

트롤라가 다른 쪽으로 돌아누우며 중얼거렸다.

에릭이 트롤라의 이불을 홱 끌어당겼다.

"잠 깨고 같이 생각해!"

에릭은 화가 나서 두 눈이 이글거렸다.

트롤라는 이불 사이로 나온 엉덩이를 손으로 가려 보았지만 소용없었다. 마침내 트롤라가 일어나 앉았다. 머리카락이 너울거리는 불꽃처럼 뻗쳐 있었다.

"그런데 너, 너희 아빠한테는 뭐라고 말씀드릴 거니?"

에릭은 그것도 이미 생각해 두었다.

"이해해 주실 거야. 내가 중요한 일이라고 말씀드리면 나를 믿어 주시거든."

"그러면 경찰들은?"

안나 리자가 물었다.

"그들은 살인자를 찾는 거고, 우리는 책을 찾는 거야."

에릭이 차분히 대답했다.

트롤라가 다시 침대에 몸을 파묻으며 말했다.

"먼저 아침부터 먹고."

8

다시 북쪽을 향한 여행이 시작되었다. 에릭은 책을 꺼내 작가에 관해 쓰여진 부분을 펼쳤다. 작가 이름은 군나르 프렝겐, 다수의 여행 안내서를 썼고 몰데에 살고 있었다. 좋은 소식이었다. 몰데는 엘레쉰드에서 가까웠다. 국도를 따라가다가 배로 피요르드를 건너기만 하면 된다. 에릭과 트롤라, 안나 리자는 전에 없이 홀가분한 분위기였다. 셋은 마침내 수수께끼의 해답에 가까워졌다고 확신했다. 아무도 경찰에 알릴 생각은 하지 못했다.

그리고 스톨베어 반장이 뒤따르고 있다는 것도 전혀 눈치채지 못했다.

반장은 아이들을 만나러 호텔로 가고 있었다. 그때 마침 교차로를 지나는 아이들을 본 것이다. 스톨베어 반장은 경찰서에 사실을 알린 뒤 그들의 뒤를 밟기 시작했다.

하늘은 맑고 깨끗했고, 안나 리자는 활기차게 커브를 돌았다. 보르군, 스코디에, 베스트네스 등지를 지나고 점심 무렵엔 배를 탈 수 있었다. 배에 오른 뒤 모두들 차에서 내렸다. 안나 리자가 한 턱 내겠다며 에릭과 트롤라를 스낵바로 초대했다.

반장은 아이들의 차에서 몇 미터 떨어지지 않은 곳에 주차했다. 아이들의 모습이 사라진 뒤에도 반장은 잠시 차에서 기다렸다. 잠시 후 그는 자동차들 사이를 비집고 가서 안나 리자의 차 안을 살펴보았다. 특별한 점은 눈에 띄지 않았다. 다음 순간 그의 시선이 가방에서 비죽이 나와 있는 어떤 책의 모서리에 꽂혔다. 그는 암호를 해독하듯 글자를 읽어 내려갔다. '마르…를 구하라.' 반장은 다른 사람들이 눈치채지 못하게 차문의 손잡이를 당겨 보았다. 잠겨 있었다. 참을성 있게 이 문 저 문을 열어 보니 트렁크 문이 열려 있었다. 큰 키로 뒷자리에 들어가려니 몸을 여간 비틀고 꼬지 않으면 안 되었다. 그는 시계를 보았다. 도착 시간까지는 한 시간도 채 남지 않았다.

반장은 에릭이 책갈피를 꽂아 놓은 곳을 펼쳤다.

제9장
손가락

왕이 죽은 지 한참이 지난 터라 많은 사람들이 그가 아직 매장되지 않았다는 사실을 잊고 있었다. 장례식 날 아침, 크보렌 지역에서 파발꾼이 도착했다. 그는 궁과 수상에게 보내는 같은 내용의 편지 두 통을 내놓았다.

브외레고르 대공은 비스랜드의 최고 훈장인 빈데고르의 별을 가슴에 달고 있었다. 그는 초조한 나머지 핀에 찔리고 말았다. 대공이 점잖게 한마디 욕을 내뱉고 다시 훈장을 끼우려던 순간이었다. 프래드햄 비서관이 전갈을 가져왔다.

"무슨 일인가?"

브외레고르는 상복에 조심스럽게 핀을 돌려 넣고 있었다.

"크보렌 사람들이 공주님을 데리고 있답니다!"

프래드햄 비서관이 대공의 코앞에 편지를 내밀었다.

놀란 대공은 핀에 세게 찔려 비명을 지르고 말았다. 그는 상의를 벗고 상처가 나지 않았는지 살펴보았다.

"하지만 그들은…… 크보렌 사람들은 최근 평화롭게 지내지 않았나!"

대공이 신음 소리를 내며 말했다.

"이 브렉케라는 자가 그러니까 뭐야…… 자칭 크보렌 독립운동 지도자라는 건가?"

그는 그 행을 손가락으로 짚으며 물었다.

비서관은 그 질문에 답하지 못했다. 수상이 도착했다는 전갈이 왔기 때문이다. 브외레고르가 상의를 다시 입기도 전에 퇴테볼이 문전에 모습을 드러냈다. 그의 손에도 편지가 들려 있었다.

"내가 속았소! 나, 그리고 나와 더불어 비스랜드 국민 전체가 말이오."

그는 인사도 하지 않고 말을 꺼냈다.

"잠깐만요."

브외레고르 대공은 서둘러 소매에 팔을 끼우려 했지만 빈데고르의 별이 꽂혀 있는 바람에 움찔거리느라 팔을 끼우지 못했다.

"언제부터 공주님이 사라진 겁니까?!"

퇴테볼이 호통을 쳤다.

"안녕과 질서를 고려하여 저는……."

"안녕과 질서라니, 헛소리 그만하시오. 비밀정보국에 알렸어야지요. 그랬다면 일이 최악의 상황까지 흘러가지는 않았을 겁니다!"

퇴테볼이 말을 가로막았다.

"최악의 상황이라뇨?"

브외레고르는 손가락을 찔리고 말았다. 빈데고르의 별이 바닥에 떨어졌다.

"군대의 투입이 불가피하오."

수상이 말했다.

"구…… 군대……?"

프래드햄 비서관이 말을 더듬었다.

브외레고르 대공은 피가 퐁퐁 솟는 손가락을 입에 물었다. 몹시 불안한 모습이었다.

"비스랜드 정부는 범죄자들과 협상하지 않습니다."

퇴테볼이 말했다.

"그러면 공주님은요?!"

대공은 훈장을 주우려고 몸을 숙였다.

수상이 번개같이 일어나 그를 내려다보며 말했다.

"브렉케라는 작자와 협상을 하긴 할 거요, 표면상으로 말이오. 그러나 동시에 니아쿠르나 주변으로 북부 사단을 집결시킬 것이오."

"그가 공주님께 어떤 행동을 취할 경우에는요?"

브외레고르는 신음 소리를 내며 몸을 일으켰다.

"공주 본인 책임이지요."

수상이 조용히 대답했다.

대공은 손에 쥔 훈장이 납덩이처럼 무겁게 느껴졌다.

"드디어 꽁꽁 언 우리의 왕을 마지막 안식처로 보낼 때가 되었소."

퇴테볼은 즉시 돌아서서 궁을 떠났다.

한 시간 뒤 보르데 왕을 실은 수려한 관이 마우솔레움으로 옮겨졌다. 관 한쪽 옆에는 브외레고르 대공과 궁을 대표하는 인물들이, 다른 쪽에는 퇴테볼과 정부 측이 나란히 뒤따랐다. 대공의 가슴에선 빈데고르의 별이 찬란하게 빛나고 있었다. 그러나 연로한 그의 얼굴은 암담하고 기력이 없어 보였다. 반면 퇴테볼의 입가에선 웃음이 맴돌았다.

나흘간 어둠과 추위를 겪은 뒤 마르키타는 지하실에서 풀려날 수 있었다. 그동안 마르키타는 줄곧 훈제 고래고기만 먹었으며 온몸은 꽁꽁 얼어 있었다. 발작하듯 격렬하게 온몸으로 울고 나면 언 몸이 녹곤 했다. 빛에 적응하기 위해 마르키타는 눈을 깜빡였다. 뭔가 말을 해 보려고 했지만, 웅얼거리는 소리만 나올 뿐이었다. 마르키타는 자리에 앉으려다가 의자를 놓쳐 바닥에 주저앉고 말았다. 브렉케가 그녀를 부축하여 일으켰다. 마르키타는 혼란스러워하며 두 팔로 그의 목을 감쌌다.

"브렉케! 조키 던지기로 나를 선택한 내 약혼자!"

마르키타가 큰 소리로 말했다.

브렉케가 그녀를 거칠게 밀쳤다.

"당신은 내 인질이야. 이런 짓은 그만 둬. 곧 힘든 시간이 닥칠 거야."

웃음기조차 없었다. 그의 눈 주위로 그림자가 짙게 드리워졌다. 왼쪽 눈은 씰룩거리는 눈꺼풀 뒤로 거의 사라진 것처럼 보였다.

영하의 추위와 암흑 속에서 나흘을 보냈는데 그보다 더 힘든 시간이라니, 대체 무슨 일일지 마르키타는 상상할 엄두조차 나지 않았다.

"브렉케, 내 사랑."

그녀는 절망적인 심정으로 말했다.

"나를 그렇게 부르지 마. 당신과 당신의 가족들은 언제나 크보렌 사람들을 억눌러 왔어!"

브렉케는 자리에 앉아 탁자에 칼자국을 내었다.

광산이야. 마르키타는 갑자기 생각이 났다. 광산이 문제구나! 그녀는 자신의 불행한 상황을 더 이상 이대로 내버려 두지는 않겠다고 결심했다.

"나를 인질로 삼을 필요가 없어요. 내가 여왕이 되는 즉시 광산의 폐해를……, 광산 이름이……"

그녀는 광산 이름이 생각나지 않았다.

"쾨르누르타안 광산."

브렉케가 칼자국을 더 깊이 내며 탁자를 도려냈다.

"그래요."

마르키타가 고개를 끄덕였다.

"전부 조정할 거니까요."

마르키타는 자리에서 일어나 비틀거리며 그에게 다가갔다.

"새 수상의 생각도 나와 똑같아요. 퇴테볼은 당신들의 친구예요."

"그 친구라는 작자가 나와 대적하려고 방금 군대를 집결시켰어."

브렉케는 탁자에 칼을 꽂으며 말했다.

"수상의 그런 행동을 나쁘게만 생각할 수는 없어요. 당신이 감금한 사람이 비스랜드의 공주니까요."

마르키타는 미소를 지으려고 애썼다.

갑자기 브렉케의 표정이 변했다. 방금 전만 해도 신경질이 난 것처럼, 정말이지 화가 난 것처럼 보였는데 이제는 두 눈에서 격렬한 광채가 뿜어져 나왔다.

"퇴테볼이 군대를 철수하지 않으면 소포를 보낼 수밖에."

"소포라니요? 대체 뭘 보낼 건데요?"

마르키타가 물었다.

그는 손가락으로 칼날을 훑으며 말했다.

"당신 귀를 보낼까, 아니면 손가락? 아니면 한쪽 손 전부?"

마르키타는 섬뜩한 농담이기를 바랐다. 그가 곧 일어나서 유쾌하게 웃으며 빛나는 치아를 드러낼 거라고 생각했다. 그는 그녀의 약혼자, 금발의 강인한 브렉케가 아닌가. 그의 손가락이 왜 끊임없이 칼날을 훑고 있는 걸까? 입가를 맴도는 저 잔인한 미소는 또 무슨 의미란 말인가? 그의 왼쪽 눈이 잠잠해지지 않고 계속 움찔거렸다.

"그건 당신이 진정으로 원하는 게 아니에요."

마르키타가 속삭이듯 말했다.

"유감스럽지만 나에겐 선택의 여지가 없어."

위장 부근에서 두려움이 일어났다. 두려움은 온몸으로 퍼져나가 심장에 다다랐다. 심장이 미친 듯이 방망이질치기 시작했다. 마르키타의 등줄기에서 땀이 흘러내렸다. 근육이라고는 단 한 가닥도 움직일 수 없을 것 같았다. 그러나 다음 순간! 절망이 바닥을 치자 마르키타는 폭발하듯 힘을 내어 돌진했다. 문을 향해, 얼음성을 떠나 브렉케에게서 멀리 떨어진 곳, 자유로운 곳을 향해!

당직 부하들이 두 번째로 마르키타를 붙잡았을 때, 성의 주인은 여전히 칼을 쥔 채 그 자리에 앉아 있었다. 부하들은 공주를 원래 있던 방으로 다시 데려갔다. 마르키타의 등 뒤에서 문이 잠겼다. 문은 너무나도 육중하고, 너무나도 두꺼웠다. 게다가 얼음 속에 깊숙이 파묻혀 있어서 아무도 공주의 비명을 들을 수 없었다. 물론 브렉케마저도. 그는 손가락에서 솟아 나오는 작은 핏방울을 신기한 눈으로 관찰하고 있었다.

스벤 스톨베어 반장은 어린 시절에 읽었던 책들을 떠올렸다. 거기서도 주인공들은 언제나 위험에 빠졌지만 결국은 모든 게 좋게 끝난다는 공식이 있었다. 하지만 이 책에선 아무것도 좋게 끝나지 않을 것 같았다. 반장은 책을 덮었다. 그는 살인 사건을 밝히는 데 주력해야 했다. 이 이야기가 이토록 강한 힘으로 그를 사로잡는 이유는 뭘까? 반장은 어두운 차 안에 두 다리를 불편하게 구부린 채 앉아 있었다. 그는 이 이야기가 살인 사건을 푸는 데 도움이 될 것 같은 느낌이 들었다. 짜증이 난 듯 반장이 머리를 흔들었다. 실제 사실, 간접 증거, 추론, 경찰이 수사에 사용할 도구란 그런 것이지, 느낌은 아니지 않은가!

안나 리자와 에릭, 트롤라가 돌아왔을 때 반장은 다시 그의 차로 돌아가 있었다. 트롤라는 가면서 먹으려고 들고 온 케이크를 떨어뜨리지 않으려고 이리저리 균형을 잡고 있었다. 곧 그들은 배에서 나와 장미의 도시 몰데에 도착했다. 몰데는 여름이면 수많은 관광객이 찾아오는 곳이다. 관광객들은 밤나무, 보리수나무, 장미를 비롯해 도시를 지나치며 흐르는 만 덕분에 무성하게 잘 자란 식물들을 보며 감탄을 금치 못한다. 그러나 여름은 아직 멀었고 관목들은 황마 끈으로 동여져 있었다. 번화가의 카페들은 텅 비어 있었다. 모든 것이 삭막했다.

안나 리자는 우체국 앞에 주차했다. 그녀는 우체국에 들어가 몰데 지방의 전화번호부를 부탁했다. 셋은 F로 시작하는 이름이 실린 페이지로 몸을 숙였다.

몰데에는 군나르 프렝겐이라는 사람이 없었다. 그 이름으로 전화를 놓은 사람이 없었다. 셋은 토어발트 프렝겐, 피에트 프렝겐, 군다 프렝겐이라는 이름을 찾아냈다. 아이들은 이 사람들이 작가와 친척일지도 모른다는 생각으로 전화를 돌리기 시작했다. 안나 리자와 트롤라가 전화박스를 힘껏 밀치고 들어갔다. 안나 리자가 수화기를 들었고 트롤라가 번호를 눌렀다.

토어발트 프렝겐은 나이가 많은 사람이었다. 그의 자녀들은 오래전에 캐나다로 이민을 갔고, 지금은 가끔씩 편지만 보내올 뿐이라고 했다. 그 외에는 친척이 없다고 했다.

피에트 프렝겐은 막 점심 휴식 중이었다. 그에게는 자녀가 넷 있었지만 군나르라는 이름은 없었다. 그가 아는 한 몰데에 군나르 프렝겐이라는 사람은 없다고 했다.

"그러면 작가는요?"

안나 리자가 물었다.

피에트 프렝겐은 자신과 같은 성을 가진 작가에 관해선 들어본 적이 없다고 했다.

"아마도 프렝겐은 필명인가 보구나."

안나 리자가 당황해하며 수화기를 놓았다.

"다음 번호 눌러?"

트롤라가 물었다.

“이러면 곤란한데.”

안나 리자가 중얼거렸다.

“곤란하다고?”

에릭은 두 사람이 숨통을 틀 수 있도록 전화박스 문을 열었다.

“필명이라는 건 가명이라는 말이니까.”

안나 리자가 말했다.

“작가들은 가명을 쓰는 경우가 많거든. 그럴 경우 책을 낸 사람 외에는 아무도 진짜 이름을 모르지.”

“하지만 책을 낸 사람은 죽었잖아.”

에릭이 더듬거리며 말했다.

화가 난 트롤라는 남은 동전을 던지다시피 전화기에 넣고 세 번째 번호를 눌렀다.

“군다 프렝겐이래. 여자가 굳이 남자 이름을 가명으로 썼을 리가 없잖아.”

에릭이 이름을 읽으며 고개를 저었다.

“네에?”

가늘고 높은 목소리가 전화를 받았다.

“프렝겐 부인?”

“왜 그러시지요오?”

“군다 프렝겐 씨 맞으신가요?”

안나 리자는 대답을 기다렸지만 묵묵부답이었다.

“갑자기 전화해서 죄송합니다. 저희는 원래 군나르 프렝겐 씨를 찾고 있는데요. 혹시 그분과 친척이신가요?”

"왜 그러시는데요오?"

두 번째로 목소리가 울려왔다.

"프렝겐 씨께서 책을 한 권 쓰셨는데요. 저희가 그분께 몇 가지 여쭤볼 게 있어서요."

"군나르는 죽었어요오."

가늘고 높은 목소리가 말했다.

안나 리자는 잠시 정신을 가다듬을 시간이 필요했다.

"언제요? 제 말은 그러니까…… 안 되셨네요…… 부인이신가요?"

"그 애 누나예요오. 미안해요오."

그러더니 전화가 끊겼다.

셋은 얼마나 놀랐는지 전화박스 앞에 사람들이 길게 늘어서 있는 것도 몰랐다.

"꿈을 꾸고 있는 거야, 전화를 하는 거야?"

한 남자가 신경질을 냈다.

안나 리자가 수화기를 내려놓았다. 그녀는 시무룩한 얼굴로 휠체어를 밀었다. 트롤라도 고개를 푹 숙인 채 느릿느릿 무거운 발걸음을 옮겼다.

"잠깐! 군다가 누나라면 군나르가 책을 누나에게 유산으로 남겼을지도 모르잖아!"

에릭이 말했다.

트롤라가 오던 길을 다시 달려갔다. 아까 신경질을 내던 남자가 전화를 하고 있었다. 트롤라는 전화박스 안으로 밀고 들어가 전화번호부에서 군다 프렝겐의 주소를 찾았다.

"부끄러운 줄 알아라!"

남자가 트롤라의 뒤에 대고 소리쳤다.

주소지는 몰데의 부자 동네인 판네 해안보호구역이었다. 셋은 장식이 잘 된 빌라들을 따라 천천히 차를 몰았다. 트롤라가 번지수를 확인했다. 집들은 모두 새로 손질한 지 얼마 안 된 것 같았다. 26번지에 다다르기 전까지는 그랬다.

"26, 여기다."

트롤라가 말했다.

다 쓰러져가는 집이었다! 페인트칠은 바랠 대로 바래서 색을 알아볼 수 없었다. 덧문은 비스듬하게 돌쩌귀에 걸려 있었고 용마루는 주저앉아 있었다.

"작가가 돈은 별로 못 버나 봐."

트롤라가 휠체어를 펼치며 말했다.

높은 계단이 현관까지 이어져 있었기 때문에 에릭은 일단 아래에 있었다. 안나 리자가 벨을 눌렀다.

아무런 반응도 없었다.

"방금 전에 통화했잖아."

조바심이 난 트롤라가 다시 벨을 눌렀다.

에릭은 창문으로 안을 살펴보려고 휠체어를 끌고 뒤쪽으로 돌아가 보았다. 그때 뒷문으로 어떤 여자가 빠져나가는 것이 보였다. 머릿수건을 쓰고 긴 외투를 걸친 채 배낭을 메고 있었다. 그녀는 서둘러 화단 모퉁이를 돌아 모습을 감추었다.

"그 여자가 달아났어!"

에릭은 있는 힘껏 휠체어를 밀고 오다가 벽 때문에 멈추어 섰다.

"그 여자가 달아났어?"

트롤라가 '그까짓 것쯤이야' 하는 표정으로 말했다.

"그렇다면 구경해 드리는 게 예의 아니겠어?!"

트롤라는 두 팔로 준비 자세를 한 뒤 달리기 시작했다. 에릭은 저렇게 몸집이 작은 여자 아이가 어떻게 저렇게 빨리 뛸 수 있을까 놀라울 뿐이었다. 트롤라는 벌써 정원을 지나 사라지고 없었다.

"그런데 그 여자를 따라잡으면 어떻게 하려는 거지?"

3분 뒤 숨이 턱까지 찬 트롤라가 돌아왔다.

"그 여자…… 그 여자한테…… 스쿠터가 있어."

트롤라가 길 아래쪽을 가리키며 말했다.

휠체어를 접어 넣는 데 생각보다 시간이 더 걸렸다. 트롤라가 말한 방향으로 급하게 차를 몰고 가자 시 외곽으로 빠지는 길이었다. 몇 킬로미터쯤 지났을까 트롤라가 어떤 슈퍼마켓 앞에 스쿠터가 세워져 있는 걸 발견했다.

"너는 차 안에 있어."

안나 리자와 트롤라가 입구로 달려가자 자동문이 열렸다.

에릭은 휠체어 때문에 부당한 대우를 받는다고 생각되는 순간이 셀 수 없이 많았다. 끈질긴 추격도 그 가운데 하나였다. 갑자기 주위가 조용해졌다. 에릭은 울적해져서 몸을 뒤로 기댔다. 햇빛이 다시 구름 뒤로 사라지지 시작했다.

슈퍼마켓 안에선 안나 리자와 트롤라가 진열대를 따라 달리고 있었다. 둘 사이를 지나지 않고는 아무도 출구로 나갈 수 없었다. 트롤라가 피라미드 모양으로 쌓아 놓은 커피 진열대를 돌아설 때였다. 거기에 그 여자가 있었다. 큰 키에 긴 외투를 입고 있었다. 검은 머리카락이 이마 위로 가닥가닥 흩어져 있었다. 그녀는 쓸어 넣다시피 급하게 통조림을 쇼핑카트에 넣고 있었다. 트롤라가 안나 리자에게 신호를 보냈다. 둘은 양 쪽에서 그 여자에게로 접근했다. 그녀는 빈 병 반환 장소로 카트를 밀고 갔다. 몇 초 뒤 안나 리자와 트롤라는 눈앞에서 그녀를 놓치고 말았다. 음료수 선반 쪽으로 들어서자마자 그 여자가 사라진 것이다. 검은 색 양복을 입은 남자가 빈병 뒤쪽에서 나왔다. 그는 짧은 머리에 팔에 무언가를 걸치고 있었다. 남자는 빠른 걸음으로 슈퍼마켓 내부로 들어갔다.

"없어!"

트롤라는 구석구석 샅샅이 살펴보았다.

에릭은 깜짝 놀라 꿈에서 빠져나왔다. 슈퍼마켓에서 한 남자가 나오더니 잠깐 주변을 둘러본 뒤 스쿠터를 타고 떠나는 것이었다.

"뭐야, 대체? 무슨……?"

에릭은 자동차문을 밀쳐 열었다. 휠체어는 트렁크에 있었고, 아무도 에릭의 소리를 듣지 못했다. 깊이 생각할 겨를도 없이 에릭은 밖으로 몸을 던지며 두 손으로 충격을 막아냈다. 그는 팔로 나머지 몸을 끌어당기며 슈퍼마켓으로 기어갔다. 바닥이 얼어붙어 있어서 생각보다 쉽게 갈 수 있었다. 두 다리가 조금은 도움이 되었다. 에릭이 계단까지 오자 유리문이 열렸다. 때마침 한 아주머니가 나왔다.

"트롤라! 안나 리자!"

에릭이 소리쳤다.

아주머니는 놀라서 얼른 옆으로 비켜섰다. 계산원이 뒤를 돌아보았다. 두 사람은 문과 문 사이에 누워 있는 소년을 바라보았다.

"에릭!"

트롤라가 사탕을 사려다 내려놓고 에릭에게 뛰어왔다. 안나 리자도 달려왔다. 둘은 에릭을 데리고 차로 돌아갔다. 문가에 비켜섰던 아주머니가 무슨 일이냐며 외쳤지만 아이들은 아랑곳하지 않았다. 에릭이 스쿠터를 타고 간 남자에 관해 이야기하는 동안 트롤라가 뒷자리로 튀어와 에릭 옆에 앉았다. 끼익 하는 바퀴 소리와 함께 안나 리자가 차를 출발시켰다.

"그러니까 군다 프렝겐이 나온 게 아니란 말이지?"

안나 리자가 어깨 너머로 물었다.

"그 남자만 나왔다니까요."

더러워진 손을 닦으며 에릭이 대답했다.

"우리 중 한 사람은 군다를 기다려야 하지 않을까?"

트롤라가 의견을 내놓았다.

안나 리자는 대답 없이 더욱 속도를 냈다.

도로 표지판에 톨키르카 동굴이라고 쓰여 있었다. 에릭이 스쿠터가 표지판 뒤쪽 산으로 올라가는 걸 보았다.

"그 남자가 갈림길로 들어갔어요!"

안나 리자가 브레이크를 밟았다. 차가 앞으로 미끄러졌다. 안나 리자가 후진을 하자 두 대의 차가 경적을 울리며 그녀를 피해갔다.

"와, 랠리 경주에 나가면 1등은 맡아 놓은 거겠어요."

트롤라가 단정적으로 말했다.

자동차는 벌써 언덕을 오르고 있었다. 콘크리트 주차장에 도착해 보니 스쿠터가 세워져 있었다. 운전자는 흔적도 없었다.

"이번엔 나도 함께 갈래!"

에릭이 소리쳤다.

"종유 동굴에 휠체어를 타고 들어가겠다고?"

"이건 트론드스톨-비거르트사 제품이야. 산악자전거랑 똑같은 바퀴가 달려 있다고."

휠체어가 다시 펼쳐졌고 세 아이들은 입구를 향했다.

톨키르카 동굴은 폐쇄되어 있었다.

"이럴 수가!"

트롤라가 화를 내며 격자 창살을 마구 흔들었다. 셋은 폐쇄된 동굴 앞에 넋이 나간 듯 멍하니 서 있었다. 저 쪽엔 스쿠터가, 이쪽엔 매표소가 있을 뿐, 개미 한 마리 얼씬거리지 않았다. 외로운 까마귀의 울음소리가 들렸다. 갑자기 매표소 유리창 뒤에서 금발의 여자가 쑤욱 나타났다.

"동굴에 들어가려고?"

친절한 목소리였다. 친절하지만 투박한 얼굴이 세 아이를 향해 고개를 주억거렸다.

"여기 어떤 남자가 들어가지 않았나요?"

안나 리자가 매표소로 달려오며 물었다.

"남자라니, 무슨 말이냐?"

"여자랑 구별할 때 쓰는 남자요. 저 스쿠터의 남자 주인이요."

트롤라가 말했다.

"아하 그 사람. 그래 들어갔어."

금발머리가 유리창 뒤에서 끄덕였다.

"하지만 동굴은 폐쇄되었잖아요!"

"큰 격자 대문은 거의 닫혀 있지."

금발의 여자는 웃으면서 큰 문 안에 끼워져 있는 작은 문을 가리켰다.

"너희들 들어갈 거니?"

그녀는 표를 손에 들고 있었다. 표는 한 장씩 뜯어내도록 되어 있었다.

안나 리자는 재빨리 지갑을 꺼냈다.

"세 장 주세요. 동굴 안에 불은 켜져 있죠?"

"사람들이 들어가면 내가 불을 켠단다."

그녀는 창구 밖으로 표를 내밀었다.

"잠깐! 설마 알지도 못하는 남자 때문에 동굴에 혼자 남겨지고 싶은 건 아니겠지?"

에릭이 안나 리자와 트롤라에게 눈짓을 하며 말했다.

"우리는 두 명이라고."

"너는 그 사람 허리춤에 겨우 닿겠다."

에릭이 작은 목소리로 말했다.

"누나는 노르웨이 전국 가라데 챔피언이라도 되는 줄 아나 보죠?"

이번엔 안나 리자를 향해 말했다.

"안내인하고 같이 가는 건 어떠니?"

금발머리가 매표소에서 나왔다. 어찌나 키가 큰지 에릭은 깜짝 놀랐다.

"우리 동굴엔 볼거리가 많단다."

그녀는 꽃무늬 옷 위에 아노락을 걸쳤다.

"나는 언제든 함께 들어갈 준비가 되어 있단다."

그녀는 문을 열어 방문객들을 동굴로 들여보냈다. 마지막 차례로 들어가던 그녀는 아무도 없는 주차장을 잠시 돌아본 뒤 들어와 문을 잠갔다.

그들은 경이로운 미지의 세계로 들어왔다. 밖은 온통 우중충한 회색빛이었는데, 동굴 안은 모든 것이 반짝반짝 빛났다. 종유석 뒤로 조명등이 달려 있어서 마치 동굴에서 빛이 뿜어져 나오는 듯한 착각이 들었다. 마르키타가 사는 세상이 꼭 이렇게 생겼을 거야. 에릭은 생각했다. 이 깜빡이는 불꽃들은 반딧불이 애벌레에게서 뿜어져 나오는 것과 같을 거고. 안나 리자에게 휠체어 운전을 맡긴 채 에릭은 탄성을 지르며 깊숙한 굴로 이어지는 좁은 길을 건넜다. 뾰족하게 돌출된 석순이 천정에 매달린 종유석과 맞붙어 경계를 이루고 있었다. 금발머리는 이 결정체의 구조에 대해 설명하면서 그것의 나이와, 붉은 까마귀, 네 자매, 나비들의 왕 등 형태에 따라 각기 다른 이름도 알려주었다. 셋은 그들이 지금 양복 입은 남자를 추적하는 중이라는 걸 거의 잊고 있었다.

"그 사람, 그렇게 멀리 가지는 못했을 거야."

트롤라가 말했다.

"분명히 금방 따라잡을 수 있을 거야."

금발머리가 다음 모퉁이를 가리켰다. 모퉁이 뒤로 지하 호수가 모습을 드러냈다.

"저건 란드비크 호수란다. 깊이가 수 백 미터가 넘지."

그녀의 목소리가 동굴 벽에 부딪혀 여러 갈래로 갈라졌다.

그곳부터는 길이 여러 갈래로 나뉘어 있었다. 갈라진 길들엔 조명이 없었다.

"보통은 여기까지만 안내를 한단다."

그녀가 말했다.

"그 남자가 저 안으로 들어갔을 수도 있을까요?"

에릭이 물었다.

"생각을 좀 해 보자꾸나."

금발머리가 몇 걸음 뒤로 물러서며 말했다.

"그 남자는……."

그녀가 갑자기 목소리를 바꾸어 말했다.

"너희들이 그에게서 뭘 알아내려고 하는지 그게 알고 싶다는구나!"

금발머리가 가발을 벗었다. 짧은 머리카락이 나타났다.

셋은 경악을 금치 못했다. 눈앞에 서 있는 건 슈퍼마켓에서 보았던 그 남자였다.

"너희들 나를 따라다니는 이유가 대체 뭐냐?"

머리끝까지 화가 난 말투였다.

가장 먼저 충격에서 헤어 나온 것은 트롤라였다.

“우리가 뒤따라온 건 당신이 아니라……”

“……스쿠터를 탄 아주머니였어요.”

에릭이 말을 마무리했다.

에릭은 생각했다. 참 한심하기도 하다. 어린 여자 두 명에 휠체어를 탄 남자애 한 명과 그 세 명을 가볍게 누를 수 있는 남자가 동굴 속 가장 깊은 곳에서 마주 보고 있는 꼴이라니. 게다가 지금 이 남자가 달려 나가기라도 한다면 가장 먼저 동굴 입구에 다다를 사람은 다름 아닌 이 남자다. 정말로 큰일이다.

“원래 우리는 군다 프렝겐을 만나려고 했어요.”

안나 리자가 말했다.

“군다에게서 무슨 이야기를 듣고 싶었던 거냐?”

남자가 못 미더운 듯 물었다.

“우리는 책을 찾고 있어요. 군다의 남동생이 그 책을 썼거든요.”

“그건 알고 있어! 너희들이 원하는 게 책이지! 그 저주받은 이야기! 하지만 내가 원하는 건 이제 나를 가만히 내버려 두는 거다.”

남자는 메아리가 울릴 정도로 크게 소리를 질렀다.

“아저씨는 그 책이 어디 있는지 아시죠? 그렇다면 군나르 프렝겐도 알고 계시겠죠?!”

메아리가 사라지고 난 뒤 에릭이 물었다.

남자는 가발을 들고 바위 위에 앉았다.

“내가 군나르 프렝겐이다.”

그가 지친 목소리로 대답했다.

셋은 망치로 한 대 얻어맞은 느낌이었다. 작가를 찾아내어 기쁜

건 사실이었지만 이 사람 때문에 겪은 위험들을 잊을 수는 없었다.

"전화를 받은 아주머니가 군나르는 죽었다고 그랬는걸요."

안나 리자가 말했다.

"그래에?"

남자는 다시 목소리를 바꾸어 물었다.

"그런데 군다아아가 너희들의 전화아아를 받고 좋아아하던?"

그가 슬픈 눈으로 위를 올려다보았다.

"그것도 역시 아저씨였군요?!"

에릭이 휠체어 바퀴를 돌려 남자에게 갔다.

"가까이 오지 마라."

그가 벌떡 일어섰다.

"왜 군나르가 죽었다고 말씀하신 거예요?"

"왜냐하면 군나르는 죽어 있어야 하니까. 나는 이 이야기 때문에 너무도 많은 어려움을 겪었어! 앞으로도 계속 죽어서 땅에 묻힌 것처럼 살아갈 거다!"

그가 굳은 표정으로 대답했다.

"그 이야기가 얼마나 아름다운데요. 그런 아름다운 이야기를 생각해내시다니 자랑스러워하셔도 돼요."

에릭이 반박하며 말했다.

남자는 소리 내어 웃었다. 사방에서 웃음소리가 메아리쳤다.

"그 이야기는 내가 생각해낸 게 아니야! 이야기가 나에게 왔어. 제 발로 나를 찾아온 거라고. 그러곤 내 삶을 모두 망쳐 놓았지."

그는 눈을 부릅뜨고 소리쳤다.

셋은 그가 무슨 말을 하는지 도무지 알 수 없었다.

"그냥 예전처럼만 글을 썼더라면……"

그가 씁쓸하게 말을 이었다.

"내 책은 많이 읽히는 편이 아니었지. 그래도 먹고 살 만은 했어. 계산대 점원 일도 같이 했거든. 그러던 중 그 이야기가 나를 찾아왔지. 그것을 들여보내는 게 아니었는데."

그가 우울한 목소리로 말했다.

트롤라가 다가갔다.

"이야기가 문 앞에 서서 '안녕하세요, 프렝겐 씨, 들어가도 될까요?'라고 말이라도 했다는 거예요?"

남자는 트롤라의 말에는 전혀 귀를 기울이지 않은 듯 가발을 손에 들고 나직이 말했다.

"그때 이후로 나는 이렇게 변장을 하고 숨어서 지내지. 이를테면 잠적을 한 거야. 이제는 소용없는 일이 되었지만."

안나 리자가 그에게 걸어갔다.

"날 내버려 둬! 그는 책이 세상에 존재하는 걸 원치 않아! 그가 책을 없애기 위해 전령을 보낼 거라고. 임무를 완수할 때까지 쉬지 않는 인물로! 나를 파멸시킨 장본인이 바로 그야!"

프렝겐이 소리쳤다.

"누구를 말씀하시는 거예요?"

에릭이 물었다. 그러나 마음속으로는 이미 답을 알고 있었다.

"퇴테볼."

프렝겐은 숨쉬기가 힘든 것 같았다.

“퇴테볼은 나를 찾아내고 말 거야, 이르든 늦든……..”

그가 갑자기 벌떡 일어섰다.

“하지만 오늘은 아니야! 오늘은 아직 안 된다고!”

그는 뒷걸음질치기 시작했다. 이윽고 군나르는 비죽비죽 튀어나온 돌들 사이로 뛰기 시작했다. 셋은 그가 출구로 달려가 자기들을 동굴 속에 가두려는 속셈이라는 걸 알아차렸다.

“뛰어!”

에릭이 외쳤다.

트롤라가 달려갔다. 그 남자를 따라잡으면 뭘 어떻게 할지 깊이 생각할 겨를도 없었다. 군나르는 벌써 동굴의 굽이진 곳을 지나 위로 올라가고 있었다.

“그러시면 안 돼요!”

트롤라가 소리쳤다.

군나르는 뒤를 돌아보다가 가발을 떨어뜨렸다. 트롤라는 떨어뜨린 가발 옆을 지나 계속 달렸다. 격자 대문이 보였다. 대문까지 갈 자신은 있었다. 그리고 반드시 가야만 했다.

“멈춰요!”

트롤라가 외쳤다.

이미 문 가까이 다가간 그는 문의 빗장을 열고 쏜살같이 밖으로 빠져나갔다.

“안 돼요!”

그가 자물쇠에 열쇠를 꽂는 순간 트롤라가 출구에 도착했다.

“왜 이러시는 거예요?!”

트롤라는 열쇠를 잡으려고 손을 뻗었다. 그러나 열쇠는 이미 돌아가고 있었다. 문이 잠겼다.

"당신은 나쁜……."

트롤라는 더 이상 말을 할 수 없었다. 남자가 스쿠터를 향해 달려가려고 돌아선 순간 그의 얼굴로 주먹이 날아왔기 때문이었다. 마치 허공에서 주먹이 튀어나온 것 같았다. 프렝겐이 비틀거리며 다시 일어서자 잽싸게 두 번째 주먹이 날아와 그의 배를 쳤다. 군나르 프렝겐은 뒤로 넘어져 숨을 헐떡거렸다.

주먹의 주인은 스톨베어 반장이었다. 반장은 손의 뼈마디를 문지르고 있었다.

"그렇게 서두르면 안 되지. 열쇠를 좀 부탁해도 될까?"

반장이 말했다.

군나르 프렝겐은 입술에 흐르는 피를 닦았다. 그는 정신을 못 차린 채 열쇠 꾸러미를 반장에게 내밀었다.

"손 들어!"

반장이 수갑을 높이 쳐들며 말했다. 쇠로 된 수갑 버클이 찰칵거리며 군나르의 손목을 감았다. 군나르는 절망한 표정으로 등을 기대며 주저앉았다.

"모든 것이 다 그 지긋지긋한 이야기 때문이야!"

스톨베어가 트롤라에게 다가왔다.

"반장님이 거기 계셔서 다행이에요."

트롤라는 안심한 듯 격자 창살 사이로 씨익 웃었다.

"안녕, 트롤라."

반장이 구멍에 맞는 열쇠를 찾으며 말했다. 그러는 사이 안나 리자가 에릭을 밀고 입구로 다가왔다. 부드러운 무언가가 잠깐 반장의 얼굴을 스쳐 지나갔다.

"이렇게 다시 보게 되는구나."

"우리를 어떻게 찾으셨어요?"

안나 리자가 문에 도착했다.

스톨베어가 삐걱거리는 격자문을 열었다.

"그게 내 직업이거든."

반장은 군나르 프렝겐에게 돌아섰다.

"유감스럽지만 이것도 내 직업이고."

바닥에 앉아 있던 군나르는 네 사람에게 눈길도 주지 않았다.

"맹세컨대, 《마르키타 공주를 구하라》는 제가 쓰지 않았습니다. 누가 그런 이야기를 생각해낼 수 있겠습니까?"

군나르 프렝겐이 말했다.

"당신은 작가잖소."

반장이 반박했다.

스톨베어 반장은 그를 경찰서로 데려가서 규정에 따라 심문해야 했다. 그러나 반장은 지금 세 아이와 함께 26번지 프렝겐의 집에 앉아 있었다. 그들은 안나 리자가 끓인 차를 마시고 있었다. 만의 하나 있을지도 모를 위험을 피하기 위해 반장은 프렝겐의 수갑을 풀어 주지 않았다.

"작가요? 거 참, 저는 몰랐는데요. 저는 여행 안내서를 씁니다. 대부분 다른 여행안내 책자에서 베낀 것들이죠."

프렝겐은 네 사람을 빙 둘러보며 말했다.

"마르키타의 이야기를 생각해낼 만한 능력이 저에게는 없어요. 그 이야기는 제가 찾아낸 겁니다."

"그러니까 그걸 다른 사람이 썼다? 당신은 그냥 그 이야기를 당신이 썼다고 주장한 것뿐이고?"

반장이 그의 말을 이었다.

"아니요, 저도 관련이 있기는 있지만요."

프렝겐이 대꾸했다.

"하지만 당신이 방금 말한 대로라면……?"

스톨베어가 뒤통수를 긁적거렸다.

"정확히 말하자면 그 이야기가 저를 찾아낸 거죠."

프렝겐은 마치 그 말로 모든 것이 설명되었다는 듯 반장을 빤히 바라보았다.

"그럼 그것의 생김새는 어땠나요?"

에릭이 큰 소리로 끼어들었다.

스톨베어가 엄한 눈초리로 에릭을 쳐다보았다.

"질문은 내가 한다."

트롤라 역시 마음속에 있던 말을 입 밖으로 꺼내지 않을 수 없었다.

"책이 그냥 누군가에게 오는 법이 어디 있어요? 누군가가 써야 책이 존재하는 거죠."

"책이 아니라고. 이야기라니까."

그가 항변했다.

이 말을 한 뒤 프렝겐은 고개를 저었다.

"나라도 믿지 못했을 거야. 그러나 밤새도록 이야기와 함께 지내고 나면 생각이 달라지지."

스톨베어 반장이 프렝겐의 눈을 향해 엄지와 검지를 뻗는 바람에 이야기가 더 이상 이어지지 못했다.

"잠깐만요, 이야기로부터 방문을 받았다고 주장하시는 겁니까?"

"맞습니다. 담배 한 대 피워도 될까요?"

프렝겐은 초조해하며 침을 삼켰다.

스톨베어는 된다, 안 된다 말이 없었다. 안나 리자가 담배를 가져와 체포된 집주인에게 주었다. 프렝겐은 담배 연기를 들이마시더니 이내 기침을 했다. 연기가 그의 눈 속으로 들어갔다.

"수갑을 풀어 드려도 되지 않을까요?"

안나 리자가 물었다.

"나중에."

반장이 말했다.

안나 리자는 작가의 옆에 앉아 그의 입에 담배를 물려 주었다.

"가장 좋은 건 모든 걸 처음부터 끝까지 솔직하게 이야기해 주는 겁니다."

스톨베어 반장은 프렝겐을 세심하게 보살피는 안나 리자의 손길을 바라보았다.

"그날은 저에게 별로 떠올리고 싶지 않은 밤입니다."

프렝겐이 한숨을 쉬었다.

"그 당시 저는 제 자신에게 이렇게 말하곤 했죠. 더 이상 인생을 이런 식으로 살 수는 없어. 너는 여행도 하지 않고 여행 안내서를 쓰고 있어. 너는 평생 스스로를 속이며 사는 거야. 나쁜 인간."

그의 시선이 에릭과 트롤라를 향해 움직였다.

"내가 정말이지 너희들 앞에서 이런 것까지…… 이야기를 해야겠니?"

"그냥 계속하세요."

스톨베어 반장은 차를 한 모금 마셨다.

"제가 치통이 있어서 약효가 센 수면제가 집에 있었습니다. 어느 날 저녁, 저는 그걸 한꺼번에 먹어 버리려고 책상 위에 수면제와 입을 헹굴 보드카 한 병을 가져다 놓았습니다. 단단히 마음을 굳힌 상태였지요."

프렝겐은 헛기침을 했다.

"알약 두 개로 시작했습니다. 그 다음엔 보드카 한 모금을 마셨지요. 그때 밖에서 노크 소리가 들려왔습니다."

그는 고개를 저었다.

"제대로 된 노크 소리는 아니었지요. 오히려 긁어대는 소리에 가까웠습니다. 무엇보다도 문이란 문에선 죄다 동시에 긁어대는 소리가 났지요."

프렝겐은 누군가 그의 말을 중단시킬 거라고 생각했지만 모두가 홀린 듯 귀를 기울이고 있었다.

"저도 제가 뭣 때문에 방문객을 확인했는지 이유를 모르겠습니다. 어쩌면 제 결심을 뒤로 미룰 수 있어서 기뻤는지도 모르지요. 어쨌든 저는 알약을 서랍에 숨기고 문을 열었습니다."

프렝겐은 어깨를 으쓱했다.

"그런데 거기에 그녀가 서 있었습니다."

프렝겐이 나지막이 말했다.

"누구요?"

스톨베어 반장은 찻잔을 내려놓는 것도 잊어버렸다.

"그 이야기요."

"누구의 이야기 말씀입니까?"

"마르키타의 이야기요."

"생긴 건 어땠어요?"

에릭이 끼어들었다.

"특별히 크지는 않았단다."

프렝겐은 고개를 갸우뚱하며 말했다.

"작지도 않았고. 또 아직 이야기되지 않은 이야기였지. 물론 나중엔 자라났지만."

"물론이라니요?"

반장이 소리쳤다.

"비가 억수같이 쏟아졌어요. 그래서 제가 말했죠. 들어와라. 그녀가 들어왔습니다. 그녀는 당신이 앉아 있는 그 자리에 꼭 그렇게 자리를 잡고 앉았지요."

프렝겐이 반장에게 말했다.

스톨베어 반장은 마치 실수로 이야기 위에 앉기라도 한 듯 벌떡 일어났다.

"그런 다음 그녀가 제게 말하더군요. 제게 무엇을 원하는지를요."

"그 이야기가요?"

스톨베어는 확인하는 차원에서 물어보았다.

"네, 그 이야기가요."

프렝겐이 고개를 주억거렸다.

"당신에게 말을 했다고요?"

"그렇습니다."

"목소리는 어땠나요?"

프렝겐의 눈길을 무시하고 안나 리자가 담배를 비벼 껐다.

"처음엔 부드러웠습니다. 그러나 나중에 화가 났을 땐 소리가 커지고 남자처럼 힘이 세지더군요. 여성적인 이야기라는 인상을 받았는데도 말이죠."

프렝겐은 곰곰이 생각하며 말했다.

"여성적이라고요?"

"마르키타의 이야기니까요."

"이야기가 당신에게 그렇게 말했습니까?"

반장은 딸깍 소리를 내며 찻잔을 내려놓았다.

"그뿐 아니라 그녀를 적는 것이 목숨과 관련하여 매우 중요하다는 말도 했죠."

"누구를 적어요?"

"그 이야기를요."

"중요하다는 것은 누구의 목숨입니까?"

"당연히 마르키타죠."

"이제 이해가 가는군요."

반장이 큰 소리로 말했다.

"당신은 누군가의 방문을 받았고, 그가 이야기를 가져온 겁니다! 실제로는 마르키타가 그 이야기를 썼던 거죠!"

그는 마침내 배후를 밝혀냈다는 생각에 마음이 가벼워졌다.

“그렇지만……”

에릭이 과감하게 끼어들었다.

“응?”

반장이 호의적으로 말했다. 이제 뭔가 이해했다는 확신이 섰던 것이다.

“마르키타는 그 어디에도 존재하지 않아요. 그녀는 단지 허구의 인물일 뿐이라고요.”

스톨베어 반장의 얼굴이 다시 침통해졌다.

“물론이지, 당연히 존재하지 않지. 그녀는 누군가 허구로 만들어 낸 인물이지.”

반장은 혼잣말을 했다.

“그런데 그 누군가는……”

반장은 더 이상 무슨 말을 해야 할지 몰랐다.

“모두들 잘못 짚었어요.”

프렝겐이 말을 끊고 끼어들었다.

“마르키타는 위험에 처해 있었어요. 곤궁에 빠져 어쩔 수 없게 되자 이야기를 파견하기로 결정한 겁니다.”

“이야기를…… 파견한다……”

반장이 중얼거렸다.

“마르키타는 모두에게 배신당한 채 비스랜드에 있었습니다. 그러다가 ‘가능한 한 많은 사람들에게 내 사연을 알리자. 그러면 그 가운데 누군가는 나를 도와주러 올 거야’ 라는 생각을 하게 되었답니다.”

모두들 아무 말이 없었다. 군나르 프렝겐은 조용하면서도 단호하게 말했다.

"그래서 마르키타가 이야기를 보낸 겁니다. 이야기가 하필 저와 같은 사람에게 와서 별로 도움이 못 되었지만요. 타고난 작가라면 이야기를 얼마나 잘 만들어냈을까요!"

그는 고개를 저었다.

"이야기는 아주 훌륭해요."

에릭이 대꾸했다.

"고맙다. 나름대로 노력했단다."

프렝겐은 미소를 지으며 말했다.

"그렇다면 그 이야기가 당신에게 직접…… 아니면, 어떻게?"

반장이 꽤나 힐책하는 표정으로 질문했다.

"직접은 아니었습니다. 그것이 이야기를 해 주었지요."

프렝겐이 등을 뒤로 기대며 말했다.

"그때가 내 인생에서 가장 아름다운 시간이었습니다."

그가 두 다리를 쭉 뻗었다.

"먼저 저는 수면제 몇 알을 꺼내 놓았습니다. 그러나 전혀 먹고 싶은 마음이 없었죠. 모두들 그 이야기의 모습을 봤어야 하는 건데! 이야기가 말입니다. 갑자기 방만큼 커지더니 저를 강제로 책상으로 몰고 가는 겁니다. 종이는 어디 있나? 이야기가 나에게 호통을 치더 군요. 내겐 종이가 없어. 내가 말했죠. 뭐, 작가인데 종이가 없다고? 나는 이야기에게 컴퓨터에 대해 설명해 줄 수밖에 없었죠. 이야기가 그것을 이해하자 일이 아주 쉽게 진행되었죠. 나는 새 문서를 열고 문서 이름을 '마르키타 공주를 구하라'라고 정한 뒤 일을 시작했습니다."

군나르 프렝겐은 기도하듯이 묶여 있는 두 손을 들어올렸다.

"모두들 혹시 알아요? 이미 이야기가 존재할 때 그걸 글로 쓰는 게 얼마나 굉장한 일인지?! 텅빈 모니터를 앞에 두고 겪는 고통, 제대로 된 문장 하나를 떠올릴 때까지 생각하고 또 생각해야 하는 과정이 필요 없다는 것. 날개를 단 듯 빠르게 진행되었지요. 이야기는 이야기를 하고 저는 글을 썼습니다. 한 페이지 한 페이지, 여러 시간이 흘러 밤을 꼬박 샜지요. 제가 타자 실력이 좋아서 전혀 문제가 없었습니다."

프렝겐은 애처롭게 미소를 지었다.

"쓸 거리가 너무 많았기 때문에 처음엔 눈에 띄지도 않았어요."

그는 침을 삼켰다.

"서서히 이야기가 작아지고 있다는 사실이요. 마지막 장에 이르렀을 때 밖은 이미 환하게 밝아 있었지요. 마지막 문장을 치려고 할 때였어요. 이야기에게 몸을 돌려 보니 이야기가 아주 작아져 있는 겁니다. 눈에 보이지 않을 정도로요. 나는 그것을 들어서 손바닥에 올려놓고 말했지요. 떠나지 마. 그러자 이야기는 미소를 지으며 마지막 문장을 받아쓰게 하고 사라져 버렸습니다."

군나르 프렝겐은 수갑이 채워진 두 손을 눈언저리로 가져갔다.

26번지의 집 안에 정적이 흘렀다. 네 사람은 가만히 앉아 앞만 바라보고 있었다. 못 믿겠다는 듯 반장이 고개를 저었다.

"하지만 저는 이야기를 단 한마디도 흘려버리지 않았지요!"

프렝겐이 모두를 향해 외쳤다.

"이야기가 거기 있었고, 나는 받아쓴 것뿐이에요! 오타 몇 글자만 고쳤다고요. 한 단어, 한 단어 이야기가 말하는 그대로를 살려 주었습니다. 이야기는 '보르데 왕은 네 번이나 임종침상에 누웠다……' 라는 문장으로 시작되지요."

프렝겐은 모두를 바라보았다.

"비스랜드 국민신문은 네 번이나 왕의 부고를 1면에 실었다. 비스랜드의 대주교 역시……. 그 다음이 어떻게 되는지는 당신들도 잘 알 거요."

프렝겐이 고개를 끄덕였다.

"그날을 넘기지 않고 저는 엘레쉰드에 있는 헨리크 스텐베르크 출판사를 찾아가 스텐베르크에게 이야기를 넘겨줬어요."

"그 출판사는 어떻게 알았습니까?"

반장은 마침내 뭔가 구체적인 것을 물을 수 있게 되어 기뻤다.

"헨리크와 나는 오랜 친구입니다. 처음 몇 페이지를 읽어 보더니 그가 말했어요. 군나르, 이거 좋은데. 자네 어떻게 이런 걸 다 생각해냈나?"

"그래서 친구 분께 진실을 말했습니까?"

"휴……."

프렝겐은 시선을 떨구었다.

"마침내 나도 뭔가 좋은 걸 써냈다는 사실에 너무 행복해서 친구에게 비밀을 말하지 않았어요. 헨리크는 나에게 선불을 지급하고 그 이야기를 출판했습니다. 2주일 뒤 인쇄본이 완성되었지요. 그는 제목만큼은 바꾸었으면 좋겠다고 했습니다. 하지만 내가 그 책의 제목은 꼭 '마르키타 공주를 구하라'여야 한다고 고집해서 제목을 그대로 쓰게 되었지요."

반장이 말없이 일어나더니 작은 열쇠를 꺼내 프렝겐의 수갑을 풀어 주었다.

"고맙습니다."

작가 프렝겐이 손목을 문질렀다.

에릭이 휠체어를 가운데로 밀었다. 지난 몇 분 동안 에릭은 골똘히 생각에 잠겨 있었다.

"내가 정말로 이해할 수 없는 건요, 왜 책 속에선 마르키타의 이야기가 좋게 끝나냐는 거예요. 마르키타가 위험에 처해 있다는 말은 어디에도 없잖아요."

프렝겐이 고개를 끄덕였다.

"처음엔 나도 그게 이해가 되지 않았단다. 그러나 바로 거기에 해답이 있어! 마르키타는 그 이야기를 어떻게 끝내야 할지, 그 열쇠를 우리의 손에 쥐어 준 거야! 그녀를 돕기 위해 누군가가 온다면 모든 것이 책 속 내용대로 되겠지."

"이제는 아니에요. 책이 변하고 있어요. 책이 사라……지고 있다고요."

에릭이 말했다.

"퇴테볼이야. 그가 마르키타가 바라는 대로 이야기를 끝내게 놔둘 리가 없거든."

프렝겐이 침울하게 말했다.

"퇴테볼? 프렝겐 씨, 그자 역시 실제로 존재한다고 말하려는 건 아니겠죠?"

반장이 말을 끊었다.

"물론이지요."

프렝겐이 놀라 대답했다.

"모두 다 실재하는 인물입니다. 모두들 이야기 속에서 중요한 역할을 담당하고 있어요. 모두 동참하고 있는 거죠!"

그가 네 사람을 쳐다보며 말했다.

"그리고 이제부터는…… 여러분도 그들 가운데 하나에 속합니다."

10

누군가 그날 밤 26번가의 창문을 들여다보았다면 보기 드문 광경을 목격했을 것이다. 트롤라와 안나 리자는 넓은 침대가 있는 침실을 반씩 나눠 썼고, 에릭은 군나르의 집필실 소파를 차지했다. 반장은 현관에 있는 소파에서 잤다. 주인인 군나르는 욕조에 만족해야 했다. 스톨베어 반장이 작가 군나르가 몰래 빠져나가지 못할 유일한 장소로 욕실을 지목했기 때문이다. 반장이 이를 닦으며 창살이 쳐진 창문으로 군나르가 빠져나갈 수 있나 시험해 보는 동안, 여자아이들은 소파에 앉아 에릭을 바라보았다.

"이젠 정말로 집에 돌아가야 해. 마르키타를 도와주고 싶은 마음은 굴뚝같지만 그럴 수 없어."

에릭이 고개를 저으며 말했다.

"너 참 대단하다. 우리를 책에 미치게 한 것도 너고, 뭔가 행동해야 할 시점에서 꽁무니를 빼는 것도 너니까 말이야."

트롤라가 비꼬아 말했다.

욕실에서 물소리가 멈추었다. 셋 다 서둘러야 했다.

"꽁무니를 뺀다고? 나는 달아나는 게 아니야."

에릭이 속삭이듯 말했다.

"도대체 내가 어떻게 마르키타를 도울 수 있겠어? 이렇게 휠체어를 타고 다니면서!"

에릭은 화가 나서 비어 있는 휠체어를 홱 밀쳤다. 휠체어가 벽으로 굴러갔다.

"네가 여태까지 마르키타를 도왔던 것처럼만 하면 돼. 머리를 쓰라고."

안나 리자가 말했다.

"비스랜드로 가는 방법도 모르잖아요!"

에릭이 말했다.

벌써 반장의 발소리가 가까워지고 있었다.

"퀴르콜이 우리에게 온 것과 똑같은 방법으로 하면 되지. 퀴르콜은 길을 알고 있어."

트롤라가 속삭였다.

트롤라는 벌떡 일어서면서 '좋은 꿈 꿔!'라고 큰 소리로 외쳤다.

집필실 문 앞에 반장이 서 있었다.

"잘 자. 내일이면 뭔가 해결책이 나오겠지."

안나 리자가 에릭을 향해 미소를 지었다.

"그래요, 누나. 내일이면."

에릭은 고개를 끄덕였다. 에릭은 믿을 수 없을 정도로 피곤했다.

"숙녀 여러분께 침실로 행차하실 것을 부탁드려도 되겠습니까."

스톨베어 반장은 농담을 해 보려고 했다. 그것은 쿨한 그린란드 사람들의 방식은 아니었다. 그러나 그는 안나 리자의 곁에서라면 익숙지 않은 일도 해 보고 싶었다. 안나 리자가 방을 나갈 땐 그녀의 머리에서 풍기는 향기도 맡아 보려 했다. 곧이어 침실 문이 닫히는 소리가 들렸다.

"저기 밖에 있으마. 필요한 게 있으면 말해라."

그는 얼마 동안 에릭을 향해 앉아 있는 것 같았다. 그러나 이내 불이 꺼졌다. 독서용 램프의 불빛 아래 에릭 혼자 남았다. 에릭은 잠을 청했지만 마르키타를 생각하자 정신이 말똥말똥해졌다. 신기하게도 에릭은 자기가 공주와 연결되어 있다는 느낌이 들었다. 공주가 이야기를 보냈고, 그 이야기가 나를 찾아왔다. 몸소 나를 찾아온 것이다! 마르키타 공주는 정말로 구조될 수 있을까? 공주를 구조하는 것, 그것이 나의 과제가 아닐까?

"그러나 비스랜드에 어떻게 가, 내가……."

에릭은 한숨을 내쉬며 베개를 바르게 정돈했다.

"나는 아무 데도 갈 수 없는걸."

무언가 딱딱한 것이 느껴졌다. 책이었다. 에릭은 책을 까맣게 잊고 있었다. 책 속엔 행간마다 온갖 위험과, 또한 온갖 해결책이 담겨 있다. 에릭은 책을 펼쳤다.

제10장
뜨거움과 차가움

아직 브렉케가 그녀에게 실제적인 고통을 가한 건 아니었다. 단, 그의 신하들은 귀찮을 정도로 마르키타의 근처를 서성이며 그녀에게서 한시도 눈을 떼지 않았다. 깨어 있는 동안 그녀는 지하실을 벗어나도 괜찮았다. 그러나 아주 잠깐이라도 눈꺼풀이 내려온다 싶으면 다시 어둠 속으로 돌려보내졌다. 그곳엔 난로가 하나 있었다. 철로 된 둥그런 난로였다. 그 옆에는 땔감으로 쓸 순록 배설물이 있었다. 마르키타는 불을 지폈다. 난로가 뜨거워졌다. 며칠 만에 처음으로 몸을 따뜻하게 데울 수 있었다. 그리고 곧 잔인한 속셈을 깨달았다. 독방이 따뜻해지면서 얼음벽이 녹기 시작한 것이다. 사방에서 물이 흘러내리고 벽과 천정에서 물방울이 뚝뚝 떨어졌다. 마치 빗속에 서 있는 것 같았다. 곧바로 다시 얼어붙는 빗속에. 옷이고 머리카락이고 어디랄 것 없이 불청객처럼 고드름이 매달렸다. 녹아내린 물방울들은 그녀의 발을 향해 모여들었다. 마르키타는 바닥에 그대로 얼어붙을 것만 같아 두려워졌다. 따뜻함과 물기를 택할 것인가, 혹독한 추위를 택할 것인가. 이것이 브렉케가 마르키타에게 허락한 잔혹한 선택사항이었다.

결코 모습을 드러낸 적은 없었지만 마르키타는 브렉케가 자신을 관찰하고 있는 게 분명하다고 생각했다. 이따금 문틈으로 그의 실룩거리는 눈을 본 것도 같았다. 독방 밖에 있어도 좋다고 허락받은 날이면 흐릿한 어둠 속으로 그의 실루엣이 나타나기도 했다. 그러나 달려가 보면 그는 이미 사라지고 없었다. 그와 말해 본 것도 이미 먼 옛날 일 같았다.

"우리는 점령당했소."

어느 날 아침 브렉케가 커다란 홀을 지나 그녀에게 다가오며 말했다.

브렉케의 모습은 끔찍했다. 금발은 빛을 잃은 채 뭉쳐 있었고, 빛나던 눈은 힘없이 그저 깜빡거렸으며, 입술은 창백했다. 당당한 체격에 걸맞지 않게 어깨도 축 처져 있었다.

곧이어 그가 말했다.

"퇴테볼이 나의 위협을 진지하게 받아들이지 않았어."

이 말을 하고 난 뒤 그는 탁상에 깔려 있던 벨벳 탁상보를 잡아당겼다. 그 속엔 칼들이 들어 있었다.

그것을 보자 마르키타는 속이 메스꺼워졌다. 공주는 모든 용기를 잃고 바닥에 주저앉았다.

"제발! 내가 이렇게 애원하잖아요……."

그녀가 기어들어가는 목소리로 말했다.

"지금 내가 강경하게 대처하지 않으면 퇴테볼은 무자비하게 크보렌 사람들을 공격할 거야."

브렉케가 첫 번째 칼을 움켜쥐었다.

"당신이 그 인간의 정체를 알게 된다면 충격 때문에 고통 따위는 느껴지지도 않을걸."

그는 미소를 지어 보이려고 했지만 얼굴이 흉하게 찡그려질 뿐이었다.

마르키타의 눈앞에는 날이 활처럼 휘고 등이 갈고리처럼 생긴 칼이 놓여 있었다.

마르키타는 열한 살이 되던 날 북방에서 온 주술사를 알게 되었다. 그는 집도 가족도 없이 트림부르 벌판에 살고 있었다. 이 주술사는 추위를 다스려 힘으로 변화시키는 방법을 터득한 사람이었다. 그는 폭풍과 함께 달렸고 얼음 속에서 온몸이 뻣뻣하게 굳어도 죽지 않고 버틸 수 있었다. 사람들은 그를 '고독한 자들 중에서도 가장 고독한 자'라고 불렀다. 한번은 이 은둔자가 보르데 왕의 초대를 받아들여 궁에 온 적이 있었다. 그 당시 마르키타는 건강하고 예쁘게 잘 자라난 소녀였던 터라, 모두들 마르키타에게 온 신경을 집중하고 있었다. 다 해진 옷을 걸친 주술사가 그녀를 향해 발걸음을 옮겼다. 마르키타는 그에게서 의례적인 말을 기대하고 있었다. 그러나 주술사는 어린 마르키타의 두 눈을 잠자코 바라보았다.

마르키타는 머리카락을 뒤로 휙 넘기며 물었다.

"너는 나에게 무엇을 가르쳐 줄 수 있느냐?"

주술사는 궁전의 담벼락을 가리키며 대답했다.

"그대가 이 안에서 유익하게 쓸 만한 것을 원한다면 아무 것도 없다. 그러나 만약 밖에서 무언가를 배우고자 한다면 기꺼이 그대에게 가르침을 줄 것이다."

주술사는 밤에, 그것도 걸어서 성 밖으로 나가자고 제안했다. 모두들 해가 진 뒤에 왕손이 궁 밖으로 나가는 건 말도 안 된다며 반대했다. 그러나 엉뚱한 결정을 내리기로 유명한 보르데 왕은 그걸 허락했다.

"주술사가 너에게 무엇을 가르쳐 주었는지 나중에 애비에게 얘기해 다오."

왕이 마르키타에게 귓속말로 속삭였다.

마르키타는 주술사와 함께 밖으로 나왔다. 그들은 몇 시간 동안 계속 달렸다. 여름이었고 그래서 밤이 밝았다. 두 사람은 나란히 서서 빈데고르의 돌출부를 향해 걸었다. 거기서부터 장엄한 빙하가 시작된다. 주술사가 마르키타에게 외투를 벗고 눈 속에 누워 보라고 권했다. 마르키타는 그다지 깊은 인상은 받지 못했다. 사우나에서 나온 비스랜드 사람은 너나 할 것 없이 눈 속에서 춤을 출 수 있었으니까. 주술사 역시 두터운 옷들을 벗었다. 그들은 딱딱하게 알갱이 진 눈 위에 앉아 얼음 골짜기를 바라보았다. 곧 몸이 추워졌고 마르키타는 놀이를 그만 끝내고 싶었다. 주술사는 조용한 목소리로 도저히 못 참을 때까지 앉아 있어 보라고 했다. 그 순간은 곧 찾아왔다. 마르키타는 온몸을 덜덜 떨었다. 손과 발이 퍼레졌다. 어서 집으로 돌아가 뜨거운 물에 몸을 담그고 싶을 뿐이었다.

"한계에 도달했다 싶더라도 조금만 더 참아 봐라."

주술사가 말했다.

반항심에서였을까 자신의 패배를 인정하고 싶지 않았던 걸까? 마르키타는 그의 말을 따랐다. 마르키타와 북방에서 온 주술사는 그렇게 눈 속에서 밤이 새도록 육지로 뻗어 들어온 기이한 빙하의 모습을 관찰했다. 이미 한참 전에 얼어 죽었어야 당연한 상황이었는데 정말 신기하게도 마르키타는 추위를 견뎠고 평정심을 느꼈다.

"지금 네가 빙하 속에 있기 때문이다."

이것이 주술사가 마르키타에게 해 준 유일한 대답이었다. 주술사가 멀리 떠난 뒤, 마르키타는 두 번째로 얼음 속에서 견디기 실험을 해 보았다. 그러나 그날 밤과 같은 평온함은 도저히 느낄 수 없었다. 그 비슷한 느낌조차 없었다.

브렉케가 칼을 움켜쥐었을 때 마르키타는 그 주술사를 생각했다. 정신력으로 몸을 안전하게 지켜낼 수 있었던 그날 밤을 생각했다. 어떤 느낌일지 마르키타는 알 수 없었다. 추위도 고통도 공포도 아닐 것이다. 마르키타는 오직 눈 속에서 두 팔을 활짝 펼쳤던 것에 모든 생각을 집중했다. 브렉케가 마르키타의 얼굴에 그 날카로운 물건을 바싹 갖다 대었다. 그러고는 마르키타의 손을 잡았다. 동시에 마르키타의 두 눈을 빤히 들여다보았다. 마르키타는 더 이상 그를 보지 않았다. 그녀는 밖으로 나가 눈 속에 있었다. 먼 곳에 있는 안전한 그곳에……

에릭은 혀로 입술을 축였다. 더는 읽고 싶지 않았다. 끝이 어떻게 이어질지 두려웠다. 에릭은 평소처럼 베개 밑에 책을 밀어 넣지 않고 머리맡의 책장에 꽂아 놓았다.

아주 잠시였지만, 가까이서 잡음 같은 것이 들렸다. 에릭은 놀라서 담요를 목까지 끌어 올렸다. 램프의 불빛만이 동그랗게 원을 그리고 있을 뿐, 방 안은 온통 어둠이었다. 에릭은 숨을 죽이고 기다려

보았다. 창문과 방문이 모두 잠긴 걸 보자 안심이 되었다. 벽으로 들어올 수 있는 사람은 없으니까.

아까의 그 소리가 또 들렸다. 무언가 달가닥거리는 것도 같았다. 그건 에릭의 이가 마주치는 소리였다. 이야기가 문을 두드리고 있는 건 아닐까? 책에서 글자와 페이지들이 사라지는 마당에 벽을 통과하는 사람이 없으리란 법도 없지 않은가? 에릭은 암흑 속을 꿰뚫어 보려고 두 눈을 부릅떴다. 갑자기 방 안에 간유 냄새가 풍겼다. 거기, 뭔가가 있었다. 에릭은 지금껏 한 번도 그것을 가까이서 본 적이 없었다. 이어서 에릭의 귓전에 외마디 소리가 들려왔다. '호!' 하고 짧게 내뱉는 소리…….

잠시 후 어둠이 내려앉았다.

그것을 처음으로 발견한 건 트롤라였다. 딸깍거리는 그릇 소리, 화장실 물 내리는 소리, 신발 끄는 소리가 아침이 밝았음을 알리는 동안 트롤라는 잽싸게 집필실로 들어갔다. 에릭은 벌써 자리에서 일어난 것 같았다. 아니, 말 그대로라면 에릭은 자리에서 일어날 수 없는 몸인데? 휠체어는 전날 밤 에릭이 밀쳐 둔 곳에 그대로 있었다.

"에릭?"

트롤라가 조그만 소리로 불러 보았다. 창문이 조금 열려 있는 것 말고 특별히 이상한 점은 없었다. 트롤라가 돌아서는데 반장이 들어왔다. 반장은 속옷 차림이었다. '어서 일어나라'라고 말하던 스톨베어 반장은 소파가 비어 있는 것을 발견했다.

"에릭이 없어요."

트롤라는 직감적으로 심상치 않은 일이 일어났음을 알 수 있었다.

"그러네?"

반장이 뒤통수를 긁적이며 말했다.

"제가 아침 준비할까요?"

안나 리자가 물었다.

안나 리자는 5월의 햇살처럼 싱그러워 보였다. 안나 리자 뒤편으로 군나르 프렝겐이 다가왔다. 욕조 속에서 한잠도 못 잤다는 게 얼굴에 고스란히 쓰여 있었다.

"콘플레이크 있어요?"

안나 리자가 물었다.

"누구 에릭 본 사람 없어요?!"

트롤라가 방 한가운데 서서 물었다. 빨강머리 트롤라의 눈에서 불꽃이 튀었다.

모두들 큰 소리로 외치며 온 집 안을 샅샅이 살폈다. 이런저런 추측을 하던 중 반장이 발자국을 발견했다. 여러 추측 가운데 끔찍한 한 가지 가능성이 실제 사실로 드러나는 순간이었다. 옆으로 발톱이 뻗어 있는 발자국이 눈 속 깊이 찍혀 있었다.

스톨베어는 옷도 제대로 못 입은 채 동료들에게 연락하여 협조를 요청했다. 몇 분 뒤 경찰차 세 대가 청색 등을 번쩍이며 26번지 앞에 섰다. 군나르 프렝겐은 엘레쉰드로 이송되었다. 트롤라와 안나 리자는 경찰차의 차창 너머로 그를 바라보았다. 혼란과 공포로 가득 찬 얼굴이었다.

트롤라밖에는 아무도 모르는 일이 하나 있었다. 실은 방에서 무언가를 찾아냈던 것이다. 트롤라는 그것을 재킷 속에 숨기고 몸에 단단히 밀착시켰다. 트롤라는 에릭이 그 책을 잊어버렸다고 생각하지 않았다. 일부러 두고 간 것이 틀림없었다. 트롤라에게는 마르키타의 책이 에릭이 남긴 마지막 뉴스 같았다.

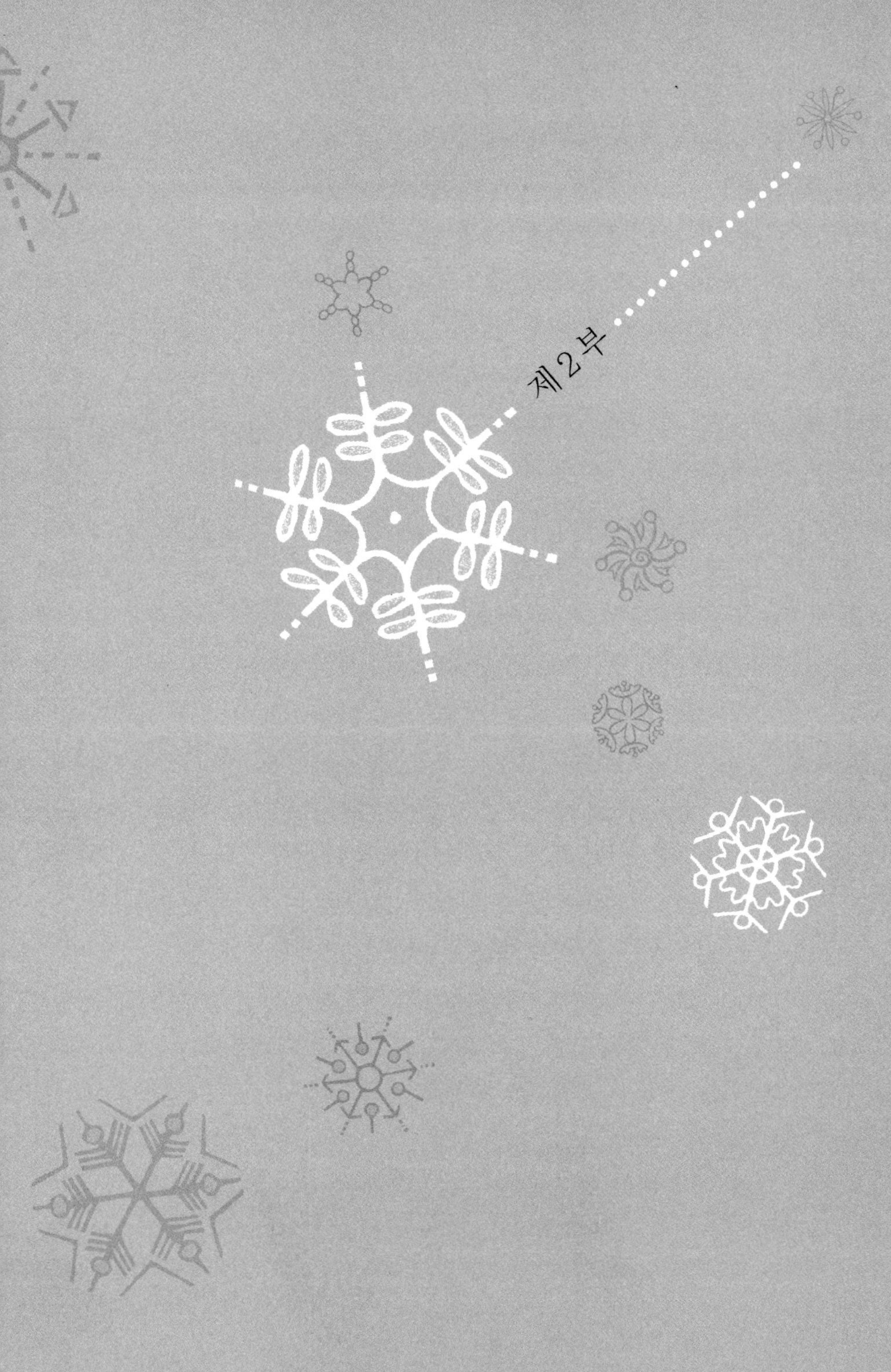

제 2 부

11

비스랜드는 존재하지 않는다. 비스랜드라는 이름의 나라는 없다. 존재하지 않는 나라로 가는 것은 불가능하다. 비행기 의자에 앉아 있던 스톨베어 반장은 오른쪽으로 돌아앉았다. 그는 잠을 청했다. 오직 그 생각에만 매달리는 것도 못할 일이었다. 잠을 자야만 했다. 도착하면 모든 것이 지나간 일이 될 테니.

스톨베어 반장이 출발한 것은 유괴 사건이 발생한 지 24시간 뒤였다. 사건은 엘레쉰드 경찰서에 위임되었다. 작가인 군나르 프렝겐도 그곳으로 인도되었다.

반장은 트롤라와 안나 리자를 직접 집에 데려다 주었다. 안나 리자의 어머니는 무척 걱정스러워했던 반면 트롤라의 부모는 일을 상당히 담담하게 받아들였다. 에릭의 아버지를 찾아가는 일은 생각만 해도 머리가 지끈거렸다. 아이 아버지에게 아이가 납치되었다는 말을 어떻게 전한단 말인가? 그것도 간접증거들로 미루어 볼 때 그렇다고? 눈 속에 날카로운 동물 발톱 자국이 남아 있는 걸로 볼 때 모피인간이라는 키가 2미터가 넘는 책 속의 인물이 데려간 것 같다고?

스벤 스톨베어 반장은 범죄란 사람들에 의해 저질러지는 행위라는 생각을 안고 경찰이 되었다. 설탕을 넣은 커피를 즐기고 영화를 좋아하며 바다를 사랑하는 사람, 절약하려고 애를 쓰는 남자와 여자, 가정을 꾸리길 원하거나 혹은 단 하루라도 아이의 울음소리에서 벗어나고 싶어 하는 남자와 여자들, 그런 사람들 말이다. 그는 원래의 단어 뜻만 놓고 보면 범죄자란 존재하지 않는다고 생각했다. 지금까지도 이 생각엔 변함이 없었다. 진짜로 못된 악당은 범행 직후에라도 일단 집에 돌아와 식탁에 앉으면 천연덕스럽게 부인이 만든 구스베리 케이크를 칭찬하는 법이다. 유령과도 같이 무시무시한 존재가 소아마비 소년을 납치하기 위해 집을 뚫고 들어왔다는 건 이런 그의 이론에 들어맞지 않았다. 게다가 협박 편지나 몸값에 대한 요구도 없었다. 비스랜드라는 이름의 나라만큼이나 범행도 비현실적으로 보였다.

반장은 창밖을 내다보았다. 냉랭한 회색 구름이 뒤덮여 있어 전망이 좋지 않았다.

에릭의 아버지는 아무것도 모르고 있었다. 부인이 떠나 서글픈 남자. 서류에 적힌 대로라면 행방불명이지만……. 스톨베어 반장은 오슬로(노르웨이에 있는 항구 도시. 노르웨이의 수도-옮긴이)에 서류를 요청했었다. 에릭의 아버지는 아내 인베아가 사라진 뒤로 오직 아이들만을 위해 살고 있었다. 그러나 에릭이 그 책에 얼마나 매료되어 있는지는 파악하지 못했던 것이다. 이제는 부인뿐 아니라 아들까지 사라진 것이다. 반장은 정말이지 몸 둘 바를 몰라 하며 에릭의 아버지를 두고 올 수밖에 없었다.

반장은 차라리 안나 리자와 헤어지던 순간을 오래 떠올리고 싶었다. 반장은 사건 조사를 위해 안나 리자를 직접 집까지 데려다 주었다. 사실 그는 풋풋한 안나 리자와 함께하는 시간이 좋았다. 그녀의 집에서 차 접대를 받고, 집 뒤편 작은 정원을 보며 감탄하기도 했다. 그외스팅 부인은 마르키타 책을 거인 같은 거구의 남자에게 팔았다는 것과 그 남자에게서 간유 냄새가 심하게 났다고 확인해 주었다. 생김새는 미덥지 않았지만 현찰로 계산을 해 주었다는 얘기도 잊지 않았다.

관심을 끌 만한 것이 없었기 때문에 반장은 더 이상 집에 있기가 어색했다. 안나 리자가 차까지 반장을 바래다주었다. 그들은 공무집행용 차량에 나란히 기대서서 비밀 얘기라도 하듯 목소리를 죽여 말했다. 스벤, 너는 서른다섯 살이야. 반장은 생각했다. 안나 리자는 이제 막 운전면허증을 딴 몸이라고. 반장은 안나 리자의 금발에 이어서 다정한 입매, 생기가 도는 두 눈을 찬찬히 바라보았다. 손을 내미는 것 이상의 작별 인사를 하고 싶었지만 차 안에는 나이든 경찰관 한 명이 앉아 있었다. 증인과 포옹을 한다면 얼마나 볼썽사납겠는가?

"잘 있어요, 그외스팅 양."

반장이 말했다.

안나 리자는 한참 동안이나 그의 손을 놓지 않았다. 그녀는 반장이 미처 생각할 틈도 주지 않고 몸을 기울여 그의 입술에 키스를 했다. 반장은 돌아가면 아주 사소한 것까지 전부 그녀에게 말해 주겠다고 약속했다. 차에 오르는데 갑자기 그의 몸속 어딘가가 경련하듯 떨렸다. 아마도 그의 심장이었지 싶었다.

엘레쉰드로 돌아온 스톨베어 반장에게 보강 인력이 내려왔다. 오슬로에서 유괴 사건을 전문적으로 맡고 있는 경정(경찰 공무원 계급의 하나. 총경의 아래, 경감보다는 한 직급 위이다. 형사 반장인 스톨베어는 경감 직급에 해당한다-옮긴이)이 온 것이다. 그는 지적인 사람이었지만 유감스럽게도 상상력이라곤 눈곱만큼도 없는 사람이었다. 경정은 책에 관한 스톨베어의 보고서와 거기에 실린 특별한 참조 사항들을 보고 웃음을 머금었다. 그러면서도 그 사건에 대한 추적 조사는 허락했다. 스톨베어 반장은 그린란드 사람이었으므로 그 일을 하는 데는 그가 적임자였다. 경정은 사라진 소년을 마지막으로 본 곳, 즉 몰데에서 소년을 찾는 데에 더 희망을 걸었다. 반장은 경정에게 행운을 빌어 주고는 북쪽 극지방으로 갈 장비를 챙겼다.

여행을 떠나기 직전이었다. 공항에서 수하물 검사를 받고 있는데 갑자기 트롤라가 반장 앞에 나타났다. 빨강머리 트롤라는 반장에게 무얼 그렇게 많이 가져 가냐고 물었다. 반장은 하나는 야영 장비들이고, 다른 가방엔 고도로 민감한 센서를 갖춘 측량기기, 그리고 세 번째 가방엔 속옷과 칫솔, 읽을거리들이 들었다고 설명해 주었다. 그런 뒤 두 사람은 작별 인사를 했고 트롤라는 자취를 감추었다. 트롤라야말로 스톨베어 반장이 가장 속을 알 수 없었던 아이였다. 에릭은 책 속에 자신이 풀어야 할 과제가 있다고 무조건 믿는 아이였다. 안나 리자는 책과 관련된 꿈을 좋아했다. 그것은 성인이 되는 것이 두려워 마지막으로 숨고 싶은 마음 같은 게 아니었을까? 그러나 트롤라는 어떤가? 스톨베어 반장이 트롤라에게서 받은 인상은 다부

진 체격에 흔들림이 없는 아이라는 거였다. 죽은 출판사 사장을 보았을 때 트롤라가 보였던 행동은 놀라웠다. 그런 아이가 초자연적인 책이 실제로 존재한다고 믿는 걸까?

반장은 왼쪽으로 몸을 돌렸다. 노르웨이 경찰관이 특별기를 타고 그린란드로 가는 것은 사실 호사스러운 일이었다. 그는 잠을 이룰 수 없었다. 프로펠러의 진동이 울려 퍼졌다. 북해 상공을 휘몰아치는 폭풍 때문에 비행기가 갑자기 고도를 낮추었다. 도착지는 그린란드의 수도인 누크였다. 거기서 반장은 소형 비행기로 갈아탈 예정이었다. 하지만 어디로 갈 것인가? 비스랜드라는 나라는 어디에도 없는데. 지도에서 그 나라를 짚어낼 수 있는 사람은 아무도 없다. 존재하지 않는 나라에 도달한다는 것은 불가능한 일이다. 그는 시무룩해져서 다른 쪽으로 몸을 뒤척이며 두 눈을 감았다.

비행기는 제 시간에 착륙했다. 얼음처럼 차가운 태풍이 몰아치는 평범한 날씨였다. 반장은 예약해 놓은 호텔로 갔다. 호텔은 서쪽에서 불어오는 폭풍이 곧바로 유선형을 그리며 빠져나가도록 세워진 목조건물이었다. 호텔 안은 전부, 그러니까 계단도, 벽도 한결같이 비스듬히 기울어져 있었다. 창문은 마름모꼴로 기울어져 열리지 않았다. 심지어 카운터에 앉아 있는 뚱뚱한 그린란드 여인도 이곳에선 다들 그렇다는 듯 비스듬한 자세를 취하고 있었다.

기울어진 침대 옆에 짐들을 넘어지지 않도록 잘 세워 둔 뒤, 스톨베어 반장은 침대에 누워 물끄러미 천장을 바라보았다. 안나 리자가 생각났다. 평소 그는 혼자 있는 것을 즐기는 사람이었다. 그는 노르웨이에 사는 그린란드 사람, 검은 머리에 밝은 녹색 눈을 한 조용한 남자였다. 경찰서에서는 비사교적인 사람으로 통했다. 안나 리자가 그런 그를 이상형으로 여길 리가 있겠는가? 진지하게 사귀는 건 생각조차 힘들 정도로 나이 차이도 많지 않은가. 그로서는 꿈도 꿀 수 없는 먼 존재인데. 그런데도 그의 마음은 바라고 있었다. 그녀의 머릿결을 쓰다듬고, 그녀의 두 눈에 키스하기를…….

무엇인가가 그의 생각을 방해했다. 부스럭거리는 소리와 갉작갉작 긁는 소리였다. 방 안에 쥐가 있나? 스벤 스톨베어 반장은 이번 여행길에선 있을 수 없는 일처럼 보이는 것도 하나하나 분석하기로, 그렇지만 동시에 마법과 같은 일에는 속아 넘어가지 않기로 마음먹었다. 그런 생각으로 열 반응 카메라, 자외선 카메라와 같은 최신 측정 기기들을 챙겨왔던 것이다. 슈퍼센서 인지기능을 갖춘 녹취기기도 가져왔다. 인간의 귀에는 들리지 않는 사라져가는 소리까지 담아내는 기기였다. 반장은 기기가 들어 있는 가방의 자크를 열다가 뒤로 넘어질 뻔했다. 가방 속에서 무언가 붉은 것이 움직였던 것이다. 다음 순간 트롤라가 머리를 내밀며 말했다.

"숨 막혀서 죽는 줄 알았네."

놀라움이 가시고 나자 반장은 화가 치밀었다.

"너 미쳤니?! 화물칸에 가방을 넣어 놨더라면 어쩌려고? 분명히 얼어 죽고 말았을 거다!"

"영하 50도에 이 비싼 기계들을요? 반장님은 절대로 그렇게 하실 분이 아니죠."

트롤라는 목숨을 걸고 쪼그리고 있던 가방에서 기어 나왔다.

"작아서 좋을 때도 있네요."

스톨베어는 텅 빈 가방 속으로 눈길을 돌렸다.

"기계들은 다 어디 있니?!"

"제 스포츠가방에 넣어서 공항에 둔 것 같은데요."

스톨베어는 할 말을 잃었다.

트롤라는 단호한 표정으로 적의에 찬 반장을 올려다보며 말했다.

"반장님을 위해서도 제가 도움이 될 거예요."

"도움이 돼?"

반장이 큰 소리로 웃었다.

"다음 비행기로 돌아가! 북극지방에 관한 책을 읽는 것과, 실제로 그곳에 가는 건 전혀 다른 문제란다. 그 오지에서 어떤 일이 너를 기다리고 있을지 알기나 하니?"

그는 허리춤에 손을 얹고 말했다.

"제가 반장님께 도움이 될 만한 걸 갖고 있어요. 그 기계들을 모두 합한 것보다 분명히 더 큰 도움이 될 걸요."

트롤라는 확신에 찬 말투였다.

"절대로 그럴 것 같지 않은데."

트롤라가 책을 꺼냈다. 비스랜드로 가는 가장 중요하고 하나밖에 없는 길잡이를.

"너…… 책을 갖고 있었니?"

반장이 손을 뻗어 책을 잡으려고 했다.

트롤라가 한 발짝 뒤로 물러섰다. 그러곤 조심스레 말했다.

"에릭은 저를 위해서 이 이야기를 두고 간 거예요. 저도 함께 가겠어요. 반장님이 조사하는 걸 도와드릴게요."

　이 아이는 스벤 스톨베어 반장이 여태껏 만나 본 중에 가장 못 말리는 아이였다. 10대 청소년을 끌고 그린란드로 가다니! 아니 어쩌면 북극까지 가야할지도 모르지! 절대로 안 될 말씀이다!

　"절대로 안 돼. 있을 수 없는 일이다!"

12

털북숭이가 에릭을 데리고 울퉁불퉁 솟은 눈 언덕을 가로지르고 있었다. 불빛은 풍경 위로 푸르게 갈래지어 빛나다가, 사방이 깜깜해질 정도로 심하게 잦아들곤 했다. 폭풍은 쉬지 않고 휘몰아쳤다. 약해질 기미가 보이지 않았다. 에릭은 모피인간에게서 뿜어져 나오는 축축한 숨결을 느꼈다. 간유 냄새였다. 가는 내내 간유 냄새가 풍겼다. 부드럽고 차가운 어둠을 뚫고 모든 것이 오르락내리락 움직였다. 에릭은 자기가 배를 타고 온 건지, 국도를 타고 왔는지, 아니면 비행기로 온 건지 꼬집어 말할 자신이 없었다. 두 시간이 걸린 여행이었는지, 두 주가 걸렸는지도 말할 수 없었다. 부드럽고 차가웠고 어두웠다. 에릭의 감옥은 앉아 있기엔 너무 높았다. 모피 속에서 에릭은 주머니를 하나 발견했다. 에릭은 주머니의 끈을 풀어 보고 깜짝 놀랐다. 한 줄기 빛이 에릭의 손 위로 기어 올라왔다. '반딧불이 애벌레다.' 에릭이 소리 죽여 말했다. 정말로 이런 것들이 있다니. 녀석들은 녹색 빛을 뿜고 있었다. 감촉이 차가웠다. 에릭은 손등에 있는 애벌레를 이리저리 움직여 눈앞으로 기어오도록 했다.

눈을 깜빡여 보니 야영지 둘레에 거대한 차량들이 세워져 있는 게 보였다. 에릭은 중앙에 있는 천막으로 옮겨지는 중이었다. 몇 걸음 밖에 안 되는 사이, 에릭의 한쪽 손이 아무것도 걸치지 못한 채 모피 아래로 빠져나왔는데, 그 잠깐 사이에 손이 얼어터질 지경이 되었다. 에릭은 재빨리 손을 모피 속에 넣고 가슴팍에 문질렀다.

'호'하며 모피인간이 에릭을 천막으로 데려갔다. 한 무리의 남자들이 올려다보고 있었다. 그들은 밝은 색 외투를 입고 있었으며 어깨에는 계급장이 달려 있었다. 그들 가운데 한 사람이 돌아섰다.

"아하."

그가 말했다. 유일하게 어두운 색 옷을 입은 사람이었다. 그는 호기심 어린 눈길로 에릭을 바라보았다. 마치 실로 꿰맨 듯 한시도 에릭에게서 시선을 떼지 않았다.

"오래 걸렸군."

그가 털북숭이에게 고개를 끄덕였다. 모피로 된 침상에 에릭을 위한 잠자리가 마련되는 동안 그 남자는 계속해서 장교들과 이야기를 나누었다.

에릭은 겁에 질린 채 꿔다 놓은 보릿자루처럼 그 자리에 꼿꼿이 앉아 있었다. 이불이 약간 옆으로 미끄러지자 두 다리가 드러났다. 가늘고 흰 피부에 쓸모없는……. 에릭은 재빨리 이불을 덮었다.

검은 옷을 입은 남자가 다른 사람들과 작별 인사를 했다. 그러고는 거구의 남자를 향해 걸어왔다.

"퀴르콜, 듬직한 친구."

그가 미소를 지으며 말했다.

"호."

모피인간이 말했다.

덤불숲 같이 뒤엉킨 모피와 머리카락 너머로 그의 두 눈이 에릭을 주시하고 있었다. 검은 옷을 입은 남자가 돌아섰다. 어색한 침묵이 흘렀다.

“그러니까 네가 그 애란 말이지.”

퇴테볼이 말했다.

에릭은 ‘내가 일어설 수만 있다면 저 사람이랑 키가 똑같겠다.’ 하고 생각했다. 큰 얼굴에 어깨까지 내려오는 긴 머리, 불안한 두 눈의 남자.

“놀랍군.”

수상이 에릭을 마주 보며 앉았다.

“그 유명한 이야기 때문에 귀찮은 일을 좀 겪었지. 그런데 그걸 넘겨받을 인물이 고작 이 작은 남자아이라니.”

그는 몸을 숙여 이마에 흐트러져 있는 에릭의 머리카락을 넘겨주었다.

“어떻게 제가 당신이 하는 말을 알아들을 수 있는 거죠?”

에릭이 물었다.

“비스랜드어는 단순하거든. 아마도 책을 읽는 동안 비스랜드 말을 배웠겠지. 그건 그렇고 책은 어디 있느냐?”

퇴테볼이 말했다.

“저한텐 없어요.”

“뭐야?!”

퇴테볼이 몸을 구부렸다. 허리에 날카로운 통증이 느껴졌기 때문이다.

"책을 갖고 있지 않다면 이 애가 나한테 무슨 소용이 있어?!"

그가 퀴르콜에게 호통을 쳤다.

"호!"

퀴르콜은 몸을 꼿꼿이 세우고 일어섰다. 머리가 천막의 천장까지 닿았다.

에릭은 일이 좋은 쪽으로 흘러가기는 글렀다는 예감이 들었다.

"어디를 가든 늘 책을 끼고 다녔잖아!"

퇴테볼은 잔뜩 화가 나서 에릭의 눈을 빤히 보며 말했다.

"저 거인이 저를 납치했단 말이에요! 칫솔 한 개도 챙길 수 없었다고요!"

갑자기 에릭의 입에서 터져 나온 말이었다.

수상이 곰곰이 생각하더니 퀴르콜에게 물었다.

"오는데 얼마나 걸렸지?"

"호."

대답이 깔끔했다.

"좋아. 그렇다면 아직 그자들이 많이 오지는 못했겠군."

수상은 마음을 놓으며 빙그레 미소를 짓더니 에릭을 찬찬히 뜯어보았다.

"만약 그들이 기를 쓰고 너를 찾아야겠다고 나섰다면 말이다. 여하튼 비스랜드에 온 걸 환영한다."

이 말에 에릭은 혼란스러워졌다. 또한 이 말은 다음과 같은 사실을 분명히 해 주었다. 자신이 마주 보고 있는 남자는 퇴테볼이며, 그 남자가 에릭에게 지금 막 비스랜드에 도착했다고 말해 주었다는 것.
수상이 돌아서서 가려고 했다.

"저를…… 어떻게 하실 건가요?"

에릭이 수상을 향해 외쳤다.

"네게 중요한 과제를 맡길 거다."

퇴테볼이 말했다.

"무슨 과제요?"

"네 맘에 들 거다. 전부터 공주와 만나고 싶어 했지?"

"네."

에릭은 뜨거운 마음을 담아 대답했다.

검은 옷을 입은 남자가 씨익 웃었다.

"나를 곤경에 빠트리는 사람을 보면 존경심이 인단 말이야. 저 소
년의 이름이 뭔가?"

그는 외투 단추를 채우며 퀴르콜에게 물었다.

"호"

퀴르콜이 소리를 내었다.

"에릭. 멋진 이름이군."

밖에서 뭐라고 명령하는 소리가 들렸다. 육중한 차량들이 출발하
고 있었다. 에릭은 다시 용기를 내었다.

"그가 마르키타를……?"

에릭은 더 이상 궁금한 것을 마음에 담고 있을 수 없었다.

"브렉케가 마르키타의 귀를 잘랐나요?"

"나 같으면 그렇게 하라고 충고하지는 않았을 게다."

퇴테볼이 미소를 지었다.

그가 다시 진지한 표정으로 말했다.

"물론…… 고통에 관해서라면 그 잘생긴 브렉케가 모든 면에서 믿을 만하지."

양해의 말 한마디 없이 갑자기 퇴테볼이 에릭의 이불을 옆으로 밀쳤다.

"사고 때문이었나?"

그는 특별한 관심을 보이며 맥없이 놓여 있는 에릭의 다리를 살펴보았다.

"병 때문이었어요."

"나도……."

수상이 자신의 몸을 내려다보았다.

"……어쩌면 더 클 수 있었을지도 몰라, 그때 그 사고만 당하지 않았어도."

그의 눈길이 냉담해졌다.

"비스랜드에 온 걸 다시 한 번 환영한다."

그러고 나서 그는 서둘러 밖으로 나갔다.

소음이 더 커졌다.

"저는 여기에 남아 있는 건가요?"

에릭이 거구에게 물었다.

"호."

에릭은 '호' 발음의 차이점을 될 수 있는 한 빨리 배워야겠다고 마음먹었다.

에릭이 있는 천막은 커다란 털가죽들을 꿰매어 이은 것이었다. 순록 가죽이 틀림없어 보였다. 지지대는 나무가 아니었다. 자세히 살펴보니 지지대가 휘어 있었다. 고래 갈비뼈로구나. 에릭은 생각했다. 중앙에 있는 저 뼈는 4미터는 되겠는걸. 이 모든 것들이, 주변 환경도, 냄새도, 사람들까지 이미 내가 알고 있던 것처럼 보이는 건 왜일까?

또 브렉케의 얼음 요새가 성난 얼음 폭풍에 모습을 숨긴 채 바로 이 근처에 있다는 것도 알지 않는가? 그리고 그 요새의 지하 감옥에 마르키타 공주가 있다는 것도. 모든 것이 너무나 불확실하고 너무나 두려웠지만 에릭은 왠지 행복한 기분마저 들었다. 얼마나 그리던 마르키타였는데……. 그런 그녀와 이토록 가까이 있다니! 샌드비켄에 살던 에릭이 마르키타가 있는 곳으로 여행을 온 것이었다. 흥분으로 온몸을 떨며 에릭은 이불을 잡아당겨 몸에 감았다. 퀴르콜은 고개를 숙이고 구석에 서 있었다.

"호!"

에릭이 소리쳤다.

거구가 놀라서 바라보았다.

"호."

에릭은 먹을 걸 원한다는 뜻을 비쳤다.

퀴르콜이 가방에서 무언가를 꺼내더니 한 조각을 베어냈다. 간유 냄새가 진동했다.

에릭은 훈제 고래껍데기의 맛이 어떨지 궁금했다.

"호."

에릭은 고맙다는 표시를 한 뒤 용기를 내어 고기를 한입 물었다.
향이 강하고 질긴 데다 껌보다 맛이 오래 지속되었다. 에릭은 턱을
이리저리 돌려가며 고기를 잘근잘근 씹었다.

"퇴테볼이 나를 어떻게 할까요?"

한입 가득 고기를 물고 에릭이 물었다.

짧고 슬픈 '호' 소리가 났다.

13

트롤라는 배 전체로 퍼지는 떨리는 느낌이 좋았다.

"왜 바닥에 엎드려 있냐?"

스톨베어 반장이 물었다.

"이렇게 있으면 집중이 더 잘되거든요."

콰나크(그린란드 북서부에 위치한 자치구. 주민수가 650명 정도이며 대부분이 에스키모이다-옮긴이)까지의 비행은 여러 시간이 걸렸다. 비행기는 매우 작았다. 유리벽 하나를 사이에 두고 앞 칸에 조종사가 앉아 있었다. 트롤라가 책장을 넘겼다.

"제 생각에는요, 퇴테볼이 곧 공격할 것 같아요."

트롤라가 양손으로 턱을 괴고 말했다.

"비스랜드 사람들의 무기에 관해서 나온 부분은 있니?"

"이렇게만 나와 있어요. 육중한 기기들과 거대한 차량이라고요."

"아마 대포일 게다."

반장은 고개를 끄덕이며 비스랜드의 대포를 상상해 보았다.

"절대로 시대에 뒤진 것들은 아닐 거야."

반장은 메모를 하다가 불현듯 '지금 내가 대체 뭘 하고 있는 거지?' 하는 생각이 밀려왔다. 허구의 이야기에서 범죄학적 추론을 하고 있다니!

"읽어 드릴까요?"

빨강머리가 몸을 일으켰다.

스톨베어 반장은 웃음이 나왔다. 어찌나 두껍게 아이를 감싸 놓았는지 가뜩이나 작은 아이가 옷에 파묻혀 거의 보이지 않을 정도였다. 트롤라는 솜을 넣어 누빈 방한복에 방수용 올인원(우주복이나 비행기 조종사복 등의 상하의가 붙은 의상-옮긴이) 그리고 그 위에 외투까지 겹겹이 싸매고 있었다. 반장은 고글과 모피모자, 흰 피부 전용 선크림도 준비해 왔다. 발에는 모피장화를 신기고, 그 안에 누빔 천장화까지 신겨 주었다. 북극 지방에서 일어날 수 있는 모든 위험을 다 고려한 것이었다. 하지만 그 오지에서 또 무엇이 트롤라를 기다리고 있을지 누가 알겠는가?

"그래, 읽어 봐라."

그가 대답했다.

"제13장 공격."

제13장
공격

퇴테볼은 세 방면으로 군대를 집결시켰다. 중앙에는 포병 부대, 양 측면에는 순록 기병대를 집결시켰다. 브렉케의 성은 어려운 목표물이 아니었다. 그러나 그 안에는 공주가 있었다. 공주의 목숨을 해쳐선 안 된다. 수상이 군대 전체에 내린 명령이자, 가장 우선시하여 수행해야 되는 명령이기도 했다. 각 부대가 정해진 위치에 도달하자 퇴테볼이 파견단을 보냈다. 교섭위원 중에는 라이프 군나르 프레데릭, 즉 브외레고르 대공도 있었다. 수상은 굳이 그에게 교섭위원 자리를 부탁할 필요가 없었다. 대공이 자발적으로 나서서 공주의 석방에 기여하고자 했기 때문이다.

라이프 군나르 프렝겐은 비스랜드 왕실에 평생을 바쳤다. 그의 아버지 그리고 그의 할아버지도 왕가를 받드는 일에 헌신했다. 전설이 있었다. 몇 백 년 전, 브외레고르 가문 사람들이 거칠고 다스리기 힘든 어떤 혈족을 거느리고 얼음 바다를 건너왔다. 이 혈족은 비소베르디타칸쇠디르 혈족으로서 개를 훈련시키고 썰매를 만드는 사람들이었다. 그들은 채 백 명도 안 되었지만 한 사람 한 사람이, 심지어 여자들까지도 난폭하기가 이를 데 없어 몇 십 년도 되지 않아 북극의 남쪽 일대를 전부 강탈했다. 아득히 먼 옛날, 이 비소베르디타스란드라는 나라가 생겨날 때까지 너무도 많은 에스키모인들이 피를 흘려야 했다. 상상을 초월하는 잔인한 비스보르드손이 이 나라의 초대 왕이었는데, 살해한 적들의 해골을 쌓아 왕좌를 만들었다고 한다. 당시엔 다른 북극 지방에서와 마찬가지로 죽은 자의 머리를 소유하는 것은 무너뜨릴 수 없는 부의 상징이었다. 6세기 들어 인간의 해골은 비소베르디타스란드의 공식적인 지불수단이 되었다. 시간이 흐르면서 왕실과 브외레고르 일가는 떼려야 뗄 수 없는 밀착 관계가 되었다. 그러면서도 비소베르디타칸쇠디르 혈족은 브외레고르 가문의 인물이 결코 왕위를 이을 수 없도록 조처를 취했다. 브외레고르 가문은 힘이 있었음에도 항상 제2서열이었다. 19세기가 되어서야 비소베르디타스란드는 인도적 방향으로 나아가게 되었다. 순록 사육자들의 압박 하에 당시의 왕이 많은 부분을 양보하고 의회의 설립을 허락함으로써 자유 정당들이 생겨난 것이었다. 그의 재임 기간 동안 공식적인 국가 이름 역시 페르 데크레트라고 간소화되었다. 그때부터 북극의 남쪽에 있던 이 국가는 간단하게 비스랜드라고 불리게 되었다. 그리고 다시 이 이름을 공식적인 국명으로 공표한 브외레고르가의 사람이 있었으니, 현 대공의 고조부이다. 라이프 군나르 프레데릭 브외레고르는 독신이었다. 그의 삶에 향기로운 여성의 치맛바람이라곤 한 번도 불어온 적이 없었다. 왕실에 대한 그의 결속감은 관능적인 성향을 갖고 있었다. 그는 마치 자신이 넘볼 수 없는 연인을 대하듯 군주국을 숭배해 왔다.

점심 무렵 교섭단체의 임원들이 성으로 다가갔다. 백기가 펄럭이고 있었다. 성문이 열리고 썰매가 안으로 사라졌다.

30분 뒤 파견단이 다시 돌아왔다. 브외레고르 대공의 얼굴은 핏기 하나 없이 초췌했다. 대공은 수상에게 가죽으로 감싼 상자를 건넸다. 퇴테볼은 장갑을 벗고 상자를 조심스럽게 다루었다. 그러나 그는 상자를 감싼 끈과 모피가죽을 칼로 잘라, 상자 속의 내용물이 고스란히 드러나게 했다.

상자 속 손가락에 눈이 간 순간 퇴테볼은 비명을 질렀다. 지휘 본부 천막에서 울려 나온 건 인간의 비명이 아닌 분노한 늑대의 울부짖음이었다. 그는 왕실 문장이 새겨진 반지를 낀 손가락에 입술을 갖다 대었다. 그의 얼굴이 고통으로 일그러졌다. 그는 손가락이 성유물(성인의 유체, 또는 그것에 접촉된 물건. 성인 숭배의 표상으로서 숭배된다-옮긴이)이라도 되는 듯 대하다가 마침내 손가락을 내려놓았다. 그는 주위 사람들을 조용히 시킨 뒤 물었다.

"그자가 뭐라고 하던가?"

대공은 말할 기력이 없었다.

"그 반란자가 이렇게 전하라고 하더군요. 군대가 1미터씩 성에 접근해 올 때마다 공주님께서는 열 손가락 중 한 개씩을 잃게 될 거라고요. 브렉케는 점령군의 즉각적인 후퇴와 포로 전원의 석방, 그리고 향후 100년 간 광산의 시굴권을 크보렌 측에 보장해 줄 것을 요구하고 있습니다."

대공은 헛기침을 한 뒤 말했다.

수상은 다시 평정을 되찾았다.

"아주 악질이군. 그자는 자신의 조건이 받아들여지지 않으리라는 걸 알고 있어요. 그런데도 그런 조건을 내세우는 이유가 무엇이겠습니까?"

그는 특유의 미소를 지었다.

대공은 머리를 숙였다. 퇴테볼이 손가락을 상자 속에 다시 집어넣었다.

잠시 생각에 잠겼던 퇴테볼이 말했다.

"공격합니다."

"하오나…… 숙고해 보심이 어떨지요!"

늙은 대공이 수상의 앞을 막아서며 간청했다.

"공주님은 단 하나뿐인 왕위계승자이십니다. 공주님이 돌아가시면 군주국도 끝나는 겁니다!"

갑자기 대공이 눈물을 흘리기 시작했다.

"저는 제 무릎에 공주님을 앉히고 그네를 태워 드렸던 사람입니다! 공주님에게 처음으로 썰매 개를 선물한 사람도 접니다."

"강한 것에는 강한 것으로 답할 수밖에 없지요."

이 말과 함께 퇴테볼은 대공과의 대화를 끝마쳤다. 그는 천막으로 사령관들을 불러 모았다.

"열 손가락 가운데 몇 개쯤 없다고 훌륭한 여왕이 되지 말라는 법은 없지."

이 말을 들으며 대공은 자리에서 물러났다.

"잠깐! 지금 마르키타가 진짜로 손가락을 잘렸다고 말하는 거냐?!"

반장이 읽기를 중단시켰다.

"저는 그냥 쓰여 있는 대로 읽었을 뿐이에요."

트롤라가 일어나 앉았다. 방한복이 구겨져 있었다.

반장은 다시 자리에 앉았다.

"몇 장 더 넘겨 볼래? 어떻게 공격이 끝났는지 알고 싶구나."

"위험을 감수하고 싶지는 않은데요."

"위험을 감수하고 싶지 않다니, 그게 무슨 말이냐?"

"이 책은 항상 변하기 때문이죠. 미리 결말을 훔쳐보는 걸 책이 싫어할 수도 있을 것 같아요."

트롤라가 대답했다.

"책이 뭘 맘에 들어 하고 말고 할 수도 있다는 말이냐?!"

반장의 관점에선 있을 수도 없는 일들이 점점 늘어 갔다. 그는 심란해져서 창밖을 내다보았다. 한동안 윙윙거리는 프로펠러 소리만 들렸다.

"나는 상관 말고 네가 읽고 싶은 곳을 읽으렴. 허구 속 인물이 손가락 한 개를 잘렸든 열 개가 전부 잘렸든 나랑 무슨 상관이겠냐."

반장이 나지막이 말했다.

트롤라는 걱정스러운 눈으로 반장을 살펴보았다. 어른들은 언제나 저렇다. 어떤 일이든 현실적으로 설명하지 못하면 그건 애들 일로 치부해 버린다. 트롤라는 책 위로 몸을 숙였다.

"성문 앞에 군대가 진을 친 후로……."

성문 앞에 군대가 진을 친 후로 마르키타는 더 이상 지하 감옥으로 돌아갈 필요가 없었다. 마르키타는 인질이자 브렉케가 쥔 단 하나의 패였다. 마르키타는 붕대 때문에 먹을 때마다 어려움을 겪었다. 오른손으로 포크를 잡는 것이 어색하기만 했다. 그러나 마르키타는 할 수 있는 한 많이 먹었다. 젖먹던 힘까지 필요하게 될지도 몰랐다.

첫 번째 총알이 발사되었고 첫 번째 수류탄이 떨어졌다. 북쪽 얼음탑이 파괴되었다. 브렉케는 모습을 드러내지 않았다. 그는 500명의 크보렌 사람들이 성 안에 머무르며 수비에 힘쓸 수 있도록 해 주었다. 건물엔 무장한 사람들이 가득했다. 그들은 최후의 순간까지 싸울 준비가 되어 있는 것 같았다. 다음 번 폭탄은 성문 가까이에 떨어져 수비벽을 뚫어 놓고 말았다. 생존한 크보렌 사람들이 안으로 후퇴하여 들어왔다. 브렉케는 여전히 모습을 나타내지 않았다.

폭격의 간격이 짧아졌다. 발사 거리도 점점 가까워졌다.

"서문 쪽이 버티지 못하고 있다!"

누군가 외치는 소리가 마르키타에게까지 들렸다. 마르키타가 대기하고 있는 홀의 앞쪽 방으로 크보렌 사람들이 몰려들었다. 하지만 아무도 안으로 들어올 엄두를 못 내었다. 그녀는 완전히 혼자였다. 다른 때 같으면 언제나 그녀의 근처에 매복해 있던 하인들조차 한 명도 보이지 않았다. 마르키타는 긴 연회석에 앉아 있었다. 위층에도 폭격이 가해졌다. 명중이었다. 얼음벽에 금이 갔다. 비명 소리, 서두르는 발소리……. 그러나 마르키타의 주변은 비현실적으로 고요했다. 그녀는 창문 앞으로 솟구치는 불꽃을 놀란 눈으로 바라보았다.

브렉케가 홀에 들어섰다. 혼자였다. 그는 마르키타를 처음 만났을 때 입었던 그 아름다운 푸른색 외투를 입고 있었다. 썰매 경주, 북극곰……. 모두 까마득한 옛일 같았다. 그는 깊이 생각에 빠진 듯 천천히 홀을 가로질러 와 연회석 반대쪽 끝에 앉았다. 아무 말도 없었고 마르키타를 바라보지도 않았다. 밖에선 전투 소리가 점점 더 커지고 있었다. 폭발 때문에 성이 흔들렸다.

"그냥 이렇게 가만히 있을 건가요?"

마르키타는 그의 침묵을 더 이상 참을 수 없었다.

대답 대신 브렉케가 칼을 꺼냈다. 마르키타가 놀라서 뒤로 물러났다. 그는 서두르는 기색이라곤 없이 탁자 모서리에 눈금을 새기기 시작했다.

"무슨 짓을 하는 거예요?"

마르키타는 그의 눈이 무얼 말하는지 알 수가 없었다. 그는 옆으로 촘촘하게 눈금을 새기고 있었다.

새로 폭격이 가해졌다. 진동이 일더니 고래 두개골로 만든 연회석 표피가 떨어져 나갔다. 얼음 홀 곳곳에 균열이 일어 이미 틈이 보이고 있었다.

"곧 퇴테볼이 성 안으로 쳐들어올 거예요!"

공주가 외쳤다.

"퇴테볼은 당신을 구하러 오는 거야."

"당신은 마치 당신 혼자인 것처럼 행동하네요!"

요란한 포성 사이로 마르키타가 소리쳤다.

"당신 때문에 그리고 나 때문에 수백 명의 사람들이 죽게 생겼어요! 당신 백성들이잖아요!"

이곳에 온 뒤 마르키타는 얼음 요새에 브렉케의 부하들만 있을 뿐 가족이 없다는 것에 놀랐다. 그의 아버지, 어머니는 어디에 계실까? 이 거대한 집에 그의 가족은 아무도 없는 것 같았다.

"당신에게는 미안한 마음이 드는 사람이 한 사람도 없나요?"

마르키타가 소리쳤다. 잠잠한 그의 모습이 총소리보다 더 두렵게 느껴졌다.

"이곳에는 죽지 않도록 지켜 주고 싶은 사람이 한 사람도 없나 보죠?!"

그녀는 탁자를 빙 돌아 그에게로 달려가 몸을 숙였다.

"아니, 난 그 사람을 구하려는 거야. 그녀를 구하고야 말겠어."

브렉케가 말했다.

그는 격렬하게 눈금을 파내었다.

"그렇다면 이제야말로 뭔가 조치를 취해야죠!"

계속 눈금을 파며 그가 올려다보았다.

"무슨 조치를 말하고 싶은 거지? 손가락을 절단하는 것?"

뒤죽박죽 찢어질 것 같은 가슴으로 마르키타는 약혼자라고 여겼던 남자를 물끄러미 바라보았다.

"왜 중지하라고 명령하지 않는 거죠?"

마르키타는 계속 말을 이었다. 그러나 그녀의 말들은 폭격 소리에 파묻히고 말았다. 폭격이 정확히 홀에 명중되었다. 사방에서 거대한 얼음 덩어리가 솟구쳤고 그사이로 불꽃이 치솟고 균열이 일어나면서 가구들이 뒤집혔다. 홀 안으로 들어오는 문이 폭파되어 날아가 버리자, 브렉케의 부하들이 비명을 지르며 그곳을 빠져나갔다. 정작 브렉케는 그 모든 것이 꿈이라도 되는 양 잠자코 앉아 이 사태와 무관한 방문객처럼 황폐해진 광경을 바라보았다. 이런 상황을 처음 겪는 마르키타는 탁자 아래로 피신했다가 다시 모습을 드러냈다.

"이런 식으로 크보렌의 문제들을 대변하는가 보죠? 당신은 겁쟁이예요!"

마르키타가 큰 소리로 말했다.

브렉케는 눈금을 파다 말고 위쪽을 바라보았다. 그는 마르키타가 아니라 그녀의 어깨 너머 뒤편을 보고 있었다.

"겁쟁이는 아니지."

그는 이해할 수 없는 미소를 띠며 자리에서 일어나 외투 단추를 잠갔다.

마르키타가 돌아섰다. 퇴테볼 수상이 부서진 홀 안으로 들어왔다. 수상은 혼자가 아니었다. 장교들과 더불어 브외레고르 대공도 있었다. 퇴테볼이 확신에 찬 걸음걸이로 다가왔다.

"건강한 상태로 다시 보게 되어서 다행이야."

그가 말했다.

이 순간에도 공주는 수상이 말을 놓는 것이 화가 났다.

퇴테볼의 시선이 붕대에 싸여 있는 공주의 손을 향했다. 그의 두 눈에서 분노의 불꽃이 일었다.

"너는 이 대가를 톡톡히 치르게 될 것이다."

퇴테볼이 브렉케를 향해 쉿소리를 냈다.

"이자를 체포하라!"

병사 여러 명이 브렉케를 둘러쌌다. 그는 아무런 저항 없이 칼을 넘겨준 뒤 순순히 끌려갔다. 수상이 그를 막아섰다.

"비스랜드의 여왕에게 해를 가한 것이 밝혀지면 몇 천배의 고통을 당할 줄 알라."

퇴테볼이 말했다.

브렉케는 대답이 없었다. 사람들이 푸른 외투의 그, 마르키타의 약혼자를 밖으로 데리고 갔다. 대공이 눈물을 철철 흘리며 다가왔다.

"전하께서 아무런 해도 입지 않으셨다니 기적과도 같은 일입니다."

그는 제대로 말을 잇지 못하고 수건을 찾았다.

"아무 해도 입지 않았다니?!"

퇴테볼이 소리쳤다. 그는 마르키타의 손을 높이 쳐들었다.

"공주가 흘린 핏방울의 수만큼 크보렌 사람들이 고통을 겪게 될 것이오!"

"아닙니다. 당신의 진심어린 개입에 대해선 감사드립니다, 수상. 그러나 나는 크보렌 주민들이 아무런 해도 입지 않기를 바랍니다."

공주는 손을 내렸다.

마르키타는 자신의 말이 자신답지 못하고 어딘가 부자연스럽게 느껴졌다. 어떻게 내 입에서 이런 말이 나왔지? 왜 이 순간 이런 말을 해야 한다는 느낌이 들었을까? 난생 처음 보르데 임금의 후계자로서 무언가를 해야겠다는 생각이 들었던 걸까? 이것을 내가 어린 여왕으로서 내린 첫 번째 명령이라고 해야 하나?

퇴테볼이 깊은 인상을 받았다는 듯 고개를 끄덕였다.

"마르키타 공주께서 자비를 베푸셨소."

그는 빙 둘러보며 말했다.

"마르키타 공주, 자비로운 분이여!"

아마도 역사적인 순간에는 이런 종류의 겉치레를 해야 하나 보다. 마르키타는 그런 생각을 하며 격식을 갖춘 분위기에서 벗어나려 했다. 그런 말은 역사책에 기록될 만한 위대한 순간에나 쓰는 것이다. 그래야 훗날 학교에서 아이들이 이 일을 우러러볼 만한 것으로 받아들일 테니까. 마르키타는 갑자기 비스랜드의 최우수 슬랄롬 선수로만 남고 싶어졌다.

그러나 그 시절도 이제는 다 지나가 버렸다.

"그러나 그 시절도 이제는 다 지나가 버렸다."

'이해가 가지 않은 것은' 하며 스톨베어 반장이 트롤라의 말을 끊었다.

"브렉케가 결정적인 순간에 모든 걸 포기할 작정이었다면, 그의 허세 어린 말들과 손가락을 자르는 행위 따위는 무엇을 위한 것이었 냐는 거지."

반장은 뒤통수를 긁적이며 말했다.

"불시에 체포된 좀도둑처럼 자신을 끌고 가도록 내버려 두다니! 아무리 그래도 그건 있을 수 없는 일이지."

트롤라가 읽던 페이지에 손가락을 끼우며 말했다.

"반장님이라면 어떻게 하셨을 것 같아요? 공주의 귀라도 자르셨 을 건가요?"

"브렉케라는 인물은 대체 뭘 하는 사람일까? 그가 진짜로 원하는 건 무엇일까?"

반장은 곰곰이 생각에 잠겼다.

그러다가 반장은 어깨를 으쓱하며 말했다.

"그냥 이야기일 뿐인걸. 잠깐 눈이나 붙이자꾸나. 도착하면 분명 히 상쾌한 기분이 들 게다."

반장은 이렇게 말하며 머리를 뒤로 기댔다.

14

‘호’ 하며 에릭이 배를 쑥 내밀고 양 볼을 부풀렸다.

퀴르콜이 에릭에게 얼음물을 한 잔 갖다 주었다. 에릭은 원래 좀 뜨거운 것이 마시고 싶었지만 처음치고는 의사소통이 괜찮게 맞아 떨어졌다. 에릭과 에릭의 덩치 큰 감시자에게는 특별 천막이 주어졌다. 털가죽이 많이 있어서 에릭은 에스키모 추장처럼 편하게 지낼 수 있었다. 천막 한가운데에 불이 있어 온기가 퍼지긴 했지만 매운 연기 때문에 눈물이 핑 돌았다.

"환기장치는 없나요?"

그러나 퀴르콜의 대답은 ‘호오오?’ 뿐이었다. 그러는 바람에 연기가 위로 올라갔다.

‘호’ 하고 퀴르콜이 설명했는데 그것은 이런 뜻이었다. 중요한 것은 따뜻하다는 것.

에릭은 이것이 책과 현실의 차이라는 생각이 들었다. 책에서 불은 사람들이 순록 고기를 구워 먹는, 뭔가 아늑한 느낌을 주는 것이었는데, 현실에선 눈물이 핑 돌고 숨도 제대로 못 쉬게 만드는 것이니 말이다. 에릭은 퀴르콜이 절대로 자리에 앉는 법이 없다는 걸 알아차렸다. 또한 종종 눈을 붙이긴 해도 결코 잠을 자는 법이 없었다.
그들은 함께 음식을 먹었다. 에릭은 연기를 피해 얼굴을 돌리고 순
록 고기 한 덩이를 불에 구웠다. 정말 맛있었다. 퀴르콜은 선 채로
먹었다. 훈제 고래껍데기가 후식이었다.

에릭은 자신이 털북숭이를 더 이상 무서워하지 않는다는 게 신기
했다. 이 거대한 존재가 엘레쉰드의 출판사 사장을 때려 죽였다는
걸 알면서도 퀴르콜의 근처에 있는 것이 위험하게 느껴지지 않았다.
그러나 검정개는 무서웠다. 가축은 천막 안으로 들어올 수 없었다.
그러나 녀석은 입구에 떡 버티고 서서 누가 가까이 오기만 하면 으
르렁댔다. 에릭은 자신이 얼마나 속수무책 상태인지에 화가 났다.
이곳엔 휠체어가 없었다. 하물며 트론드스톨-비거르트 상표의 휠체
어는 있을 리 만무했다. 에릭은 움직일 때마다 퀴르콜의 도움을 받
아야 했다.

'호' 라고 말하며 에릭이 휠체어를 운전하는 시늉을 했다.

"호?"

퀴르콜은 이해하지 못했다.

"호호."

에릭이 허공에 대고 바퀴 모양을 그렸다.

"호."

퀴르콜이 고개를 저었다.

키가 2미터 50센티미터나 되는 남자가 뭔가를 거절할 때, 평소의
에릭 같으면 감히 반론을 제기할 생각도 못했을 것이다. 그러나 이
번에 에릭은 힘차게 '호!' 하고 내뱉고는 단호한 표정을 지었다.

이 거인이 웃고 있는 건가? 덤불숲 같은 수염 때문에 웃는 건지 아닌지 알아볼 수가 없었다. 모피인간이 눈동자를 위로 굴리더니 뭐라고 중얼거렸다. 순식간에 천막 안이 뿌연 안개로 가득 찼다. 연기들은 한데 뭉쳐지더니 가느다란 기둥이 되어 위로 올라갔다.

"호"

퀴르콜이 말했다. 그의 시선이 연기를 따라 움직였다.

곧 에릭은 자기가 연기와 똑같이 움직여야 한다는 걸 깨달았다.

"나는 일어설 수 없어요. 보시다시피 나는 병이 든 거라고요."

에릭이 대답했다.

퀴르콜은 고개를 저으며 연기를 가리켰다.

"내가 어떻게 그렇게 해요?! 할 수 있을 것 같으면 벌써 했지요!"

에릭은 화가 났다. 그리고 불행한 느낌마저 들었다.

퀴르콜은 참을성 있게 기다리며 한숨을 쉬었다. 그는 에릭을 한 손으로 번쩍 들어 올려 두발로 버티고 서게 했다.

"이제 됐어요? 뭘 더 바래요?"

에릭은 있는 대로 화가 나서 거인의 두 눈을 똑바로 바라보았다.

"호오오……."

연기에 했던 것처럼 퀴르콜이 에릭을 향해 바람을 불었다.

"남자애가 곤두박질치는 걸 보고 싶다면 좋아요. 될 대로 되라지!"

에릭은 퀴르콜을 밀쳐냈다. 그리고 털가죽 위로 다시 쓰러질 때를 기다렸다.

그러나 쓰러지지 않았다. 다리도 힘없이 꺾이지 않았다. 털가죽 위로 주저앉지도 않았다. 그렇다고 서 있는 것도 아니었다. 수년 간 근육을 사용하지 않은 사람이 한 순간에 갑자기 설 수는 없는 일이다. 그런데도 에릭은 꼬꾸라지지 않았다. 어찌된 영문인지 에릭도 이해할 수 없었다. 에릭은 공중에 매달려 있었다. 마치 방석을 깔고 앉거나 그네 위에 앉은 듯한 느낌이 들었다. 몸이 흔들리자 에릭은 두 팔을 휘저었다. 그는 두려웠다. 어느 순간 이 마술은 끝날 것이고, 그러면 이전의 상태로 돌아가 다시 주저앉게 될 테니까. 에릭은 두 팔로 헤엄치듯 원을 그렸다. 그러자 몸이 약간 앞으로 움직였다. 에릭은 반대로 몸을 돌려 다시 비틀거리며 돌아왔다. 한 번 더 이리로 그리고 저리로 움직여 보았다. 수영하는 것 같기도 하고 이상하게 흔들리는 것도 같았다. 어쨌든 정말로 일어난 일이었다. 세상에, 정말이었다!

그렇게 천막 속을 이리저리 춤추듯 돌아다니다 보니 에릭은 마냥 웃음만 나왔다. 발가락이 바닥에 닿았다. 그러자 공이 바닥에서 튀어 오르듯 몸이 떠올랐다. 에릭은 오른쪽 다리를 들어 올렸다. 다시 웃음이 터져 나왔다. 이게 몇 년 만인가! 다리가 움직이다니!

"어떻게 이렇게 했어요?"

에릭이 큰 소리로 말했다.

'호'라고 대답하며 퀴르콜은 에릭을 가리켰다.

내 스스로 이렇게 했다고? 에릭은 그렇게 알아들었다. 할 수 있겠지. 비스랜드에 있으니까. 나는 저 거인의 언어로 말하고 공중에서 비틀거리며 걷고 있잖아. 어쩌면 기후 때문일지도 몰라. 아니면 매운 연기에 어떤 물질이 함유되어 있을 수도 있고. 아니면 순록 고기가 나에게 힘을 주었거나.

그러나 근본적으로 이유는 아무래도 상관없었다. 에릭이 이렇게 말할 수 있었으니까.

"나는 방금 휠체어 운전자 그룹에서 빠져나왔어! 휠체어는 내다 팔면 돼. 휠체어에 달았던 램프들은 아빠가 풀어내시겠지. 이제 체육 수업에도 들어갈 수 있다고!"

에릭은 축구를 할 것이다. 뜻대로 된다면 미드필드에서 뛸 것이다. 또 트롤라에게 인라인스케이트와 스키 그리고 스케이트보드 타는 법도 배울 것이다. '앞으로는 그렇게 할 수 있을 거야'라고 생각하자 에릭은 웃음을 멈출 수가 없었다. 에릭은 당장 밖으로 나가 이 새로운 능력을 시험해 보고 싶었다. 그는 털가죽 이불을 치우고 바깥을 살펴보았다. 퀴르콜도 반대하는 것 같지 않았다. 에릭은 확실치 않은 걸음걸이로 껑충거리며 얼음으로 나갔다.

멀리 떨어지지 않은 곳에서 누군가가 걸어오고 있었다. 푸른빛이 감도는 머리카락을 늘어뜨리고 꼿꼿하게 걷는 누군가가. 반대편에서는 차 한 대가 다가오고 있었다.

15

비행기 여행은 강추위 가운데 끝이 났다. 트롤라는 이런 얼음장 같은 추위는 한 번도 겪어 본 적이 없었다. 콰나크는 그린란드의 북쪽에 위치한 곳이다. 도시 뒤편으로는 트론데스로테트 산맥이 우뚝 솟아 있었다. 그 뒤로는 산처럼 높고 바위처럼 매끄러운, 서로 밀고 밀리며 얽혀 들어간, 결코 녹지 않는 얼음이 있을 뿐이었다. 얼마나 기온이 낮은지 트롤라는 숨을 쉴 수가 없었다. 공항에서 호텔까지 반장과 트롤라를 태우고 온 차에서 트롤라가 톡 튀어나왔다. 호텔 입구까지 몇 걸음 가는 동안 트롤라는 거센 폭풍에 밀려 날아갈 뻔했다. 트롤라는 '당장 안으로 들어가고 싶어요!'라고 소리쳤다. 그러나 세차게 몰아치는 폭풍 때문에 무슨 말인지 알아들을 수가 없었다. 반장은 트롤라를 단단히 붙잡고 분노하는 얼음 바람에 맞섰다.

안내 데스크에 있던 이누이트(에스키모들이 스스로를 일컫는 말-옮긴이) 여직원이 그들을 반갑게 맞았다.

"저 사람, 에스키모인가요?"

트롤라가 조그만 소리로 물었다.

"그들은 이누이트라는 표현을 더 좋아한단다."

반장은 데스크 여직원과 그린란드어로 이야기를 나누었다.

"어떻게 그린란드 말을 다 하세요?"

여직원이 방 열쇠를 가지러 간 사이 트롤라가 놀라서 물었다.

"모국어는 잊지 않는 법이지."

"반장님이…… 에스키모라고요?! 아니, 이누이트라고 해야지."

트롤라가 웃으며 고쳐서 말했다.

"어렸을 때 부모님께서 나를 데리고 스칸디나비아로 가셨어. 그때 많은 일들이 있었는데 기억나는 게 많지 않구나."

반장이 짐을 들고 여직원을 따라갔다. 그들은 콰나크에 단 하나밖에 없는 호텔의 다섯 개의 방 가운데 하나로 들어갔다.

트롤라가 신발을 벗어 침대 위로 던졌다. 반장은 장화 끈을 풀면서 벌써 전화를 걸고 있었다. 영어와 그린란드어를 번갈아가며 했는데, 한 문장 한 문장이 끝없는 하나의 단어로 이루어진 것처럼 들렸다. 트롤라는 그가 몇 번이나 '새터라이트(새인공위성이나 위성, 혹은 접시형의 위성안테나 – 옮긴이)'라고 말하는 걸 들었다.

"배고파요."

트롤라는 반장의 주의를 끌어보려고 했다.

"북위 5도, 대기 중 방해 전파는 아마……."

스톨베어 반장은 방해하지 말라는 몸짓을 했다.

트롤라는 반장을 방해하지 않고 마지막 남은 초콜릿을 음미했다. 통화가 길어졌다. 트롤라는 책을 꺼내어 읽기 시작했다.

차가 다가오고 있었다. 마르키타는 서쪽 익랑에 있는 자신의 옥탑방으로 가고 싶었다. 우선 뜨거운 물로 목욕을 한 뒤 잠자리에 들고 싶었다. 며칠이든, 아니 몇 주든 그냥 잠만 잤으면! 끔찍한 크보렌 땅에서 멀리 떨어져서! 그러나 마르키타는 꿈을 꾸면, 그 음울했던 지하 얼음 감옥으로 되돌아갈 것 같은 예감이 들었다. 때 묻은 옷이라면 문질러 털어낼 수 있으련만 약혼 시절은 그럴 수도 없었다. 마르키타는 평범한 것들이 그리웠다. 아침에는 스피드스케이팅을, 저녁에는 스키점프를, 휴일에는 반딧불이 애벌레들의 노래를 듣고 싶었다. 그러니까 그녀는 크보렌과의 전쟁, 왕권 승계, 브렉케가 받을 처벌 등과 같은 나머지 일들은 모두 잊어버리고 싶었다.

차가 거의 다가왔을 때, 공주는 누군가 천막에서 나오는 것을 보았다. 모피를 뒤집어쓴 기이한 형체였다. 처음 보았을 때 누군가가 걷고 있는 것처럼 보였는데 자세히 보니 바닥에 몸을 대지 않은 채 공처럼 튀고 있었다. 꼭두각시 인형 같아. 그 형체가 남자아이라는 걸 알아차리기 전까지 공주는 그렇게 생각했다. 그 아이는 천막 앞에 있는 검정개를 무서워하는 것 같았다.

마르키타의 옆에 바싹 붙어 있던 이주크가 으르렁거렸다.

"조용히 해."

그녀가 말했다.

검정개가 짖었다. 녀석은 제자리에서 꼼짝도 않고 쉰 목소리로 컹컹거렸다.

이주크가 자리를 벗어나려고 했다. 마르키타가 녀석을 단단히 붙잡았다.

남자아이가 깜짝 놀라 마르키타 쪽으로 튀어 왔다. 그러곤 할 말을 잃은 채 입을 쩍 벌리고 서 있었다.

"이주크."

아이가 속삭였다.

"너, 이 개를 알고 있구나?"

공주가 놀라서 물었다.

아이는 우물쭈물하며 고개를 끄덕였다.

"네 이름이 무엇이냐?"

남자아이는 아무 말도 못했다.

"설마 말을 못하는 건 아니겠지?"

아이가 고개를 저으며 침을 삼켰다. 차가 공주 옆에 멈춰 섰다. 그리고 문이 열렸다. 차 안에서 나오는 따뜻한 온기가 느껴졌다. 편안하고 폭신한 좌석 쿠션이 보였다. 공주는 이제 정말로 집에 가고 싶었다.

"이름이 무엇이냐고 묻지 않았느냐?"

한쪽 발을 차 안에 들여놓으며 공주가 말했다.

아이가 입을 열었다.

"에릭이에요."

트롤라는 손에서 책을 미끄러뜨리고 말았다.

"에릭!"

소리 내어 부르고 싶었지만, 트롤라 역시 목소리가 나오지 않았다. 책이 바닥에 떨어졌다.

트롤라는 '에릭……' 하고 속삭이다가 다시 큰 소리로 말했다.

"여기 에릭이 있어요! 여기 있다고요!"

"뭐? 어디?"

반장이 놀라서 수화기를 막고 돌아보았다.

"저기요."

트롤라는 바닥에 떨어져 있는 책을 가리켰다.

반장은 앵커리지(미국 알래스카 주 남쪽 기슭에 있는 도시. 알래스카 주 최대의 항구 도시이며, 국제 항공로의 중계지—옮긴이) 인공위성 감시국의 직원과 통화 중이어서 트롤라의 뚱딴지 같은 말을 들어 줄 여유가 없었다.

"10분만 더 참아 다오. 그러면 내가 저녁을 사 주마."

반장은 트롤라에게 조금만 참으라고 했다.

"하지만 에릭이 저 안에 있다고요! 그 애가 정말로 저기 안에 있다니까요!"

트롤라는 벌떡 일어나 펼쳐진 책 앞에 뻣뻣하게 서 있었다. 감전이라도 당한 듯이.

"끊지 마세요."

스톨베어 반장은 신경질적으로 수화기에 대고 말했다.

"대체 책 어디에 있단 말이냐?!"

반장이 야단을 쳤다.

"마르키타 옆에요."

트롤라가 대답했다. 트롤라의 얼굴에 미소가 번졌다.

"에릭이 항상 바라던 거였어요."

트롤라는 책을 집어 들고 펼쳐진 페이지를 쓰다듬었다. 그렇게 하면 에릭을 만질 수 있기라도 한 것처럼.

"뭘 바랐는데?"

스톨베어 반장은 수화기가 위험한 뱀의 머리라도 되는 듯 멀찍이 들고 있었다.

"마르키타와 알게 되는 거요! 여기에 쓰여 있어요. 전부 다 책 속에 쓰여 있다니까요!"

트롤라가 소리치며 스톨베어 반장에게 책을 가리켰다.

"제가 다시 전화하지요."

반장은 전화를 끊었다.

"좋아, 만약 중요하지도 않은 걸 갖고 호들갑을 떤 거라면 혼날 줄 알아라."

트롤라는 전혀 겁먹은 기색 없이 소리 내어 책을 읽었다.

"차가 공주 옆에 멈춰 섰다. 그리고 문이 열렸다."

차가 공주 옆에 멈춰 섰다. 그리고 문이 열렸다. 차 안에서 나오는 따뜻한 온기가 느껴졌다. 편안하고 폭신한 좌석 쿠션이 보였다. 공주는 이제 정말로 집에 가고 싶었다.

"이름이 무엇이냐고 묻지 않았느냐?"

한쪽 발을 차 안에 들여놓으며 공주가 말했다.

아이가 입을 열었다.

"에릭이에요."

비스랜드 사람이 아니네. 공주는 생각했다. 머리카락도 아차토카와 거의 비슷한 밝은색이고. 이런 아이가 크보렌엔 웬일이지?

"여기는 어떻게 오게 되었니, 에릭?"

"그건 저도 잘 모르겠어요."

검정개가 다시 짖어댔다. 소년은 겁먹은 얼굴로 뒤를 돌아보았다.

"아무 짓도 안할 거다."

마르키타는 미소를 지으며 이주크의 목 끈을 팽팽하게 잡아당겼다. 짖어대는 개 뒤편으로 보기 드물게 키가 큰 남자가 천막에서 나오고 있었다. 머리끝부터 발끝까지 모피를 뒤집어쓰다시피 한 남자였다.

"호!"

모피인간의 목소리는 빈데고르의 얼음 틈처럼 깊었다.

아이를 향해 다가오면서 그는 다시 한 번 드넓은 얼음 벌판에 대고 소리쳤다.

"호오오오!"

땅에서 솟아오른 듯 갑자기 퇴테볼 수상이 잰 걸음으로 다가왔다.

"마르키타, 벌써 떠나시려고? 모두 흡족하신가?"

수상이 걸어오면서 큰 소리로 말했다.

"정말로 지쳤거든요. 쉬고 싶네요."

마르키타는 자신의 생명을 구해 준, 그러나 대하기 거북한 이 사람과 지금은 아무 얘기도 하고 싶지 않았다.

"잘 생각했소."

퇴테볼은 부드럽게 공주의 팔을 잡고 차에 오르는 것을 도와주었다. 밝은 머리의 남자아이는 뭔가 더 말을 하려는 눈치였으나, 마르키타는 떠나고 싶다는 강한 바람을 내비쳤다. 마르키타가 푹신한 좌석에 앉자 대기 중이던 시녀가 공주의 다리 위에 모피 이불을 덮어 주었다.

"마르키타!"

아이가 창 밖에서 소리쳤다.

수상이 아이의 어깨에 정답게 팔을 둘렀다. '봉 보야쥬('좋은 여행길 되시길' 이라는 의미의 불어 인사말-옮긴이)' 라고 말하고 그는 차문을 닫았다.

"수도에서 다시 만납시다."

마르키타는 잘못 본 걸까 의심하며 퇴테볼이 거인에게 뭔가 신호를 보내는 모습을 바라보았다. 차가 움직이기 시작했다. 마르키타는 그 억센 남자가 소년을 들어 올려 천막으로 데려가는 걸 보았다. 안 그래도 작은 수상의 모습이 점점 작아졌다. 마르키타는 니아쿠르나 평원과 쿠보렌 땅을 떠났다. 일렁거리는 차의 움직임에 마음이 차분해지는 걸 느끼며 마르키타는 조심스레 손에 감은 붕대를 만져 보았다. 아직도 고통이 심했다.

천막에 들어온 에릭은 거인에게 털가죽 침상에 내려 달라고 부탁했다. 눈앞에 은빛 별이 반짝였다. 비스랜드의 공주는 책을 읽으며 생각했던 것보다 훨씬 더 아름다웠다. 푸른빛이 감도는 검은 머릿결은 비단결 같이 부드럽고 매끄러웠으며 옆으로 살짝 찢어진 두 눈은 끊임없이 빛났다. 지난 시간의 고통으로 공주의 얼굴에선 신중함이 배어났다. 에릭은 아직 그런 경지에 관해선 잘 모른다. 그런 경험은 대가 없이 그냥 주어지는 것이 아니다. 그러나 이 순간 에릭은 태어나서 처음으로 흠뻑 사랑에 취했다. 이제부터 마르키타를 위해서라면 목숨을 아끼지 않을 것이며 펄펄 끓는 간유 속이라도 뛰어들 수 있을 것 같았다.

"애가 이젠 사랑에 빠지기까지 하네요!"
트롤라는 투덜거리며 책이 넘어지게 놔뒀다.
"질투 나니?"
반장이 물었다.
"그 콧대 높은 마르키타한테요?"
트롤라는 말도 안 된다는 듯 푸하고 입을 내밀었다.
"아무튼 마르키타가 문제로군."
스톨베어 반장이 대꾸했다.
반장은 또 하나의 불가능한 사실을 받아들여야 하는 순간이 왔음을 분명히 알 수 있었다. 에릭, 불과 36시간 전에 그가 침대에 데려다 주었던 그 소아마비 소년이 책 속에 있고, 가공의 인물인 공주에게 사랑을 느끼고 있다. 그것도 모자라 소년은 고래껍데기를 질겅거리는 키가 2미터 50센티미터나 되는 남자에게 걷는 법을 배웠다. 대단해. 스톨베어는 생각했다. 이런 식으로 계속 가다간 돌아가서 틀림없이 정신과 치료를 받아야 할 거야.

돌아간다는 말이 갑자기 그의 머리를 치고 지나갔다. 지금까지 우리는 가장 빠른 교통수단들만 이용해서 움직였어. 그런데 어떻게 저 소년과 모피인간은 벌써 북쪽 끝에 가 있는 거지? 그리고 왜 나는 비스랜드가 정말로 있다고 믿는 거고?! 이것은 사람이 판단력을 잃었을 때 나타나는 현상이 틀림없어. 하지만 스톨베어 반장은 모든 것을 당연한 일로 여기는 트롤라 앞에서 판단력을 잃고 싶지 않았기 때문에, 욕실로 들어가 내의를 벗고 얼굴에 비누칠을 하기 시작했다. 면도를 한 지도 사흘이나 되었다.

"계속 읽어 봐라! 여기서도 잘 들리니까."

그가 소리쳤다.

트롤라가 헛기침을 했다.

"그러니까 이렇게 쓰여 있어요. 에릭은 마르키타를 위해서라면 펄펄 끓는 간유 속이라도 뛰어들 수 있을 것 같았다."

"펄펄 끓는 간유라. 으음, 그야 당연하겠지. 계속 읽어 봐라!"

반장은 큰 소리로 말하고 멍한 눈길로 거품을 뺨에 발랐다.

16

에릭은 수도가 크고 휘황찬란한 불빛에 둘러싸인, 어딘가 비스랜드 분위기가 물씬 풍기는 곳일 거라고 상상했다. 그러나 거인에게 이끌려온 수도는 북쪽에 있는 여느 우중충한 벽지 마을과 다름이 없었다. 집들은 대부분 중심가를 따라 죽 늘어서 있었고, 구불구불한 골목길들이 언덕으로 이어졌는데, 언덕 가장 높은 곳에 궁이 있었다. 상점의 쇼윈도들은 꽁꽁 얼어 있었고 될레크 근방에 기름진 바다표범이 있다는 걸 알리는 광고판도 빛이 다 바래 있었다. 퀴르콜에게 이끌려 재빠르게 거리를 지나는 사이, 에릭은 조키 던지기 학원을 발견했다. 출입구 위편에는 조키에 붙잡힌 한 소녀의 그림이 있었다. 썰매 기능공들과 그들이 소유한 썰매 작업장으로 이루어진 거리도 있었다. 썰매 기능공들은 작업장 밖에서 작업을 하면서 다른 기능공들과 썰매 가격에 대한 이야기를 나누고 있었다. 한 모자 가게에선 끝으로 갈수록 뾰족해지는 귀마개가 달린 모피모자를 권하기도 했다.

에릭은 그 모든 걸 잠깐씩밖에 볼 수 없었다. 퀴르콜이 집으로 가는 지름길로 에릭을 데려갔기 때문이다. 그의 집은 절반은 돌로, 절반은 나무로 이루어진 3층짜리 건물이었다. 크고 어둡고 견고한 것이 주인과 꼭 닮은꼴이었다. 에릭이 쓸 방에는 침대와 책상, 의자가 갖추어져 있었다. 그리고 퇴테볼의 초상화도 있었다. 먹을 것으로는 훈제 고래고기가, 마실 것으로는 순록우유가 주어졌다.

에릭은 우선 자신이 새로 갖게 된 매력적인 능력을 시험해 보았다. 계단을 풀쩍풀쩍 뛰어올라 2층으로 간 뒤, 난간을 타고 아래로 미끄러져 내려왔다. 창문에서 창문으로 걸어 다니며 도시도 내다보았다. 움직임이 차츰 세련되어졌다. 한 지점에서 다음 지점으로 옮길 때도 더듬거리지 않고 걷게 되었다. 이제는 '걸어 다닌다'고 말해도 될 정도였다. 계단을 오르내렸고, 복도에서 도움닫기를 하여 출발하면 달리기를 하는 평범한 남자애로 보였다. 검정개가 앞에 있어도 더 이상 겁나지 않았다. 개를 피해 달아날 수 있게 되었으니까.

이 낯선 집에서의 첫날 밤, 에릭은 퇴테볼의 초상화가 무섭게 느껴졌다. 그래서 그 악마 같은 수상이 보이지 않게 그 위에 재킷을 걸쳐 두었다. 에릭은 한참이 지나서야 잠이 들었다. 퇴테볼의 눈이 재킷 사이로 그를 뚫어지게 바라보는 것 같았다.

에릭이 깨어났을 때, 바깥의 날씨는 음울했다. 재킷이 바닥에 놓여 있었다. 그림 속 수상은 마치 에릭이 올려다봐 주기를 기다리는 것 같았다. 그림이 빙긋이 웃을 수도 있나? 에릭은 돌아서서 퀴르콜에게로 달려갔다. 그는 아침식사를 준비하고 있었다. 훈제 고래고기와 순록우유였다.

"저 그림을 왜 내 방에 걸어 둔 거죠?"

에릭이 우유를 마시며 물었다.

"호"

오해의 여지가 없는 대답이었다.

두 번째, 세 번째, 네 번째 그리고 다섯 번째 날이 되자 에릭은 서서히 자기 방에 있는 우울한 동반자, 역청같이 새까만 머리의 남자에게 익숙해졌다. 에릭은 그림을 돌려놓거나 벽에서 떼어 놓는 건 포기했다. 방으로 돌아오면 언제나 그림 속의 두 눈이 그를 기다리고 있었다. 정말로 그렇게까지 위협적인 눈인가? 저 눈 속에 뭔가 다른 면이 있는 건 아닐까? 퇴테볼의 행실에 관해 책에서 읽은 것과는 다른 어떤 면이? 분명 책에 그려진 퇴테볼은 괴물 같은 인상이었는데? 잠자리에 들기 전 순록우유를 한 잔 마시고 초상화를 바라보던 에릭은 수상의 눈에서 전혀 다른 성격, 즉 에릭의 처지에 대한 이해, 비스랜드를 통치하는 남자의 선량함과 선견지명 같은 것을 본 듯했다. 침대에 누우며 에릭은 수상의 눈길 속에서 지혜로움을 엿보았다고 확신했다. 에릭은 우유를 마시고 곧바로 잠이 들었다.

다음 날 아침, 위층에서 거인이 달그락거리는 소리가 들렸다. 에릭은 침대에서 튀어나왔다. 오늘도 마음대로 다리를 움직일 수 있다는 것이 기뻤다. 그는 퇴테볼의 초상화에 윙크로 인사를 건네고 계단을 뛰어 올라가 2층에서 3층으로 이어지는 계단참까지 갔다. 3층으로 가는 계단 앞에는 격자 창살로 된 문이 하나 있었고, 무거운 자물쇠가 매달려 있었다. 평소 이 문은 빗장이 질러져 있었는데 오늘은 어찌된 일인지 활짝 열려 있었다. 호기심에 아직 한 번도 가 본 적이 없는 3층을 향해 발을 들여놓으려는 순간, 거인이 앞을 가로막았다.

거인은 격분한 얼굴로 '호오오오!'라고 소리치며 에릭의 목을 움켜쥐고 천천히 들어올렸다. 가냘픈 그의 목을 움켜쥔 채 1층까지 내려간 거인은 에릭을 침대 위에 내팽개쳤다. 에릭은 신음하며 숨을 쉬려고 애썼다. 퀴르콜은 냉엄하게 '호!'라는 한마디 말을 던지고 밖으로 나갔다. 에릭은 위에 무엇이 숨겨져 있든지 이제부터는 그곳을 멀리 피해 다니리라고 다짐했다.

며칠 후, 거인이 에릭에게 함께 나가자고 했다. 거인은 두 사람이 처음 여행을 했을 때처럼 에릭을 들어 올려 팔에 앉히고 수도를 가로질렀다. 검정개가 어슬렁거리며 뒤따라왔다. 사람들은 모피인간을 발견하고 뒤로 물러섰다. 그들은 골목 옆에 붙어 서서 절을 하거나 집으로 사라졌다. 걸음걸이에 맞추어 위아래로 머리가 흔들리는 와중에도 에릭은 이 퀴르콜이란 자의 정체가 무엇일까 생각했다. 그리고 이 모피인간이 샌드비켄에 나타났던 순간을 상상해 보았다. 2미터 50센티미터의 키에 짐승과 같은 모습으로, 이렇게 빠른 걸음으로 거리를 걸었을 거야. 그리고 마르키타의 이야기를 손에 넣기 위해 문을 두드렸겠지. 그런데 어떻게 자신의 말을 알아듣게 만들었을까?

에릭은 궁으로 가고 있다는 걸 알아차렸다. 즉시 에릭의 가슴이 두방망이질치기 시작했다. 마르키타를 다시 만나게 될까? 그 일로 기뻐하기에는 아직 일렀다. 에릭은 궁의 안마당과 바깥마당의 어두운 담과 바깥 계단실로 이어진, 얼음으로 뒤덮인 아치형 복도를 보고 놀랐다. 퀴르콜의 팔에 앉은 채 왕실 전용 접견실에 들어서기까지, 에릭은 긴 회랑을 지나 짧은 회랑으로, 그리고 내부의 계단을 지나 3개의 복도를 지나왔는데, 이 3개의 복도엔 다시 3개의 복도가 이어져 있었다. 신하들은 거인의 등장에 겁을 먹은 듯 두서없이 떠들어댔다. 몇 명은 에릭을 가리키기도 했다.

네 번째 접견실이자 마지막 접견실에서 퇴테볼 수상이 기다리고 있었다. 수상은 퀴르콜이 에릭을 바닥에 앉히는 걸 바라보았다.

"비스랜드가 너한테 아주 잘 맞는 모양이구나."

퇴테볼이 검정색 가죽장갑을 벗고 에릭에게 손을 내밀었다.

에릭이 자신의 행동을 의식했을 땐 이미 수상의 손을 잡은 뒤였다. 에릭은 눈을 들어 언제나 마르키타의 적수로 비춰졌던 그의 두 눈을 바라보았다. 에릭은 그의 두 눈 속에서 이해와 선량함과 지혜를 보았다.

"걷는 법을 훌륭하게 배웠구나."

퇴테볼이 말했다.

"퀴르콜이 가르쳐 주었어요."

에릭은 미소를 지어 보였다.

"오, 그래. 그는 훌륭한 주술사지. 하지만 퀴르콜은 특별한 사람을 위해서만 자신의 힘을 사용한단다."

퇴테볼이 고개를 끄덕이며 말했다.

"그럼 제가…… 특별한 사람이라는 말씀이세요?"

에릭은 자기와 키 차이가 별로 나지 않는 이 검은 옷의 남자가 가깝게 느껴졌다.

"나는 그렇게 생각한다. 네가 그걸 증명해 보이면 되지. 오늘부터 과제가 주어질 거다."

퇴테볼이 대답했다.

에릭은 아무 말도 하지 못했다. 이 순간 자신이 정말로 중요하게 여겨졌다. 에릭의 얼굴이 밝게 빛났다.

"어떤 질문을 받든 네가 옳다고 생각하는 대로 대답하거라."

"그게 전부예요?"

에릭이 놀라서 물었다.

수상은 대답 대신 고개를 갸우뚱거리며 에릭의 머리를 쓰다듬어 주었다.

두 사람 앞에서 이중날개대문이 열렸다.

"준비됐니?"

에릭은 퇴테볼을 따라 황실로 들어갔다.

"호"

퀴르콜이 작별 인사를 했다. 개가 머리를 앞발 위에 놓았다.

밖은 어두침침하고 흐렸지만 그들이 들어선 방은 마치 햇살이 비치듯 환했다. 셀 수 없이 많은 반딧불이 애벌레가 방을 밝히고 있었다. 벽난로에선 탁탁 소리를 내며 장작이 타고 있었다. 비스랜드에선 보기 드문 호사라고나 할까. 바닥에 깔린 두툼한 양탄자 때문에 발소리가 거의 들리지 않았다. 에릭은 천천히 비스랜드의 공주에게 다가갔다.

마르키타, 슬랄롬 경기의 챔피언, 코스니오크에게서 도주하여 얼음 벌판을 극복하고 브렉케의 고문을 견뎌낸 마르키타, 2주 뒤면 대관식을 치르게 될 마르키타, 그녀가 기다리고 있었다. 녹색 드레스 차림이었다. 에릭은 긴 소매에 가려진 붕대를 걱정스럽게 바라보았

다. 마르키타는 미소 띤 얼굴이었다. 그녀가 낭랑하게 울리는 목소
리로 말했다.

　"자, 에릭. 비스랜드가 마음에 드느냐?"

17

두 번째 회항이었다. 강도 9의 폭풍에 헬리콥터의 날개가 얼음으로 뒤덮였고 계기판이 미친 듯이 널뛰었다. 더 간다는 건 무리였다. 기장은 날씨가 나아지기를 기다렸다가 다시 출발하고자 했다.

호텔로 되돌아온 반장은 위성결과를 분석했다. 저기 아래쪽에 뭔가가 있는 것 같다. 위성에 나타난 바에 따르면 그랬다. 그러나 구름층이 너무 두터웠고 대기권의 방해도 컸다. 자기테이프는 찌그러졌고 빛의 반사까지 겹쳐 지옥이 따로 없었다. 그리로 가서 직접 눈으로 확인할 것. 이것이 북극지대 전문가의 최종 조언이었다. 그럴 것 같았으면 내가 현대적인 기술을 왜 필요로 했겠어. 반장은 서류를 구석에 던졌다.

그의 질문을 받은 안내인들은 한결같이 말했다. 불가능해요. 이런 날씨에 어떻게 원정팀을 꾸립니까. 반장과 트롤라는 오도 가도 못하는 신세가 되었다. 아무것도 못한 채 콰나크에 있어야 하는 상황에서, 북쪽으로의 여행은 그 어디에도 없는 곳으로의 여행이 될 판이었다. 저 위쪽에는 아무것도 없어. 반장은 생각했다.

트롤라는 밖에서 이누이트 소년에게 스노보드 타는 법을 배우고 있었다. 신기하게도 트롤라는 에릭이 어떻게 될지 전혀 걱정이 되지 않았다. 살인 용의자의 포로가 되었고 수상의 관심을 받는 몸이지만, 트롤라는 확신할 수 있었다. 그가 행복해하고 있다고.

스벤 스톨베어는 이 불가능한 모든 일을 믿지 않았다. 어떤 어른이 그런 것을 믿겠는가. 하지만 다른 한편으로 그는 그린란드 사람이었다. 그렇기 때문에 그는 그래도 그 이야기들을 믿었다. 그에게 있어 이누이트로 존재한다는 것은 일상적인 것을 초자연적인 것과 조화시킬 줄 안다는 걸 의미했다. 이누이트는 성난 유령에 관해 꿈을 꾸면, 이튿날 아침 빙원에서 떨어져 나온 가파른 얼음 위에 세워두었던 자신의 천막을 거두어들인다. 그런 다음 방금 천막이 서 있던 자리를 메우고 자신이 잡은 물고기 중 가장 잘생긴 물고기를 성난 유령에게 바친다.

반장은 침대 위로 쓰러지듯 몸을 던졌다. 코가 베개에 눌려 납작해졌다. 성난 유령들이 아직 나에게 말을 걸고 있는 건 아닐까? 그런데 내가 클뢰브타르, 그러니까 귀머거리가 되어 못 듣고 있는 건 아닐까? 저려 오는 팔보다 일기예보를 더 신뢰하는 그런 사람 가운데 하나가 된 건 아닐까?

몇 센티미터 떨어지지 않은 곳에 책등이 보였다. 그는 손을 뻗어 책을 끌어당겼다. '17장 거짓말'의 차례였다.

문이 열렸다. 트롤라가 빨갛게 상기된 볼로 스노보드를 구석에 던지며 말했다.

"해냈어요! 생각보다 훨씬 쉽더라고요!"

트롤라는 반장의 손에 책이 들려 있는 것을 보자 '저를 빼놓고 읽으시려고요?'라며 침대 가장자리로 와서 앉았다.

"함께 읽자꾸나."

스톨베어 반장은 책장을 펼쳐 트롤라에게 밀었다.

트롤라가 책을 도로 밀치며 말했다.

"오늘은 반장님이 읽으세요."

"17장,"

반장이 읽기 시작했다.

제17장
거짓말

"자, 에릭, 비스랜드가 마음에 드느냐?"

에릭의 두 눈이 빛났다. 입을 벌렸지만 아무 소리도 나오지 않았다.

"어디 몸이 안 좋은 게냐?"

에릭이 침을 삼켰다.

"애가 벙어리인가요?"

공주가 물었다. 공주는 되풀이해서 말하는 것이 익숙하지 않았다.

"얼마 전까지 다리가 마비되긴 했었지. 어쨌든 이 아이의 특별한 점은 당신을 꽤나 잘 알고 있다는 거요."

수상이 이해를 구했다.

"어떻게요?"

마르키타가 못 믿겠다는 듯 물었다.

"당신의 이야기를 읽었거든."

수상이 격려하는 눈길로 에릭을 바라보았다.

"이야기에 관해 무엇을 알고 있느냐?"

마르키타가 에릭 앞에 쪼그리고 앉았다.

에릭은 마르키타의 벨벳처럼 부드러운 머리카락 냄새를 맡을 수 있었다. 봉긋 솟은 눈썹과 살짝 벌린 입도 가까이에서 보았다. 흥분해서인지 에릭은 두 귀가 빨갛게 달아올랐다. 에릭이 속삭이듯 작은 소리로 말했다.

"전부 다 알고 있어요. 처음부터 끝까지요."

공주는 자신이 포로로 잡혀 있던 암울하고 고통스러운 시간을 떠올렸다. 희망이란 희망은 모두 사라지고 용기란 용기는 전부 바닥에 떨어지고 말았을 때, 그녀는 불가능한 일을 시도했다. 아무것도 없는 캄캄한 어둠 속, 얼음 담장에 둘러싸여 있을 때 어떤 존재가 생겨났다. 어둠 속에서 나온 것인가, 내 자신의 내면에 있던 것인가? 저것을 뭐라 이름 붙여야 하지? 나의 영혼인가, 기억인가, 아니면 내 자신의 동경을 그린 걸까? 그 존재가 사람만큼 커지더니 공주에게로 와 얼음장 같은 침상 위에 앉았다. 그때 공주가 말했다.

"너는 내 이야기로구나. 내가 겪은 모든 것, 내가 행동하고 감수하고 견뎌냈던 모든 것이로구나. 너는 내 마음속 깊은 곳에 있으면서, 동시에 외부를 향한 나의 외침이기도 하지. 너는 나의 과거이며 나의 현재란다. 나를 위해 더 아름다운 미래가 되어 다오.”

마르키타의 이야기는 아무 말이 없었지만, 조용한 단어들 가운데서 이야기가 자라나는 것처럼 보였다. 공주는 자신의 이야기가 얘기해야 할 바를 생생하게 묘사한 뒤 이야기를 떠나보냈다.

“밖으로 가거라. 가서 이야기를 하려무나. 힘과 아름다움으로 가득하길 바란다. 아무것도 꾸미지 말고 아무것도 숨기지 마라. 내가 처해 있는 그대로를 말해 주렴. 모든 사람들에게 비스랜드의 공주를 도와야겠다는 마음과 염원을 심어주렴.”

그 말과 함께 마르키타는 얼음 침상에서 일어섰다.

“이제 가거라, 이야기야. 멀리 날아가거라. 내가 간청하노니, 서둘러 가거라!”

어떻게 그리고 어디로 가야 할지도 묻지 않은 채 이야기는 명령을 따라 얼음담을 뚫고 사라졌다. 다음 날 아침, 추위 속에서 눈을 뜬 마르키타는 그 모든 게 다 꿈이었다고 생각했다. 단 한순간도 자신의 절망적인 환상이 현실이 되었으리라고는 생각지 못했던 것이다.

마르키타는 가슴이 두근거렸다. 침착하려고 애쓰며 찬찬히 소년을 살폈다.

“네가 내 이야기를 찾아냈구나?”

행복에 겨운 나머지 에릭은 딸꾹질이 났다.

"저 혼자 찾아낸 건 아니에요, 딸꾹, 공주님. 그러나 저는
그 이야기가 사실이라는 걸, 딸꾹, 알고 있었어요."

"그렇다면 에릭, 이야기가 어떻게 시작되는지 말해 보렴."

이 질문에 에릭의 혀가 풀렸다. 에릭은 미소를 머금고 이야
기를 시작했다.

"보르데 왕은 네 번이나, 딸꾹, 임종침상에 누웠다. 비스랜
드 국민신문은 네 번이나 왕의 부고를 1면에 실었다. 그리고
그 달, 딸꾹, 네 번째 날, 아이나르 퇴테볼이 비스랜드의 수상
으로 선출되었다."

"애가 무슨 얘기를 하는 거야?!"

트롤라가 끼어드는 바람에 반장은 책읽기를 중단했다.

"아무리 사랑에 빠졌다고 해도 책의 첫 부분을 기억 못할 리가 없
어요!"

"왜 그러냐?"

스톨베어 반장이 팔꿈치를 괴며 물었다.

"왜냐하면요, 시작 부분에 퇴테볼에 관한 이야기는 전혀 나오지
않거든요! 에릭이 왜 이런 얘기를 하는 걸까요?"

빨강머리 트롤라가 큰 소리로 말했다.

반장은 책장을 넘겨 첫 페이지를 펼쳤다.

"여기에 그렇게 쓰여 있는걸. ……그 달 네 번째 날, 아이나르 퇴
테볼이 비스랜드의 수상으로 선출되었다. 국민의 안녕을 위해 그리

고 마르키타 공주를 옹호하기 위해."

트롤라는 침대에서 벌떡 일어나 책을 낚아챘다.

"이야기가 변했어요! 계속해서 변하고 있다고요! 에릭과 마르키타가 아주 위험한 상황에 빠졌어요!"

트롤라가 외쳤다.

"어째서?"

반장은 지나치리만큼 깐깐하게 물었다.

"퇴테볼이 책을 뜯어고치고 있으니까요! 시작 부분을 마음대로 손볼 수 있으면 결말에도 영향을 끼칠 수 있다는 얘기예요. 그리고 그 말은……."

트롤라는 주먹을 그러쥐었다. 트롤라가 두 팔을 번쩍 들어 올리며 말했다.

"그건 우리가 가능한 한 빨리 비스랜드로 가야 한다는 의미예요! 에릭은 이 일을 해결할 수 없어요! 자기가 무슨 말을 하고 있는지도 모르잖아요!"

트롤라는 스톨베어 반장 앞으로 스프링처럼 튀어왔다.

반장은 트롤라가 이렇게까지 격앙된 모습을 본 적이 없었다. 반장은 어떻게 반응해야 할지 판단이 서지 않았다. 그러자 트롤라가 반장의 가방을 들고 와 침대 위에 놓았다.

"어서 떠나야 해요!"

반장이 일어섰다. 그는 '비스랜드로 가는 길이 없잖니'라며 트롤라를 진정시켜 보려고 했다. 트롤라가 반장을 빤히 쳐다보았다.

"헬리콥터도 뜰 수 없고."

반장은 상황을 설명했다.

"안내인들은 이 여행이 불가능하다고 생각하고 있단다. 비스랜드라는 나라가 어디에 있는지 아는 사람도 전혀 없었고, 비스랜드에 관한 위성사진도, 인터넷에 등록된 자료도 없어."

스톨베어 반장은 빨강머리 소녀의 어깨에 손을 얹었다.

"비스랜드는 없단다. 있지도 않은 나라에 갈 수는 없잖니."

트롤라는 짜증을 내며 그의 손을 뿌리쳤다.

"인터넷, 인공위성! 비스랜드는 그런 기술적인 잡동사니들보다 훨씬 오래전부터 존재해 온 곳이라고요. 그건 반장님이 가장 잘 아시잖아요!"

"내가 왜?"

반장이 놀라서 트롤라에게 몸을 숙였다.

"반장님은 이곳 출신이니까요! 반장님은 그린란드 사람이잖아요! 반장님 나라 사람들이 우리를 데려다 줘야죠!"

"대체 어떻게 말이냐? 나한테도 좀 알려 줬으면 좋겠구나."

반장도 차츰 인내심을 잃었다.

"그들이 수백 년 전부터 해 온 방법이 있잖아요."

"너, 썰매……를 말하는 거냐?"

트롤라는 건방지게 비죽거리며 웃었다.

"마르키타 공주가 개들을 데리고 크보렌까지 갈 수 있었다면, 우리는 비스랜드 수도까지도 갈 수 있을 거예요."

"마르키타는 그저 책 속에 있을 뿐이야!"

반장은 또박또박 음절을 나눠 말하며 몸을 일으켰다.

"마르키타가 탄 썰매는 종이 썰매란 말이다! 그리고 그녀의 개들이 짖었다면 그건 종이 위에서 짖은 거고!"

"아하, 종이요?"

트롤라는 스톨베어 반장의 코앞에 책장을 들이밀며 말했다.

"하지만 내 친구 에릭은요, 에릭은 종이로 만들어지지 않았거든요! 그 애는 살과 피를 가진 사람이라고요. 반장님도 그 앨 아시잖아요! 며칠 전에만 해도 그 애는 책 속에 없었어요. 그런데 지금은 책 속에 있잖아요! 그 애는 휠체어에 앉아 있었어요. 그런데 지금은 걸을 수 있잖아요! 이것도 그냥 종이 위에서 벌어지는 일인가요?"

"솔직히 말하면, 나도 잘 모르겠다."

스톨베어 반장은 어깨를 으쓱해 보이며 고개를 저었다.

"우리는 해답을 찾을 수 있어요. 반장님은 썰매 한 대만 마련하시면 돼요."

트롤라가 반장을 설득했다.

"썰매라."

반장은 그런 단어는 생전 처음 들어 보는 양 중얼거렸다.

트롤라는 반장의 손을 잡고 전화기 앞으로 끌고 갔다.

"개 열 마리요. 아니, 개는 열다섯 마리로 하죠. 모든 비용은 노르웨이 경찰이 지불하는 걸로 하고요."

트롤라가 스벤 반장의 손에 수화기를 쥐어 주었다.

"개…… 썰매."

반장은 잠시 트롤라와 수화기를 번갈아 바라보더니 수화기를 내려놓았다.

"그런 거라면 전화할 필요도 없다."

"왜요?"

"오래 알고 지낸 사람한테 물어보면 돼."

트롤라는 반장이 마침내 이 일을 진지하게 받아들이고 있음을 느꼈다.

"뮐브라고 현존하는 이누이트 중 가장 거친 사람이 있어. 이런 미친 짓에 우리를 안내해 줄 사람이 있다면 바로 그 사람이지."

트롤라는 만족스러워하며 침대에 앉았다. 트롤라는 뮐브라는 사람이 분명히 마음에 들 거라고 확신했다.

18

　에릭은 미소를 지었다. 모든 질문에 제대로 답을 했다. 마르키타와의 첫 대면을 훌륭하게 치른 것이다. 수상도 만족스러운 인상이었다.

　두 사람이 나란히 왕실 전용 접견실을 지나 세 개의 회랑이 또 다른 세 개의 회랑으로 이어지는 곳으로 되돌아왔을 때였다.

　"정말 잘 해냈다."

　수상이 빙그레 미소 지었다.

　그들은 내실 계단을 내려가 짧은 복도에서 긴 복도로 들어간 뒤 앞쪽 계단을 넘어 밖으로 나왔다. 아치형 복도 아래로 그들의 발소리가 울려 퍼졌다. 그들 뒤에는 퀴르콜이 있었다. 그는 마치 탑처럼 두 사람 위에서 흔들거렸다. 그 곁에는 검정개가 바짝 붙어 있었다.

　"공주가 맘에 들더냐?"

　에릭은 무슨 말을 해야 할지 몰랐다.

　"드디어 두 사람이 알게 되어서 기쁘구나."

　수상의 입가에 부드러운 미소가 감돌았다.

　에릭은 진실 외에는 아무것도 말하지 않았다. 에릭은 퇴테볼의 단

호함에 대해서, 마르키타가 크보렌의 폭력에 시달리는 동안 퇴테볼이 행했던 과감한 개입에 관해 말했다. 그가 한 치의 망설임도 없이 북부 사단을 해방군으로 동원했다는 내용이었다. 또 퇴테볼의 전략과 그가 크보렌 포로들에게 베풀어 준 관대함을 칭송했고, 그의 외교적 수완도 칭송했다. 마르키타가 어려운 과제를 수행할 때 도와줄 남자란 그런 남자라는 말도 했다. 마르키타와 퇴테볼은 비스랜드의 기둥이며 아름다움과 힘, 자존심과 전략이라고도 했다. 에릭은 이 모든 걸 군더더기 없이, 꾸밈없이 말했고, 한 시간여의 대화가 끝난 뒤 마르키타가 보통 때보다 진심어린 모습으로 퇴테볼과 작별 인사를 나누는 모습을 바라보았다.

수상이 에릭에게 손을 내밀었다.

"고맙다."

진심에서 우러난 말투였다.

퀴르콜은 에릭을 들어 어깨에 앉힌 뒤 교외 방향으로 힘차게 발걸음을 옮겼다. 퇴테볼은 미소를 지으며 작지만 쓸모 있는 아이, 에릭을 향해 손을 흔들었다.

에릭은 푸른빛이 감도는 머리카락과 연한 색조의 눈, 부드러운 냄새를 떠올렸다. 에릭은 온통 마르키타 생각뿐이었다. 그 바람에 누군가 퀴르콜을 뒤따르고 있다는 걸 알아채지 못했다. 누군가 몰래 신호를 보내며 쉿 소리를 내었다. 그제야 에릭은 뒤를 돌아보았다. 날씬한 청년이었다. 코에는 안경을 걸치고 있었다. 남자는 경고하는 표정으로 손가락을 입술에 댔다. 에릭은 영문을 알 수 없었지만 잠자코 있었다.

　세 사람은 계속해서 길을 갔다. 곧 퀴르콜의 집에 도착했다. 에릭을 데리고 들어온 거인은 에릭을 방에 홀로 남겨 놓았다. 퀴르콜의 발소리가 멀어지기가 무섭게 에릭은 창문으로 달려가 문을 열었다. 안경잡이가 바깥에 서 있었다.

　"아차토카?"

　에릭이 나직이 물었다.

　"꼬맹아, 너 점쟁이냐?"

　상대가 쉿 소리를 내며 창문 쪽을 올려다보았다.

　"나는 꼬맹이가 아니에요."

　에릭도 쉿 소리를 내며 대답했다.

　"여하튼 궁을 드나드는 소년이 너지?"

　"궁에는 오늘 처음 갔다 온 거예요."

　"공주님은 보았니?"

　아차토카가 물었다.

　에릭은 자랑스럽게 고개를 끄덕였다.

　"공주님과 이야기도 했어요."

　"공주님은 어떻게 지내시던?"

　"당연히 잘 지내시죠."

　"저런, 그건 절대로 당연한 일이 아니란다. 공주님은 심각한 위험에 처해 있어."

　아차토카가 안경을 치켜 올리며 말했다.

　"또요?"

　에릭은 창턱 너머로 몸을 수그렸다.

“‘또’라니 ‘여전히’지.”

아차토카가 조심스럽게 주위를 살폈다.

“퇴테볼 때문이야!”

그는 진지하게 말했다.

“하지만 마르키타를 구한 건 퇴테볼이었어요. 퇴테볼은 마르키타 공주의 수호자예요. 마르키타와 퇴테볼은 비스랜드의 미래를 떠받들고 있는 기둥이라고요.”

에릭이 반박했다. 에릭은 자신의 입에서 또다시 이런 말이 나온 게 놀라웠지만 그로선 진지하게 한 말이었다.

아차토카는 생각에 잠긴 채 안경을 닦았다.

“그러니까 퇴테볼이 마르키타의 수호자란 말이지? 최근에 혹시 순록우유를 마신 적이 있니?”

그는 에릭을 뚫어지게 처다보았다.

“매일 저녁 큰 잔으로 한 잔씩 마셔요. 맛이 좋아요.”

“맛이 좋고요, 흐리멍덩해지는 데도 좋아요.”

아차토카가 에릭의 말투를 흉내 냈다.

“흐리멍덩해지다니요?”

에릭은 말뜻을 이해하지 못했다.

“너를 데리고 시내를 가로질러 온 그 거인 말이다. 그자는 주술사야!”

“알고 있어요. 나에게 걷는 법도 가르쳐 주었는걸요.”

에릭이 고개를 끄덕였다.

“축하한다.”

아차토카가 그의 말을 끊고 끼어들었다.

"주술사들은 언제나 순록우유에 마법 음료를 타. 그렇게 하면 독이 느껴지지 않거든."

"독이라고요?"

에릭이 뒷걸음질치며 말했다.

"퀴르콜은 퇴테볼을 위해서 일하고 있어."

아차토카가 창문 아래로 바싹 다가왔다.

"그자가 너에게 준 건 네 생각을 흐리멍덩하게 만드는 약이란 말이다."

"왜 그런 짓을 했을까요?"

에릭이 속삭였다. 어떤 예감 같은 것이 마음속 깊은 곳에서 희미하게 싹텄다.

"네 생각을 퇴테볼이 원하는 대로 바꾸려는 거지!"

에릭은 뭔가 반론을 제기하고 싶었다.

"저기 말이다, 혹시……."

아차토카가 손을 들고 잠시 생각한 뒤 말했다.

"……부적이나 퇴테볼의 소지품 같은 것이 네 근처에 있냐?"

에릭이 고개를 저었다.

"이상하군. 그런 것이 없다면 말이 되지 않는데."

"그림도 포함된다면 당연히 있죠."

에릭이 창문에서 물러서며 말했다.

"그림? 무슨 그림?!"

안경잡이가 까치발을 하고 섰다.

"여기요, 보세요."

에릭이 초상화를 가리켰다.

"뒤집어! 당장 그걸 돌려놔! 그걸 보면 안 돼!"

아차토카가 소리쳤다.

"왜요?"

아차토카는 화가 나서 건물 벽을 쳤다.

"최면에 걸리게 되거든. 너는 퇴테볼의 손아귀에 들어간 거야!"

에릭은 혼란스러운 마음으로 초상화를 살펴보았다. 사실이었다. 갑자기 수상의 눈에서 선량함과 현명함, 이해심이 아닌 초인적인 교활함이 보였다. 초상화 속의 퇴테볼의 입가에 경악스러운 미소가 감돌았다.

"이제 어떻게 해야 하죠?!"

에릭은 겁이 나서 소리쳤다. 목소리가 좀 컸다.

"쉬이잇! 앞으론 절대 순록우유를 마시지 마라!"

아차토카가 두리번거리며 말했다.

"하지만 퀴르콜이 지켜보는걸요!"

"아무튼 단 한 방울도 마시면 안 된다, 알았지?"

그가 눈 속으로 물러났다.

"다음에 또 오마!"

아차토카는 벌써 집 모퉁이 뒤로 사라지고 없었다.

호랑이도 제 말 하면 온다더니 그 순간 퀴르콜이 방으로 들어왔다. 그는 의심스러운 눈초리로 주변을 둘러보았다.

"호?"

그가 물었다.

"호, 호."

에릭은 공기를 들이마시는 시늉을 하고 문을 닫았다.

"호!"

에릭이 배를 문질렀다.

퀴르콜은 봉지에서 훈제 고래고기를 꺼내 한 토막 잘랐다. 에릭은 두근거리는 마음으로 고기를 씹었다.

그날 저녁에도 에릭은 순록우유가 담긴 컵을 받아 입술에 갖다 댔다. 그러나 퀴르콜이 돌아서는 즉시 접시에 우유를 뱉었다. 또 혼자 방에 남겨지기가 무섭게 퇴테볼의 초상화를 뒤집어 놓았다. 그러자 초상화의 눈이 아무런 영향도 미치지 못하는 듯했다.

그때부터 에릭은 퀴르콜의 기이한 행동들의 의미를 파악해 보았다. 모피인간은 쿵쾅거리며 계단을 오르내리고 나면, 몇 시간 동안 꼼짝 않고 구석에 서서 눈알을 굴리곤 했다. 그것이 뜻하는 것은 무엇일까? 그의 기도는 누구를 향한 것일까? 종종 거인이 다른 데 정신이 팔려 있다고 생각해서 에릭이 색다른 행동을 하거나, 들어가지 말아야 할 곳에 있으면, 그는 어김없이 그 자리에 나타나 에릭을 다시 방에 데려다 놓곤 했다.

어느 날이었다. 매우 이른 시각이었지만 에릭은 어떤 소리에 잠이 깼다. 침대에서 나와 살금살금 복도를 따라가던 에릭은 퀴르콜을 발견했다. 그는 양손에 무언가를 들고 있었다. 에릭은 속옷 차림으로 거인을 따라갔다. 거인은 계단을 올라가더니, 2층을 지나 3층으로 가는 격자문 앞에 멈춰 섰다. 에릭은 맨발로 서서 퀴르콜이 자물쇠를 열고 안으로 들어가 안쪽에서 격자 창살에 빗장을 지르는 모습을 관찰했다. 에릭은 퀴르콜이 위로 올라가기 전에 그가 무엇을 들고 있는지 훔쳐보았다. 쟁반과 항아리, 빵이었다. 모피인간은 벌써 옥탑으로 사라져 보이지 않았다. 에릭은 생각에 잠긴 채 계단을 내려왔다. 퀴르콜이 옥탑으로 소풍을 가는 게 아니라면, 그 음식은 누군가 다른 사람을 위한 것이 분명했다. 에릭과 같이 갇혀 있는 누군가가 있는 것이다. 나와 같은 남자애가 또 있는 걸까? 그 애도 역시 마르키타의 책에 매료되었던 걸까? 퀴르콜의 포로는 누구일까? 어떻게 해야 그에게 갈 수 있을까? 에릭은 어두운 격자 창살 뒤를 살펴보려고 했지만 부질없는 일이었다. 다시 두 발을 오그리고 계단 위에서 귀를 기울이고 있자니 시간이 한없이 길게 느껴졌다. 에릭은 튀어나온 벽 뒤에 몸을 숨긴 채 퀴르콜이 문을 잠그는 걸 깜빡하지 않을까 기다리고 있었다. 그러나 거인은 자물쇠를 차례로 잠근 뒤 빈 쟁반을 들로 아래로 내려갔다.

　이날부터 에릭은 평소보다 더 말없이 훈제 고래껍데기를 씹었다. 여기저기 뛰어다니고 싶은 마음도, 계단참에서 미끄럼을 타고 싶은 마음도 없어졌다. 에릭은 슬펐다. 모든 것이 의문투성이였고 더 이상 이 이야기와 어떠한 관계도 맺고 싶지 않았다. 에릭은 샌드비켄으로 돌아가고 싶었다. 돌아가서 바나나빵을 만들고, 아빠와 함께 스포츠 방송을 보고 싶었다. 심지어 휠체어마저 그리워졌다. 휠체어에 앉아 있을 때만 해도 에릭에겐 아무 일도 일어나지 않았다. 비스랜드에는 확실한 것도 실재적인 것도 없었다. 에릭은 친구는커녕 마주 보고 이야기할 사람조차 없었다. 아차토카 또한 며칠째 나타나지 않았다. 그래서 에릭은 아차토카가 한 말들을 더 이상 진지하게 받아들이지 않았다. 모든 것이 전혀 그가 말한 것처럼 보이지 않았던 것이다. 궁에서 본 공주는 신분에 맞게 고상하게 행동했고 퇴테볼과도 좋은 관계를 유지하고 있었다. 곧 대관식이 다가온다. 그러고 나면 그녀는 여왕이 될 것이다. 그리고 자신의 이야기를 알고 있는 소년 따위는 기억도 못할지도 모른다.

에릭에게는 하루도 빠짐없이 훈제 고래고기와 순록우유가 제공되었다. 에릭은 기름진 고기는 먹었지만 우유는 뱉어냈다. 점점 더 슬픈 생각이 들었지만 생각 자체는 오히려 맑게 깨어 있었다. 에릭은 날마다 격자문 앞으로 가서 차가운 격자 창살에 이마를 대고 저 위에 누가 있을까 골똘히 생각했다.

19

스톨베어 반장이 저녁식사에 묄브를 초청했다. 이 썰매 안내인은 기장 푸딩과 훈제 살코기 3인분을 먹어치웠다. 쩝쩝거리고, 씩씩거리며 먹는 데다 또 트림은 어찌나 요란하게 해대는지 트롤라는 웃지 않을 수 없었다. 갈색으로 그을린 그의 얼굴은 썰매가 지나가 길을 내 놓은 빙하처럼 온통 주름투성이였다.

"자네 그 길을 알고 있는가?"

스톨베어가 물었다.

묄브가 쩝쩝거리며 고개를 끄덕였다.

"얼마나 걸릴 것 같은가?"

대답 대신 묄브는 기장 푸딩을 그릇째 박박 긁어 먹었다.

"통로가 폐쇄되어 있나?"

반장이 궁금해하며 물었다.

묄브는 트림을 하며 벌떡 일어서 쩔뚝쩔뚝 창가로 갔다. 그가 유리창에 입김을 불자 하얀 눈이 소복하게 쌓인 달 밝은 밤풍경이 드러났다. 묄브의 얼굴이 환해졌다. 그는 입을 벌려 이 없는 잇몸을 드러냈다. 트롤라도 창문으로 갔다. 트롤라는 눈 속에서 검은 덩어리와 썰매를 발견했다. 덩어리처럼 보이던 뭉치가 갑자기 움찔거리더니 개들이 몸을 털었다. 그러곤 언제 그랬냐는 듯 다시 조용해졌다. 묄브의 눈에 웃음기가 감돌았다.

"언제 떠날 거예요, 우리?"

트롤라가 물었다.

묄브는 씨익 웃더니 탁자로 가서 남아 있던 고깃덩어리를 집어 들었다.

그날 밤 트롤라는 잠을 잘 수가 없었다. 이상하게도 너무 지친 느낌이 들었다. 끊임없이 불어대는 폭풍, 여태껏 단 한 번도 겪어 본 적 없는 영하의 기온, 과도한 실내 난방까지, 트롤라는 이런 것들이 몸에 심한 무리를 가져왔음을 느꼈다. 그러나 스톨베어 반장에게는 아무 말도 하지 않았다. 그랬다간 틀림없이 자기를 두고 가려고 할 테니까. '많이 먹어 둬야지. 체력을 쌓아야 해.'라고 생각하며 트롤라는 돌아누웠다.

트롤라가 놀라 잠에서 깬 것은 아직 어둠이 짙을 때였다. 반장은 벌써 옷을 갖춰 입고 있었다. 트롤라는 최대한 빨리 여러 겹의 옷을 겹쳐 입었다. 스톨베어 반장은 트롤라가 끈을 매고, 지퍼를 채우는 걸 도와주었다. 묄브는 문에 서 있었다. 밖으로 나가자 달은 벌써 사라지고 하늘 끝자락이 훤하게 밝아 오고 있었다. 저쪽에서 썰매를 맨 개들이 껑충껑충 뛰며 꼬리를 흔들었다. 하얀 설원을 가로질러 썰매를 끌고 갈 생각에 흥분한 모습이었다.

트롤라는 개썰매를 타 본 적이 있었다. 크리스마스 자정 미사를 마친 뒤, 얼어붙은 샌드비켄의 피요르드에서였다. 달리는 썰매가 일으킨 바람 때문에 눈물이 핑 돌았었다.

"너무 많아."

묄브가 짐 보따리 세 개를 가리키며 말했다. 트롤라와 반장은 가장 중요한 것들만 추려 다시 짐을 싼 뒤 나머지는 호텔에 남겨 두었다. 묄브는 짐짝을 쌓듯 두 사람을 썰매 위에 앉혔다. 개들이 균형을 잡아야 했기 때문이다. 텐트만 한 크기의 순록 모피가 트롤라와 반장 위로 펼쳐져 있어서, 사실상 그들은 그 속으로 사라진 거나 다름없었다.

"트론테스로테트."

묄브가 안개 속으로 희미하게 보이는 뭔가를 가리켰다. 산맥이 틀림없었다. 개들이 팽팽하게 줄을 당기기 시작했다. 처음엔 개들도 썰매를 잘 움직이지 못했다. 썰매의 활주부가 느릿느릿 미끄러지는가 싶더니 차츰 삐걱거리는 소리가 약해졌다. 이내 붕붕 소리가 들렸고, 마침내 썰매의 움직임이 가벼워졌다. 묄브는 짧게 호령하며 개들을 지휘했다. 녀석들은 대칭을 이루며 썰매를 끌었다. 썰매는 유유히 풍경 속으로 미끄러져 들어갔다.

콰나크로부터 몇 백 미터 떨어진 곳까지는 길이 나 있었다. 그러다가 길은 갑자기 끊어졌다. 그들은 아무도 와 보지 않은 얼음판 위, 얼어붙은 눈 위로 달려갔다. 바위 사이로 좁은 길이 펼쳐져 있었다.

묄브는 주의해야 할 표시들을 알고 있었다. 검은 들판은 아직 눈이 덮여 있지 않다는 의미였다. 그는 썰매를 틀어 눈이 많이 쌓인 곳으로 행로를 바꾸었다. 바위 꼭대기에 흰 눈이 엷게 덮여 있는 것이 보이자 그는 썰매가 거의 뒤집힐 정도로 틀어 옆으로 피했다. 대부

분 개들이 냄새로 위험을 찾아냈다. 힘겹게 낮이 찾아왔다. 하늘은
돌처럼 굳어 있었다. 바닥은 연회색이었고 그 위로 희미하게 빛이
드리워졌다. 트롤라는 계속해서 산 위로 가고 있다는 느낌이 들었
다. 위를 쳐다볼 때마다 눈발이 공기를 타고 두 눈으로 달려들었기
때문에, 다시 잠수하듯 덮개 속으로 들어가곤 했다. 트롤라는 가방
에서 마르키타 책을 꺼냈다.

"지금은 책을 읽을 때가 아닌 것 같구나."

반장이 말했다.

반장이 숨을 쉴 때마다 입김이 뿜어져 나왔다.

"어떻게 되는지 알고 싶지 않으세요?"

스톨베어 반장은 묄브를 올려다보았다. 그는 꼼짝 않고 썰매에 서
서 두 손으로 고삐를 잡은 채 개들과 이야기를 하고 있었다.

"좋다, 읽으렴."

스벤 반장이 두 사람의 머리 위로 덮개를 끌어당겼다.

제19장
섬세한 손길

"수상 관저에 걸려 있는 거울이란 거울은 빠짐없이 내리게
했지. 그래도 나는 내가 어떻게 보이는지 알고 있어."

퇴테볼이 말했다.

늘 그랬던 것처럼 수상은 예고도 없이 불쑥 찾아왔다. 마르

키타가 마실 것을 가져오게 했다. 공주는 순록우유를 마셨고 퇴테볼은 맑은 물을 마셨다. 서두는 생략한 채 퇴테볼은 곧바로 요점을 밝혔다.

"나는 키도 작고 볼품없는 외모를 지녔어. 짧은 다리에 배는 너무 뚱뚱하고."

그는 자신의 말을 입증해 보이듯 방 안을 몇 걸음 돌았다.

"나의 이성은 내게 말하지. 당신이 나 같은 남자를 결코 사랑할 리가 없다고."

퇴테볼이 돌아서며 말했다.

"그런데 나의 이성은 또 이렇게도 말하더군. 앞으로 당신이 나라를 통치하려면 나를 필요로 할 거라고."

마르키타는 그가 무슨 꿍꿍이로 그런 말을 하는지 알 수 없었다.

"그 광산 건에 관해서는 기억하고 있겠지?"

그는 허락도 구하지 않은 채 마르키타의 옆에 앉았다.

광산이라. 당연히 기억한다. 광산이야말로 그 불행했던 크보렌 공격을 유발한 도화선이었으니까.

"콰르누르타안 광산 말이죠."

그녀가 작은 목소리로 대답했다.

"그렇지."

퇴테볼은 좀 더 가까이 몸을 밀착시켜 왔다.

"이제 당신 가문이 모든 것에서 손을 떼도록 조처를 취해 놓았어. 그 일에 대해선 브렉케에게 혐의를 씌우려고 해."

마르키타의 등줄기로 뜨거운 공포가 스쳐 지나갔다.

"하지만 그 사람은 잘못이 없어요."

"잘못이 없어? 그 얼음장 같은 추위 속에서 보낸 밤들과 그자가 당신한테 가한 고통을 잊은 거야?"

퇴테볼은 놀라서 눈썹을 치켜 올렸다.

살아 있는 한 그녀는 절대 그 일을 잊지 못할 것이다. 그럼에도 불구하고 그녀는 대답했다.

"그때 당신이 나를 비난하며 말했잖아요. 크보렌 지역의 착취에 대한 책임은 아버지와 나에게 있다고요."

"아이나르."

퇴테볼이 미소를 지었다.

"뭐라고요?"

"내 이름은 아이나르야. 앞으로 나를 아이나르라고 부르도록 해."

그가 오른손에서 장갑을 벗었다.

"아이나르."

공주는 그의 작은 손을 찬찬히 바라보며 속삭였다.

"어쨌든 모든 일이 다 착착 잘 맞아 떨어졌지. 광산이라면 걱정하지 않아도 돼. 내가 알아서 할 테니까. 나에게 중요한 건 정의야."

"저도 그래요."

마르키타는 순간 자신이 무슨 뜻으로 그런 말을 했는지 알 수 없었다. 아마득하게 푸른색 외투의 젊은 남자에 대한 기억이 스쳐 지나갔다.

"그러면 브렉케는요?"

그녀가 물었다.

나머지 한쪽 장갑을 벗으며 퇴테불이 대답했다.

"그자에 관한 처벌은 법정에서 결정하겠지."

마르키타는 소리도 들리고 말뜻도 이해했지만, 마치 어떤 마법에 걸린 듯한 느낌이 들었다. 엄청난 갈증이 찾아왔다. 이미 순록우유가 담긴 컵을 비운 지 오래였다. 그녀는 우유를 더 마시려고 했다. 그러나 그 대신에 그녀는 자신조차 이해할 수 없는 행동을 했다. 수상의 맨 손을 잡아 자신의 볼에 갖다 댄 것이다.

"이게 느껴지나요, 아이나르?"

그녀가 물었다.

"뭐가 느껴지냐는 말이지, 마르키타?"

다정한 목소리로 그가 되물었다.

"여기에 작은 상처가 하나 있잖아요."

"그래도 당신은 이 나라에서 가장 아름다운 여자야."

퇴테불은 몸을 숙여 붉은 뱀처럼 보이는 그녀의 상처에 입을 맞추었다.

"좀 갑작스러운 일이겠지만,"

그가 조용히 말을 이었다.

"비스랜드에서 가장 아름다운 여인과 가장 똑똑한 남자가 함께 이룰 수 있는 일에 관해 깊이 생각해 보길 바라오."

"함께요?"

마르키타는 두 눈을 감은 채 키스를 기다리고 있었다.

"당신과 결혼할 거거든."

퇴테볼이 꿈을 꾸듯 그녀의 머릿결을 쓰다듬었다.

"왜 결혼을 원하는 거죠, 아이나르?"

그녀가 눈을 떴다. 그리고 그가 사랑을 속삭여 주기를 기다
렸다. 그러나 퇴테볼은 그녀의 팔을 잡고 조심스럽게 붕대를
걸었다. 그는 그녀의 손바닥에 난 상처가 차차 아물어 가는
것을 살펴보았다.

"그자가 당신한테 심각한 상처를 입히지 않은 걸 신께 감
사할 뿐이야."

퇴테볼은 상처에 입을 맞추었다.

"브렉케가 벌써 자백했나요? 당신께 보낸 손가락이 누구의
손가락이었는지?"

그녀가 물었다.

"죽은 크보렌 여인의 손가락이었다더군."

수상이 대답했다.

"그 사람이 왜 나를 해치지 않았던 걸까요?"

"감히 비스랜드의 여왕님을 해칠 용기가 나지 않았던 게
지."

그녀는 몽롱한 표정으로 고개를 끄덕였다.

"아, 아이나르. 모든 일들이 어찌나 이상하게 돌아가던지
요."

마르키타는 그의 손을 놓아주려고 하지 않았다.

퇴테볼은 무표정한 얼굴로 말했다. 자신은 그 일에 관해서 아무것도 이상하게 볼 것이 없다고 생각한다고. 오히려 반대로 일을 세심하게 계획했기 때문에 원하는 바를 이룰 수 있었던 거라고 했다.

"그 일에 관해 차분히 생각해 보길."

그는 작별 인사로 공주의 이마에 키스를 한 뒤 일어섰다.

"나머지 문제들은 모두 내가 알아서 할 테니."

"잘 가요, 아이나르."

공주가 미소를 지었다. 이제 순록우유를 마시지 않으면 못 배길 지경이었다.

"그 옷은 정말이지 유별나게 잘 어울리는군."

그러고 그는 빠른 걸음으로 방을 떠났다.

공주는 쏟아 붓듯 우유 한 잔을 마시곤 생각에 잠겼다. 모든 일들이 끔찍할 정도로 복잡하지 않은가? 그녀는 약혼자가 있었다. 그러나 그자는 괴물 같은 자임이 드러났다. 이제 그 자리엔 예전에 그녀가 너무나도 끔찍하게 생각했던 작고 못생긴 남자가 있다. 그런데 그녀는 갑자기 그가 아름다운 손을 지녔다는 걸 알게 되었다. 마르키타는 우유를 두 잔째 들이켰다. 그리고 천천히 창가로 걸어갔다. 짧은 다리와 물개처럼 생긴 몸매를 제외한다면 그의 얼굴은 미남 수준이었다. 눈매는 강렬했고 코는 오뚝했으며 입매는 힘이 있었다. 얼굴은 그야말로 통치자의 얼굴이라고 마르키타는 생각했다.

"아, 아이나르."

그녀는 나직이 한숨을 내쉬었다. 그리고 우유를 마셨다.

"아무리 그래도 그렇지, 마르키타가 이 음흉한 자와 결혼할 리가 있겠어요!"

트롤라가 외쳤다.

반장이 덮개를 뒤로 젖혔다. 이야기가 참 특이하게도 반전되고 있었다. 친구와 적이 자리바꿈을 하고, 그것으로 덕을 보는 유일한 인물이 수상이라니. 이 대목에 이르자 스톨베어 반장은 처음으로 퇴테볼이란 인물의 됨됨이를 알 것 같았다. 퇴테볼은 피와 살로 이뤄진 인물일 뿐 아니라 나아가 위험인물이었던 것이다.

이 노르웨이의 형사 반장은 더욱 미쳤다고 밖에 할 수 없는 생각을 했다. 그는 '내가 종이로 이뤄진 존재라면 어땠을까?' 곰곰이 생각해 보았다. 나, 스벤 스톨베어가 어떤 책에서 책을 읽는 역할로 등장하는 인물이라면. 그런데 그것이 실은 어떤 책 속에 나오는 또 한 권의 책에 불과하다는 사실을 알지 못한다면. 책 속의 책 속의 책 속의 책이라……. 반장은 생각을 더 이상은 확대하고 싶지 않았다. 그 대신 그는 빨갛게 언 코끝을 꼬집어 보았다.

"뭐 하시는 거예요?"

트롤라가 책에 서표를 꽂으며 물었다.

"내가 종이로 되어 있지 않다는 걸 확인하고 싶어서."

반장은 몸을 일으켜 지금 어디에 있는 거냐고 묄브에게 물었다.

뮐브가 위쪽을 가리켰다. 그곳엔 트론데스로테트 산맥이 우뚝 솟아 있었다. 그들은 세 시간 동안이나 산꼭대기를 향해 썰매를 달렸다. 뮐브가 개들을 쉬게 했다. 그가 얼린 생선을 던져 주자 개들이 게걸스럽게 달려들었다. 트롤라와 반장은 썰매 위에서 고기를 질겅질겅 씹었다.

갑자기 리드 독이 고개를 들었다. 뭔가 낌새를 맡은 것이다. 먼 곳에서 높고 길게 울리는 소리가 들렸다.

"무슨 소리죠?"

트롤라가 물었다.

대답 대신 뮐브는 휴식을 중단하고 서둘러 개들을 한데 모았다. 그러고는 녀석들을 몰아쳐 계속 달리게 했다. 바람이 매웠다. 이미 정상에 당도해 있어야 했다. 뮐브가 큰 소리로 개들을 독려했다. 썰매는 바위틈에 바짝 붙어 미끄러지듯 바위를 따라 달리다가 바위의 돌출부를 우회하여 돌아갔다. 그렇게 하면서 산 위쪽으로 계속 올라갔다. 뮐브는 갈라진 바위틈을 피하기 위해 크고 작은 커브를 그리며 달렸다. 한 번은 꽤 멀리 왔던 길을 되돌아가기도 했다. 바위 사이로 난 길에 돌이 괴어져 있었기 때문이다.

드디어 산마루에 도달했다. 한 걸음만 더 올라가면 산 정상이요, 한 걸음만 더 내디디면 산 아래로 접어드는 지점이었다. 뮐브는 브레이크를 밟은 채 몸을 뒤로 버텼고, 개들은 썰매 앞에서 춤을 추듯 경중거렸다. 녀석들에게는 내려가는 게 더 쉬워 보였다. 그러나 뮐브는 산에선 내리막길이 더 위험하다는 걸 잘 알고 있었다. 드넓게 펼쳐졌던 경치가 좁아졌다. 틈바구니를 뚫고 나와 왼편으로 향하자

낭떠러지가 버티고 있었다. 오른쪽으로는 산이 비죽이 밀고 나와 좁다란 터널처럼 길이 나 있었다. 반장은 처음으로 묄브가 머뭇거리는 모습을 보았다. 그들은 드디어 그 길로 들어섰고 더 이상 퇴로는 없었다. 이제 썰매를 돌리는 건 불가능했다.

트롤라는 떨고 있었다. 모피가 두껍긴 했지만 개들에게 방해가 되지 않기 위해 몸을 움직이지 않고 있었기 때문이었다. 영하 20도의 온도에서 움직이지 않고 있기란 힘든 일이었다. 스벤 반장조차 오른쪽 발에 더 이상 감각이 느껴지지 않았다. 주의를 기울여 썰매를 잡고 있었지만 썰매를 잡은 손 역시 아무 느낌이 없었다. 반장은 자신이 좀 더 현명하게 처신했어야 했다는 자책이 들었다. 그는 이 모든 일을 예상했으면서도 과감하게 일을 단행했던 것이다. 감히 여자아이를 데리고 북극으로 오다니! 이 아이에게 무슨 일이 생긴다면 모든 책임은 그에게 있었다.

짧고 거친 울음소리가 들리는가 싶더니 늑대가 그들을 덮쳤다. 좁은 터널 같은 길이라 피할 곳도 없었다. 곧바로 질서가 흐트러졌다. 개들이 미친 듯 우왕좌왕하는 바람에 썰매와 연결된 끈들이 치명적인 덫이 되고 말았다. 묄브가 뛰어내려 썰매 고정 장치에서 브레이크 막대기를 뽑았다. 그 틈을 타 늑대가 리드 독의 목을 물어뜯었다. 나머지 녀석들은 두려움과 절망감에 킹킹거릴 뿐이었다. 마릿수가 더 많았음에도 개들은 늑대와 맞서 싸우지 못했다. 리드 독이 쓰러졌다. 늑대는 먹잇감을 놓치지 않으려고 했다. 묄브가 나무 막대기를 들고 늑대를 향해 돌진하자, 늑대가 이빨을 드러내며 뛰어들었다. 묄브가 막대기를 내리쳤다. 막대기는 정확히 늑대의 머리와 옆구리를 쳤다. 개들이 요동치는 바람에 늑대는 더 이상 공격을 할 수 없었다. 녀석은 제 노획물을 놓아 주고 잽싸게 달아났다. 묄브가 고래고래 소리치며 녀석의 뒤에 나무 막대를 던졌지만, 녀석은 이미 회색빛 얼음 속으로 사라지고 없었다.

단 몇 초 사이의 일이었다. 묄브는 쭈그리고 앉아 죽은 개를 내려다보았다. 나머지 개들이 주인 곁으로 바짝 몰려들었다. 스톨베어 반장과 트롤라도 썰매에서 내려왔다. 두 사람은 당혹스러워하며 눈 위에 찍힌 핏자국을 살펴보았다.

"이 녀석 없이도 괜찮을까?"

반장이 물었다.

"아니."

"아니라니요?"

트롤라가 속삭이는 목소리로 물었다.

"너무 무거워."

묄브가 말했다.

"그럼 이제 어떡하지?"

스톨베어 반장은 안개 속을 뚫고 길을 살펴보려 했다.

"내가 끌 테니, 자네가 조종하게."

묄브가 말했다.

"자네가 썰매를 끈다고?"

반장은 그들이 생명의 위험에 처했다는 걸 깨달았다. 나이 많은 에스키모 한 명에, 분별없는 경찰관 한 명, 그리고 덜덜 떨고 있는 소녀 한 명이라니. 이런 사람들이 위험을 무릅쓰고 얼음 벌판으로 온 것이다. 일순간 죽음에 대한 불안감이 엄습해 왔다. 그는 묄브에게 저벅저벅 걸어가 트롤라에게 들리지 않도록 속삭였다.

"나는 한 번도 썰매를 몰아 본 적이 없네."

지친 모습으로 묄브가 일어섰다. 그는 죽은 리드 독에게서 하네스를 벗겨 자신의 어깨에 맞게 늘렸다.

"비탈진 곳이 나오면 브레이크를 걸게. 방향은 내가 정하네."

묄브는 브레이크 막대를 가져와 반장에게 건넸다. 그러고 나서 가죽 끈으로 된 하네스를 몸에 걸쳤다.

"무슨 일이 일어난 거예요?"

트롤라가 물었다.

"늑대가 제가 잡은 먹이를 가져가려고 했어. 그걸 손에 넣으면 다른 녀석들한테는 해코지를 하지 않지."

묄브가 썰매를 끌었다. 그는 개들에게 소리치며 자신을 도와달라고 부탁했다. 그러나 개들은 아직 진정이 되지 않은 상태라 균형을 잡지 못했다. 썰매가 제대로 나아갈 리 없었다. 스톨베어 반장 역시 어깨로 썰매를 밀어 보았지만 썰매는 꿈쩍도 하지 않았다. 묄브는 다시 쭈그리고 앉아 개들과 일일이 대화를 나눴다. 정겨운 그의 깊은 저음에 녀석들이 쫑긋이 귀를 세웠다. 개들이 차분해지며 다시 조화를 이루었다. 묄브는 하네스를 입었고, 반장은 브레이크 막대를 손에 쥐었다. 썰매가 움직이기 시작했다. 스벤 반장은 브레이크를 손에 쥔 채 묄브의 자리에 서 있었다. 반장이 힐끗 뒤를 돌아보니 트롤라가 덮개 속에서 머리를 내밀고 바라보고 있었다. 썰매가 산 아래로 내려갔다.

"브레이크!"

묄브는 돌아보지도 않고 소리쳤다.

스톨베어는 막대기를 꽂고 힘들여 몸을 기댔다. 썰매 활주부의 금속이 끼익하며 마찰음을 냈다. 썰매가 좌우로 출렁거리자 묄브가 비틀거리기 시작했다.

"균형을 잡아!"

그가 외쳤다.

반장은 두 개의 브레이크에 같은 압력을 가하려고 노력했다. 그러나 한 개의 나무 막대기로 감당하기엔 너무 힘이 들었다. 그는 계속해서 균형을 잃었다. 앞쪽에선 이누이트가 균형을 되찾으려고 애썼다. 개들이 이리저리 쏠렸다. 그러나 차츰 반장도 썰매를 다루는 데 익숙해졌다. 묄브의 걸음도 차츰 안정되었고, 그들은 내쳐 앞으로 나아갔다. 갑자기 그들을 감싸고 있던 회색 하늘이 열리면서 안개가 심연 속으로 가라앉았다. 스톨베어 반장의 눈에 그들이 오르려는 산의 모습이 들어왔다. 산은 높이 솟아 있었는데, 왼편은 바닥을 알 수 없이 아래로 이어져 있었다. 아래쪽 깊은 곳에 대자연이 펼쳐져 있었다. 썰매는 딱정벌레처럼 비좁은 터널 같은 길로 들어섰다. 여기서 발을 헛디디면 영원한 나락으로 떨어지는 것이었다. 스벤 반장은 심연에서 두 눈을 떼지 않았다.

"조심해요!"

트롤라가 소리 질렀다.

스톨베어 반장은 고개를 돌릴 수 없었다. 심연이 강력한 힘으로 그를 빨아들일 것만 같았다. 손에 쥐고 있던 브레이크 막대가 떨렸다.

그때 앞에서 썰매를 끌던 묄브의 차분한 목소리가 들려왔다.

"트론데스로테트로군."

묄브가 미소를 지으며 위를 가리켰다. 스톨베어 반장의 눈길을 심연에서 돌리기 위해서였다.

반장은 숨을 깊이 들이마시고 눈을 들었다. 트론데스로테트의 꼭대기가 하늘 높이 솟아 있었다. 회백색의 굳건한 모습으로. 스벤 반장은 활주부에서 끼익 소리가 들리자 브레이크에 몸을 기댔다. 묄브는 썰매를 끌었다. 그들은 계속해서 북쪽으로 나아갔다.

20

거미 한 마리가 창문 위쪽 벽을 따라가 거미줄에 다다랐다. 잠시 뒤 거미는 거미줄에 걸려 있던 파리 위에 웅크리고 앉았다. 파리는 아직 움찔거렸다. 파르르 날개가 떨리며 빛나고 있었다. 그러나 촘촘하게 짜인 거미줄에서 벗어나지는 못했다. 거미가 희생물을 빨아먹기 시작했다.

에릭은 바닥에 앉아 위에서 벌어지는 작은 죽음을 관찰하고 있었다. 나에게도 저런 일이 벌어질까? 나야말로 퇴테볼의 거미줄에 사로잡힌 파리, 더 이상 쓸모가 없어질 때까지 잡혀 있는 파리가 아닐까? 에릭은 무릎 사이로 고개를 파묻었다. 매일 순록우유를 개수대에 쏟아 부은 이후로 무슨 일이 벌어지고 있는지 똑똑히 보게 되었지만, 그래도 에릭의 마음은 점점 어두워져만 갔다. 이따금 퀴르콜이 '호?' 하며 슬퍼하는 이유를 묻곤 했다. 그러면 에릭은 거인에겐 눈길도 주지 않은 채 '호.' 하고 대답했다.

에릭이 자리에서 일어났다. 불을 켠 뒤 램프를 위쪽으로 돌렸다. 파리가 완전히 잡아먹히고 난 뒤였다. 거미가 거미줄 한가운데 느긋하게 앉아 있었다. 에릭은 등 뒤에 있는 퇴테볼의 초상화가 부적 같은 두 눈으로 자신을 바라보고 있다는 느낌이 들었다. 갑자기 자신의 이름을 부르는 소리가 들리는 것 같았다. 에릭은 놀라서 몸을 움츠렸다. 저 그림이 말도 할 수 있나?

에릭은 캔버스를 자기 쪽으로 휙 돌려 보았다. 아무것도 변한 건 없었다.

"에릭!"

그때 또다시 부르는 소리가 들렸다. 그를 부른 것은 초상화가 아니었다. 소리는 밖에서 들려왔다. 에릭은 퇴테볼의 그림을 벽으로 밀어 놓고 조심스럽게 창가로 갔다.

갓 쌓인 눈 위에 아차토카가 서 있었다. 그는 망을 보듯 사방을 두리번거렸다.

"같이 가자!"

그가 속삭였다.

"어디를요?"

에릭이 어이가 없다는 듯 물었다.

"나중에 말해 줄게!"

아차토카가 초조해하며 안경을 밀어 올렸다.

"여기서 어떻게 나가요?"

에릭이 자신감 없는 걸음걸이로 한 발짝 물러섰다.

"그냥 뛰어내려! 별로 높지도 않은데, 뭘!"

상황이 그토록 절망적이지만 않았어도 에릭은 이 창문에서 뛰어내리는 일이 퀴르콜의 끔찍한 분노를 사게 되리라는 것부터 고려했을 것이다. 퀴르콜은 비상한 능력을 가진 자가 아닌가? 거대한 노르웨이에서도 냄새로 에릭을 찾아낸 모피인간인데, 비스랜드에서 에릭을 찾는 일이야 얼마나 쉽겠는가! 그러나 현재 자신이 처한 상황에 뭔가 변화를 주고 싶다는 생각이 에릭의 마음을 사로잡았다. 에릭은 창턱으로 기어 올라갔다. 마지막으로 퇴테볼의 초상화를 힐끗 쳐다본 뒤 아래로 뛰어내렸다.

아차토카는 에릭을 받아 보려고 했지만 역부족이었다. 두 사람은 모두 눈 속으로 나뒹굴었다.

"다친 데는 없니?"

아차토카는 부지런히 안경을 찾아 더듬거리며 말했다.

안경을 쓰고 나자, 아카토카가 에릭의 손을 잡았다. 두 사람은 함께 달리기 시작했다. 시내를 벗어나리라는 에릭의 추측과 달리 둘은 곧바로 시내로 들어갔다. 둘은 좁은 골목들이 늘어선 변두리에 다다랐다. 골목마다 집들이 기울어져 있었고 바람 때문에 돌쩌귀가 성한 집이 한 곳도 없었다. 두 사람은 아치형의 문들과 집 뒷마당들을 가로질러 갔다. 얼음회색의 고양이들이 두 사람 앞을 잽싸게 스쳐 지나갔다. 아차토카가 갑자기 방향을 바꾼 뒤 잠시 서 있다가 반대 방향으로 달려갔다. 에릭은 그를 뒤따라갔다. 그들이 어유(주로 고래나 물개에서 짜낸 기름. 냄새가 고약하다-옮긴이) 냄새가 물씬거리는 시장에 다다랐을 때였다. 에릭은 양초피지에 미끄러져 비틀거리다가 조개가 담긴 스탠드를 들이받고 말았다. 조개들이 쨍그랑거리며 바닥으로 떨어졌다. 아차토카는 에릭을 잡아끌고 광장 위에 음산하게 솟아 있는 비스랜드 대성당을 지나갔다. 이러다가는 그대로 쓰러지겠다 싶을 정도로 에릭의 심장이 격하게 쿵쾅거렸다. 그 순간 아차토카가

멈춰 섰다. 얼어붙은 듯 거리 한가운데 갑자기 멈춰 선 그는 무언가
를 뚫어지게 바라보았다.

"뭐예요? 뭐가 있어요?"

에릭이 헐떡거리며 말했다.

아무것도 없었다. 이곳은 교회 뒤에 있는 작은 광장이었다. 책과
잡지를 파는 가게가 하나 있을 뿐이었다. 아차토카는 여전히 뚫어져
라 한 곳을 바라보고 있었다. 가게 주인이 빙설에 뻣뻣해진 책들 사
이로 피곤한 얼굴을 내밀었다.

"뭐 필요한 것 있으슈?"

그가 물었다.

창백한 얼굴로 아차토카가 최근에 출간된 국영 신문인 비스블레
데드를 가리켰다.

"일이 벌어지고 말았어."

들릴 듯 말듯 한 목소리였다.

"뭔데요?"

에릭은 다시 숨통이 틔었다. 에릭의 눈길이 아차토카의 손가락을
따라갔다. 에릭은 기사 제목을 읽었다.

비스랜드 글자로 '수상과 여왕!'이라고 쓰여 있었다. 그 아래에는
퇴테볼과 마르키타의 사진이 실려 있었다. 마르키타의 표정이 어딘
가 달라진 것 같았다.

"순록우유 때문이야."

아차토카가 속삭였다. 그러고는 공주가 대관식 이후 곧바로 결혼
을 하게 될 거라는 1면 기사를 읽었다. 그녀의 신랑감은 다름 아닌

퇴테볼 수상이었다. 아차토카는 동전을 꺼내 신문을 샀다.

둘은 또다시 달렸다.

"그게 언제래요?"

에릭이 큰 소리로 말했다.

"사흘 후."

"퇴테볼과 마르키타가 결혼을요? 그건 절대 안 돼요!"

에릭이 소리쳤다.

대학생인 아차토카 옆에서 비트적거리며 걷고 있자니 어떤 성스러운 분노 같은 것이 에릭을 사로잡았다. 그 음흉한 작자랑 공주가 결혼을? 어떻게 그 우스꽝스럽게 생긴 인물이 감히 마르키타의 남편이 될 꿈을 꾸었을까? 에릭은 결심했다. 무슨 일이 있어도, 목숨을 걸고서라도, 이 결혼은 막고야 말겠다고.

두 사람은 어떤 건물 앞에서 멈춰 섰다. 간판에 쓰인 빛 바랜 글씨가 대학기숙사임을 알려 주었다. 에릭은 잠시 안락한 자기 방을 포기한 걸 후회했다. 이 건물은 낡을 대로 낡은 데다 더럽기 짝이 없었다.

아차토카는 거침없이 건물로 들어갔다.

좋은 점은 그의 방에 난방 기구가 있다는 것이었다. 나쁜 점은…… 그 기구가 고래 기름으로 작동된다는 것이었다. 참을 수 없을 정도로 지독한 냄새가 났다.

"앉아서 편히 쉬렴."

대학생은 신문 위로 몸을 수그렸다.

방 안에는 온통 책뿐이었다. 책상과 서랍장 위, 세면대 안, 벽이란

벽은 전부, 심지어 침대 위마저도 책이 무더기로 쌓여 있거나 괴어
져 있었다. 동물 서적, 지리학 계통의 작품들, 철학서들, 소설, 신문
등이 뒤죽박죽 섞여 있었다. 방 주인이 앉을 자리조차 남아 있지 않
았다. 에릭은 유일하게 비어 있는 곳인 침대 모서리에 앉아 아차토
카가 일을 마칠 때까지 기다렸다. 아차토카는 가위를 집어 들고 기
사를 오렸다. 그러곤 마르키타에 관한 뉴스를 모아 놓은 벽면에 반
창고로 기사를 붙였다. 에릭은 공주의 안녕을 위해서라면 펄펄 끓는
간유에라도 뛰어들 준비가 된 사람이 자기 혼자만이 아니라는 걸 분
명히 알 수 있었다. 마르키타는 비스랜드 남성들이 그리는 최고의
이상형이었다. 결혼식에 대한 분노가 조금 사그라지자 에릭은 그 다
음 감정을 만나게 되었다. 그것은 질투였다.

"아저씨도 마르키타를 열광적으로 좋아하나 봐요?"

"차 마실래?"

답변은 건너뛴 채 아차토카가 물었다. 그러나 메모판을 바라보는
그의 눈길에서 충분히 대답을 읽을 수 있었다.

에릭이 고개를 끄덕였다. 더 이상 순록우유를 마시지 않아도 된다
고 생각하니 벌써부터 신이 났다.

21

그들은 가던 길을 멈추었다. 개들은 지칠 대로 지쳐 있었다. 묄브는 눈 위에 그대로 쓰러졌다. 그 역시 더 이상은 갈 수가 없었다. 스톨베어 반장은 헉헉거리는 이누이트 사나이를 바라보다가 문득 그가 노인이라는 것을 깨달았다! 저 노인이 벌판을 가로질러 이렇게 멀리까지 그들을 끌고 온 것이다. 트론데스로테트를 넘은 뒤에도 쉬지 않고 그 오랜 시간을 감내하며. 묄브에게 어떻게 보답을 할 수 있을까?

반장이 묄브와 수고비에 관해 이야기를 하려고 할 때였다. 허공에서 뚝 떨어진 것 마냥 누군가가 묄브의 뒤에 서 있었다. 더벅머리의 남자였는데 무두질을 하지 않은 순록털 망토를 입고 있었다. 스톨베어 반장이 미처 인사를 하기도 전에 그 남자는 묄브 옆으로 와서 눈 위에 쭈그리고 앉았다.

"콤프흐투"

남자가 묄브를 살짝 밀쳤다.

묄브가 위를 쳐다보았다. 깊게 주름이 파인 그의 얼굴 위로 미소가 스쳤다. 묄브는 '콤프흐투'라고 대답하고는 그 남자를 끌어안았다. 갑자기 두 사람이 껄껄대며 웃기 시작했다. 묄브는 모든 피곤이 다 달아난 듯 보였다. 두 사람의 웃음소리가 점점 커졌다. 그들은 큭큭거리며 연신 '콤프흐투'를 반복했다.

반장은 슬그머니 총이 꽂혀 있는 곳을 더듬었다. 생판 모르는 사람이 벌판에 나타났으니 그로선 기이하게 여겨질 수밖에 없었다.

"어떻게 내가 저걸 알까?"

트롤라가 썰매에서 뛰어내렸다.

"뭘 알어?"

"콤프흐투. 이 말 말이에요. 언젠가 들어 본 적이 있어요. 그린란드어인가요?"

"콤프흐투? 아니."

스톨베어가 고개를 저었다.

그사이 눈 위의 두 남자는 빠르게 툭툭 내뱉는 어투로 이야기를 나누고 있었다.

"외크트홀 메 브리흐포크?"

묄브가 물었다.

"메프토흐크 뢰멜크호어."

상대 남자가 복부를 긁었다. 묄브 역시 배를 문질렀다. 그들은 다시 소리 내어 웃었다.

"콤프흐투?"

'콤프흐투!'라는 소리가 벌판에 울려 퍼졌다.

"이제 알았어요! 코스니오크어예요! 저 사람들은 얼음해적이에요."

트롤라는 흥분하여 소리쳤다.

"얼음해적들은요, 여행자들을 습격해서 가진 것을 몽땅 빼앗아요. 그러고 난 뒤 죽여 버리죠."

"해적이라고, 그래, 그래."

반장은 다시 한 번 권총이 꽂혀 있는 권총집을 부여잡았다.

트롤라가 이마를 치며 말했다.

"묄브도 그럼 코스니오크라는 말이잖아!"

트롤라는 반장에게 책을 건넸다.

"게다가 두 사람이 누군지도 알겠어요. 묄브와 뵐프예요!"

눈 위에 있던 두 사람이 하늘을 향해 동시에 외쳤다.

"콤프흐투!"

그 소리가 채 사라지기도 전에 안개 속에서 썰매가 나타났다. 썰매 위에는 억센 사내들이 앉아 있었다. 온통 모피를 휘감은 모습이었다. 그들은 개들을 몰고 다가오다가 여행객들의 몸에 거의 닿기 직전에 멈추었다.

"이 일은 나한테 맡겨라."

반장은 트롤라의 앞에 서서 트롤라를 보호했다.

우두머리처럼 보이는 남자가 썰매에서 뛰어내렸다. 그는 물개가죽으로 된 외투를 입고 스톨베어 반장에게 다가왔다. 반장이 인사를 할까 말까 고민하고 있는데 우두머리가 주머니에서 어떤 물건을 꺼냈다.

"인크이누이트쿠룀멜크."

스톨베어 반장이 옛 이누이트어로 말하기 시작했다.

우두머리가 어떤 물건을 꺼내더니 스벤 반장의 머리 위로 들어올렸다. 고래턱뼈를 잘라낸 것이었다. 빨강군. 스톨베어 반장은 생각했다. 그 다음엔 하얀 색이 떠올랐다. 그런 다음 눈앞이 캄캄해졌다.

깨어 난 반장은 모닥불가에 앉아 있는 트롤라를 보았다. 트롤라의 주변으로는 모두 남자들뿐이었다. 그들 옆에 있어서인지 트롤라는 더욱 작아 보였다. 우두머리가 트롤라에게 뭔가를 건네주었다. 얼린 고기인 것 같았다. 트롤라는 잔뜩 겁을 먹은 채 음식을 받아들고 이리저리 조심스럽게 돌려보았다.

스톨베어 반장의 의식이 돌아온 것을 알고 트롤라가 자리에서 일어나 뛰어가려고 했다. 그러나 물개가죽 외투를 입은 사내가 붙잡고 놓지 않았다. 사내가 직접 반장에게 다가왔다. 우두머리는 양손에 어떤 물건을 들고 다가왔다.

"브르가안트루트 므야알."

그가 말했다.

스벤 스톨베어 반장은 그 물건에 또다시 당할까 봐 두려웠다. 상대가 자신의 권총을 갖고 있다는 것을 알기 전까지는 그랬다.

"콤프흐투!"

우두머리가 잔뜩 비난하는 투로 소리쳤다. 그는 반장의 어깨를 잡고 높이 들어올렸다. 그러곤 그의 목을 팔로 휘감고 이마에 무기를 갖다 댔다. 이제 이 자가 나를 죽이려나 보다. 노르웨이 출신의 반장은 생각했다.

갑자기 클뢰베가 껄껄거리며 웃었다. 이라고는 하나도 남아 있지 않은 그의 턱이 반장의 눈에 들어왔다.

"브외흐르테 알모예트…… 뮐브!"

그는 모닥불을 가리켰다.

그곳엔 늙은 뮐브가 다른 사람들과 나란히 앉아 있었다.

"뮐브! 뮐브는 내 친구요."

스톨베어 반장은 한결 가벼워진 마음으로 수긍했다.

"브롤무크 파르튈롤롤로 뮐브."

클뢰베는 한 번 더 총으로 위협하는 몸짓을 한 뒤 반장을 끌고 불가로 갔다. 반장은 트롤라의 옆 자리에, 눈 위에 쪼그리고 앉았다. 둘은 감히 서로 쳐다볼 엄두도 못 냈다. 두 사람에게도 고기가 주어졌다. 그들도 다른 사람들처럼 고기를 불 위로 가져갔다. 그러고는 고기에서 나온 물방울들이 불 속에서 치직 거리는 걸 물끄러미 바라보았다.

반장은 생각했다. 최근까지 씨름해 왔던 모든 불가능한 일들 가운데 가장 불가능한 일이 지금 눈앞에 펼쳐져 있다고. 이 사나이가 코스니오크의 두목이라면, 나는 지금 코스니오크의 불가에 앉아 있는 거다. 내가 코스니오크의 불가에 앉아 있다는 것은 내 주변에 빙 둘러 앉아 있는 자들이 얼음해적이라는 말이지. 그런데 이들이 얼음해적이라면, 그러면 나는……, 그렇다면 그 말은 내가……, 그러니까 달리 설명할 것 없이 내가 비스랜드에 도착했다는 말이다! 그런데 나를 이곳까지 데려온 것은 다름 아닌 나의 오랜 지인 뮐브였다. 그러니까 뮐브는 얼음해적이자 비스랜드 사람이었던 것이다!

반장이 가장 먼저 받아들여야 할 사실은 이것이었다. 그는 고기를 뒤집었다. 그리고 다시 한 번 더 뒤집었다. 몇 번쯤 고기를 더 뒤집고 고기가 거의 다 녹았을 무렵 반장이 트롤라를 향해 몸을 돌렸다.

"책에 코스니오크들이 붙잡은 사람들을 어떻게 한다고 나와 있니?"

반장이 나직이 물었다.

트롤라는 반쯤 녹은 고라니 고기를 빨아먹으며 대답했다.

"죽이지 않으면 얼린 고기를 쥐어서 보낸다고요."

반장은 아무것도 없는 주변을 가리켰다.

"보내? 어디로?"

"중요한 것은 우리가 비스랜드에 있다는 거예요."

트롤라는 자신 없는 표정으로 미소를 지었다. 트롤라는 겁이 났다. 그러나 누구에게도 그걸 드러낼 필요는 없다고 생각했다.

반장은 생각에 잠긴 채 고기를 뜯었다. 타닥타닥 소리를 내며 순록의 오물이 타들어갔다. 폭풍이 미친 듯이 주변을 맴돌고 있었다.

22

사려 깊지도 못했고 유치한 데다 전망도 불투명한 계획이었다. 두 사람 모두 분명한 함정으로 뛰어드는 격이었다. 그러나 아차토카는 그 아이디어에 열광하며 에릭의 경고를 겁쟁이의 칭얼거림 정도로 간주했다.

모피를 마련하는 일은 어렵지 않았다. 수염을 구하는 일이 더 힘들었다. 처음에 아차토카는 오래된 짚으로 수염을 만들어 보려고 했다. 다음엔 고수머리 몇 자락을 잘라 에릭의 얼굴에 붙여 보기도 했다. 두 사람은 한바탕 웃음은 터트린 다음 정신을 가다듬고 그렇게는 도저히 안 된다는 걸 알았다. 그들이 생각해 낸 최상의 아이디어는 건물 관리인이 복도에서 수도관을 고칠 때를 이용하는 것이었다. 수도관을 수리할 때는 파이프를 감싸는 도구로 복슬복슬한 황금색 삼 찌꺼기가 사용된다. 아차토카는 건물 관리인이 주의를 돌린 틈을 타서 그의 가방에서 삼 찌꺼기를 조금 덜어냈다.

이번엔 그 삼 찌꺼기로 시험해 보았다. 아차토카가 아교를 구해와 삼 찌꺼기를 마름질한 뒤, 에릭의 턱에 붙었다.

“그런데 이걸 어떻게 다시 떼어내죠?”

살이 화끈거리고 끔찍할 정도로 간지러웠다.

“마르키타와 결혼식만 생각해. 무슨 일에든 희생이 따르기 마련이야.”

아차토카가 에릭의 뺨에 아교를 바르며 말했다.

에릭은 아차토카가 붓질이나 정확하게 해 주었으면 하고 바랄 뿐이었다.

“원래 내가 위에 있어야 하는 건데.”

아차토카가 마치 에릭의 생각을 읽기라도 한 듯 말했다.

“이런 풋내기 얼굴에 수염이라니. 누가 속아 넘어가겠어?”

에릭 역시 그 말에 수긍했다. 궁에 있는 사람들이 장님도 아니고 멍청이도 아닌데……. 우리는 체포되거나 죽임을 당할 거야.

“그렇다고 해도 내가 위에 있어야 해요.”

에릭은 스스로 용기를 북돋기 위해 그렇게 말했다.

“아저씨는 궁 안의 길을 하나도 모르잖아요. 외부 계단, 내부 계단, 복도와 회랑들……. 책을 읽은 사람이 아니면 그 길은 아무도 못 찾을 거예요.”

“누가 네게 말을 걸기라도 하면? 아이 같은 네 목소리를 듣고 주술사라고 믿을 사람이 누가 있겠니.”

아차토카가 설레설레 고개를 저으며 삼실을 잡아당겼다.

“퀴르콜처럼 말하면 되죠!”

에릭이 대꾸했다.

“어디 말해 보렴.”

“호!”

에릭이 말했다.

“웃음밖에 안 나온다! 퀴르콜은 억양이 완전히 달라.”

“호오오오.”

에릭은 할 수 있는 한 비스랜드 억양을 살려 말해 보았다.

“훨씬 낫네. 더 저음으로 해 볼 수 있겠니?”

아차토카가 말했다.

“호오오오오오”

에릭은 낼 수 있는 가장 낮은 소리를 내 보았다.

아차토카는 실망스러운 표정으로 삼 찌꺼기 수염을 붙인 소년의 얼굴을 찬찬히 살펴보았다.

“좋은 생각이 있다. 목도리를 걸쳐. 그러면 아마도 거인이 감기가 걸렸다고 생각할 거야. 이거 입고.”

그는 에릭에게 모피 외투를 건넸다.

에릭은 온몸을 모피로 휘휘 감다시피 했다. 아차토카는 그의 얼굴에 모자를 푹 눌러 씌우고 목에다 목도리를 둘러 주었다. 좀 너그럽게 봐 준다면, 그리고 어두운 곳에서 보면 퀴르콜이라고 믿을 수도 있을 것 같았다.

아차토카가 침대 위에 앉으며 말했다.

“이제 내 어깨 위로 올라가 봐.”

에릭은 시키는 대로 했다. 에릭은 두 다리를 단단히 그의 몸에 붙였다.

“발꿈치 한 번 뾰족하다!”

아차토카는 똑바로 서 보려고 했다. 그러나 무게에 적응이 되지 않아 비틀거리며 방 안을 너울너울 다니다가 이 벽 저 벽에 들이받곤 했다.

“가만히 좀 앉아 있어 봐! 똑바로! 왼쪽으로 더 가 봐!”

“퀴르콜이 날 태우고 다닐 땐 전혀 문제가 없었다고요!”

에릭이 되받아 소리쳤다.

“퀴르콜은 키가 2미터가 넘잖아!”

아차토카가 가쁜 숨을 몰아쉬며 말했다.

마침내 에릭은 어느 정도 안정감 있게 목마를 타게 되었다. 아차토카는 외투에 난 단춧구멍으로 밖을 살펴볼 수 있었다.

“말 좀 해 봐.”

그가 소리쳤다.

“호오오오.”

에릭이 저음을 내었다.

도시에 어둠이 내리자 둘은 길을 떠났다. 앞을 거의 볼 수 없는 대학생과 그의 어깨에 올라탄 소년이 출발을 한 것이다.

“오른 쪽으로 가요. 아니요, 반대 방향의 오른쪽이요! 계단이 두 칸 있어요. 조심하세요.”

에릭은 위에 앉아서 지휘를 했다. 아차토카가 비틀거렸다. 에릭은 천장에 매달린 등을 꽉 붙잡았다. 그렇게 하지 않았더라면 이들 2인 탑은 거리로 나가기도 전에 무너졌을 것이다.

두 사람은 밖으로 나왔다. 아차토카는 젖 먹던 힘까지 다해 힘차게 발걸음을 내디뎠다. 순록 장사꾼 두 명이 그들 옆을 지나가다가 보기 드문 풍채에 놀라 그들을 올려다보았다.

에릭은 '호!' 하고 소리쳐 순록 장사꾼들을 비키게 했다. 나는 퀴르콜이다. 에릭은 생각했다. 내가 그렇게 믿으면 다른 사람들도 그렇게 믿을 거야.

언덕 위로 어두운 건물이 드러나자 에릭은 더럭 겁이 났다. 행인들은 속을 수 있겠지. 하지만 궁의 위병들은? 에릭은 다시 한 번 이 계획이 원망스러웠다. 그래서 막 뛰어내리려던 찰나에 돌출창 하나에 불이 켜지는 것이 보였다. '저기가 서쪽 익랑인가?' 에릭이 자주 읽었던 바에 따르면 서쪽 익랑에 공주가 살고 있다. 어쩌면 공주는 저 위, 반딧불이 애벌레의 불빛 가운데 앉아 있을지도 모른다. 샌드비켄에서 온 에릭이 자신을 구하러 가고 있으리라고는 전혀 예상도 못한 채.

"어서요, 앞쪽으로!"

에릭이 아차토카를 재촉했다.

그들은 성문에 다다랐다. 퀴르콜을 사칭하는 인간 탑이 멈추어 섰다. 에릭은 팔짱을 끼고 양손을 외투 속에 넣었다. 그런 다음 모피모자 아래로 보이는 두 눈은 가능한 한 이글거리게 보이려고 애썼다. 위병이 초소에서 나왔다.

"누구를 방문하러 오셨습니까?"

에릭은 말없이 궁을 가리켰다.

"신분증을 부탁합니다."

위병이 인간 탑 앞에 버티고 섰다.

"호."

에릭은 할 수 있는 한 깊은 소리를 내었다.

"그건 누구나 할 수 있는 말입니다."

보초가 대꾸했다.

에릭은 신경질이 나는 걸 참고 위협하듯 그에게로 몸을 숙였다.

"호오오오!"

저음의 크고 냉혹한 말투였다.

다른 위병이 초소에서 나왔다.

"좋은 게 좋은 걸세, 에크달. 이자는 수상의 사자일세."

그는 동료의 어깨에 손을 얹었다.

"그런데 이 자는 왜 그런 이야기를 하지 않는 거죠?"

에크달이 흥분해서 물었다.

나이 든 위병은 경험 없는 신병 에크달을 초소로 밀어 넣은 뒤 차단막대를 올렸다. 에릭은 친절하게 위병을 향해 고개를 끄덕이고 궁에 발을 들여놓았다. 이곳은 서로 조심하며 피해 다녀야 할 정도로 매우 분주했다. 상인들이 궁에 생필품을 실어 나르고 있었다. 반딧불이 애벌레를 실은 차가 짐을 부리고 있었다. 거기서 뿜어져 나오는 불빛이 어찌나 밝은지 에릭은 고개가 절로 움츠러들었다.

"성 안이에요. 진짜로 성 안에 들어온 거예요."

에릭이 속삭였다.

"기뻐하기엔 아직 일러."

아차토카는 에릭의 무게 때문에 거칠게 숨을 쉬며 말했다.
둘은 반딧불이 애벌레를 뒤로하고 걸어갔다.

"괜찮아요?"

"질문은 마르키타에게 도착한 뒤에 하려무나."

그들은 궁전 안뜰로 통하는 위병소에 다다랐다.

에릭이 두 팔을 허리춤에 대고 말했다.

"호오오오오!"

보초병이 거수경례를 하고 뒤로 물러섰다.

아차토카는 첫 번째 계단실을 올려다보자 용기를 잃고 말았다.

"저긴 절대로 못 올라가겠어!"

"손도 사용해 봐요."

에릭이 제안했다.

모피 외투의 아랫부분에서 팔 한쪽이 쑥 나오더니 계단 난간을 붙잡았다. 아차토카는 계단을 한 칸씩 한 칸씩 올라갔다. 속도가 점점 더 느려졌다.

"벌써 반 이상이나 올라왔어요."

에릭이 그를 격려했다.

신하 한 명이 모퉁이를 돌아 나오는 게 보였다.

"손 집어넣어요."

에릭이 이를 앙 물고 소리 죽여 말했다.

아차토카는 더 이상 버티고 서 있기가 힘들었다. 신하는 칼라와 손목 부분에 흰색 어민 모피를 덧댄 옷을 입고 있었다.

거인을 보자 그가 멈칫거리며 섰다.

"어이 꺽다리, 이 늦은 시간에 어디를 가시는 건가?"

신하가 농담을 건넸다.

"호오오오!"

엄하고 날카로운 소리가 울렸다.

"무례하기는."

신하는 언짢은 투로 대답하고는 계단을 뛰어 내려갔다. 절묘한 타이밍이었다. 바로 그 순간 아차토카가 층계 난간에 쓰러지듯 몸을 기댔다.

"계속 가요!"

에릭이 발뒤꿈치로 아차토카의 옆구리를 세차게 때렸다.

"내가 무슨 당나귀인 줄 아냐!"

"아저씨가 낸 아이디어예요!"

에릭은 대학생에게 다시 한 번 더 박차를 가했다. 계속해서 높은 외부 계단실이 이어졌다. 외부 계단을 다 오르고 나자, 내부 계단실이 버티고 있었다. 궁에 고용된 많은 사람들이 그곳으로 오르내리고 있었다.

"못하겠어!"

아차토카는 몸을 가누지 못한 채 멈춰 섰다.

"벽에 붙어서 가요."

에릭은 그가 좀 더 쉽게 올라갈 수 있도록 벽을 짚어 주었다. 이상하기 짝이 없는 꼴로 계단을 기어오르는 거인의 모습이라니! 사방에서 놀란 눈길이 그들에게로 쏟아졌다. 그러나 감히 말을 걸어오는 사람은 없었다. 퇴테볼의 수하 중 한 명이 모퉁이를 돌아 나오기 전까지는 그랬다.

"어이, 퀴르콜, 안녕하신가?"

그 남자가 소리쳤다.

에릭은 잔기침을 하며 목도리를 얼굴까지 끌어올렸다.

"다들 결혼식 준비에 시달리다 보니 도무지 일할 틈이 없네 그려. 그렇지 않은가?"

남자가 소리 내어 웃었다.

에릭의 아래에서 아차토카가 부들부들 떨기 시작했다.

에릭은 '호오오오'라고 대답했다.

"자, 난 가 봐야겠네. 마누라와 애들이 기다리고 있어서 말이야."

남자는 동료애를 과시하며 가짜 퀴르콜을 주먹으로 한 대 치고 지나갔다.

아차토카가 비틀거렸다. 외투에서 그의 팔이 나와 벽을 짚었다.

"사람을 치고 가다니…… 두고 보자."

아차토차가 신음하며 말했다.

"얼마 안 남았어요!"

각각 한 개씩의 또 다른 회랑과 이어지는 세 개의 회랑을 지나오자 마주치는 사람이 거의 없었다. 저녁때라 사람들이 점점 궁에서 빠져나가고 있었다. 아차토카는 신음 소리를 내며 비틀거렸다. 누가 보면 퀴르콜이 올라치주를 과하게 마신 모양이라고 생각했을 것이다.

"접견실이에요!"

에릭은 이제 정말로 해냈다고 믿었다. 공주를 몇 미터 앞에 두고 있었다.

두 사람은 네 번째 접견실로 들어섰다. 제복을 입은 시종이 세 번째 접견실로 들어가는 문을 열어 주었다. 세 번째 접견실은 그냥 통과할 수 있었다. 그곳엔 시종이 없었다. 그들은 바로 두 번째 접견실로 들어갔고, 그 방을 지나 첫 번째 접견실로 통하는 문으로 다가갔다. 그곳엔 시종 한 명이 졸린 얼굴로 앉아 있었다. 얼굴을 들고 있긴 했지만 두 사람을 저지할 태세는 아니었다. 몇 걸음만 더 가면 공주를 만난다. 에릭은 손잡이를 잡으려고 손을 뻗었다.

그때였다. 잡으려던 문이 갑작스레 맞은편에서 열렸고, 그 바람에 에릭은 허공을 잡는 꼴이 되었다. 그것도 2미터 높이에서! 에릭이 균형을 잃고 비틀거리자 몸이 앞으로 쏠렸다.

아차토카는 몸이 쏠리는 걸 막지 못한 채 비트적거렸다. 마르키타의 방으로 들어가려던 인간 탑이 격렬하게 요동쳤다.

"조심해요!"

"네가 조심해야지!"

"위로 가요!"

"아니, 왼쪽 위잖아!"

반쪽 거인들은 그렇게 소리쳐 보았지만 때는 이미 늦었다. 결국 벽에 부딪히고 만 두 사람은 에릭이 아차토카의 어깨에

서 미끄러지면서 함께 바닥으로 나뒹굴었다. 잠시 후, 공주의 방에서 나온 사람이 그들을 내려다보고 서 있었다.

"비상경보."

라이프 군나르 프레데릭, 그러니까 브외레고르 대공이 침착하고 품위 있는 목소리로 말했다.

반쯤 졸던 시종이 자리에서 일어나 놀란 눈으로 대공 앞에 놓여 있는 모피와 털뭉치를 바라보았다.

"비상경보요?"

시종은 확인 차원에서 다시 한 번 물었다.

"그래, 경보를 울리게."

대공은 그렇다고 확인해 준 뒤, 단도를 차고 오지 않은 걸 후회했다. 40년 근속 기념으로 받은 귀금속 장식이 달린 그 우아한 무기만 있었어도 겁을 주어 침입자를 쫓아냈을 텐데.

침입자라? 침입자는 한 명이 아니었다. 모피 외투에서 두 사람이 떨어져 나오는 걸 보고 대공은 더더욱 놀랐다. 그러나 둘 다 별로 키가 크지 않은 걸 확인하고는 한시름 놓았다. 안경을 낀 자객은 한 번도 본 적이 없는 인물이었다. 그리고 잘못 보지 않았다면 두 번째 침입자는 소년이 분명했다! 자객들이 벌떡 일어서서 그를 빤히 쳐다보았다.

"브외레고르 대공이군요."

에릭이 소리 죽여 말했다.

"나를 알고 있느냐, 자객 주제에?"

"예, 브외레고르 님. 저는…… 마르키타 공주님이 위험에 빠졌기 때문에 온 겁니다."

에릭이 말을 더듬었다.

"이제는 위험하지 않으시다. 너희들은 체포되었다."

대공은 20명의 위병들이 접견실을 가로질러 달려오는 걸 보자 안심이 되었다.

"우리는 마르키타 공주를 돕기 위해 왔습니다!"

에릭이 소리쳤다.

아차토카는 지금은 대공과 논쟁할 때가 아니라고 생각했다. 위병들은 놀라울 정도로 빨리 다가왔다.

"이런 궁전엔 언제나……."

아차토카가 속삭였다.

"언제나 뭐요?"

에릭은 뭔가에 홀린 듯 꼼짝 않고 서 있었다.

"비밀 계단이 있기 마련이지."

아차토카가 주변을 살피기 시작했다.

에릭은 꼼짝도 할 수 없었다. 아차토카가 무늬목을 두드려 보는 동안 에릭은 대공의 시선을 눈여겨보았다. 비밀을 알려 주는 듯한 눈길이었다.

브외레고르 대공이 벽걸이 양탄자 쪽을 보았던 것이다.

"저기예요!"

에릭은 장식용 동물 가죽 위로 달려갔다.

에릭이 아차토카를 옆으로 친 순간 아차토카는 벌써 양탄자 앞에 가 있었다. 풍부한 상상력의 궁정 건축가들에게 축복이 있기를! 좁은 문 하나가 모습을 드러냈다. 에릭이 반대쪽으로 문을 누르자 문이 열렸다. 하필 그 순간 사냥개들이 미친 듯 날뛰며 첫 번째 접견실로 몰려들었다. 브외레고르 대공은 자객들이 사라지는 걸 바라보았다. 그는 팔을 들어 위병들에게 쫓아가라는 명령을 했다.

"대체 무슨 일이냐?"

마르키타가 방에서 나왔다. 그녀는 잠옷을 걸친 채 신혼여행에 관한 책을 들고 있었다.

공주가 나타나면 위병들은 그 즉시 차려 자세를 취해야 했다. 규정에 그렇게 명시되어 있었다. 스무 명의 건장한 위병들이 부동자세로 서서 모자와 모피 깃을 정돈했다.

"말해 보시오?"

마르키타는 하품을 했다. 결혼식 준비는 믿기지 않을 정도로 힘이 들었다.

"전하, 공주님, 저…… 그저 예기치 않은 소동이 있었을 뿐입니다."

대공은 공주를 안심시켰다.

"소동이라고요?"

마르키타는 순록우유를 한 잔 더 마셔야 하나 생각했다. 저절로 눈이 감겨 왔다.

도망가는 두 사람에게 이들의 소리는 더 이상 들리지 않았다. 그들은 달렸다. 달린다고 말할 수 있다면 말이다. 두 사람은 완전히 깜깜한 어둠 속에서 비트적거리며 앞으로 나아갔다. 비밀 계단에는 조명이 없었다. 단 한 마리의 반딧불이 애벌레조차 없었다.

"어디로 가죠?"

에릭은 계속 헐떡거리며 자신이 불과 며칠 전까지만 해도 휠체어를 타던 몸이었음을 떠올렸다. 지금 에릭은 한 치 앞도 보이지 않는 회랑을 꽁지가 빠져라 가로지르고 있었다.

"계속 아래로 내려가면 틀림없이 밖으로 나가게 될 거야!"

아차토카가 소리쳤다.

두 사람은 아래로 이어지는 갈림길을 선택하여 달리기도 하고 넘어지기도 하며 점점 더 깊숙이 내려갔다.

'……달리기도 하고 넘어지기도 하며 점점 더 깊숙이 내려갔다.' 까지 읽은 뒤 반장은 책을 덮었다.

"계속 읽어 주세요!"

트롤라가 속삭였다.

스톨베어 반장은 지금 막 불가에서 잠이 깬 코스니오크 한 명을 가리켰다.

"우리가 이렇게 밤늦도록 책을 읽고 있는 게 저들의 심기를 거스를까 봐 겁난다."

"저는 에릭한테 무슨 일이 벌어지는지 알아야겠어요!"

그 얼음 해적이 돌아누워 계속해서 코를 골자 스톨베어 반장은 다시 책을 폈다.

트롤라는 조바심이 나서 가까이 미끄러져 왔다. 이야기에 빠져들면 발이 시린 것도 느껴지지 않았다.

"계속하세요!"

"그들은 더 이상 내려갈 곳이 없을 때까지 계속해서 달려갔다."

반장은 다시 책을 읽기 시작했다.

그들은 더 이상 내려갈 곳이 없을 때까지 계속 달려갔다.

아차토카는 벽을 만지며 두드려 보았다.

"이럴 리가 없는데!"

벽은 축축하고 냉랭하고 미끈거렸다. 그러나 나가는 문이 없었다.

"그자들은 평소에 이곳을 어떻게 빠져나갔을까?"

"우리가 너무 깊이 내려온 건지도 몰라요."

에릭이 잠시 생각하더니 말했다.

"너무 깊이?"

아무것도 보이지 않는데도 아차토카는 안경을 밀어 올렸다.

"내가 보기엔 지하실 같아요."

에릭이 말했다.

다음 커브를 돌자 여러 개의 문이 늘어선, 끝이 보이지 않는 복도가 나타났다. 반딧불이 애벌레들이 복도를 비추고 있었다.

"봤죠? 순전히 칸막이 지하실이네요."

에릭은 자기 말이 맞았다는 사실이 기뻤다.

"오슬로에 살 때 우리 건물에도 이런 게 있었어요."

아차토카가 손가락을 입에 갖다 대고 나직이 말했다.

"이건 칸막이 지하실이 아니야. 이것은…… 감옥이야."

"감옥이라고요?"

"우리는 지하 감옥에 온 거야."

아차토카는 기진맥진하여 벽에 기댔다.

"지하 감옥이라니!"

에릭은 전율을 느끼며 그 말을 되풀이했다.

"말도 안 돼. 우리는 비스랜드에 살고 있어. 중세가 아니라고. 지하 감옥은 오래전부터 비어 있었어."

아차토카가 재킷의 소매로 안경을 닦으며 말했다.

"도와줘요! 거기 누구 없어요?"

힘없는 목소리가 들려왔다.

에릭이 고개를 들었다.

"비어 있지 않은데요!"

"그럴 리가 없어. 죄인을 지하 감옥에 가두는 건 금지되어 있다고."

아차토카가 반박했다.

"날 좀 도와줘요!"

외치는 목소리였다.

"도와줘요, 여기예요!"

이번엔 아주 또렷하게 들렸다. 어둠 속 한 통로에서 울리는 외침이었다.

"이제 어떻게 해야 하죠?"

에릭은 귀를 쫑긋거렸다.

"아무것도 하지 않는 것이 우리가 할 일이다. 우리 문제만
으로도 버거우니까."

아차토카가 속삭였다.

"적어도 무슨 일인지 물어볼 수는 있잖아요?"

에릭은 더듬더듬 회랑으로 걸어갔다.

"야, 여기에 있어! 어디를 가려고……."

이미 에릭의 모습은 보이지 않았다.

에릭은 손으로 벽을 더듬으며 통로를 따라갔다. 갈림길이
나타났다는 게 손끝에 느껴졌다. 에릭은 소리에 귀를 기울이
려고 멈추어 섰다.

"가지 마!"

이번엔 더 가까이서 소리가 들렸다.

오래 생각할 것도 없이 에릭은 더듬더듬 왼쪽으로 향했다.

"어디 계세요?"

어둠 속에 대고 에릭이 속삭였다.

"여기야!"

또다시 먼 곳에서 대답이 들렸다.

에릭은 돌아서서 다른 통로를 택했다. 통로 끝에 다다르니
이어지는 통로가 없었다. 철문이 있는 게 느껴졌다.

"저 여기 있어요."

에릭이 조그맣게 말했다.

"너는…… 보초병이 아닌 것 같구나."

"네, 아니에요."

에릭은 문에 귀를 바짝 들이댔다.

"여자애니, 남자애니?"

목소리가 물었다.

"남자예요."

에릭은 할 수 있는 한 저음으로 대답했다.

"궁의 지하 감옥엔 웬일이니?"

잠시 침묵이 흘렀다. 에릭은 안에 갇혀 있는 사람이 누군지 전혀 알 길이 없었다. 진실을 말하면 위험할 수도 있었다.

"길을 잃었어요."

그는 신중을 기하기 위해 이렇게 대답했다.

"안됐구나. 길을 잃고 이리로 오는 사람이 다시 햇빛을 볼 희망은 거의 없지."

목소리가 온정을 가득 싣고 말했다.

에릭은 그 말이 달갑지 않게 들렸다. 에릭은 가능한 한 낙관적인 방향으로 생각하려고 했다.

"그런데 누구세요?"

"울라, 울라 곤스헤겐."

슬픈 웃음소리가 들렸다.

"그건 예전의 나였지."

"지금은 아닌가요?"

“지금의 나는 어둠 속에 있는 아무도 아닌 사람이지. 퇴테볼의 손에 갇힌 아무도 아닌 사람.”

“퇴테볼.”

에릭은 놀라서 퇴테볼의 이름을 반복했다.

“퇴테볼이 당신을 가두었나요?”

문 뒤에서 정적이 흘렀다. 사람이 없는 게 아닌가 싶은 생각이 들 만큼이나 오래.

“퇴테볼을 아니?”

마침내 그녀가 조심스럽게 물었다.

“원치는 않았지만, 좀 많이요.”

에릭이 말했다.

“그렇다면 너는…… 그 사람의 편이 아니로구나?”

“그럼요! 그자가 공주를 조종하고 있는걸요!”

에릭이 짜증나는 투로 말했다.

“그것뿐만이 아니지.”

“당신이 뭘 안다고 그러세요?

에릭이 흥분해서 물었다.

“나? 나는 퇴테볼에 관한 모든 걸 알지. 그렇기 때문에 여기에 있는 거란다. 그렇기 때문에 다시는 자유를 누리지 못할 거고.”

“도대체 누구세요?! 왜 책에는 당신에 관한 이야기가 없었던 거죠?”

에릭은 거의 비명을 지르다시피 했다.

“책이라니?”

에릭은 책 이야기는 하고 싶지 않았다. 대신 에릭은 ‘울라 군스헤겐? 그런 이름은 처음 들어 봐요.’ 라고 말했다.

“그렇다면 너는 비스랜드 출신이 아닌가 보구나.”

“이곳에 온 지 얼마 안 되었어요.”

에릭이 맞장구를 쳤다.

“나는 비스랜드의 최대 일간지인 비스블레데드의 편집국 장이었단다. 우리 신문은 독립된 자유 언론이었어. 퇴테볼이 권력을 잡기 전까지는.”

그녀는 잠시 말을 멈췄다.

“아마 너는 그 모든 일을 절대로 이해할 수 없을 게다.”

“도대체 퇴테볼과 무슨 관련이 있으신 건데요?!”

“그가 출세를 한 건 다 내 덕분이었단다. 신문이 없었으면 그의 당이 그 정도로 알려질 수 없었을 테니까.”

울라가 대답했다.

“대체 그를 도와주신 이유가 뭐예요?”

“좋은 질문이다.”

또다시 문 뒤에서 침묵이 흘렀다.

“퇴테볼은 나의 남편이다.”

에릭은 쓰러지지 않으려고 벽에 기댔다.

“당신이 퇴테볼의 부인이라고요?!”

“공식적으로는 죽은 몸이지.”

이 순간 에릭에게 새로운 희망이 싹텄다. 지금까지 에릭은 자신이 알고 있는 엄청난 사실들을 어디에 어떻게 사용해야 할지 몰랐다. 그러나 이제 한 가지는 확실히 알게 되었다. 퇴테볼이 계획한 걸 수포로 돌리는데 써야 한다는 것.

"여기 갇혀 지내신 지 얼마나 되셨어요?"

"몇 주, 몇 달? 나도 모르겠구나."

"저희가 당신을 꺼내 드릴게요!"

"저희라니? 누가 또 있니?"

목소리가 깜짝 놀라며 물었다.

"친구예요. 어른이긴 하지만 친구예요."

에릭은 그녀를 안심시켰다.

"친구는 지금 어디 있니?"

그 질문에 에릭은 깜짝 놀랐다. 아차토카가 어디에 있는지 둘러보는 걸 까맣게 잊고 있었던 것이다. 그리고 보니 몇 분 전부터 그의 소리를 듣지 못했다.

"제가 데리고 올게요."

에릭이 대답했다.

"잠깐! 돌아오는 길을 찾을 수 없을 거야. 명심해 두렴, 내 방은 문턱이 철로 된 통로에 있단다."

울라가 말했다.

"철로 된……?"

에릭은 무슨 말인지 이해가 되지 않았다.

"지하 감옥은 문턱이 모두 돌로 되어 있어. 여기만 빼고. 퇴테볼은 사람들이 찾아내선 안 되는 포로들을 이 철 문턱의 감옥으로 보낸단다."

"저는 당신을 찾아냈잖아요."

에릭이 대꾸했다.

"너는 보통 아이가 아닌 것 같구나."

그녀의 목소리에는 진심이 묻어 있었다.

"철 문턱을 잘 찾아서 다시 올게요!"

그 말과 동시에 에릭은 다시 통로를 되짚어 아차토카가 있다고 생각되는 방향으로 나아갔다. 얼마 가지 않아 장애물이 느껴졌다. 몸을 수그려 보니 철제 문턱이었다.

"아차토카……."

에릭은 나직이 아차토카를 불러 보았다.

대답이 없었다.

에릭은 두 손을 뻗어 어둠 속을 샅샅이 훑고 난 뒤 길을 잃었다는 걸 깨달았다.

"콤프트후!"

코스니오크 한 명이 두 사람의 머리 위에 얼마나 바짝 다가왔는지 트롤라와 반장은 움찔하고 몸을 움츠렸다. 스톨베어 반장은 두목이 왔음을 알아챘다. 두목이 그들에게서 책을 낚아채려고 했다. 트롤라는 아직도 마지막 행에서 손가락을 떼지 못하고 있었다.

"이건 못 가져가요!"

트롤라가 책을 꼭 껴안고 일어나 잽싸게 눈 속으로 달아났다.

"마그헨학 파르튈롤로!"

우두머리가 소리쳤다. 이번엔 자못 진지해 보였다.

"그 애를 놔둬!"

반장이 클뢰베를 향해 몸을 날렸다.

"그건 책이야! 그냥 책일 뿐이라고! 당신은 글을 읽을 줄도 모르잖아."

그가 고함을 쳤다.

격렬하게 싸움이 붙었다. 스벤 반장은 이내 자신에게 승산이 없음을 깨달았다. 이 사내는 강철 팔뚝에 쇠망치 같은 주먹을 갖고 있었다. 경찰학교에선 이런 자와 대적하는 방법을 가르쳐 주지 않았다. 스벤 반장이 상대에게 펀치를 날렸다. 그는 최소한 방어라도 해 보려고 애썼다. 하필 이런 상황에서 안나 리자가 떠올랐다. 우선 싸움부터 해치우고 생각은 나중에 하시지, 스벤! 그러나 스벤 반장은 안나 리자의 생각을 멈출 수가 없었다. 신장으로 펀치가 날아오고 오른쪽 눈에 타격이 가해지는 순간 그는 매력적인 안나 리자의 꿈을 꾸었다. 그는 즐겁게 그녀의 쇼핑에 동행하고 있었다. 쇼핑백을 들어 주고, 쇼핑백을 넣을 수 있도록 차의 트렁크 문을 열어 주었다. 그는 차를 몰고 그녀와 함께 카페로 가서 라테 마치아토를 주문했다. 안나 리자는 그의 유창한 이태리어 실력을 보고 감탄했다. 그녀의 어머니가 그를 식사에 초대했다. 식사를 마치고 난 뒤 안나 리자가 어릴 적 사진을 보여 주었다. 어머니는 일찌감치 잠자리에 드셨다. 스벤 반장과 안나 리자는 타닥타닥 타 들어가는 불 앞에 앉아 있었다. 반장은 조심스럽게 그녀의 어깨에 팔을 올렸다. 그리고 그녀의 머리카락을 쓰다듬었다. 짧고 밝은 금발머리를!

그 순간 스벤 반장의 눈으로 클뢰베의 주먹이 날아왔다.

"금발머리! 그래, 골드, 황금이야, 황금!"

반장이 외쳤다.

클뢰베가 하던 행동을 멈추었다.

"필드?"

"그래, 골드."

스벤 반장은 양손으로 얼굴을 막고 말했다.

"필드?"

클뢰베는 반복하여 말하며 잇몸을 드러내고 씨익 웃었다.

"필드라도 상관없어. 자네한테 황금을 주겠네. 처음엔 얼마 안 되겠지만, 약속하건데 나중엔 엄청나게 많은 황금을 갖게 될 걸세. 단, 자네가 날 돕는다면 말이야!"

스톨베어 반장은 눈썹을 만져 보았다. 눈썹에서 무언가 따뜻한 것이 만져졌다. 손을 내려 보니 손이 피투성이였다.

클뢰베는 필드라는 말 이외에는 아무것도 이해하지 못했기 때문에 뮐브가 통역관으로 불려왔다. 트롤라도 가까이 왔다.

"데르 본헤겐 필드, 브라튈롤로 필드?"

클뢰베가 물었다.

뮐브는 상처가 난 반장을 찬찬히 살펴보고는 조심스럽게 고개를 끄덕였다.

"조금 있는 금은 어디에 있고, 훨씬 더 많은 금은 어디 있나?"

그가 통역했다.

“조금 있는 금은 내 입속에 있어.”

반장은 금도금한 자신의 이를 가리켰다. 얼마 전에 새로 이를 교정한 사실이 기뻤다.

“델모어 플뢰브 파르톨롤로.”

뮐브가 말했다.

클뢰베는 만족하지 못한 것 같았다.

“블렘호브 델트 필드, 모흘하아르 필드?”

“그러면 훨씬 더 많은 금은 어디에서 가져올 건가?”

뮐브도 어떤 대답이 나올지 긴장하는 것 같았다.

“공주의 보물 창고에서.”

스톨베어 반장은 가능한 한 태연스럽게 말하려고 애썼다.

트롤라는 절로 입이 벌어졌다.

“보물 창고요?”

반장이 엄한 눈초리로 트롤라를 바라보았다.

“헨호플라 휠하르 브라퇼롤로?”

클뢰베가 소리 내어 웃었다.

“어떻게 보물 창고로 들어가겠다는 건가?”

뮐브가 물었다.

“자네들은 할 수 없지만, 난 할 수 있어! 이 책이 있으니까!”

반장이 자신만만하게 대답했다.

그는 트롤라의 손에서 책을 뺏어 사람들에게 보여 주었다.

“자네들은 글을 읽을 줄 모르잖아! 하지만 나는 읽을 수 있네! 나를 믿어! 내가 자네들을 마르키타 공주의 보물 창고로 안내할 테니!"

코스니오크들이 한바탕 웅성거렸다. 클뢰베가 배를 문지르며 곰곰이 생각에 잠겼다. 나머지 코스니오크 일당은 곰곰이 생각하는 것도 아니면서 똑같이 배를 문질렀다.

"스묄파아르 바르묄로?"

"만약 자네가 날 속인 거라면?"

묄브의 표정이 진지했다.

"그렇다면…… 나를 개들의 먹이로 던져도 좋아."

스벤은 목을 자르는 시늉을 했다.

놀랍게도 클뢰베는 그 말에 설득된 것 같았다. 자신을 개들의 먹이로 주겠다고 할 정도라면 믿을 만한 인물이었다.

"외체 코트하아르."

클뢰베가 고개를 끄덕였다.

"개먹잇감일세."

묄브가 풀어서 말해 주었다.

"외체 코트하아르."

반장은 다시 한 번 그 말을 확인해 주었다. 역겨운 상황에서 벗어난 이 순간, 이 순간처럼 안나 리자의 금발이 사랑스러웠던 적이 없었다.

23

철제 문턱이 있는 감옥을 떠난 뒤로 시간이 얼마나 지난 걸까? 에릭은 두려움에 떨며 축축한 통로를 더듬어 먼지와 거미줄이 가득한 회랑을 가로질렀다. 그러다 발을 헛디뎌 얼음처럼 차가운 바닥에 넘어지고 말았다. 눈물이 났지만 아파서가 아니라, 분노에서 나온 눈물이었다. 결국 에릭은 잠깐 웅크리고 앉아 쉬었다. 그리고 생각했다. 그 여인이 이곳 독방에서 아무에게도 발견되지 않은 채, 몇 주 그리고 몇 달을 있었다면, 나에게도 똑같은 일이 일어날 수 있다는 얘기가 아닐까? 에릭은 무릎 사이로 고개를 파묻었다. 그렇게 앉은 채로 에릭은 자신의 입김을 눈으로 쫓았다. 그러느라 발소리를 너무 늦게 들었다. 진동 소리에 누군가 자기 쪽으로 다가오고 있음을 깨닫고 도망가려던 에릭은 그만…… 곧바로 그 사람의 품으로 달려들고 말았다.

두 사람은 짤막하게 비명을 질렀다. 에릭의 손에 안경알이 잡혔다.

"아차토카!"

에릭은 상대방의 안경을 손에 쥐었다.

"내 안경, 아무것도 안 보여."

칠흑같은 어둠 속에서 대학생이 소리를 질렀다. 그는 자기 주변을 더듬거렸다.

에릭은 아차토카를 다시 찾게 되어 마음이 놓였다.

"내가 통로를 알고 있어."

아차토카가 다시 안경을 쓴 뒤 이렇게 말했다.

"어떤 통로요?"

"시내 분수대로 이어지는 통로."

둘은 앞으로 나란히 웅크려 앉았다.

"출구를 찾은 거예요?"

에릭이 희망에 가득 차서 물었다.

"찾았다는 말은 좀 그렇고 발을 헛디뎌서 넘어졌다는 말이 맞지. 급경사가 있더라고. 굴러가다가 머리를 부딪혔어. 어떤 단단한 문에."

"밖으로 나가는 문에요?!"

"격자 창살 너머로 시내 분수대가 보였어."

아차토카가 고개를 주억거렸다.

"그런데 어떻게 밖으로 나갔어요?"

"안 나갔어."

"안 나갔다고요?"

"철로 만든 문이었어."

"그래서요?"

“잠겨 있기도 했고.”

“그리고요?”

“그래서 통로를 더듬거리며 되돌아오다가 두 번째로 넘어졌지. 너한테 걸려서.”

“탈출구를 찾았는데 사람이 나갈 수 없는 탈출구라고요?!”

“대단하지 않냐? 보르데 왕이 성 밖에서 재미있는 시간을 보내기 위해 마지막엔 비밀 통로를 이용했다는 소문이 있지.”

아차토카는 어둠 속에서 소리 내어 웃었다.

“왕에게만 열쇠가 있었다는 말일 수도 있네요!”

에릭은 실망한 나머지 바닥에 털썩 주저앉았다.

“그건 별로 문제될 게 없어.”

“별로 문제될 게 없다고요?!”

“우리에게 있는 것은 문이고, 없는 것은 열쇠야. 열쇠는 있는데 문이 없는 것보다야 훨씬 낫지.”

아차토카는 에릭의 옷소매를 잡아끌었다. 다시 비틀거리며 더듬더듬 앞으로 가던 두 사람은 벽에 부딪혀 넘어지면서 서로를 깔아뭉개고 말았다. 그 외중에 위를 쳐다본 에릭은 희미한 불빛을 보았다.

“내가 뭐라 그랬냐?”

아차토카는 에릭을 잡아끌고 마지막 몇 미터를 갔다. 그들은 철로 만든 문에 다다랐다. 문은 오래되어 녹이 슬어 있었고, 걱정했던 대로 굳게 잠겨 있었다.

"이 각도에선 분수가 보이지 않는단다."

아차토카가 웃으며 말했다.

"다 왔다."

두 사람은 격자 창살에 눈을 바짝 갖다 댔다.

"우리는 안에 있어. 문은 바깥쪽에서 잠겨 있고."

아차토카가 곰곰이 생각에 잠기어 중얼거렸다.

"잘도 관찰하셨네요."

에릭이 한숨을 쉬었다.

"아마 최근엔 퇴테볼도 이 비밀 통로를 이용했을 거야."

"그게 우리한테 무슨 소용이 있어요!"

"그가 뚜껑까지는 신경 쓰지 못했기를 바랄 수밖에."

"뚜껑이요?"

아차토카는 안경을 똑바로 밀어 올렸다.

"이 통로는 지하 감옥으로 이어져. 일반적으로 지하 감옥엔 누가 있지?"

"잡혀 온 사람들이요?"

"지당하신 말씀! 그리고 그들에게도 뭔가 먹을 게 주어졌겠지."

안경잡이는 마치 선생님이라도 된 것 같이 말했다.

"그러나 성에 있는 사람들은 먹을 걸 끌고 지하까지 들어오려고 하지 않았어. 그래서 음식을 바구니에 담아서 전달해 주었지. 바구니 크기는 딱 이 뚜껑을 통과할 정도이고."

이 말을 하면서 아차토카는 몸을 구부렸다.

그는 뭔가를 향해 손을 뻗었다. 그는 그것을 세게 잡아당긴 뒤, 한 번 더 잡아당겼다.

"좀 도와줘!"

에릭이 무릎걸음으로 걸어가 보니 바닥에 뚜껑이 하나 있었다. 문 아래로 통과하여 밖으로 나갈 수 있도록 된 뚜껑이었다. 뚜껑은 무거운 빗장으로 채워져 있었다. 둘이 밀었다 당겼다 해 보았지만 전혀 움직임이 없었다.

"단단히 녹이 슬었군."

아차토카는 좀 더 깊숙이 몸을 숙였다. 그리고 빗장에 침을 뱉은 다음, 녹을 마구 긁어냈다.

"너도 해 봐."

다시 침을 모으면서 그가 말했다.

에릭도 똑같이 침을 뱉고 문지르면서 잠금장치를 잡아당기기 시작했다.

삐걱거리며 첫 번째 잠금장치가 열렸다. 곧이어 두 번째 것도 열렸다. 빗장이 안으로 휙 움직였다. 듣기 힘든 고약한 마찰음을 내며 뚜껑이 열렸다. 그러나 에릭에게는 세상에서 가장 아름다운 소리로 들렸다. 밖은 어두웠지만 지하 감옥에 비하면 100배는 밝았다. 그들은 어렵지 않게 열린 곳을 통해 밖으로 기어 나올 수 있었다. 떠나기 전 아차토카가 뚜껑을 조심스럽게 끌어당겨 덮었다.

"다음번까지 아무도 이리로 들어가지 않으면, 이건 궁으로 들어가는 우리들만의 1급 비밀 통로가 되는 거야."

"아저씨……."

에릭은 뭐라고 말해야 할지 언뜻 떠오르지 않았다.

"……진짜 최고였어요."

아차토카가 멋쩍은 듯 안경을 고쳐 썼다. 그러곤 갑자기 큰 소리로 웃음을 터트렸다. 목젖까지 드러내며 계속 웃어대는 그를 보며 에릭은 그가 완전히 실성했다는 생각이 들었다.

"너…… 너…… 아직도…… 수염이 붙어 있잖아!"

아차토카가 숨을 헐떡거리며 말했다.

얼굴에 구레나룻이 붙어 있는 걸 알고는 에릭 역시 웃지 않을 수 없었다. 둘은 웃으며 기숙사로 향했다.

24

궁 안이 어수선했다. 공주가 갑작스럽게 탈진하여 졸도
한 것이다. 습격이 있던 날 밤, 공주는 이렇다 할 증세도 없이
쓰러졌다. 서둘러 의식을 잃은 공주의 침상으로 향하면서, 브
외레고르 대공은 이 사건이 혹시 암살과 관련된 것은 아닌지,
아니면 단순히 어린 신부의 신경과민에서 비롯된 것인지 궁
금했다.

그러나 가슴에 왕실 문장이 새겨진 하늘색 잠옷을 입고, 어
리고 상처받기 쉬운 모습으로 누워 있는 공주를 보자, 대공은
왕실의 운명이 자신의 손에 달려 있다는 강력하고 헌신적인
열의를 느꼈다. 그는 깊은 생각에 잠겼다. 권세를 가진 여왕
마르키타와, 베개에 침까지 흘리며 보호를 필요로 하는 창백
한 얼굴의 소녀, 이 둘 사이의 간극이 얼마나 좁은지. 그는 손
수건을 꺼내 마르키타의 입 주변을 닦아 주었다. 아직도 어린
애로구먼. 그는 침대 가장자리에 앉았다. 19년 전, 궁의 발코
니에서 공주님을 들어 환호하는 백성들을 향해 보여 주었지.
그때랑 똑같은 모습이로군. 대공은 그때를 떠올리며 고개를

끄덕였다. 비스랜드 국민들은 공주의 모습을 처음 본 순간부터 공주를 사랑했다. 그녀의 탄생으로 그녀의 어머니인 왕비의 죽음을 수월하게 견뎌낼 수 있었다. 보르데 왕은 당시 왕비와의 사별로 인해 마음에 큰 파도를 안고 북쪽으로 여행을 떠나, 크보렌 문제를 엄격하게 처리했다. 너무도 많은 사람이 피를 흘렸지. 아마 텅스텐 광산을 인수하는 문제가 합법적으로 이루어지지 않았을지도 몰라. 그렇지만 크보렌 지방의 고래잡이 어부와 기각류(포유류 식육목의 한 아목으로 크게 해마과, 물개과, 바다표범과의 3개의 과로 나뉜다-옮긴이) 포획꾼들이 광산을 갖고 무얼 할 수 있었겠어?

왕실 주치의들이 들어오는 바람에 대공은 추억에서 빠져나왔다. 그들은 예기치 않은 진단을 내렸다. 졸도의 원인이 신경과민이 아닌, 위장 때문이라는 것이었다. 전문의들이 즉시 위를 세척시켰다.

브외레고르 대공은 밖으로 나가 있어 달라는 요청을 받았다. 그는 첫 번째 접견실에서 공주가 발작적으로 토하는 소리, 신음하고 기침하는 소리, 그리고 다시 의식을 되찾는 듯한 모든 소리에 귀를 기울였다. 그 다음 이상한 일이 벌어졌다. 날개 문이 열리더니 왕실 주치의 두 명이 마르키타의 겨드랑이를 잡고 나왔다. 그리고 세 번째 주치의는 공주의 앞으로 나와 공주를 향해 소리쳤다.

"왼쪽, 오른쪽, 이번엔 한 걸음 앞으로 걸어 보세요! 훨씬 좋아지셨습니다, 전하! 왼쪽으로, 오른쪽으로……, 주무시면 안 됩니다, 공주님!"

마르키타는 수동적으로 그 과정들을 따라 했다. 공주의 두 발이 대리석 타일 위를 미끄러지듯 끌려 다녔다. 그리고 무의식중에 이렇게 중얼거렸다.

"그리고 한 걸음 앞으로……."

"공주님께서는 잠이 드시면 안 됩니다."

앞에서 지휘하던 왕실 주치의가 대공에게 속삭였다. 마르키타의 고개가 가슴까지 떨어지자, 주치의는 양해도 구하지 않고 마르키타의 뺨을 오른쪽, 왼쪽 번갈아 때렸다.

"아직 안 끝났습니다. 전하."

마르키타가 놀라서 눈을 뜨자 의사가 말했다.

이 이상해 보이는 무리와 접견실을 오가며 몇 킬로미터쯤 걷고 난 뒤에야 마르키타는 24시간 동안 수면을 취할 수 있도록 주사를 맞았다.

"원인이 무엇이오?"

대공이 물었다.

"독입니다."

가장 연로한 의사가 마르키타의 토사물에 몸을 수그리며 말했다. 나머지 두 사람도 은쟁반 위로 코를 들이밀었다.

"독입니다."

모두 그의 의견에 동의했다.

"절대로 있을 수 없는 일이오! 시식관이 그걸 몰랐을 리가 없소!"

브외레고르 대공이 공주의 토사물 가까이로 다가왔다.

시식관이 대공 앞으로 불려 왔다. 흥분한 뚱보와 평온해 보이는 통통한 시식관은 각각 저녁식사가 특별히 맛있는 것으로 제공되었다고 진술했다. 흰 게살을 깔고 그 위에 물개 비장을 얹은 요리였다고 했다. 심지어 두 사람은 궁의 부엌에서 추가로 음식을 더 가져왔다고 말했다.

"하지만 독이 틀림없습니다."

의사들은 마르키타가 마시던 컵을 가리키며 완강하게 주장했다. 하얀 액체가 뿌옇게 남아 있었다. 그들은 차례로 냄새를 맡아 보았다.

"우유입니다."

첫 번째 주치의가 말했다.

"순록우유네요."

두 번째 주치의가 말했다.

"독입니다."

최고 연장자가 말했다.

한밤중에 주방장부터 설거지 보조원까지 궁의 식당에서 일하는 시종이란 시종은 모두 잠자리에서 불려 나왔다. 안보 요원들이 잠에 절어 있는 이들을 대공 앞으로 모두 데려왔다. 심문 결과, 공주가 최근 수일 동안 전에 없이 많은 순록우유를 마셨다는 걸 알 수 있었다. 순록우유가 건강에 좋다는 건 누구나 알고 있지만 하루에 몇 리터씩이나? 혐의 선상에 오른 창고 감독은 몇 주 전부터 신경통 때문에 고생을 하고 있어서 음료수 창고에 직접 내려가지 않고 조수를 내려 보냈다고 진술했다. 조수는 순록우유는 음료 창고에 두지 않고, 매일 신선한 우유를 배달시켰다는 말로 책임을 모면할 수 있었다. 대공은 얼마 전부터 궁에 유제품을 조달하고 있는 의문의 한 중년 여인에게서 단서를 찾았다. 그녀는 크보렌 사람이었고 퇴테볼의 추천으로 궁정 배달원으로 임명되었다. 브외레고르 대공은 뭔가 은밀한 연관성이 있음을 직감했지만 입증할 길이 없었다. 마르키타가 졸도한 뒤로 그 여인이 땅으로 꺼진 것처럼 사라져 버렸기 때문이다.

퇴테볼의 이름이 언급되자 왕실 주치의들은 급히 공주가 생명에 전혀 지장이 없는 상태이며, 위장 장애도 어린 신부가 긴장한 데서 비롯된 것 같다며 의견을 대폭 수정하기에 이르렀다. 독이라는 단어는 그들의 진단 내용에서 삭제되었다.

다음 날 아침, 마르키타의 증세는 호전되었다. 대공 이외에는 아무도 이 독극물 사건이 수상청과, 유감스럽게도 아직 잡지 못한 그 젊은 암살자들과 연관이 있을 거라고 의심하는 사람이 없었다.

"울라 곤스헤겐이라는 이름 들어 본 적 있어요?"

젊은 암살자 중 한 명이 다른 한 명에게 물었다. 에릭은 아차토카의 침대에 앉을 자리조차 없다는 데 짜증이 났다. 온 사방에 책이 펼쳐져 있었다.

"들은 거예요?"

아차토카는 고래 기름 화로에 물주전자를 얹고 있었다. 지독한 냄새에 후각이 마비되어 더 이상 고래 기름 냄새가 느껴지지 않았다.

"울라 선생님께 배웠지."

그가 대답했다.

"아저씨 전공은 생물학 아니었어요?"

에릭은 그가 눈치채지 못하게 책들을 옆으로 밀쳤다.

"생물학, 지리학, 한대지역 언어 등등. 학부란 학부는 전부 수강 신청을 해서 들었단다. 울라 선생님에게선 크보렌 역사를 배웠어."

아차토카는 차를 한 움큼 집어서 주전자에 넣었다.

"크보렌요……? 일간지를 이끌었다고 하던데요."

"울라 선생님이 어떻게 비스블레데드를 이끌었냐 하면 말이지. 그 당시 비스블레데드는 비스랜드 최고의 신문이었고, 가장 진실된 신문이었지. 지금은 퇴테볼의 대변지에 불과하지만."

아차토카가 열광적으로 말했다.

에릭은 책들을 가볍게 밀쳤다. 쌓여 있던 책들이 기울어지며 침대에서 떨어졌다. 드디어 에릭에게 앉을 자리가 생겼다.

"울라라는 분, 어떻게 생겼어요?"

"흠, 몸매는 약간 통통한 편이었지. 그러나 그 미소는! 카리스마가 넘치는 미소였어! 어디든 울라 선생님이 들어서면 모두들 시선을 빼앗겼지."

아차토카가 미소를 머금었다.

물이 끓고 있었다. 아차토카는 우려낸 차를 거르지도 않고 찻잔에 따랐다.

"어느 날부턴가 선생님이 모습을 감추었어. 무슨 일이 일어났는지 아무도 몰랐어. 2주 정도 지났을 때 선생님이 주관하던 신문에 이런 기사가 실렸지. '빙하의 균열 사이에서 울라 편집장의 시체를 발견했다' 라는 기사였어."

아차토카는 차를 후후 불었다.

"퇴테볼이 수상으로 선출된 직후에 벌어진 일이었어. 서서히 두 사건의 연관성이 드러나겠지. 그렇지 않니?"

에릭은 화학주 같은 차를 한 모금도 넘길 수 없었다.

"그런데 왜 아무도 울라가 그의 부인이라는 걸 모르는 거죠?"

"글쎄다, 그보다 나는 어떻게 그녀가 이 비열한 인간한테 넘어갔는지 그게 궁금해! 같은 크보렌 사람이기 때문일지도 모르지만."

아차토카가 차 찌꺼기를 뱉어냈다.

"퇴테볼이 크보렌 사람이에요?!"

에릭은 놀란 나머지 차를 반잔이나 흘렸다.

"그걸 몰랐니?"

아차토카는 에릭이 차를 쏟은 곳에 낡은 카펫을 끌어다 덮었다.

"이건 우연이 아닐 거예요."

에릭이 혼잣말을 했다.

"뭐라고?"

"퇴테볼도 크보렌 사람, 브렉케도 크보렌 사람, 그리고 퇴테볼의 부인도 크보렌 사람이잖아요."

"무슨 얘기야?"

"마르키타는 브렉케에게 가려고 크보렌 지역으로 여행을 갔어요."

에릭은 계속 실마리를 찾아 이어 보았다.

"그런 뒤 브렉케와 약혼을 했고요. 그런데 지금은 퇴테볼이 마르키타와 결혼을 하려고 하잖아요. 이미 울라와 결혼한 몸인데도 말이죠. 그래서 퇴테볼은 울라를 가두어 놓은 거고요. 이건……, 이건 말이죠……."

에릭은 이리저리 생각 속을 헤맸다. 그는 이 결혼과 연루된 미로 속 어딘가에 수수께끼의 해답이 있음을 예감했다.

트롤라는 '그는 이 결혼과 연루된 미로 속 어딘가에 수수께끼의 해답이 있음을 예감했다.' 라는 부분까지 읽고는 책을 덮었다.

"난 이해가 안 되는구나."

반장이 말했다.

"뭘요, 아주 간단한걸요!"

트롤라는 두 눈을 반짝이며 스톨베어 반장 옆으로 와서 썰매 의자에 꿇어앉았다.

"퇴테볼은 이미 부인이 있는 몸이에요. 다시 결혼을 할 수는 없어요! 그러니까 우리는 마르키타의 결혼식을 막을 수 있는 거죠!"

썰매는 조용히 풍경을 가르며 미끄러져 갔다. 개들은 보조를 맞추어 썰매를 끌었고 폭풍도 잦아들었다. 코스니오크들도 평화로운 모습이었다. 비스랜드에 펼쳐진 햇살 고운 하루였다.

"우리가 나서서 막는 일은 절대로 없을 게다."

잠시 뜸을 들인 뒤 반장이 시선을 내리 깔고 대답했다.

"하지만 책 속엔 우리가 어떻게 해야 할지 다 나오잖아요. 지하 감옥, 철제 문턱, 비밀 통로까지……. 누워서 떡먹기라고요!"

"아니, 나는 노르웨이 경찰이다. 내가 위임받은 일은 어린이 납치 사건을 해결하는 거야. 에릭이라는 이름의 소년을 찾는 일이지. 그 아이를 찾으면 안전하게 노르웨이로 데려 가서 그 애 아버지에게 데려다 줄 거다. 그로써 내가 맡은 임무는 종료되는 거고."

반장은 빨강머리 소녀의 눈을 바라보며 진지하게 말했다.

"그렇다면 여태까지 추적해 온 게 무슨 의미가 있어요!"

트롤라가 소리쳤다.

"에릭이 떠맡았던 것들이 전부 다 소용없는 일이 되잖아요! 마르키타 공주를 구하라. 이게 중요하잖아요. 처음부터 이것 때문이었다고요."

트롤라는 스톨베어 반장의 얼굴에 책을 들이밀었다.

"나는 아니다."

반장이 말했다.

"에릭과 저는 그래요!"

트롤라는 잔뜩 화가 나서 소리를 질렀다.

스톨베어 반장이 한숨을 쉬었다.

"일단 상황을 지켜보자."

그는 모피 덮개를 다리 위로 끌어올렸다.

"빈데고르다."

늙은 묄브가 그들 앞에 펼쳐진 주름진 빙하를 가리켰다.

"벌써 빈데고르 언덕이란 말이에요?"

트롤라가 놀라서 물었다.

"마르키타와 브렉케가 서로 알게 된 곳이죠."

트롤라는 밝은 얼굴로 말했다.

"이곳은 북극곰이 그들에게 덤벼들었던 곳이고요! 그리고 저 빙하를 넘으면 바로 수도가 나와요!"

트롤라는 흥분해서 썰매 의자 위로 기어올랐다. 그렇게 하면 더 멀리 볼 수 있기라도 한 것 마냥.

"빈데고르다! 에릭, 우리가 간다!"

트롤라의 빨강머리가 바람에 나부꼈다.

불투명한 빙하 골짜기에 들어왔을 때였다. 클뢰베가 일행을 멈추었다.

"프렐레 롬멜하아르 될트."

그가 교활한 표정을 지으며 말했다.

"필드!"

그는 도시가 있는 방향을 가리켰다.

"그래, 그래. 자네 몫의 필드는 받게 될 걸세. 먼저 보물을 찾아야지, 친구."

스톨베어 반장이 투덜거렸다. 반장은 썰매에서 내려와 트롤라에게 물었다.

"책 가지고 있지?"

트롤라는 고개를 끄덕이며 가슴팍에 달린 아노락 주머니를 툭툭 쳤다.

"우리에겐 훈제 고래고기와 올라치주가 있어."

반장은 배낭을 조이고 묄브에게 돌아섰다.

"자네 대장한테 권총을 돌려줄 수 있는지 물어봐 주게."

묄브가 클뢰베에게 물었다.

클뢰베의 대답은 단 한마디였다.

"필드."

25

마르키타는 깊은 생각에 잠긴 채 녹색 드레스를 걸쳤다. 퇴테볼은 항상 이 옷을 맘에 들어 했다. 오늘은 특히 그에게 긍정적인 인상을 심어 주어야 한다. 모든 것이 일순간에 날아 갈 위험에 처해 있었다. 그녀는 여러 개의 접견실과, 회랑, 그 리고 계단실을 지나는 동안 애꿎은 손수건만 잡아당겼다. 아 치형 복도를 따라 걷는 동안에도 여전히 깊은 생각에 빠져 있 었다. 당직 중인 위병이 몇 명이 동행해야 할지 물었다. 마르 키타가 아무 대답이 없자, 그는 최대 인원을 배치하도록 지시 했다. 스물다섯 명의 위병들이 마르키타의 차를 따라갔다. 마 르키타는 여전히 생각에 잠긴 채 차에 올라타 커튼을 닫았다. 호송 차량 행렬이 궁을 떠났다. 거리에 나서자 호위대에게 이 목이 쏠렸지만 공주는 바깥일에는 아무 관심도 없었다.

얼마 후 차에서 내린 공주는 수상청 계단을 오르고 있었다. 그곳에는 궁보다 훨씬 많은 접견실이 있었다. 마르키타를 보 고 놀란 비서관은 한참이나 뜸을 들인 후 퇴테볼의 사무실로 통하는 문을 열어 주었다. 수상은 혼자였다. 그는 책상 뒤편

에 서 있었다. 갑자기 그의 표정이 어두워졌다. 그는 누군가
연락 없이 불쑥 나타나는 걸 좋아하지 않았다. 자기 자신의
경우만 제외하고.

"마르키타, 정말 아름답군."

그는 억지로 미소를 지었다.

"아이나르, 저는 못하겠어요."

그녀가 말문을 열었다.

"밤새도록 이런저런 생각에 뒤척였답니다. 제가 왜 '예' 라
고 말했는지 모르겠어요. 하지만 제가 당신의 제안에 동의해
야 할 이유도 없기 때문에, 제 심경을 정확히 밝히러 왔어요!
저는 무조건 못하겠습니다. 하고 싶지 않습니다. 꼭 그래야
할 필요성이 없어요. 당신은 모든 권력을 가졌고, 저는 당신
이 신뢰할 만한 파트너예요. 굳이 결혼을 할 필요는 없잖아
요?"

퇴테볼은 잠자코 다음 말을 기다렸다.

마르키타는 손바닥이 땀으로 축축해졌다.

"오늘 아침, 이 문제와 직면하여 저의 대답은 이랬습니다.
안 돼. 그런 이유로 결혼을 할 수는 없어!"

그녀는 미소를 지으려고 했지만 잘 되지 않았다.

"이제야 생각이 정리된 것에 대해서는 유감스럽게 생각합
니다. 좀 늦었다는 건 저도 압니다. 그러나 한 가지 분명한 건
제가 당신을 사랑하지 않는다는 겁니다, 아이나르. 그런 상황
에서 결혼을 한다는 건 결국 연기를 하라는 말밖에 안 됩니

다. 그렇지 않나요?"

공주는 방 안을 왔다 갔다 하다가 멈춰 서서 물었다.

"자, 뭐라고 말씀 좀 해 보세요?"

수상은 그녀에게 자리에 앉으라는 몸짓을 했다. 공주는 속이 거북해지는 걸 느끼며 머뭇머뭇 가죽 소파에 앉았다.

일이 터졌군. 퇴테볼은 생각했다. 작지만 계획을 빗나가게 만들 수 있는 일이. 그는 갑가기 두 다리가 아파와 자리에 앉았다. 당연히 순록우유가 천년만년 효과를 볼 수는 없겠지. 그러나 하필이면 결혼식을 겨우 이틀 앞두고 저항력이 생기다니 짜증나는군.

퇴테볼은 화가 나면 냉정해졌다. 침착해지고 머리가 비상해졌다. 자신의 계획이 실패할 수도 있다는 생각은 용납할 수 없었다. 내 계획은 실패하지 않는다. 사랑 따위는 중요하지 않다. 마르키타는 나를 사랑하지 않는다. 그래서? 그녀가 이 결혼의 이유를 간파했는데? 하지만 열여덟 살짜리의 판단력에 누가 관심을 쏟겠는가? 나는 나를 매료시킨 왕실을 강제로라도 나의 권력 하에 묶어 두고 싶었다. 마르키타, 정치에 관해선 아는 것도 없는 스포츠광이 왕실을 대표하다니! 퇴테볼은 뻣정다리를 한 채 커다란 수상실을 왔다 갔다 했다. 재임 기간 동안 마르키타가 생각 없이 서명했던 수많은 서류들만으로도 군주제 폐지의 충분한 이유가 된다. 그러나 그건 좋은 생각이 아니다. 마르키타는 국민들에게 사랑을 받는 몸이다. 퇴테볼은 싱긋 미소를 지었다. 국민? 그들이 누구를 따르겠는가? 통치 능력이 있는 나인가, 아니면 쓸데없는 허세를 부리며 수백 명의 신하들과 돈만 허비하는 스키 에이스겠는가? 결혼식을 거절하시겠다?!

그는 돌아서서 방 안이 쩌렁쩌렁 울리도록 웃음을 터트렸다. 어찌나 소리가 컸는지 공주는 더욱 속이 거북해졌다. 접견실에 있던 비서관들은 상관이 약혼녀와 무슨 이야기를 나누기에 저토록 즐거워할까 궁금해하며 귀를 쫑긋이 세웠다.

"그렇게 경쾌하게 받아들이시니 기쁘군요."

마르키타가 말했다.

"집으로 가시지 아가씨. 예쁘게 단장하고 슬랄롬 스키나 좀 타. 내일모레 대관식에는 제 시간에 나타나도록 하고. 대관식에 이어 곧바로 결혼식을 올릴 테니까."

퇴테볼이 대답했다.

"하지만 방금 말씀 드렸잖아요……."

"네가 하는 말 따위는 관심 없어!"

수상이 냉정한 목소리로 소리쳤다.

마르키타는 순간적으로 말문이 막혔다.

"네가 통보하는 건 누구든 그대로 받아들여야 한다고 생각하는 건가? 내 명령대로 해. 그러면 모든 게 다 잘될 테니까. 그리고 더 이상 나의 귀한 시간을 빼앗지 말도록."

수상은 서두르는 기색 하나 없이 책상 뒤로 가서 부관 호출용 벨을 눌렀다. 몇 초 후 문이 열렸다.

"공주님을 궁으로 모셔다 드리게."

짧게 말을 던진 뒤 그는 서류 위로 몸을 숙였다.

마르키타는 한 걸음 옮겨 놓았다가 비틀거리며 소파를 붙잡았다. 낭떠러지 끝에 서 있는 기분이었다. 현기증 때문에 심연으로 빨려 들어갈 것 같았다. 그녀의 발밑에는 두꺼운 북극곰 양탄자가 깔려 있었다.

"공주가 두통약을 원하면 한 알 드려도 좋네."

수상은 업무를 시작했다.

"잘 가요, 내 사랑. 방문해 주어서 고맙소."

그는 공주를 쳐다보지도 않은 채 말했다.

접견실과 회랑 그리고 계단을 지나오며 마르키타는 지금까지 단 한 번도 이렇게 심한 모욕은 당해 본 적이 없다는 생각이 들었다.

"공주를 함부로 대해선 안 되지!"

그녀는 혼잣말을 했다.

그녀는 문을 열고 대기 중인 차 앞에 멈추어 섰다.

"공주를 함부로 대해선 안 되지!"

그녀가 추운 허공에 대고 소리쳤다.

"명령대로 하겠습니다, 공주님."

문을 붙잡고 있던 병사가 대답했다. 병사들은 고위 인사들의 대화 내용을 절대로 귀담아 듣지 않도록 교육받는다.

"누구도 공주를 함부로 대할 수 없다고!"

마르키타가 흐느꼈다.

병사는 차려 자세를 취하고 공주가 들어간 뒤 문을 닫았다.

그리고 운전기사에게 신호를 했다. 호송 행렬이 굴러가기 시
작했다.

26

빨강머리의 키 작은 여자 아이가 수도를 가로질러 달리고 있었다. 아이는 흥분과 두려움이 뒤섞인 상태였다. 그러면서도 한 편으로는 더할 나위 없이 행복했다. 좁은 골목길들, 언덕 위의 궁전, 비스랜드 사람들. 트롤라는 눈을 뜬 채로 꿈속을 헤매는 것 같았다. 반장은 트롤라의 옆에 있었지만 트롤라의 열광에 동참할 수 없었다. 스벤 스톨베어, 그는 도무지 믿을 수가 없었다. 자신이 지금 비일상적인 현상의 일부가 되었다는 걸 인정하고 싶지 않았다. 노르웨이의 경찰인 자신이 비스랜드의 수도를 가로질러 달리고 있다니! 무엇보다도 권총이 없다는 게 마음에 걸렸다. 아무리 책 속의 도시라고 해도 만일의 경우를 대비해 무기는 소지하고 싶었다.

같은 시간, 2미터가 넘는 거구가 큰 보폭으로 기숙사 골목길로 다가왔다. 모피를 걸치고 맹수의 발톱이 달린 장화를 신은 그는 기분이 말이 아니었다. 거리에 있던 사람들은 그가 '호!'라며 말하기도 전에 쏜살같이 집으로 도망쳤다.

"실례합니다. 학생기숙사를 찾고 있는데요."

몇 블록 더 가서 스톨베어 반장은 친절해 보이는 비스랜드 여인에

335

게 말을 건넸다.

"거의 다 오셨네요."

여인이 길을 가리키면서 대답했다.

퀴르콜은 골목길로 이어지는 낮은 아치형 문에 다다랐다. 거인은 몸을 구부려 문을 통과했다. 장화에 달린 발톱이 얼어붙은 포장도로를 긁고 지나갔다.

트롤라는 반장을 추월하여 달려갔다. 곧 아치형 문을 발견했다.

"저기예요!"

트롤라가 두리번거리며 달렸다. 스톨베어 반장은 트롤라의 뒤를 빠짝 쫓아갔다.

트롤라는 몸이 얼어붙는 것 같았다. 눈앞에 있는 초라한 건물의 입구 위쪽에 학생기숙사라고 쓰여 있었다. 하지만 그 때문이 아니었다. 트롤라를 얼어붙게 한 것은 바로 그 순간 문턱을 넘어간 어떤 사람이었다. 그때까지 에릭에게 말로만 듣던 바로 그 사람. 온몸에 모피를 두르고 텁수룩하게 수염을 기른 거인. 생각지도 않게 트롤라는 반장을 향해 손을 내밀었다.

"이제 믿으시겠어요?"

트롤라가 속삭여 말했다.

기숙사로 사라지는 거구를 살펴보며 스톨베어 반장은 생각했다. 그래, 저 정도 거구라면 엘레쉰드의 편집장을 한 방에 죽일 수도 있겠어. 저 정도 덩치면 토끼 한 마리를 잡아 찢는 것쯤이야 식은 죽 먹기겠지. 저 자라면 소년을 납치해서 북쪽으로 수천 킬로미터를 끌고 가고도 남지. 반장은 이 모든 것을 의심할 이유가 없었다. 그러나 권총이 없었다.

"저 거인이 한 발 앞섰네요! 에릭이 어디 있는지 냄새를 맡은 거라고요!"

트롤라가 소곤거렸다.

스톨베어 반장은 행동할 시간이 왔음을 깨달았다. 그는 서둘러 쓰레기 더미가 수북이 쌓여 있는 곳으로 다가갔다. 그리고 쓰레기 더미 아래로 불쑥 솟아 나온 낡은 작살을 잡아 뺐다. 망가져서 스프링 작동은 되지 않았지만 뾰족한 끝은 아직 쓸 만했다.

"너는 이곳에 남는다!"

반장은 경찰관 말투로 말한 뒤, 기숙사 안으로 달려갔다.

걱정해 주는 마음을 이해 못하는 건 아니지만, 친구가 위험에 빠진 이상 세상이 두 쪽이 나도 가만히 있을 수는 없었다. 트롤라는 조심조심 걸음을 옮겨 반장을 뒤따랐다.

스톨베어 반장은 파이프 담배를 피우고 있는 건물 관리인에게 아차토카의 방이 어딘지 묻고 있었다.

"어찌된 게 오늘은 모두들 그 친구만 찾는 거여? 2층 22호요."

그는 계단으로 이어진 어두운 통로를 가리켰다.

반장은 계속 달렸다.

"그 작살로 뭘 할 작정이요?"

관리인이 반장의 뒤에 대고 외쳤다.

다음 순간 빨강머리가 들어섰다.

"잠깐, 내가 알아맞혀 보마. 너 아차토카한테 가려는 거지?"

그가 퉁명스럽게 말했다.

이런 사람은 친절에 약한 법이야. 트롤라는 순진한 어린 아이 같은 표정으로 대답했다.

"네, 아차토카에게 가려고요. 제 사촌오빠거든요."

"2층 22호다."

관리인은 중얼거리듯 말했다. 그는 항상 딸을 원했다. 하지만 그의 집엔 지긋지긋한 사내아이만 넷이 있었다.

"고맙습니다."

트롤라는 방긋 웃으면서 잽싸게 복도로 사라졌다.

계단 앞에 다다랐을 때였다. 이상한 소리가 났다. 무서울 정도로 큰 소리가 들려왔다. 트롤라가 18호실을 지날 때였다. 뼛속을 파고드는 듯한 짐승의 울부짖음에 트롤라는 그 자리에 멈춰 서고 말았다. 19호실 앞에 오자 반장의 목소리가 들려왔다.

"달아나! 어서 빨리!"

트롤라는 20호실을 지나려다가 낯선 대학생이 문을 열고 고개를 쑥 내미는 바람에 깜짝 놀랐다. 동시에 두 칸 떨어진 방에서 누군가 뛰쳐나오는 게 보였다. 소년이었다. 트롤라가 지금껏 휠체어에 앉아 있던 모습밖에 보지 못했던 그 아이. 소년은 겁먹은 얼굴로 두리번거리며 달렸다.

"달려!"

반장의 목소리가 들렸다.

에릭은 달렸다. 얼마나 정신없이 달렸는지 복도에 서 있던 키 작은 빨강머리 여자아이를 미처 발견하지 못하고 부딪혀 여자아이를 넘어뜨리고 말았다. 벽으로 내동댕이쳐진 트롤라가 비틀거리며 쓰러졌다. 트롤라가 '에릭!' 하고 불렀지만 소년은 이미 층계를 타고 내려간 뒤였다.

"에릭!"

트롤라가 막 일어서려는데, 22호실에서 또 누군가가 뛰쳐나왔다.

헝클어진 고수머리의 젊은 남자였다. 그는 부러진 안경을 손에 든 채 달리고 있었다. 달리는 중에도 부러진 안경을 맞추려고 애를 쓰고 있었다. 그 바람에 그 역시 작은 체구의 소녀를 보지 못했고, 트롤라는 아차토카 때문에 두 번째로 나뒹굴고 말았다.

22호실에서 또다시 골수를 파고드는 듯한 비명이 들렸다. 바닥에 누워 있던 트롤라는 스톨베어 반장이 도망치려 한다는 걸 알 수 있었다. 다리에 뭔가 문제가 생긴 것 같았다. 반장은 볼썽사납게 다리를 끌고 있었다. 이마에선 피까지 흐르고 있었다. 작살은 아직 그의 손에 있었다. 스벤 반장이 겨우 몇 걸음 떼었는가 싶었는데 퀴르콜이 그를 덮쳤다. 그는 어두침침했던 복도가 완전히 컴컴해질 정도로 기골이 장대했다. 반장도 떡 벌어진 체격이었지만 거인은 그를 마치 인형처럼 가볍게 움켜잡았다. 스톨베어 반장은 작살로 여기저기를 찔러 보았지만 퀴르콜은 작살을 피하면서 반장의 상체를 부둥켜안았다. 두 사람은 말없이 거친 숨을 몰아쉬며 싸웠다. 건물을 무너뜨릴 듯 쿵쾅거리는 소리가 좁은 복도에 울려 퍼졌고 판자벽이 삐걱거렸다. 마침내 반장이 제대로 작살을 꽂았다. 거인의 발등을 찍은 것이다. 작살이 물범가죽 장화 깊숙이 꽂히자, 퀴르콜이 동작을 멈추고 발을 바라보았다.

그 틈을 타 스톨베어 반장이 거인의 팔에서 벗어나 달리기 시작했다. 그는 그때까지도 20호실 앞에 웅크리고 있던 트롤라를 지나쳐 달려갔다. 트롤라가 있다는 것조차 눈치채지 못한 것 같았다. 계단에 다다른 스톨베어 반장은 쿵쾅거리며 아래로 내려갔다. 지금쯤이면 틀림없이 관리인이 있는 곳까지 갔을 것이다.

트롤라는 꼼짝도 하지 못했다. 거인은 자기 발에 꽂힌 작살을 뚫어지게 바라보았다.

"호."

놀라움이 묻어나는 소리였다. 그는 단숨에 작살을 빼냈다.

"호!"

작살을 빼내는 건 고통스러운 일이었다. 퀴르콜은 피 묻은 작살 끝을 응시했다. 그 순간이었다. 트롤라가 웅크리고 있던 마루청에서 삐꺽거리는 소리가 났다. 거인의 두 눈은 이미 트롤라를 향하고 있었다.

"호오오!"

그 소리가 얼마나 위협적이었는지 트롤라는 혈관 속의 피가 모두 얼어붙는 것 같았다.

모피를 입은 거인이 피를 흘리며 트롤라에게 다가왔다. 트롤라의 등 뒤에서 나직이 20호실 방문이 잠기는 소리가 들렸다.

"트롤라는 어디 있지?"

반장이 외쳤다. 세 사람이 아치문을 지날 때였다.

"트롤라도 있었어요?"

몹시 두려운 상황에서도 에릭은 기뻐서 어쩔 줄 몰랐다.

"트롤라가 누구지?"

아차토카가 눈을 깜빡이며 물었다. 그는 사람들을 희미한 형체로만 분간할 수 있었다.

"그리고 당신은 누구십니까?"

그는 더 커 보이는 형체에게 물었다.

"이분은 나랑 친한 반장님이에요."

달리는 와중에 에릭이 반장을 소개했다.

"비스랜드 출신이 아니군요."

아차토카는 가로등에 부딪히기 직전에 몸을 피했다.

"그게 중요합니까?"

가쁘게 숨을 쉬며 반장이 말했다. 엉덩이 부분이 아파 왔다. 거인이 집어던졌을 때 탁자 모서리에 엉덩이를 부딪힌 것이다. 그들은 건물 모퉁이 세 곳을 모두 둘러보았지만, 트롤라의 흔적은 어디에도 없었다.

"날 기다리기로 했는데!"

"어디서요?"

에릭도 멈춰 섰다.

그 바람에 아차토카가 두리번거리며 트롤라를 찾던 에릭과 꽝 소리가 날 정도로 부딪혔다. 골목길은 고요했다. 세 사람의 거친 숨소리만 들릴 뿐이었다.

"도대체 어디에 있는 거야?!"

스벤 반장은 화를 내면서도 속으론 걱정스런 마음뿐이었다. 그는 모퉁이를 빙 돌아, 오던 길을 몇 걸음 되돌아갔다. 그러곤 재빨리 아치문으로 뛰어가 학생기숙사의 어두운 입구를 바라보았다. 사방이 고요했다.

"트롤라?"

외쳐보았지만, 아무 대답이 없었다.

반장은 살금살금 기숙사로 접근했다. 첫 번째, 그리고 두 번째 계단에 발을 올렸다. 여전히 고요했다. 관리실은 비어 있었다. 관리인이 학생들과 얘기하는 소리가 들렸다.

"그런 건 어찌 되었든 내 알 바 아니고. 당장 경찰에 전화하겠네."

관리인이 말했다.

스톨베어 반장은 소리 죽여 다시 입구로 돌아왔다. 거리로 나오던 반장은 층계참에 쌓여 있던 눈 위에서 낯익은 발자국을 발견했다. 발자국은 크고 깊었고 양옆으로 발톱 자국이 나 있었다.

27

트롤라는 마치 악몽 속으로 들어와 있는 것 같았다. 이 집은 트롤라가 아는 집이었다. 이렇게 낯익을 수가! 이 3층짜리 집은 크고 삐걱거리는 소리가 많이 났는데, 3층으로 올라가는 통로는 격자 창살로 막혀 있었다. 그러나 트롤라는 에릭처럼 집 안에서 자유롭게 다닐 수가 없었다. 똑같은 방이었지만 지금은 창문을 못으로 박아 폐쇄해 놓은 상태였다. 널빤지 틈으로 밖이 보였다.

거인은 트롤라에게 침대와 의자, 그리고 훈제 고래고기를 가리키며 '호' 소리를 냈다. 트롤라는 아무 말 없이 고개만 끄덕였다. 퀴르콜을 자극할 만한 행동은 하지 않으려고 했다. 트롤라가 겹겹이 껴입었던 옷을 하나씩 벗을 때마다 2미터의 거구는 놀란 눈으로 그 옷가지들을 살폈다. 트롤라는 간절히 기도했다. 제발 내 아노락만은 뒤지지 않기를……. 퀴르콜은 주머니를 뒤질 생각은 하지도 않았다. 그 주머니 안엔 책이 들어 있고, 지금 트롤라도 그 책 속에 들어 있다!

퀴르콜이 훈제 고래고기를 써는 동안 트롤라는 오직 한 가지만 생각했다. 내가 지금 책 속에 있는 거라면 틀림없이 이 일도 책에 쓰여 있을 거야. 트롤라는 훈제 고래고기 가운데 짭짤하고 지방이 많이 붙어 있는 부분을 씹기 시작했다. 그리고 거인이 밖으로 나가는 모습을 지켜보았다. 빗장을 두 번 질러 성문을 잠그는 소리가 들렸다. 트롤라는 재빨리 아노락이 있는 곳으로 몸을 던졌다. 그리고 다시 한 번 바깥쪽에 귀를 기울인 다음, 서둘러 책을 꺼내 들었다.

"그날 저녁 수상이며 동시에 공주의 신랑감인 퇴테볼은 방문길에 올랐다."

그날 저녁 수상이며 동시에 공주의 신랑감인 퇴테볼은 방문길에 올랐다. 원래는 '죄수에게 갔다'고 해야 옳았다. 하지만 멋진 가구와 책들로 가득 찬 방 세 개짜리 집에 사는 죄수가 어디 있겠는가. 수상이 들어서자 브렉케가 버럭 화를 내며 그에게 달려들었다.

"나를 사흘 동안이나 기다리게 하다니요!"

그는 인사도 하지 않고 소리부터 질렀다. 퇴테볼은 포로의 몰골이 말이 아닌 것에 적잖이 놀랐다. 평소 짧게 깎았던 머리카락은 제멋대로 자라나 목까지 내려왔고, 눈동자에 초점이 없었다. 올라치주를 너무 많이 마신 모양이었다.

"충고 하나 할까. 절대로 결혼은 하지 마시오. 결혼식 준비하는 게 전쟁 치르기보다 더 복잡하군."

수상은 비단 천을 씌운 안락의자에 털썩 주저앉았다.

"당신은 아직 이 전쟁에서 이긴 게 아닙니다!"

퇴테볼은 포로를 유심히 뜯어보았다.

"시간은 당신 편이오. 친애하는 브렉케 씨. 단, 당신이 흥분하지 않는다면 말이오."

그는 짧은 다리를 쭉 뻗었다.

브렉케가 우리에 갇힌 짐승마냥 이리저리 날뛰었다.

"저는 여기서 나가야 합니다!"

"왜요? 뭐 부족한 거라도 있소?"

"제가 여기서 잘 먹고 잘 지내는 동안에도 울라는 저 끔찍한 곳에 있습니다. 추위와 배고픔에 시달리면서 말입니다!"

그가 멈추어 서서 말했다.

"그녀를 석방시켜 주겠다고 약속하지 않았습니까!"

"결혼식이 끝난 후라고 했을 텐데."

퇴테볼이 조용히 대꾸했다.

"결혼식은 이틀 후입니다! 지금 와서 잘못될 일이 뭐가 있단 말입니까?"

브렉케가 언성을 높였다.

"이틀 동안이면 많은 것이 잘못될 수 있소."

퇴테볼은 공주가 등장하는 모습을 그려 보았다.

브렉케는 수상 앞에 엎드려 간청했다.

"울라를 놓아주십시오! 맹세하건데, 우리는 북쪽으로 갈 겁니다. 우리에 관한 이야기가 다시는 당신 귀에 들어가지 않을 것입니다!"

퇴테볼은 장갑을 벗었다. 그리고 감탄한 듯 브렉케를 빤히 쳐다보았다.

"당신, 울라를 정말로 사랑하고 있군. 그렇소?"

"맞습니다, 저는 그녀를 사랑합니다. 저는 항상 그녀를 사랑했습니다. 오직 그 이유 때문에 당신과의…… 그 저주스런 계약을 수행한 겁니다."

브렉케가 대답했다.

"아, 완벽하게 수행했지. 썰매 경기, 조키 던지기, 약혼까지. 지금까지도 마르키타는 전혀 눈치채지 못하고 있으니까. 당신 같은 신사가 그렇게 완벽한 연기를 하리라고 그 누가 상상이나 하겠소?"

퇴테볼은 고개를 끄덕였다.

"당신의 속임수에 걸려들지 말았어야 했는데!"

브렉케가 행운의 눈을 실룩거렸다.

"한 가지만 더 말해 줘야겠소."

수상은 가느다란 손을 기도하듯 움켜쥐었다.

"당신, 그 일을 즐기면서 했던 것 같은데, 그렇지 않소?"

브렉케가 갑작스레 몸을 획 돌렸다.

"마르키타를 괴롭히면서 즐기지 않았느냐 말이오?"

브렉케는 한참을 머뭇거렸다.

"저는 공주의 손가락을 자르지 않았습니다."

그의 얼굴에 갑자기 절망하는 표정이 스쳐 지나갔다.

"그것 때문에라도 나는 당신을 죽이라고 지시할 수도 있었소."

수상은 조용히 대답했다.

"저는 그녀를…… 아프게 하고 싶지 않았습니다."

브렉케는 당황하며 머리를 쓸어 넘겼다.

"당신은 아마추어요."

퇴테볼이 부드럽게 말을 이었다.

"진짜 고통은 여기에서 나오는 법이지."

퇴테볼은 자신의 이마를 손가락으로 톡톡 쳤다.

"육체적인 폭력이 아무리 심해도 의식을 파고드는 고통과는 비교할 수 없소. 그것을 깨닫지 못하는 한, 당신은 당신의 희생자와 다를 바 없는 약한 존재요."

퇴테볼이 갑자기 자세를 바로 잡으며 말했다.

"하지만 마르키타는 강하오. 아직 어리긴 하지만 이를 데 없이 강하오. 이상하게 들리겠지만, 얼음성에서 실은 당신이 아니라, 공주가 당신을 통제했던 거요. 그런데 키 작고 못생긴 나, 퇴테볼이 그 여인을 정복한 것이오. 영광스럽게도."

그는 눈을 반짝이며 몸을 뒤로 기댔다.

"더 이상 이 일에 관여하고 싶지 않습니다."

브렉케가 더듬더듬 말을 이었다.

"제가 원하는 건 오직 울라뿐입니다. 저는 그녀를 행복하게 해 줄 겁니다. 우리를 보내 주십시오. 이렇게 간청합니다!"

"당신은 이미 아주 많은 것을 해냈소, 친구. 크보렌 사람들은 새로운 권리를 얻었소. 당신이 광산을 관리하게 될 거요.

그래도 만족하지 않소?”

퇴테볼이 자리에서 일어섰다.

“만약 당신이 울라에게 무슨 짓이라도 했다면……”

브렉케는 위협하듯 상대방을 향해 몸을 굽혔다.

“그녀는 어디 있습니까?!”

그의 눈이 광기를 뿜어내며 실룩거렸다.

그가 채 말을 끝내기도 전에 감방의 문이 열렸다. 무장을
한 두 사람이 들어왔다.

“괜찮아.”

퇴테볼이 나가라고 손짓했다.

“당신은 전혀 울라를 사랑하지 않습니다! 그녀에게서 뭘
더 원하시는 겁니까?”

브렉케가 애원하듯 말했다.

퇴테볼이 까치발을 하고 섰다.

“시간은 우리 편이오. 조금만 더 참으시오.”

그가 상대방의 귀에 대고 소곤거렸다.

퇴테볼은 재빨리 장갑을 끼고 나갔다. 육중한 문이 닫혔다.
브렉케는 선반으로 달려가 올라치주를 한 잔 가득 따랐다.

퀴르콜의 발소리가 들렸다. 계단을 내려오는 것 같았다. 트롤라는
재빨리 매트리스 아래로 책을 숨겼다. 그러나 거인은 트롤라에게 오
려고 한 것이 아니었다. 그는 정문을 열었다. 짧은 휘파람 소리. 검
정개가 짖어대며 뛰쳐나왔다. 정문이 닫히는 소리에 잠깐 건물이 울

리는가 싶더니 곧 잠잠해졌다.

트롤라는 천천히 침대에 누웠다. 무엇보다 브렉케와 퇴테볼이 한 패라는 사실을 받아들여야 했다. 마르키타의 약혼이 계획된 연극이 었다니! 어떻게 공주는 그렇게 순순히 속아 넘어갈 수 있었을까? 쉴 새 없이 움직이는 그의 눈을 보고 진심이 아니라는 것쯤은 눈치챌 수 있었을 텐데! 트롤라는 엄마가 집에서 즐겨 읽던 화보가 생각났 다. 거기에 이렇게 쓰여 있었다. '흔히 부유한 처녀는 고독하기 마련 이어서, 나쁜 남자들에게 속아 넘어가는 경우가 많다'라고. 비스랜 드에서도 사람 사는 건 다를 게 없네. 트롤라는 생각을 정리했다.

집 안은 여전히 잠잠했다. 트롤라는 책을 꺼내 계속 읽었다.

안개에 뒤덮여 수도의 불빛들이 희미하게 깜빡거렸다. 수 상청 사무실에 있던 퇴테볼은 자리에서 일어나 작고한 왕의 초상화 앞으로 갔다. 그는 초상화를 옆으로 밀치고 그 뒤에 있는 금고의 번호를 맞췄다. 금고의 철문이 열리자 그는 서랍 을 열어 사진 한 장을 꺼냈다. 그것은 비스랜드에 단 한 장밖 에 남아 있지 않은 울라 곤스헤겐의 사진이었다. 그녀의 다른 사진들은 모두 퇴테볼의 명령에 의해 파기되었다.

나의 울라, 그는 생각했다. 미녀는 아니었지. 그래도 사람 을 빨아들이는 눈매에 말할 때의 입매가 매력적이었는데. 키 도 작고 통통한 몸집에, 코는 좀 주먹코이긴 했지만 그녀가 나를 향해 걸어오던 모습을 처음 보았을 때 그만 할 말을 잃고 말았었지.

비스랜드 전통 결혼식이었지. 퇴테볼은 사진에서 시선을 떼지 않고 미소를 지었다.

순록 털옷을 휘감은 신부 측 사람들을 보고 당황하여 말을 더듬던 호적과 직원, 뒤따라 나온 올라치주 두 잔…….

신혼 여행지는 울라의 아파트로 대신했다. 결혼을 비밀로 하자는 것은 그녀의 생각이었다. 울라 곤스헤겐은 신문 그 자체였었다. 비스블래데드는 그녀의 말 한마디 한마디를 기반으로 만들어졌다. 당 대표와 신문사 편집국장이 부부라는 걸 알고도 퇴테볼과 당에 관한 기사를 진지하게 받아들일 사람이 누가 있겠는가?

퇴테볼은 유리를 씌운 진열장 위에 앉았다. 유리 밑에는 비스랜드 헌법의 초판이 놓여 있었다. 우리는 마치 내연 관계의 연인처럼 지냈지. 한밤중에 내가 어디로 가는지 아는 사람은 퀴르콜뿐이었어. 울라의 아파트는 마당으로 창문이 나 있었는데, 내가 벽의 테두리 장식을 기어오를 때마다 퀴르콜이 도와주곤 했지. 그리고 아침이면 다시 나를 데리러 와 주었고. 나는 서둘러 회의장으로 향했고 울라는 신문사로 갔지. 좋은 시절이었어.

퇴테볼이 갑자기 벌떡 일어섰다. 진열장의 유리에서 딱 하고 소리가 났다. 하필 브렉케처럼 무모한 인간이 울라를 사랑하게 될 줄 누가 알았겠어? 그자의 어떤 점이 울라의 눈에 들었을까? 정치에 문외한인 그런 초보의 무엇이 맘에 들었던 거지? 단순히 외모만 보고 넘어가기엔 너무 똑똑한 여자인데 말이야.

퇴테볼은 천천히 책상으로 돌아갔다. 질투. 그건 전에는 느껴보지 못했던 생소한 감정이었지, 적어도 나한테는. 그래도 나는 기다릴 수 있었어. 그래서 울라의 외도를 모르는 척했지. 아무것도 모르는 척, 국회의원 선거일이 될 때까지 말이야. 아침엔 볼품없는 운동권 주동자에 불과했지만, 저녁엔 국왕 다음으로 강력한 권력을 지닌 남자가 되었지. 울라는 편집국장에 걸맞게 나에게 공식적인 축하인사를 건넸지. 그러곤 '나의 꼬마 수상님'이라고 귀에 속삭여 주었지.

퇴테볼은 자리에 앉았다. 그는 선거날 밤 자신이 내렸던 결정을 떠올리며 온몸에 전율을 느꼈다. 동틀 무렵이었다. 당원들이 축하 파티를 벌이는 사이, 퀴르콜은 울라네 창문을 넘어가고 있었다. 울라는 저항하지 않았다. 놀란 것 같기는 했어도 두려움은 없어 보였다. 그 일이 있는 뒤로 퇴테볼은 그녀의 얼굴을 다시 볼 용기가 나지 않았다. 그의 입가에 갑자기 악의에 찬 미소가 감돌았다. 그것도 나쁘지만은 않을 거야. 지하 감옥에 있으면서 조금이라도 몸무게를 줄일 수 있을 테니까.

그는 시계를 보았다. 방문객이 올 시간이 지났다.

울라가 사라지고 일주일이 지났을 때 브렉케가 나에게 왔지. 나는 그의 면전에 대고 말했지. '당신이 울라의 연인이요?'라고. 후회라는 단어가 어울리지 않는 자였어. 정확히 저

자리에 앉아 있었는데. 옷깃을 세운 채 멋을 부린 푸른색 외투 차림이었지. 처음에 그는 울라와 마르키타를 교환하자는 나의 제안이 무슨 말인지 이해를 잘 못했지. 그리고 그 일을 관철시킬 방법을 두고 우리는 밤이 깊도록 의논에 의논을 거듭했지. 어떻게 해야 크보렌 사람의 신분으로 비스랜드의 공주와 사귈 수 있겠소? 썰매 경기는 어떻습니까? 라는 브렉케의 말에 나는 감탄했지. 얼음처럼 투명한 날, 공주와 공주의 개들, 빈데고르의 낭만적인 협곡. 정말 멋진 계획이었어.

퇴테볼이 고개를 돌렸다.

"들어오게, 퀴르콜!"

밖에서 귀에 익은 발소리가 울리자 그가 외쳤다. 그 즉시 어마어마한 실루엣이 방 안으로 들어왔다.

"기다리고 있었네."

"이럴 리가 없어!"

트롤라는 활자를 하나씩 떨어뜨리기라도 하려는 듯 책을 흔들어 댔다.

"퀴르콜은 방금 전에 집에서 나갔잖아. 그런데 벌써 퇴테볼한테 갔다고?"

트롤라의 외침이 정적을 파고들었다.

트롤라는 혼란스러운 마음에 책을 침대에 던지고 창문가로 가 보았다. 널빤지 틈새로 짙은 안개에 물든 채 깊어가는 저녁 풍경이 보였다. 트롤라는 곰곰이 생각해 보았다. 문득 이런 생각이 떠올랐다. 지금 이 순간에도 이야기가 계속되고 있어! 또다시 이야기가 변하지 않게 하려면 계속해서 책을 읽어야 해. 책이 살아 움직이는 존재라도 되는 듯, 트롤라는 책을 향해 달려들었다. 트롤라는 손가락으로 행을 짚었다. '이 일은 반드시 결말을 내야 하네.'

"이 일은 반드시 결말을 내야 하네."

수상이 말했다.

퀴르콜은 아무 대꾸도 하지 않았다.

"자네에게 시키는 일들이 전부 쉬울 수는 없지."

퇴테볼이 거인의 눈을 바라보았다.

"이게 마지막일세, 퀴르콜. 나도 어쩔 수 없이 부탁하는 걸세."

거인은 입고 있던 모피 외투를 바짝 잡아당겼다. 눈은 바닥을 응시하고 있었다.

"내 말 뜻을 알겠나?"

수상이 물었다.

"호."

"그녀가 고통을 받아선 안 되네. 약속해 주게."

그는 거인의 손을 잡았다.

"호."

마치 온몸에서 생기가 다 빠져나간 사람처럼 거인은 목석

같이 우두커니 서 있었다.

"시키는 대로 해 주게, 퀴르콜. 이번 한 번만 더."

퇴테볼이 간청하듯 말했다.

"호."

거인은 꿈쩍도 하지 않았다.

"모든 게 그 저주받을 책 때문일세. 자네가 그것만 찾아냈어도……. 그러면 내가 울라에게 손을 대지 않아도 되었을걸세!"

수상은 딱 잘라 말했다.

퀴르콜은 퇴테볼에게서 벗어나, 발을 질질 끌며 출구로 갔다. 거인이 문을 열자 밖에서 기다리고 있던 검정개가 수상의 눈에 들어왔다.

같은 시간, 수도의 다른 곳에선 빨강머리 소녀가 침대에서 뛰어내려와 방구석에 책을 내팽개쳤다. 트롤라는 마음속 깊이 느낄 수 있었다. 마르키타에게 위험을 알려야 한다는 걸. 그러나 이 문제야말로 문제들 가운데 가장 고난이도의 문제였다.

트롤라는 벌떡 일어나 책을 구석에다 집어던졌다. 책은 문 옆에 떨어졌다.

트롤라는 놀라 소리쳤다.

"책, 난 네가 나에게 말하는 게 싫어! 나는 너를 읽는 사람이야.

그게 전부라고! 네가 나에게 이래라 저래라 명령할 수는 없어!"

트롤라는 침대에 몸을 던지고 울기 시작했다.

"내가 어떻게 마르키타에게 경고를 해 준단 말이야? 이렇게 갇혀 있는데! 제발, 날 좀 가만히 내버려 둬!"

트롤라가 고개를 들고 말했다.

트롤라는 책을 다시 펼쳐 볼 용기가 나지 않았다. 눈물이 마르자 트롤라는 손가락 끝으로 책을 집어 들어 아노락 주머니에 쑤셔 넣고는 지퍼를 잠갔다. 이제부터 이 책에 신경 쓰나 봐라!

저녁 늦게 퀴르콜이 돌아왔다. 트롤라의 방문이 열렸다. 그가 먹을 것을 가지고 들어왔다. 트롤라는 거인의 얼굴에 수심이 가득 찬 걸 볼 수 있었다. 트롤라는 그 이유를 알고 있었다. 하지만 트롤라는 하나도 알고 싶지 않았다! 트롤라는 두려웠다. 그녀는 집에서 멀리 떨어져 있는 데다 나이에 비해 체격도 너무 작았다. 트롤라는 집에 가고 싶었다. 재미없는 엄마 아빠에게로. 재미없는 학교로. 트롤라는 스케이트보드가 타고 싶었다.

그리고 무엇보다도 비스랜드를 벗어나고 싶었다!

28

그들이 사라졌다. 얼음 속에서. 코스니오크들은 무법자였고 법의 보호를 받지 못하고 경찰에게 쫓기는 불량배들이었다. 그러므로 대놓고 수도와 가까운 곳에 야영지를 세울 만큼의 위험을 감수하지 않았다. 얼음 해적들은 얼음 속으로 몸을 숨겼다. 벌어진 빙하 틈새로 잠적해 들어간 것이다. 에릭은 그런 곳을 한 번도 본 적이 없었다. 주변이 온통 푸르스름하게 가물거렸고 수없이 굴절된 빛을 따라 깊숙하게 길이 나 있었다. 길은 사방팔방으로 갈라져 있었다. 오직 코스니오크들만이 이 미로에서 다시 빠져나오는 법을 알고 있었다.

에릭은 트롤라가 걱정이 되었다. 트롤라는 2미터 거구에게 잡혀 있다. 두려워 떨고 있지는 않을까? 퀴르콜이 그 애를 막 다루면 어떡하지? 에릭은 도움을 바라는 눈길로 반장을 바라보았다. 반장은 녹초가 되어 막 자리에 주저앉은 참이었다. 그런 그의 앞에 클뢰베가 다리를 벌린 채 떡 버티고 섰다.

"필드?"

그가 위협하듯 물었다.

"아, 여보게. 그 필드 얘기 좀 그만할 수 없나!"

스톨베어 반장이 대답했다. 어처구니가 없었다! 그는 유괴당한 아이를 구하기 위해 길을 나섰다. 그리하여 이마가 찢어지고 허리에 타박상까지 당하면서 아이를 구했다. 일단 에릭은 안전하다. 그런데 그 대신 다른 아이를 잃어버렸다! 그것도 첫 번째 아이를 유괴해 간 바로 그 괴물에게. 정말 황당하기 짝이 없었다. 이런 상황에서 코스니오크에게 줄 황금 따위에 신경 쓸 여력 같은 건 없었다.

하지만 클뢰베는 그렇지가 않았다.

"필드!"

그가 소리치며 사냥칼 위에 손을 얹었다.

"없다니까! 나를 죽여 개먹이로 주든지 말든지, 어쨌든 금은 없어!"

스톨베어 반장은 고함을 지르며 대꾸했다.

"외체 코트하아르?"

클뢰베가 낮게 중얼거렸다.

그러자 못마땅한 표정으로 코스니오크들이 '외체 코트하아르' 라는 말을 되풀이하며 여기저기서 스톨베어 반장에게로 몰려들었다.

"외체 코트하아르."

반장은 이제 정말 개먹이가 될지도 모른다는 생각이 강하게 들었다. 쪼그려 앉아 있던 그는 몸을 일으켰다. 너희들, 내가 그렇게 호락호락하게 당하고만 있을 것 같으냐. 결론적으로 말하자면 나는 노르웨이에서 육박전 교육까지 완료한 몸이거든. 스벤은 결연한 표정으로 주먹을 움켜쥐었다.

"매흘로크 파르톨롤로 뢰멜하아르!"

누군가 소리쳤다. 머리숱이 적은 고수머리 대학생이었다. 아직 안경을 고치지 못했기 때문에 그는 의안을 낀 사람처럼 초점을 알 수 없는 눈길로 좌중을 둘러보았다.

"매호로크 마르키테텐 괼드, 뢰체호드 괼드!"

그는 유창한 코스니오크 말로 해적들에게 무언가를 이야기했다. 클뢰베가 칼을 내렸다. 그러곤 뾰족한 칼끝으로 자신의 배를 긁었다. 그러자 모두들 그와 똑같이 배를 긁기 시작했다. 반장은 화해의 뜻이 담긴 그 행동을 믿을 수 없었다. 그는 계속 주먹을 쥐고 싸울 태세를 취했다.

"마르키테탠 괼드, 페르쾨엔 브리개벤?"

클뢰베가 물었다.

"랜헤르 크로스체드 베브리겔랜."

아차토카가 대답했다.

"소사흐맨?"

클뢰베는 아직 완전히 확신이 서지 않은 것 같았다.

"나도흐를리크 소사흐맨 마르키테텐."

"저자가 뭐라는 겁니까?"

스벤 반장은 조심스럽게 주먹을 풀었다.

아차토카가 눈짓을 했다.

잠시 후 그들은 모닥불 주위에 둘러앉아 고라니 고기를 녹였다. 흥분했던 코스니오크들 역시 진정된 상태였다.

"우리가 가장 먼저 할 일은 울라 선생님을 감옥에서 구하는 겁니다."

아차토카는 반장이 있다고 생각되는 방향을 보며 말했다.

"아니, 내가 가장 먼저 할 일은 트롤라를 구하는 것이오."

반장이 대꾸했다.

"울라 곤스헤겐은 비스랜드를 위해 중요한 인물입니다! 우리가 그녀를 빼내 오면 클뢰베에게 줄 금도 얻게 됩니다!"

연기 때문에 아차토카의 눈에서 눈물이 났다.

"그깟 금 따위 나한텐 있으나 없으나 마찬가지요!"

"하지만 저는 클뢰베에게 그렇게 해 주겠다고 약속했단 말입니다!"

"필드."

클뢰베가 웃으면서 올라치주를 한 모금 마셨다.

고라니 고기에서 물이 뚝뚝 돋았다. 빨아 먹을 수 있을 정도로 녹은 것이다. 아차토카와 반장은 고기 덩어리를 이리저리 돌려가며 질경질경 씹기 시작했다. 두 사람 사이에는 에릭이 앉아 있었다.

"먼저 트롤라부터 구해요. 그 집에 그 애 혼자, 그러니까 퀴르콜하고 단둘이 있잖아요. 그리고 책도 가지고 있고요."

에릭이 두 사람의 대화에 끼어들었다.

"트롤라에게 아직 책이 있다면 그렇겠지."

반장이 중얼거렸다.

"그럼, 거인이 책을 찾아내어 퇴테볼에게 줬다고 생각하시는 거예요?"

에릭이 깜짝 놀라며 물었다.

"그야 모르지."

반장은 고라니 뼈를 손에 든 채로 추리를 하기 시작했다.

"만일 퇴테볼이 책을 가지고 있다면 책 줄거리를 보고 무슨 일이 일어나는지 알고 있겠지. 그랬다면 벌써 한참 전에 여기 있는 우리를 찾아냈겠지."

반장이 뼈를 지휘봉처럼 들어 올리며 말했다.

"우리를 찾지 못한 걸로 보아, 퀴르콜이 아직 그 책을 찾아내지 못한 거야!"

에릭은 잠자코 고기만 우물거렸다. 에릭이 보기에 그 책의 규칙들은 그렇게 간단하지 않았다.

"먼저 트롤라를 구하기로 하지요."

스톨베어 반장은 이렇게 결론을 내리고 트림을 한 뒤 뼈를 불 속에 던졌다. 치지직하는 소리와 함께 타닥거리며 뼈가 타들어갔다. 아차토카는 불만스런 얼굴로 이 사이를 쑤셔댔다. 에릭은 위쪽으로 시선을 돌렸다. 돌출된 얼음 절벽이 불빛을 받아 유령처럼 빛났다.

트롤라는 애써 아노락 생각을 하지 않으려고 했다. 아노락 지퍼엔 손도 대지 않을 거야. 주머니 속에 절대로 손을 넣어선 안 돼. 아노락이 마술을 부리며 유혹해 온다고 해도 절대로. 책에서 손을 뗄 것! 책이 자기 궤도로 나를 끌어들이려 하고 있어. 그 책을 펼치지만 않으면 나는 안전해.'

그러나 그렇게 하는 것은 어려웠다. 아노락 주머니 안에서도 이야기는 계속되고 있잖아. 그사이 온갖 일이 다 벌어질 수 있어. 그냥 책 속에서 트롤라라는 여자애가 나오지 않는 부분을 펼칠 수도 있잖

아. 트롤라는 그렇게 한번 해 보고 싶기도 했다. 하지만 내가 그걸 어떻게 알아? 무심코 책장을 넘겼는데 나에 관한 이야기가 나오고, 그것이 내게 닥칠 끔찍한 일이라면! 책을 펼치지 않으면 아무 일도 생기지 않을 거야. 트롤라는 마음이 조금 진정되었다. 그렇다고 해서 불안감과 호기심이 줄어든 건 아니었다.

트롤라는 잠깐 잠이 들었다.

잠에서 깬 트롤라는 좋아하는 노래를 불렀다.

그리고 널빤지 틈새를 내다보며 퀴르콜이 돌아왔나 살펴보았다.

선잠에 취해 있던 트롤라가 놀라서 벌떡 일어났다. 누군가 집에 있었다. 퀴르콜의 묵직한 걸음걸이가 느껴졌다. 곧 음식을 들고 그가 나타날 거다.

그러나 오늘은 뭔가 달랐다. 부엌에서 들려오는 익숙한 소음도, 달그락거리는 접시 소리도, 열쇠를 꽂아 돌리는 소리도 없었다. 퀴르콜은 혼자가 아닌 것 같았다! 여러 번 '호' 하는 소리가 들렸지만 누구에게 대꾸를 하는 건지 알 수 없었다. 트롤라는 침대에서 뛰어 내려와 문에 귀를 댔다. 소리는 위쪽으로 사라졌다. 창살이 삐걱거리다 다시 조용해졌다. 퀴르콜이 누군가를 데리고 다락방으로 갔나?

"멍청아! 책을 보면 알 거 아니야!"

트롤라는 이마를 문에 박으며 말했다.

앞서 한 다짐은 무시하고 트롤라는 아노락 주머니를 열었다. 책이 잡혔다. 잠시 머뭇거리다가 트롤라는 침대 위로 올라가 책을 펼쳤다. 바로 그 순간 정문을 두드리는 소리가 났다! 지금까지 누가 퀴르콜을 찾아온 적은 한 번도 없었는데. 문이 열리지 않자, 다시 두드리는 소리가 났다. 거인이 내려오는 소리가 들렸다. 거인은 '호오오!'라며 초조하게 외쳤다. 트롤라는 지금 저 바깥에서 벌어지는 일도 책 속에 있을까? 생각하며 책을 읽기 시작했다.

"퀴르콜이 출입문을 열었다. 퇴테볼이 계단에 서 있었다."

퇴테볼이 계단에 서 있었다. 그는 혼자가 아니었다. 다섯 명의 무장한 남자들과 함께였다.

"호오오?"

퀴르콜이 놀라며 말했다.

"들어가도 되겠나?"

대답할 틈도 주지 않고 마지막 계단까지 올라온 수상은 거인을 지나쳐 집 안으로 들어갔다. 퀴르콜은 의심스러운 눈초리로 무장한 사람들을 바라보고는 퇴테볼을 따라 안으로 들어갔다. 두 사람은 텅 빈 응접실에서 마주 보고 섰다.

"가구를 좀 들여놔야 되겠군."

수상이 응접실 한가운데 섰다.

"호."

거인이 기다렸다는 듯 대답했다.

퇴테볼은 원을 그리며 몇 차례 걸음을 옮겼다. 그러고는 돌연 꼼짝 않고 문가에 서 있는 퀴르콜을 바라보았다. 수상의 얼굴에선 친근함이라고는 찾아볼 수 없었다.

"그녀는 어디 있나?"

그가 속삭이듯 물었다.

거구의 사내는 아무 대답도 없었다.

"자네는 임무를 맡은 몸이야!"

수상이 날카롭게 쏘아붙였다.

"그 여자 어디 있어?"

"호오오."

퀴르콜이 대답했다.

"아니."

퇴테볼은 그의 대답을 인정하지 않았다.

"철제 문턱 뒤의 독방은 비어 있었어. 마지막으로 묻지. 그 여자 어디 있어?!"

거인은 깊이 심호흡을 했다. 수염이 움직이는가 싶더니 단호한 음성으로 그가 말했다.

"호오오."

"해치웠다고? 정말인가?"

수상은 못미더운 표정이었다.

"호."

퀴르콜이 바닥을 가리켰다.

"자네 진짜로 그녀를…… 벌써 매장했다는 말인가?"

검은 옷의 퇴테볼은 놀랐다는 듯 웃음을 터트리며 물었다.

퀴르콜은 시선을 흐트러뜨리지 않은 채 '호' 하고 진지하고도 또렷한 어조로 대꾸했다.

퇴테볼이 천천히 그에게 다가갔다. 그는 안심하는 표정이 었지만 그 표정에서 일말의 슬픔이 묻어났다.

"가엾은 울라. 미안하지만 어쩔 수 없었소."

퇴테볼은 혼잣말하듯 말했다. 그러고는 눈을 들어 모피인 간을 바라보았다.

"괴로워하던가?"

"호."

퇴테볼은 다정스레 거인의 팔을 잡았다.

"고맙군, 퀴르콜. 더 이상 자네를 방해하지 않겠네."

수상은 응접실을 떠나 출입구 쪽으로 걸음을 옮겼다.

그 순간 그의 귀에 어떤 소음이 들렸다. 1층에 있는 방들 가운데 한 곳에서 난 소리였다.

"무슨 소리지?"

그가 이글거리는 눈으로 돌아섰다. 그의 뒤에는 거인이 서 있었다.

"호!"

"퀴르콜! 이게 무슨 소리지? 울라를 이곳으로 데리고 온 거야?!"

거인이 대답을 하기도 전에 퇴테볼은 방 쪽으로 달려갔다.

"아, 안 돼, 제발!"

트롤라는 하마터면 오줌을 지릴 뻔 했다. 그녀는 공포에 휩싸여 중얼거렸다. 책을 읽는 동안 신발이 조금씩 미끄러져 벗겨지는 걸 눈치채지 못했던 것이다. 1초 전에 신발이 털썩 소리를 내며 바닥에 떨어졌다.

"이게 꿈이라면!"

벌써 밖에서 발자국 소리가 들렸다. 다급한 마음으로 트롤라는 주위를 둘러보았다. 아노락이 있는 곳까지 갈 시간이 없었다. 책을 숨길 시간 역시 없었다.

"여기다! 열어!"

날카로운 음성이 들렸다.

트롤라는 단 한 번도 이야기를 나눠 본 적은 없었지만, 수천 명의 사람들이 모여 있다 해도 이 음성은 구분해낼 수 있을 것 같았다. 얼음처럼 차가운 아이나르 퇴테볼의 음성이었다.

"문 열어!"

그가 다시 한 번 말했다.

열쇠가 자물쇠에 꽂혔다. 트롤라는 여전히 책을 들고 있었다. 트롤라는 정신없이 주위를 둘러보았다.

문이 열렸다.

그가 서 있었다. 비스랜드 최고의 권력자가. 짧은 다리에 검정색 옷을 걸치고, 검은 머리카락을 어깨까지 늘어뜨리고서. 그는 트롤라를 보자 안도하는 것 같았다.

"오, 이건 울라가 아니잖아. 이 아이는 또 대체 누군가?"

그가 퀴르콜을 향해 돌아서며 물었다.

트롤라는 빳빳이 굳은 채 침대 위에 앉아 있었다.

"외국 숙녀분이 또 있었나? 이름이 뭐냐?"

퇴테볼이 가까이 왔다.

"트롤라."

트롤라는 자기가 말을 한다고 생각했다. 하지만 트롤라의 입에서 나온 건 어딘가 꽉 막혀 나오는 그르렁거리는 소리였다.

궁금한 표정을 지으며 수상이 거인을 향해 돌아섰다.

퀴르콜은 '호, 호, 호호, 호오오, 호오오호, 호, 호.'라고 설명했다. 그가 이제껏 한 말 중에 가장 긴 말이었다.

"재미있군. 이 빨강머리 여자애랑 그 남자아이를 맞교환한 꼴이잖아."

퇴테볼이 가까이 다가오며 말했다.

"그 잘난 책에 빠져서 추종자가 된 자들 말이야. 생각보다 끈질기군."

퇴테볼은 앉아도 되냐는 한마디 말도 없이 침대로 와 트롤라의 옆에 앉았다. 트롤라는 반짝반짝 빛나는 그의 생머리에서 풍기는 냄새를 맡을 수 있었고 옷감에서 나는 바스락거리는 소리를 들을 수 있었다.

"아마도 책 클럽 회원들이 어디에 있는지 발설하고 싶지는 않을 게다."

그가 빙긋이 웃으며 말했다.

"무슨 말씀이신지…… 저는 모르겠는데요."

트롤라가 말했다.

"물론, 처음엔 다들 모른다고 말하지."

퇴테볼이 한숨을 쉬며 대꾸했다.

"누구나 다 그래. 하지만 어린 소녀의 입을 열게 할 멋진 방법이 있지."

그의 검은 눈동자가 잔뜩 겁을 먹어 동그래진 트롤라의 눈을 뚫어져라 바라보았다.

"저를 좀 내버려 두세요!"

트롤라는 침대에서 뛰어 내려오려고 했다.

검은 장갑을 낀 손이 트롤라를 붙잡았다.

"조금 전에 뭘 하고 있었지?"

그의 얼굴에는 더 이상 웃음기가 없었다.

트롤라는 그곳을 바라보지 않으려 했다. 그곳을 보지 않겠다고 맹세라도 하고 싶었다. 트롤라는 눈길을 어디다 둬야 할지 난감했다. 하지만 저절로 그쪽으로 눈길이 갔다. 그러곤 즉시 다른 곳으로 시선을 옮겼다.

"잠을 잤어요."

훌륭한 거짓말은 아니었다.

수상이 트롤라의 눈길을 따라가며 물었다.

"잠을 자?"

그는 트롤라가 눈길을 두지 않으려던 쪽으로 몸을 굽혔다. 그는 조심스럽게 손으로 베개 밑을 훑었다. 그러곤 다시 조심스럽게 손을 빼냈다. 그 안에 뭔가 사각으로 된 묵직한 게 있었다. 퇴테볼이 책을 손에 넣은 것이다. 마르키타의 이야기를. 승리감에 도취되어 그의 눈이 광채를 내뿜었다.

"드디어."

거의 감사하다는 표정을 지으며 그가 트롤라를 바라보았다.

"이야기는 마음에 드나?"

트롤라는 대답할 상황이 아니었다.

"네가 그렇게 마음에 들어 한 이야기라면 나한테도 분명히 흥미로울 거야."

퇴테볼은 문 쪽으로 걸음을 옮겼다.

트롤라는 당장이라도 쓰러질 것만 같아 두려웠다.

"호?"

거인이 물었다.

"물론이지, 모든 것은 이야기가 어떻게 끝나는가에 달려 있지."

퇴테볼은 고개를 끄덕였다.

29

에릭을 찾아온 것은 마르키타의 이야기였다. 그러나 일을 벌인 건 에릭이었다. 휠체어를 탄 몸으로 비스랜드의 공주를 구하기 위해 길을 떠난 것이다. 마침내 길을 떠났을 때, 에릭은 위대한 모험극의 주인공이 된 느낌이었다.

"그건 안 될 말이다."

반장이 말했다.

"뭐라고요?"

에릭은 자신의 귀를 믿을 수 없었다.

"너는 함께 갈 수 없어. 더 이상 너희들 중 누구도 잃고 싶지 않다."

"제가 없었으면 반장님은 여기에 계실 일도 없었어요!"

에릭은 내뱉듯이 말했다.

"그런데 너 그거 아냐? 그랬더라면 나도 정말 좋았겠다."

반장이 배낭끈을 조이며 말했다.

"진짜로 그 편이 훨씬 좋겠어. 우리에게 무슨 일이 생길지 전혀 알 수가 없으니까, 꼬마야."

아차토카도 말했다.

꼬마라고?! 에릭은 잔뜩 화가 난 눈으로 대학생을 노려보았다. 임시방편으로 안경에 가죽끈을 묶어 쓴 모습이 멍청이 같았다. 에릭은 좀 더 강경한 수단을 쓰기로 했다.

"날 데려가지 않으면 클뢰베한테 반장님하고 아차토카가 금을 가져오지 않을 거라고 말할 거예요!"

에릭이 막무가내로 우겨대는 통에 반장은 할 말을 잃었다. 그는 나직한 목소리로 아차토카와 상의했다. 한시가 급했다.

빙하 틈새에서 빠져나오는 건 만만한 일이 아니었다. 한밤중에 수도로 가는 길을 찾는 것도 만만한 일이 아니었다. 그러나 가장 어려운 일은 비밀 지하 통로였다. 그들은 오래 된 우물 뒤에 쪼그리고 앉아 밤안개를 뚫고 철문을 정탐할 계획을 짰다.

"내가 주먹으로 한 번 이렇게 하면, 그건 출발하자는 뜻이야. 주먹으로 두 번 이러면, 정지하라는 뜻이고."

반장이 속삭였다.

"그럼 세 번은요?"

에릭이 웃으며 말했다.

"이 일을 장난처럼 생각하고 있는 거라면 당장 돌려보낼 거다."

반장이 쏘아붙였다.

에릭은 경찰 아저씨가 정말 신경이 곤두서 있다는 걸 깨달았다. 지금껏 그런 식으로 지키기로 맹세한 규칙들을 어기기가 일쑤였던 에릭이었다.

“너는 거기 남아서 망을 봐라.”

스톨베어 반장이 말했다.

“망을 보라고요? 울라가 있는 독방이 어딘지 아는 사람은 나밖에 없는데요?”

“손전등과 반딧불이 애벌레가 있으니까 철로 된 문턱은 우리 힘으로도 찾을 수 있을 거다.”

반장은 딱 잘라 거절하였다.

“제가 할 수……”

하지만 두 사람은 이미 출발한 뒤였다.

“위험을 알리려면 어떻게 해야 하는데요?”

에릭이 뒤에서 소리쳤다.

반장은 벌써 뚜껑을 밀고 있었다. 그의 입에서 신음 소리가 흘러나왔다. 묵직한 뚜껑이 끄떡도 하지 않은 것이다. 아차토카가 도와주러 왔다.

“하나, 둘, 셋!”

작게 외치며 두 사람이 힘을 합쳐 밀어 보았지만 허사였다.

그러자 에릭이 달려와 온 힘을 다해 번장대며 밀쳤다. 처음에 그랬던 것처럼 뚜껑은 갑작스럽게 밀리며 단번에 안쪽으로 떨어졌다. 그 뒤로 세 사람도 함께 떨어졌다.

“이미 한 번 갔다 온 곳이니까 저도 갈 수 있어요.”

에릭이 벌떡 일어나며 말했다.

“넌 나가 있어라.”

반장이 손전등을 켰다.

에릭은 실망한 얼굴로 주먹 사인을 보내는 스톨베어 반장을 바라보았다. 두 사람은 그곳에서부터 살금살금 걸어갔다. 바깥으로 빠져나온 에릭은 뚜껑을 조심스럽게 다시 기대어 놓았다. 에릭은 광장 위를 달리다가 브룬넨니세(벽을 파고 움푹하게 설치한 작고 오래된 분수식 수도-옮긴이)에 걸터앉았다. 일대는 황량함이 감돌았다. 몇 안 되는 가로등 불빛이 뜨문뜨문 창문을 비추고 있었다.

에릭은 마르키타 생각이 났다. 나중에 마르키타가 나에게 고맙다는 말을 할까? 그녀의 기사를 자처한 샌드비켄 출신의 나, 에릭에게? 내년 여름에 그녀를 방문하러 다시 와야 하나? 비스랜드의 여름은 엿새뿐인데. 어쩌면 마르키타가 샌드비켄으로 오는 게 더 나을지도 몰라. 비스랜드 여왕이 학교 정문에서 나를 기다리고 있으면 여자 아이들이 얼마나 깜짝 놀랄까! 아이들은 아이스크림을 먹으러 가서 그 이야기로 수다꽃을 피우며 깔깔 웃어대겠지…….

누군가 웃는 소리가 들렸다. 멀리 떨어진 곳에서 들리는 소리였다. 승리감에 취해 끊임없이 이어지는 큰 웃음소리. 비밀 지하 통로 쪽에서 울리는 소름끼치는 소리였다.

아차토카와 반장은 서로 주먹 사인을 주고받으며 통로의 끝에 다다랐다. 많은 문들이 늘어선 복도가 나타났고, 맞은편으로는 어둡게 갈림길이 이어져 있었다.

"제 생각에는, 에릭이 저쪽으로 들어갔던 것 같아요."

아차토카가 한쪽 복도를 가리켰다.

"제 생각에라니요?"

스톨베어 반장이 그에게 빛을 비추며 말했다.

"칠흑같이 어두웠거든요."

아차토카가 안경을 고쳐 쓰며 말했다.

주먹 사인도 주지 않은 채 반장이 발걸음을 옮겼다. 왼쪽으로 갔다가 오른쪽으로 돌자 두 갈래 길이 나왔다. 아차토카는 돌아오는 길을 찾을 수 있도록 둘 중에 한쪽 통로를 선택해 들어가기 전에 반딧불이 애벌레들을 뿌렸다. 그 통로는 끝없이 이어졌다. 다음 번 갈림길은 또 하나의 갈림길로 이어졌다. 그들은 또다시 반딧불이 애벌레들을 뿌렸다. 네 번이나 방향을 바꾸면서 좁은 수직갱도를 올라가고 급경사 바닥을 지났을 때였다. 또 하나의 갈림길이 나왔다. 거기엔 반딧불이 애벌레가 뿌려져 있었다.

"계속 돌고 있었어요! 이런 저주 받을 미로 같으니라고."

아차토카가 쇳소리를 내며 말했다.

"어딘가 분명히 그 철제 문턱이 있을 거야."

스톨베어 반장은 평정을 잃지 않으려고 노력했다. 그는 바닥을 따라 불을 비췄다.

단단히 다져진 땅, 벽돌로 쌓은 벽, 암석 바닥, 축축하고 미끄러운 벽들, 뜬금없이 설치된 계단들. 몇 센티미터 안 되는 깊이지만 어쩌면 심연으로 추락할지도 모르는 물렁한 땅들. 더 이상 앞으로 갈 수 없도록 바로 코앞에서 치솟은 벽들. 되돌아가기, 되짚어가기, 반딧불이 애벌레들이 반복되며, 길을 잃었던 지점에 와서 다시 헤매기를 여러 번. 온몸이 땀으로 젖은 반장의 귓전에 아차토카의 거친 숨소리가 들렸다. 두 사람 모두 길을 잘못 들었다는 걸 인정하고 싶지 않았다. 철제 문턱에 이르는 길을 알려줄 수 있는 유일한 사람은 에릭뿐이었다.

그때 스톨베어 반장이 무언가에 발끝을 부딪히면서 넘어졌다. 전등이 꺼졌다. 반장은 손으로 장애물을 더듬어 보았다. 철로 만들어진 것이었다.

"찾았다!"

전등 불빛이 다시 번쩍였다

"바로 이거예요!"

옆에 있던 아차토카가 말했다.

"계속 가요!"

빛이 널름거리며 바닥을 따라갔다. 이제 더 이상 갈림길은 없었다. 오직 하나의 통로만 있을 뿐이었다.

"애들 장난 같네요."

아차토카가 조용히 웃었다.

독방으로 통하는 문이 보였다. 묵직한 돌쩌귀, 투박한 자물쇠에 철로 된 문이었다. 다만 이상한 것은 문이 활짝 열려 있다는 점이었다. 반장은 독방 안을 비춰 보았다. 비어 있었다. 놀란 두 사람은 안으로 들어가 방을 둘러보았다.

"이제는 어쩐다?"

반장이 말했다.

"이제 너희가 들어간 바로 그곳에 있으면 되는 거지."

서늘한 목소리가 들려왔다.

반장은 재빨리 몸을 던져 문밖으로 뛰쳐나가려고 했으나 쾅하는 소리와 함께 철문이 먼저 닫혔다. 밖에서 열쇠 돌리는 소리가 났다.

"훌륭하군."

서늘한 목소리가 말했다.

스톨베어 반장이 전등을 비추자 창살을 댄 창문이 눈에 띄었다.

"나는 노르웨이 경찰이다. 당장 우리를 풀어 줄 것을 요구한다."

반장은 가능한 한 위협적인 목소리로 외쳤다.

"노르웨이라고? 정말로? 오, 그 남쪽 나라! 꼭 한번 가 보고 싶었던 곳이지!"

그 목소리가 말했다.

"문을 여시오!"

"여기는 비스랜드요, 경찰 양반. 누가 들어가고 나올지를 결정하는 사람은 바로 나요."

대답하는 목소리에는 더욱 날이 서 있었다.

반장은 잠시 할 말을 잃었다가 다시 말을 이었다.

"그렇다면 당신이 바로…… 아이나르 퇴테볼이요?"

"내 유명세가 그렇게 먼 곳까지 퍼졌나? 그냥 수상이라고 불러도 좋소."

짧게 웃음소리가 지나갔다.

갑자기 감시창 너머로 무언가가 보였다. 종이로 된 것이었다.

"이보다 더 유용한 책은 없을 거요."

퇴테볼이 말했다.

"그건 어디서 났습니까?!"

"한 어린 숙녀 분께서 내게 맡긴 거지요."

스벤 스톨베어 반장은 불안이 스멀스멀 기어오르는 걸 느꼈다. 트롤라에 대한 불안이었다.

"당신, 그 아이에게 무슨 짓을 한 거요?"

"정말이지 손에서 놓기 힘든 책이더군."

퇴테볼은 대답은 하지 않고 책장만 넘겼다.

"빛이 널름거리며 바닥을 따라갔다. 이제 더 이상 갈림길은 없었다. 오직 하나의 통로만 있을 뿐이었다. '애들 장난 같네요.' 아차토카가 조용히 웃었다."

퇴테볼이 문에 가까이 다가왔다.

"침입자를 잡는 데, 이처럼 훌륭한 안내서가 또 어디 있겠소."

그는 즐거운 듯 큰 소리로 웃었다.

"게다가 하필이면 감옥 안으로 침입해 오다니 참 이상한 일도 다 있지!"

그는 웃으면서 그곳을 떠났다. 그의 발자국 소리가 통로에서 사라졌다.

아차토카는 벽에 기대며 주저앉았다.

"비스랜드에서 가장 깊은 지하 감옥에 갇히다니."

그가 한숨을 쉬며 말했다.

"아니지요."

반장이 몸을 돌렸다. 손전등에 비친 그의 얼굴은 창백한 유령 같았다.

"책 속에 갇힌 거지요."

반장은 배터리를 아끼기 위해 전등을 껐다.

"이제 우리를 도울 수 있는 건 에릭, 그 아이뿐이오."

어둠 속에서 반장이 말했다.

에릭은 발이 꽁꽁 얼어붙었다. 귀가 얼얼하여 아무런 감각도 느껴지지 않은 지는 이미 오래였다. 손가락을 끊임없이 문질렀지만 아무 소용이 없었다. 온몸이 덜덜 떨려 왔다. 두 사람이 출발한 지 벌써 몇 시간이 지난 것 같았다. 섬뜩한 웃음소리가 들린 후로는 아무 소리도 들리지 않았다. 광장은 인적 하나 없이 황량했다. 에릭은 어둠을 뚫고 철로 된 정문을 뚫어져라 바라보았다. 아무 동요도, 아무 소리도 없었다. 에릭은 자리에서 일어나 처음엔 천천히, 그 다음엔 점점 더 속도를 내어 소리 없이 뚜껑이 있는 곳을 향해 움직였다. 에릭은 통로를 살펴보려고 몸을 굽혀 뚜껑을 밀었다. 이번엔 더 세게 밀어보았다. 있는 힘껏 밀어 보았지만 뚜껑은 꼼짝도 하지 않았다. 분명히 살짝 기대어 놓기만 했는데! 에릭은 철 뚜껑을 향해 다시 한 번 힘껏 몸을 날렸다. 일 밀리미터도 밀리지 않았다. 누군가 입구를 막아 놓은 것이 틀림없었다. 에릭은 안절부절못하며 어떻게 된 영문인지 생각해 보았다.

트롤라는 두려워서 잠을 잘 수 없을 것 같았다. 다른 곳으로 주의를 돌려보려고 가장 좋아하던 일을 생각했다. 스케이트보드 타기였다. 트롤라는 숨 막히는 장애물이 설치된 어려운 구간을 머릿속으로 그려 보았다. 빨강머리 여자애가 겁 없이 위험한 공중제비를 돌고 있다. 쉭하는 소리와 함께 수직 벽을 높이 타고 올라 관중들을 긁듯이 스쳐 지나간다. 진짜로 옷자락을 할퀴듯이! 그러곤 어느새 다시 벽을 타고 긁듯이 내려온다.

밖에서 긁는 소리가 들렸다. 트롤라는 깜짝 놀라 꿈결에서 깨어났다. 동물일지도 모른다는 생각이 들었다. 퀴르콜의 개인가? 이번에는 나지막이 부르는 소리가 들렸다. 바람인가? 아니다. 무언가가 벽에 닿았다. 이어서 긁히는 소리와 덜거덕거리는 소리가 났다. 누가 담을 기어오르나? 침대에서 내려온 트롤라는 살며시 판자로 막아 놓은 창문 쪽으로 가 보았다.

"트롤라!"

속삭이는 음성이 들려왔다.

누군가 버려진 통발 위에서 흔들흔들 불안하게 중심을 잡고 있었다. 트롤라는 가슴이 터질 것 같았다.

"에릭!"

에릭은 까치발을 하고 한껏 몸을 세워 안을 들여다보았다. 널빤지만이 둘 사이를 가로막고 있었다. 두께가 5센티미터나 되는 튼튼한 널빤지였다. 에릭은 판자 틈새에 새끼손가락을 끼워 보려고 애썼다.

트롤라가 손가락을 잡고 속삭였다.

"에릭, 보고 싶었어!"

"쉬잇."

에릭이 주의를 주었다.

트롤라가 놀라서 몸을 움츠리며 말했다.

"맙소사! 퇴테볼이 지금 이 부분을 읽고 있으면 어쩌지?"

"뭘 읽는다고?"

"에릭, 보고 싶었어."

트롤라는 그 부분을 반복한 뒤 이렇게 말했다.

"그리고 네가 너의 손가락을 판자 틈새에 끼운 것도."

"퇴테볼이 읽고 있다고? 그럼 퇴테볼이……?"

에릭은 소스라치게 놀라며 물었다.

"책을 갖고 있어. 정말 미안해."

트롤라가 진지하게 대답했다.

손가락이 뒤로 빠졌다. 에릭은 크게 말하면 안 되었기 때문에 널빤지에 입술을 대고 말했다.

"그렇다면 반장님과 아차토카의 계획도 퇴테볼이 알고 있었다는 말이지?"

트롤라는 에릭의 손을 다시 붙잡고 싶었다.

"어쩌면 퇴테볼이 두 사람을……."

에릭은 엄청난 공포에 휩싸였다.

"나도 모르겠어."

에릭이 속삭였다.

"두 사람 다 돌아오지 않았어. 그러니까 이제는……."

에릭은 잠시 말을 멈추었다.

"이제 남은 사람은 너랑 나 둘뿐이네."

"남은 사람이라고, 뭘 위해서 남아?"

트롤라가 새파랗게 질려서 물었다.

"마르키타를 구하는 일."

"구해? 너 미쳤니?"

트롤라는 황당한 듯 어둠 속에서 웃었다.

"퇴테볼이 우리마저 잡아 가두게 놔둘 수는 없어."

두 번째로 손가락이 널빤지 사이로 파고 들어와 무엇인가를 찾는
듯 움직였다.

"아직 모르겠니? 난 지금 갇혀 있다고!"

트롤라가 외쳤다.

"그건 두고 봐야지."

손가락이 사라지고 에릭이 통발에서 뛰어내렸다. 어둠 속에서 에
릭의 발소리가 들렸다. 트롤라는 에릭이 대체 무얼 하려는 건지 전
혀 알 길이 없었다. 몇 초나 지났을까.

"물러 서!"

밖에서 에릭이 외쳤다.

트롤라는 물러섰다. 뭔가 단단한 것이 쿵 소리와 함께 널빤지에
부딪혔다. 엄청난 소음이 들리고 나자 무언가 널빤지 틈새를 파고들
었다. 에릭은 지렛대를 들어 올리며 신음 소리를 냈다. 다리를 절던
아이였는데. 트롤라는 감탄하며 생각했다. 휠체어에 앉아 있던 아이
였는데.

"퀴르콜한테 들리겠다."

트롤라가 소리 죽여 말했다.

"안…… 들릴……걸!"

삐걱거리는 소리가 얼음처럼 차가운 밤에 또렷하게 울려 퍼졌다.
마침내 널빤지가 뒤로 약간 움직였다. 이번에 에릭은 지렛대를 더
왼쪽으로 갖다 댔다. 계속해서 지렛대를 집어넣으며 밀어대자, 점차
못이 헐거워졌다. 또 한 번 끼익 소리가 났다. 마지막으로 힘을 주었
다. 그러자 가장 아래에 있던 널빤지가 옆으로 밀리면서 에릭의 머

리와 어깨가 들어갈 만한 공간이 생겼다.

"내가 왔다."

에릭은 개선장군처럼 씩 웃었다.

"정말 멋지게 해냈어!"

트롤라는 이 생각 저 생각 할 것 없이 에릭에게 뽀뽀를 했다.

에릭은 막대기를 내려놓고 몸을 안으로 들이밀었다. 트롤라가 팔을 잡아 주자 에릭은 곧바로 쿵 하고 방바닥으로 떨어졌다. 에릭은 너무 숨이 차 잠시 아무 말도 할 수 없었다.

트롤라는 에릭의 옆에 쪼그려 앉았다.

"나도 전에 이 방에 있었어."

에릭이 속삭였다.

둘은 퀴르콜이 깨지 않았나 귀를 기울여 보았다. 집 안은 여전히 고요했다.

"퇴테볼이 정말로 우리가 하는 행동을 읽고 있다면 당장 출발해야 해."

트롤라는 밀려오는 공포를 떨쳐내려고 애쓰며 말했다.

에릭은 고개를 끄덕였다. 하지만 그는 일어나지 않았다.

"갈까?"

트롤라가 재촉했다.

"물론, 출발해야지."

그러고도 그는 움직이지 않았다.

"왜 이렇게 피곤한지 모르겠네."

트롤라는 어둠 속에서 미소를 지었다. 정신없이 도시를 가로질러 달려와 퀴르콜의 집에 침입한 몸으로 피곤한 이유를 묻고 있다니.

"제아무리 퇴테볼이라도 잠은 자지 않겠어? 밤새도록 책을 읽지는 않을 거야. 잠깐만 쉬어."

트롤라가 속삭였다.

"그건 안 돼! 빨리⋯⋯."

에릭은 일어서려 했지만 몸이 천근만근이었다.

"내가 살펴보고 있을게. 누가 오면 바로 깨워 줄게."

트롤라가 말했다.

트롤라는 에릭의 베개를 바로 고쳐 주었다. 에릭은 서 있는데도 눈이 감겼다. 신발도 벗지 않은 채 매트리스로 쓰러졌다. 트롤라는 마음을 담뿍 담아 이불을 덮어 주었다. 잠시 머뭇거리다 트롤라는 에릭 옆에 가까이 기대어 누웠다. 에릭과 트롤라네. 트롤라는 생각했다. 남자애 옆에 누우니까 정말 이상하다. 트롤라는 고개를 들고 귀를 기울였다. 에릭은 이미 잠이 들어 있었다.

30

대관식에 가야지, 마르키타. 마르키타는 타이르듯 자기 자신에게 말했다. 오늘 이 담청색 벨벳 원피스에 8미터 길이의 어민 모피 코트를 입고 대관식에 나가 선서를 하지 않는다면, 그건 퇴테볼이 목적을 이루도록 도와주는 일이야. 모든 사람들이 지켜보는 가운데 이 왕관을 써야 해. 그렇지 않으면 너는 다시는 돌이킬 기회도 없이 권력을 위임하게 되는 거야. 마르키타는 거울에 비친 자신을 향해 큰 소리로 말했다.

"마르키타, 너는 반드시 이 대관식에 가야 해!"

"물론입니다, 전하."

그녀의 옷을 묶어 주던 시녀가 속삭였다.

"정말 아름다우십니다, 전하."

바닥에 늘어진 옷자락을 정리하던 다른 시녀가 말했다.

"정말 꿈 같은 일이에요!"

세 번째 시녀가 순록의 뿔로 된 왕홀(왕의 권한을 상징하기 위해 왕들이 의전 활동을 할 때 손에 쥐던 물건-옮긴이)과 황금 눈덩이를 준비하면서 소곤거렸다.

마르키타는 여태껏 이토록 불행하다고 느낀 적은 없었다. 실패할지도 모른다는 불안감이었다. 이런저런 일을 겪으면서, 마르키타는 퇴테볼이 악행을 서슴지 않는 인물이라는 걸 알게 되었다. 심지어 그는 군주제까지도 폐지시킬 수 있는 사람이었다. 너는 여왕이 되어야 해, 마르키타. 그녀는 기도문처럼 이 말을 되뇌었다.

마르키타는 옷이 너무 조이지 않도록 호흡을 멈추고 맥박을 재어보았다. 오늘 궁에 있는 대다수의 사람들처럼 마르키타의 시녀들 역시 바보스러워 보일 정도로 경축일에 맞춘 경쾌한 얼굴들이었다. 옷이 겨드랑이에 꼈다. 옷 색깔도 마음에 들지 않았다. 하지만 저 불쾌한 옷을 입는 일은 일생에 단 한 번뿐일 것이다. 그녀는 긴 장갑을 건네받았다. 두 번째 시녀가 첫 번째 대기실로 이어지는 문을 열었다. 라이프 군나르 프레데릭, 브외레고르 대공이 화려하기 이를 데 없는 제복을 입고 마르키타를 기다리고 있었다. 그의 가슴에선 빈데고르의 별이 번쩍였고, 그 옆으로 지금까지 살아오면서 세운 혁혁한 공로의 상징인 20개의 훈장들이 찬란하게 빛을 발하고 있었다. 개중엔 어린 시절에 받은 수영 메달도 있었다.

"제가 전하께 한 말씀 드리는 것을 허락하신다면, 마마께서는 정말 아름……."

그는 위엄 있는 목소리로 말을 꺼냈다.

"안녕하세요?"

마르키타가 말을 끊었다. 그녀는 또 한 번 쏟아질 찬사 세례를 도저히 못 견딜 것 같았다.

"이런 역사적인 아침에 어찌 안녕하지 않을 수 있겠습니까, 공주님?"

환한 얼굴로 대꾸하며 대공은 그녀를 세 번째 접견실로 인도했다. 그 다음 네 번째 접견실을 지나 끝없이 이어지는 궁의 길들을 계속 걸었다.

아치 통로 옆에는 일명 세상에서 가장 불편한 마차인 황금빛 대관식 마차가 대기 중이었다. 마차는 스프링 장치가 너무 약하여 조금이라도 울퉁불퉁한 곳을 지날 때면 심하게 흔들거렸다. 게다가 차체의 요동도 심해 커브 길에서는 창문으로 튕겨 나가지나 않을까 걱정이 될 정도였다. 마르키타는 전용 썰매를 타고 이주크와 함께 교회에 가고 싶었지만 의전 행사의 주최 측이 원하는 것은 달랐다. 그녀가 마차에 올라타자 대공과 질질 끌리는 어민 모피를 입은 시녀들이 그 뒤를 따랐다. 브외레고르 대공이 마부에게 신호를 보내자 열두 마리의 순록들이 움직이기 시작했다. 그들은 궁의 내문을 지나갔다.

외문을 지나는 동안 마르키타는 무척 놀랐다. 비스랜드인들이 그렇게 많이 나와 있을 거라고는 상상도 못했던 것이다! 온 나라 사람들이 다 모여들었나? 앞이 보이지 않을 정도로 많은 사람들이 거리와 광장을 가득 메우고 있었다. 그들은 차단막대를 따라 몰려드는가 하면, 창가에서 손을 흔들기도 했고, 더 잘 보겠다는 생각에 얼음 벽돌을 쌓아 올리는 사람들도 있었다. 모두들 있는 대로 목을 빼고 환호성을 올렸다. 남녀노소 할 것 없이 모두들 열광했다. 얼마 지나지 않아 마르키타는 앞일에 대한 불안감도, 퇴테볼에 대한 증오도 잊었다. 비스랜드 백성들은 자국의 공주를 정말로 좋아하는 것 같았다. 가까이서 마차를 보려고 저토록 애를 쓰다니! 저들을 제지하느라 경찰들은 또 얼마나 힘들까! 마르키타는 만면에 미소를 머금었다. 그녀는 창문 밖으로 손을 흔들었다. 경찰이 있어도 아무 소용이 없었다. 사람들은 일심동체가 되어 마르키타에게 조금이라도 더 가까이 다가서려고 밀고 당기며 무던히도 애를 쓰고 있었다.

그중에서도 키가 작은 두 명이 특히 경찰을 두려워하지 않는 것 같았다. 차단막대 아래로 비집고 들어온 그들은 경찰을 피해 마차까지 왔다! 마르키타는 웃음을 멈추지 않은 채 그 두 사람에게 손을 흔들어 주려고 한 손을 밖으로 내밀기까지 했다. 그때 그 둘 가운데 한 명이 마르키타의 손을 잡았다! 그녀는 깜짝 놀랐다.

"공주님!"

그가 외쳤다. 보아 하니 소년인 듯했다. 어딘가 낯이 익은 것도 같았다.

"제발 허락해 주세요……!"

소년이 외쳤다. 소년과 동행하던 여자아이도 마차 가까이로 달려왔다.

"우릴 태워 줘요, 마르키타! 퇴테볼을 이길 수 있는 방법을 말해 줄게요."

빨강머리 소녀가 소년의 말을 끊고 말했다.

너무 흥분하거나 열광하다 보면, 더군다나 특히 오늘 같은 날에는 별별 소리를 다 지껄이게 마련이지. 마르키타는 생각했다. 저런 사람들의 말을 함부로 믿어서는 안 돼.

"어서요! 퇴테볼을 부셔 버리고 싶지 않아요?"

빨강머리가 외쳤다.

정말 멋진 말이었다. 마르키타의 영혼을 울리는 말이었다. 그랬다. 그녀는 퇴테볼을 부서 버리고 싶었다! 하늘에 맹세코 정말 그러고 싶었다! 경찰이 아이들을 붙잡아 브외레고르에게 알리기 전에, 마르키타는 문을 열고 소녀의 팔을 잡아 마차 안으로 끌어당겼다. 소년은 행동이 빠르지 못해 뒤로 처졌다. 경찰이 그를 잡았다.

"이제는 휠체어에 앉은 몸도 아니잖아! 네가 할 수 있다는 걸 보여 줘!"

빨강머리가 그에게 용기를 북돋아 주었다.

공주와 함께 빨강머리가 마차 밖으로 몸을 숙였다. 마차가 위험하게 한쪽으로 기울었다.

"균형을 잡아요, 대공!"

마르키타가 명령했다.

그러자 평생 왕의 명령에 복종하는 것이 습관이 된 브외레고르 대공은 마차의 다른 쪽으로 몸을 기댔다. 다행히 흉물 단지는 뒤집어지지 않았다. 마르키타와 빨강머리가 소년을 잡아 마차 안으로 끌어당겼다.

"전하……, 그러시면 안 됩니다!"

대관식 마차 옆으로 달려온 경찰이 더듬거리며 말했다.

"괜찮아요. 잠시만 이 두 사람과 함께 가겠소."

공주가 손짓했다.

경찰은 행진 중인데도 불구하고 어렵사리 거수경례를 하고는 물러갔다.

마르키타는 열기를 푹푹 내뿜는 두 사람을 찬찬히 뜯어보았다. 그녀의 시선이 에릭에게 머물렀다.

"우리는 아는 사이 같구나?"

숨이 턱에 받힌 나머지 에릭은 그저 고개만 끄덕일 뿐이었다.

"너는 비스랜드인이 아니지?"

"얘는 샌드비켄에서 온 에릭이라고 해요."

트롤라가 에릭을 대신해서 말했다.

"그럼 말해 보렴. 하지만 서둘러야 한다. 교회까지 얼마 남지 않았어."

공주가 몸을 뒤로 기댔다.

대관식 마차가 대성당에 도착하자 엄청난 환호성 속에 문이 열렸다. 창백한 얼굴의 브외레고르 대공이 나왔다. 떨리는 입술로 그는 광란하는 군중들 앞에 섰다. 어민 망토의 모피 끝자락이 살짝 보이자 다시 한 번 사람들의 환호성이 쏟아졌다.

"만세! 만세! 마르키타, 만세!"

수천 명이 목청껏 외쳤다.

하지만 어민 망토를 입은 시녀가 당황한 얼굴로 나오자 환호 소리가 점차 줄어들었다. 그 뒤로는 아무도 나오지 않았다. 마차는 비어 있었다.

마르키타와 에릭, 트롤라는 길을 돌아 목표 지점에 다다랐다. 그들은 좁은 갓길을 택해 그늘 아래로 달렸다. 공주는 시녀의 외투를 걸치고 있었다. 그리고 외투에 달린 모자로 머리를 가렸다.

"치마 때문에 불편해 죽겠네!"

속도를 내기가 힘들자 마르키타는 화가 났다. 이어서 공주는 몸을 구부리더니 대관식 예복을 쭉 찢어 버렸다.

시내에서 환호성이 이어지는 동안 세 사람은 퀴르콜의 집에 도착했다. 개미 한 마리도 없었고 모든 것이 황량하기 그지없었다.

"저쪽으로 들어가는 게 제일 낫겠어요! 도둑들이 하는 것처럼 타고 넘어가면 돼요."

트롤라는 판자를 박아 막아 놓은 창문을 가리켰다.

"뭐라고, 도둑들처럼 저기를 타고 넘자고?"

마르키타가 말했다.

"그냥 문으로 들어가자."

공주는 벌써 묵직한 문고리를 잡아당기고 있었다.

공주는 문을 세 번 두드렸다. 오래전부터 아무도 살지 않는 듯, 문 두드리는 소리가 적막함을 뚫고 울려 퍼졌다.

"퀴르콜이 대관식에 갔을 리 없잖아?"

주문을 걸듯 에릭은 문을 주시했다.

"타고 넘자니까."

트롤라가 똑같은 말을 되풀이했다.

그때 안에서 무언가 움직이는 소리가 들렸다. 에릭은 그 걸음걸이를 너무도 잘 알고 있었다.

마르키타는 몇 번인가 모피인간을 본 적이 있었다. 하지만 막상 퀴르콜이 그 큰 키로 자신의 앞에 우뚝 서자 뒤로 한 걸음 물러났다.

"나를 알아보겠나?"

그녀는 코트에 달린 모자를 뒤로 젖히며 물었다.

"호."

퀴르콜은 에릭과 빨강머리 소녀가 공주와 함께 온 걸 알아차렸다. 그는 주위를 둘러보다가 그들 외에는 아무도 없다는 걸 알고 무척이나 놀랐다.

"호?"

"나는 너의 공주이다. 그리고 오늘 중으로 나는 너의 여왕이 될 것이다. 잘 알고 있겠지?"

마르키타가 입을 열었다.

"호."

"그럼 우리를 들여보내 주게!"

퀴르콜은 강철처럼 검은 머리카락에 결연한 눈빛을 지닌 그 인물을 유심히 쳐다보았다. 어두웠던 그의 얼굴에 기이한 변화의 기운이 일었다. 그는 거구의 몸집을 똑바로 세우더니 헝클어진 머리를 옆으로 넘겼다. 에릭은 그 아래로 드러난 눈처럼 하얀 이마를 보았다.

"호!"

거인은 손님들을 안으로 인도했다. 삭막한 집 안에 여러 음색의 발소리가 울려 퍼졌다. 텅 빈 응접실로 들어오자 마르키타가 단도직입적으로 물었다.

"울라 곤스헤겐을 어떻게 했나?"

퀴르콜은 아무 대꾸도 하지 않았다.

"사실대로 말하게! 울라를 죽였는가?"

마르키타는 정확히 그의 허리춤 밖에 오지 않았지만 전혀 그를 무서워하는 기색 없이 물었다.

숨이 막힐 듯 고요해졌다. 퀴르콜은 바닥을 응시했다. 마침내 거의 알아차리지 못할 정도로 그가 고개를 흔들었다.

"그러면 살아 있다는 건가?"

에릭과 트롤라 사이에 희망이 담긴 시선이 짧게 오갔다.

퀴르콜이 고개를 끄덕였다.

"그러면 여기 이 집에 있는 건가?"

마르키타가 소리쳤다.

세 사람 모두 거인을 응시했다. 그의 대답에 모든 것이 달려 있다는 듯이. 에릭에게 영원처럼 느껴졌던 한 순간이 지나고, 슬퍼 보이는 거인의 큰 눈에 웃음기가 비쳤다. 그는 몸을 돌려 천천히 계단을 올라갔다. 걸을 때마다 그의 장화에 달린 짐승 발톱이 바닥을 긁었다. 극도로 긴장한 나머지 공주와 트롤라, 그리고 에릭은 아무 말 없이 그의 뒤를 따랐다. 3층에 이르자 퀴르콜이 몸을 돌렸다.

"호."

애정 어린 경고처럼 들렸다.

"어떤 일이라도 각오하고 있으니 계속 가게."

거인은 열쇠 꾸러미를 꺼내 첫 번째 자물쇠를 열었다. 쇠창살 문이 끼익 소리를 내면서 열렸다. 에릭은 계단을 올려다보았다. 계단의 위쪽은 어둠에 가려 보이지 않았다. 에릭이 올라가지 못하고 멍하게 앞에 서 있곤 했던 그 계단이었다. 에릭은 공주가 맨 앞에 있다는 사실을 잊고 그냥 앞으로 달려 나갔다. 한 계단 한 계단 올라가는 그의 뒤로 트롤라가 바짝 따라붙었다. 거추장스런 옷을 걸친 마르키타는 마지막으로 올라왔다.

그들 앞에 펼쳐진 것은 그냥 평범한 창고형 다락방이었다. 아주 작은 창문으로 빛이 조금씩 새어 들어왔다. 다락은 돌을 쌓아 올려 몇 개의 칸으로 구분되어 있었다. 무언가 보관을 해 두던 곳 같았다. 에릭은 몇 걸음 걷다가 멈춰 섰다. 감히 공주를 제쳐두고 가장 먼저 비밀을 들추어 볼 수는 없었다.

공주의 눈이 어스레한 빛에 적응하는 데는 시간이 좀 필요했다. 조용했고 지붕에 댄 너와가 눈과 얼음에 눌려 약하게 뿌드득거렸다. 모두들 대체 여기가 뭐하는 곳인가 싶었다.

"울라? 울라 곤스헤겐?"

마르키타가 짓눌린 듯한 목소리로 외쳤다.

되돌아온 것은 적막함뿐이었다. 그 적막함은 세 사람에게서 희망을 앗아갔다.

그제야 묵직한 발소리가 들리면서 퀴르콜이 마지막 계단참에 올라섰다. 마르키타는 그때까지도 희미한 빛에 의지하여 안쪽을 살펴보고 있었다.

"호"

거인이 무덤처럼 깊은 저음을 냈다.

칸막이 한 칸에서 무슨 소리가 들렸다. 누군가 일어나려는 것 같았다. 옷이 바스락거리는 소리가 들렸다. 칸막이 뒤에서 한 형체가 주저하는 몸짓으로 나타나 머뭇머뭇 다가왔다. 가느다란 빛줄기가 그 형체 위에 떨어졌다.

'공주님……' 하는 소리가 세 사람의 귀에 들어왔다.

에릭은 들어 본 적이 있는 목소리였다. 그때 에릭과 그 목소리 사이엔 철문이 가로막고 있었다.

"마르키타 공주님? 어떻게 저를 찾아내셨어요?"

여인이 물었다. 그녀의 눈에서 놀라움과 의심의 빛이 엿보였다.

그 여인은 마르키타보다 작았고 머리는 마르키타와 같은 검은색이었다. 머리를 위로 틀어 올려 고정시켰을 뿐이었다. 옷은 찢어지고 더러웠지만 분명 멋진 옷이었던 것 같았다. 많이 지쳐 보이긴 했지만, 강인하고 쾌활한 얼굴에 단단한 몸매를 지닌 사람이라는 걸 짐작할 수 있었다.

"이 두 아이에게 감사하세요. 이 아이들이 퇴테볼의 계획을 다 꿰뚫고 있었답니다."

마르키타가 말했다.

그녀의 눈에 놀라는 기색이 역력했다.

"그는 어디 있죠?"

말투로 보아, 그녀가 오랫동안 아무 말도 하지 않았다는 걸 알 수 있었다.

"퇴테볼이요? 대관식에 있겠지요."

공주가 웃으며 말했다.

"하지만 누가…… 당신이 없는데 누가 즉위를 한다는 거죠?"

울라가 조심스럽게 공주의 미소에 답했다.

"백성들이 여왕을 조금 더 기다려야죠. 어쩔 수 없지요. 더 중요한 일이 있으니까."

마르키타의 얼굴이 심각해졌다.

"그래서 하는 말인데, 울라 곤스헤겐. 우리는 당신의 도움이 필요해요."

여인의 얼굴에서 놀라움과 의심, 공포마저도 사라졌다. 깊이 생각하는 표정만이 남았다.

"공주님은 아직 그를 막을 수 있다고 생각하세요? 그가 저지른 그 모든 일에도 불구하고요?"

그녀가 물었다. 그녀는 온몸이 뻣뻣하게 굳어 오는 것 같았다.

"당신을 통해서라면요. 당신은 퇴테볼이 어떤 방법으로 권력을 얻게 되었는지 증명할 수 있지요?"

마르키타가 말했다.

울라의 얼굴에 놀라운 표정이 사라지고 미소가 떠올랐다.

"그걸 할 수 있는 사람이 있다면, 바로 저밖에 없지요."

울라는 에릭에게로 몸을 돌렸다.

"감옥 밖에서 나와 이야기한 소년이 너였니?"

"물론이죠."

에릭이 즉시 대답할 말을 찾지 못하자 트롤라가 대신 대답했다.

"그저 꿈을 꾼 거라고 생각했는데."

울라는 에릭에게 다가가 땀으로 흠뻑 젖은 에릭의 얼굴을 가만히 바라보았다.

"철로 된 문턱."

에릭이 머뭇거리며 말했다.

"난 아직 네 이름도 모르고 있었네."

"저는 샌드비켄에서 온 에릭이라고 해요."

잠시 정적이 감돌았다. 다락방에 빛이 퍼지는 것 같았다. 하지만 그건 에릭의 눈에만 보인 건지도 몰랐다.

"에릭?"

전혀 다른 방향에서 목소리가 들려왔다. 그것은 에릭이 세상에 태어나서 가장 먼저 들었던 목소리였다. 그 목소리가 지금 자기에게 말을 걸다니, 에릭은 믿기지가 않았다.

"응?"

에릭은 소리가 난 곳을 찾아 두리번거렸다.

가장 뒤 칸의 어둠 속에서 한 여인이 모습을 드러내더니 천천히 다가왔다. 회색 옷을 입은 긴 금발의 여인이었다. 사람들이 모인 곳에 오자 그녀가 멈춰 섰다.

"에릭."

그녀가 다시 한 번 말했다.

"엄마?"

에릭이 조그만 소리로 물었다.

"엄마."

두 사람은 감히 서로에게 다가갈 용기가 나지 않는지, 마주 본 채 그냥 서 있었다. 에릭과 에릭의 엄마, 인베아였다. 그녀는 도저히 믿을 수 없다는 듯 에릭의 머리를 쓰다듬으며 천천히 무릎을 구부렸다. 순간 에릭이 달려들어 두 팔로 그녀를 껴안았다. 에릭은 엄마의 뺨과 머리카락, 옷자락을 만져 보았다. 엄마의 두 손과 얼굴 위로 흐르는 눈물도 만졌다.

"우리 아들, 그 먼 길을 돌아 엄마한테 오다니."

인베아가 속삭였다.

"엄마가 나한테 책을 줬잖아요. 그러니 올 수 밖에 없었지요."

에릭이 울먹였다.

"그 책 말이로구나."

엄마는 너무 기뻐서 고개를 끄덕이며 그녀 앞에 서 있는 아들을 바라보았다.

"에릭, 너 다시 걷는 구나……. 봐라, 내가 말했잖아. 언젠간 다시 걷게 될 거라고."

그녀는 에릭을 다시 한 번 껴안았다.

"저 사람이 이렇게 만들어 줬어요."

에릭은 계단참에 잠자코 서 있는 퀴르콜을 가리켰다.

인베아가 아들의 눈길을 따라 시선을 옮겼다.

"그래, 퀴르콜은 많은 것을 할 수 있지. 그는 주술사니까."

에릭은 이마를 찌푸렸다.

"그런데 엄마를 납치한 사람이 저 사람이에요?"

그녀가 진지한 눈길로 말했다.

"그래서 엄마도 처음엔 저 사람을 증오했지. 퇴테볼은 퀴르콜에게 나를 죽이라고 명령했어."

"왜요?"

에릭이 외쳤다.

"마르키타의 이야기를 먼저, 가장 먼저 읽은 사람이 나였으니까."

인베아가 일어섰다.

"하지만 퀴르콜은 나를 죽일 수 없었어. 안 그래요? 그럴 수가 없었지요?"

그녀는 거인에게 다가갔다.

"호."

거구가 말했다.

"난 알아요."

인베아가 그의 손을 잡았다.

"호오오."

나직하고 수줍어하는 소리였다. 그는 그녀를 제대로 바라보지 못했다.

"당신은 나를 사랑하지요, 퀴르콜. 그리고 나는 당신을 사랑하는 법을 배웠고요."

거인이 여인의 작은 손을 자기 쪽으로 잡아당겼다.

"호오?"

"아니요. 당신은 알고 있었어요. 내가 여기에 영원히 머물 수는 없다는 걸요."

인베아는 슬픈 표정으로 미소를 지었다.

거인의 억센 손이 그녀의 얼굴을 쓰다듬었다. 퀴르콜은 혼란스러운 눈길로 그녀를 응시했다.

"퀴르콜, 당신은 좋은 사람이에요."

인베아가 속삭였다.

"그동안 정말 너무도 수고가 많았어요."

그녀는 더 이상 말을 잇지 못했다.

돌연 거인이 몸을 돌리더니 계단 아래쪽을 노려보았다.

"정말 너무나 감동적이군."

다락에 있는 모두가 그 소리를 들었다. 그들 한 사람, 한 사람이 다 아는 목소리였다.

"모두 한 자리에 모여 있다니 정말 멋진 일이군. 덕분에 일이 훨씬 손쉽게 되었어."

짧고 급한 걸음으로 퇴테뵐이 계단을 올라왔다. 아래에는 무장한 사람들이 서 있었다.

"이렇게 적절한 순간에 다시 나타나다니, 정말 나는 대단하단 말이야."

눈을 번쩍이며 수상이 책을 높이 치켜들었다.

"이건 내가 가장 좋아하는 책이 될 걸세!"

그는 마지막 줄을 읽었다.

"'퀴르콜, 당신은 좋은 사람이에요.' 인베아가 속삭였다. '그동안 정말 너무도 수고가 많았어요.'"

그는 탁 하고 책을 덮었다.

"그러니까 지금 여기서 연애소설이 펼쳐지는 중인 건가?"

수상은 제일 꼭대기 층계참에 올라섰다.

"감동적이었어. 정말 감동적인 가족 상봉이야!"

놀란 일행을 쭉 둘러보던 그의 눈에 창백한 얼굴로 서 있는 공주가 들어왔다.

울라 곤스헤겐이 앞으로 나섰다.

"당신, 왕실의 일원이 되려던 걸 후회하게 될 거야!"

"울라, 정말 반갑군."

퇴테뵐은 반갑게 키스를 하려 했지만 그녀는 역겨운 표정으로 뒤로 물러섰다.

"쌀쌀맞은 건 예나 지금이나 똑같군! 감옥에서도 달라진 게 하나도 없어."

그는 고개를 저으며 말했다.

"가만 두지 않을 거야!"

"그런 내기는 하고 싶지 않은데."

수상이 웃으며 대꾸했다.

"어쩔 작정인가요? 우리를 공주님과 함께 모두 가두기라도 할 건가요?"

울라의 눈이 빛을 내뿜었다.

"거의 알아맞혔어. 한 가지만 빼고. 공주는 즉위식을 치러야 하니까."

퇴테볼이 조롱하듯 대답했다.

마르키타는 황당하다는 듯 웃음을 터트렸다.

"이 집에서 나가는 길로 내가 당신을 어떻게 할지, 어디 두고 보시죠!"

수상이 고개를 갸우뚱거렸다.

"우리, 서로 말을 놓은 사이가 아니었던가? 나를 다시 아이나르라고 부르지 그래. 예비 신부들이 신랑을 대하듯이 말이야."

마르키타가 대답을 하기도 전에 퇴테볼이 그녀의 귀에 대고 이렇게 말했다.

"지금 당장 그 매혹적인 옷을 다시 입고 교회로 가서 비스랜드의 여왕이 되지 않는다면, 여기 있는 사람들을 차례차례 죽여 주지!"

"당신은 더 이상 나를 협박하지 못해요! 저 사람은 이제 더 이상 당신의 충실한 종이 아니에요!"

마르키타는 퀴르콜을 가리키며 말했다.

"우리를 도와주게, 퀴르콜! 너의 여왕을 도와줘!"

"아, 그렇지, 퀴르콜이 있었지."

퇴테볼의 얼굴에 불쾌한 표정이 드러났다. 그는 재빨리 돌아서서 소형 권총을 빼 들었다.

"자네가 더 이상 내 편이 아니라니 유감이군."

그는 거인의 가슴 한가운데를 쏘았다.

모두들 심장이 얼어붙는 것 같았다. 인베아가 소리를 질렀다. 퀴르콜이 놀라며 모피를 부여잡았다. 모피 위로 어두운 얼룩이 번졌다. 거인은 숨을 한 번 깊이 내쉬더니 뒤로 쓰러졌다. 쾅 소리를 내며 그가 바닥에 부딪히자 온 집이 요동쳤다.

"퀴르콜!"

에릭이 그의 곁에 있었다.

모피인간은 뭔가 말을 하려는 것 같았다. 하지만 그의 눈동자는 서서히 위로 돌아갔다.

인베아가 그의 곁에 무릎을 꿇고 앉았다. 그리고 모피를 펼쳐 보았다. 상처가 컸다.

"퀴르콜!"

그녀는 피가 흐르는 가슴 위에 손을 올려놓았다.

에릭은 밀려오는 공포와 고통, 절망감에 온몸이 찢겨져 나갈 것 같았다. 그러나 에릭은 정신을 가다듬었다. 에릭은 이 감정들을 똑똑히 꿰뚫어보며, 이 기회를 놓쳐서는 안 된다고 생각했다. 그는 고통을 뒤로하고, 대단하다고 할 만한 행동을 했다.

"당신이 그를 죽였어요! 당신은 살인자야!"

이 말과 함께 에릭은 제 키보다 조금 더 큰 퇴테볼에게 총알같이 달려들었다. 수상이 잠시 균형을 잃었다.

"살인자!"

에릭은 두 팔로 퇴테볼을 움켜잡았다.

수상은 강했다. 에릭보다 훨씬 더 강했다. 그는 단번에 에릭의 팔에서 벗어나 에릭의 얼굴을 강타했다. 일격을 당한 에릭은 비틀거리며 뒤로 물러섰다. 퇴테볼은 화를 내기보다는 단지 놀란 표정으로 에릭을 훑어보았다.

"이제 이야기를 끝낼 시간이 되었군. 너무 오래 끌었어."

그가 짧게 말했다.

퇴테볼은 마르키타를 계단으로 끌고 갔다. 강인한 체력의 공주는 그 손을 뿌리칠 수도 있었다. 하지만 마르키타는 돌처럼 굳은 채 목숨이 끊어진 퀴르콜을, 그 다음엔 에릭과 울라, 트롤라를, 생명의 위험에 처한 이들을 바라보았다. 그녀는 아무 힘도 없는 인형처럼 그를 따라갔다. 아래엔 무장한 남자들이 기다리고 있었다. 수상과 공주가 계단을 내려가는 동안 남자들이 무표정한 얼굴로 쇠창살 문을 잠갔다. 그리고 우두머리인 듯한 자가 제 허리띠에 열쇠 꾸러미를 꽂았다.

에릭의 엄마 인베아는 무릎을 꿇은 채 퀴르콜의 곁을 지켰다. 정적 가운데 그녀가 우는 소리만 들렸다.

“퀴르콜……:”

인베아가 소리쳤다.

갑자기 거인의 몸이 꿈틀하며 움직였다. 마치 그 안에 새로운 생명이 생겨나 그를 흔들어대는 것 같았다.

“죽지 않았어요! 이것 봐요!”

트롤라가 소리쳤다.

모두들 가까이 다가왔다. 그러나 퀴르콜의 눈동자는 여전히 위로 돌아가 있었다.

“아니란다. 퀴르콜의 육체는 죽어가고 있어. 하지만 주술사라서 그의 일부는 안전한 곳에 가 있는 거지. 무언가가 그것을 우리에게 되돌려 놓은 거야.”

울라가 조용히 말했다.

“호.”

거인의 음성은 먼 곳에서 울려오는 듯했다.

울라는 깜짝 놀라며 그에게 몸을 숙였다.

“무슨 말을 하는 거예요?”

울라는 귀를 기울였다.

“호오오.”

이제 소리가 분명해졌다.

“한 사람이 나타날 것이다.”

울라는 더듬더듬 그 말을 통역했다.

“호오오……”

“마법에 걸린 다리를 가진 남자, 그는 걸으려고 애쓰고…… 또한 날기를 원하는 자다."

그녀가 계속 말을 이어갔다.

"호 호오."

모피인간의 말이 빨라졌다.

"이 사람이 바로…… 뭐라고요?"

울라는 애를 썼다.

"북방의 구원자?"

"호."

"북방의 구원자라고요! 그가 북방의 나라를 구원할 것이다."

그녀는 다른 사람들을 돌아보았다.

"비스랜드를 구할 사람을 그렇게 부르는 것 같아요."

"호오 호오호."

"나에게 그 말을……."

울라는 몇 번이나 집중해 들었다.

"그 말을 나에게 해 준 사람은…… 누구요? 북방의 현자라고요? 뭐라고 하는지 잘 모르겠어요……."

"북방의 주술사예요. 그는 퀴르콜의 스승이에요."

인베아가 도왔다. 그녀는 온몸을 떨고 있었다.

에릭은 무슨 일이 일어나고 있는 건지 알 수 없었다. 단지 보이지 않는 어떤 힘이 퀴르콜을 일으키려고 하는 것 같아 보였다. 그의 육체에는 더 이상 생명이 없었다. 그러나 노쇠한 그의 눈에는 옅은 광채가 돌았다.

"호오오."

“맞대요, 북방의 현자예요.”

울라가 계속 말을 이었다.

“그런데 그가 나에게 말했다. 마법에 걸린 다리를 지닌 남자의 종이 되어라. 나는 그 말이 …….”

울라는 점점 작아지는 퀴르콜의 목소리를 듣기 위해 몸을 숙였다.

“나는 그 말을, 퇴테볼의 종이 되라는 것으로 생각했다.”

“호오…….”

“그것은 나의 실수였다. 왜냐하면 진정한…….”

이제 거인의 말은 거의 알아들을 수가 없었다.

“마법에 걸린 다리를 가진…… 진정한 구원자는…….”

“에릭이죠.”

트롤라가 놀라움과 기쁨이 뒤섞인 목소리로 조용히 말했다.

“그건 바로 에릭이에요!”

퀴르콜이 힘없이 고개를 끄덕였다.

“호오오…….”

“에릭, 비스랜드를 구하라.”

울라 곤스헤겐이 에릭을 바라보았다. 트롤라도 에릭을 바라보았다. 에릭의 엄마 인베아 역시 에릭을 바라보았다. 에릭은 한 걸음 뒤로 물러섰다.

“대체 무슨 말을 하는 거예요?”

에릭은 나지막이 중얼거렸다.

대답을 해 줄 수 있는 사람은 아무도 없었다. 만족한 얼굴로 모피 인간은 스러지듯 바닥에 늘어졌다. 그의 눈길이 인베아를 찾았다.

부드러움을 담은 그 시선이 진심 어린 작별 인사를 고했다. 그의 입술은 소리 없이 길게 '호오오오……'라고 말하는 듯했다.

그것은 서서히 흘러나오는 그의 영혼의 숨결이었다. 세 명의 여인과 한 명의 소년이 그를 내려다보고 있었다. 그러나 거의 들리지 않는 이 소리로 인해 예기치 않은 일이 벌어졌다. 갑자기 아래층에서 급하게 올라오는 발소리가 들렸다. 앞발을 차면서 스프링이 튀듯 경중경중 계단을 달려오는 발소리. 바람을 가르듯 빠른 걸음걸이였다. 흉측하고 사납게 짖어대던 개, 퀴르콜의 검정개였다. 검정개는 무장한 남자들이 앉아 있는 층계로 올라왔다. 검정개는 쇠창살 사이로 죽은 주인을 올려다보며 울부짖었다. 갑자기 녀석이 복수심에 가득 찬 듯 으르렁거리며 이빨을 드러냈다. 보초들이 총을 꺼내기도 전에 검정개가 그들을 덮쳤다. 그리고 그들의 생각보다 한발 앞서 우두머리의 허리띠에서 열쇠를 낚아채 쇠창살문 옆에 떨어뜨렸다. 검정개는 거품을 물고 보초들을 향해 짖어대다가, 달려들어 이빨로 그들의 살점을 물어뜯었다. 분노와 기운이 넘치는 녀석의 기세에 부하들은 두려움에 떨었다. 손발을 다 동원하여 방어해 보았지만, 빠른 속도로 이리저리 날뛰는 개 앞에선 속수무책이었다.

울라는 단 몇 초 만에 계단을 뛰어 내려가 쇠창살 사이로 열쇠를 잡았다. 무장한 남자 한 명이 그녀를 저지하려고 하자 검정개가 그의 팔을 물어뜯었다. 그자는 공포에 질려 소리를 질렀다.

부들부들 떨리는 손으로 울라가 자물쇠를 열었다.

"어서요!"

그녀가 소리쳤다.

에릭도 계단 쪽으로 달려가다가 뒤로 돌아서며 말했다.

"퀴르콜은 어떻게 해요?"

그의 무거운 머리는 인베아의 품에서 휴식을 취하고 있었다.

"퀴르콜의 마지막 행동을 헛되이 하지 않으려면 빨리 와요!"

울라가 날카롭게 외쳤다.

머뭇거리던 나머지 사람들도 서둘러 뛰기 시작했다. 그들은 쇠창살 문을 열고 개를 막느라 야단법석인 남자들 옆을 지나 쏜살같이 계단을 내려갔다.

"저들을 잡아라!"

우두머리가 외쳤다. 그러자 즉시 사나운 검정개가 그의 목으로 달려들어 그를 넘어트렸다.

울라와 에릭, 그 뒤로 트롤라, 마지막으로 인베아가 계단을 내려와 퀴르콜의 집을 빠져나왔다. 아래로 내려가서 2층, 복도를 지나 텅 빈 응접실, 그곳에서 현관을 향해 달린 그들은 마침내 정문을 통과하여 밖으로 나왔다.

"어서들 와요! 아직 많이 늦지는 않았어!"

울라는 길을 잘 알고 있었다.

그들은 주택가로 나왔다. 골목길들을 지나 인적 없는 텅 빈 광장을 내쳐 달렸다. 모두들 대관식에 간 것이다.

갑자기 에릭이 멈춰 섰다.

"계속 달려!"

울라는 벌써 다음 모퉁이에 가 있었다.

"안 그러면 모든 게 허사야!"

울라는 어느새 나머지 사람들의 시야에서 벗어났다.

인베아가 가장 늦었다. 그녀는 더 이상 갈 수가 없었다.

"그냥 가거라!"

그녀는 기다리는 에릭에게 외쳤다.

"아니에요. 지금 무슨 일이 벌어지고 있는지 난 알아요."

에릭이 이상할 정도로 차분하게 대답했다.

"왜 그래?"

트롤라가 건물 입구에 기대어 숨을 헐떡거렸다.

심장이 쿵쿵 뛰고, 침이 말랐다. 게다가 퇴테볼에게 맞은 곳이 여전히 욱신거리는데도 에릭의 얼굴엔 미소가 번졌다. 에릭은 윗옷 속에서 무언가를 꺼내 들었다.

트롤라가 제일 먼저 그것을 알아보았다.

"그게 너한테 있어?! 퇴테볼에게서 훔쳤구나?!"

트롤라가 외쳤다.

그랬다. 그 음흉한 적군에게서 에릭이 책을 빼돌렸던 것이다. 어떠한 수단 방법에도 넘어가지 않던 천하의 퇴테볼에게 연기를 했던 것이다. 그리고 수상은 그것을 눈치채지 못했다.

"그러니까 무슨 일이 벌어지고 있는지 다 알 수 있다니까."

에릭은 책을 펼쳐 들고 쭉 훑어보았다. '흐음' 소리까지 내면서.

"뭐야?"

트롤라가 안달복달하며 외쳤다.

"대관식이 한창 진행 중이야."

트롤라를 옆에 두고 에릭이 담벼락에 몸을 기대더니 바닥으로 미끄러져 앉았다.

"엄마, 제가 좀 읽어 드릴까요?"

"그건 나중에 하는 게 낫지 않을까?"

인베아가 말했다.

"너, 제정신이야? 이러다 모두 다 놓치겠다."

트롤라가 재촉했다.

"책이 우리한테 있는 한 우린 아무것도 안 놓쳐. 이야기가 우릴 기다릴 테니까."

에릭이 두 사람을 바라보았다.

"앉아요."

트롤라는 계속 달리고 싶어 몸이 근질거렸지만 에릭을 믿기로 했다. 트롤라는 책상다리를 하고 자리를 잡았다.

"잘 들어 봐. 울라는 혼자 계속 달려갔다. 달리는 동안……."

울라는 혼자 계속 달려갔다. 달리는 동안 그녀는 한 가지 생각에서 벗어날 수가 없었다. 그녀는 홀린 듯이 그 생각에 사로잡혔다. 그것은 퇴테볼의 계획이 바로 지금 다시 올 수 없는 좋은 기회를 맞았다는 생각이었다. 퇴테볼은 모든 삶을 계획을 이루는 데 바쳤어. 그리고 오늘 드디어 그 계획을 완성하려는 거야. 그는 해내고야 말 거야. 내가 늦게 도착하면, 모든 게 그의 계획대로 되는 거야. 울라는 달렸다. 숨이 차서 가슴이 터질 지경이었다.

그러는 동안에도 대관식은 한창 진행 중이었다.

초대 손님들은 나라 안에서 가장 교양 있고 지체 높은 사람들이었다. 그러나 대성당에 우두커니 앉아 기다리고 있자니 무료하기 짝이 없었다. 공주의 마차가 도착했는데도 내린 사람은 없었다. 연로한 브외레고르가 조금만 참아 달라고 부탁한 뒤로, 귀빈들은 위엄 있는 모습으로 앉아 있었다. 하지만 15분이 지나고, 30분이 지나도 대공이 계속 다른 구실을 대자 동요하는 분위기가 역력했다. 마침내 사람들은 기다리는 시간이 늘어날 때면 일반적으로 하는 행동을 보이기 시작했다. 한두 마디씩 얘기를 주고받거나, 아이들의 사진을 여기저기에 보여 주거나, 벽감(장식을 위하여 벽면을 오목하게 파서 만든 공간. 주로 조각품이나 등잔 등을 세워 둔다―옮긴이)을 찾아가 담배를 피웠다. 시간이 지날수록 모두들 대관식도 별로 대수로운 일이 아니라는 생각을 하게 되었다.

처음엔 극소수의 사람들만이 퇴테볼이 들어오는 것을 알아차렸다. 그는 사람들의 눈에 띄지 않게 측면 통로로 들어와 부하들에게 지시를 내렸다. 그들은 모두 크보렌 사람들로서 퇴테볼이 해방시켜 준 광산 노동자들이었다. 그들은 각자 할 일을 잘 알고 있었고, 무조건적으로 그에게 복종했다.

수상이 대주교에게 인사를 건넸다. 그러자 대주교가 2층 성가대석에 있는 소년들에게 신호를 보냈다. 성가대가 감동적인 비스랜드 찬가를 부르기 시작했다. 그제야 대성당에 있던 사람들은 대관식이 시작되었다는 걸 알았다. 교양 있고 지체 높다는 사람들이 놀라 허둥대며 각자의 자리로 돌아갔다. 그 와중에 어떤 시녀는 모자가 짓눌려 찌그러졌고, 사람들은 서로 발을 밟기도 했다. 비스랜드 소년성가대는 목청껏 노래를 불렀다. 중앙 통로가 비워졌다. 정문으로 대관식 행렬을 이끄는 선발대가 들어왔다. 대공들과 공후들, 군부의 장성들, 그리고 수공업자와 어부, 순록 사육자와 모피 사냥꾼 등 각계각층을 대표하는 사람들이 자신들이 속한 조합의 배지를 달고 들어왔다. 마침내 왕가의 상징인 감청색 옷을 입은 시녀들이 등장했다. 마지막으로 기다리고 기다리던 공주가 교회 안으로 들어왔다. 그녀는 길이가 8미터나 되는 어민 망토를 걸쳤다. 열여섯 명의 소년들이 망토 자락을 들고 있었다. 얼굴은 굳어 있고 정신이 없는 듯 보였지만, 모두들 새 여왕이 미인이라는 의견에 동의했다. 공주의 옷이 대관식 복장답지 않게 옆으로 길게 터져 있다는 걸 알게 된 건 가장자리에 앉은 사람들뿐이었다.

내빈들은 너무 황홀한 나머지, 수상이 공주의 옆에 붙어서 들어오는 걸 보고도 놀라지 않았다. 이상한 일이지 않은가? 정부 인사들은 원래 맨 앞줄에 앉아 있어야 한다는 예법에 어긋나는 일이 아닌가? 모든 장관들이 첫 번째 열에 모여 있는데 수상만 빠져 있었다. 그는 마치 부축이라도 하는 것처럼, 이상할 정도로 공주 곁에 가까이 붙어 있었다. 하지만 대관식의 내빈들은 어차피 그가 곧 그녀의 남편이 될 몸이기 때문에 별로 이상할 것도 없다고 생각하는 분위기였다.

두 사람은 전혀 보기 좋은 한 쌍이 아니었다. 신비로운 눈동자를 지닌 젊고 자부심이 강한 여인은 신랑에 비해 머리 하나 만큼이나 더 컸다. 1년 365일 검은 옷만 입는 키 작은 난쟁이 남자. 전혀 어울리지 않는 머리 스타일에 어찌해 볼 수 없는 짧은 다리를 지닌 익살꾼. 사람들은 대부분 '왕위 후계자의 배우자는 좀 더 매력적인 사람이었으면' 하고 바랐을 것이다. 하지만 수상으로서는 퇴테볼보다 더 유능한 사람이 없다는 것, 또한 권력자로서 가장 위협적인 사람이 그라는 걸 모두가 잘 알고 있었다.

그의 군대는 초대받지 않은 사람은 절대로 교회에 들여보내서는 안 된다는 명령을 충실히 지켰다. 그 바람에 전력을 다해 인파를 헤치고 대관식 행사장에 도착한 울라 곤스헤겐은 정문에서 붙잡히고 말았다. 그들은 그녀에게 신분증과 행사 초대장을 요구했다. 울라는 아무것도 없었다. 다 찢어진 옷에 지저분하고 지친 기색만 역력할 뿐이었다. 눈은 초점이 풀려 있었다. 아무도 예전의 편집장을 알아보지 못했고, 누구도 흥분해서 말을 더듬는 그녀를 믿어 주지 않았다. 그녀는 체포되어 성구 보관실 근처의 방으로 보내졌다. 남루한 옷차림의 여인에게 신경을 쓰는 사람은 아무도 없었다.

"그녀는 체포되어 성구 보관실 근처의 방으로 보내졌다. 남루한 옷차림의 여인에게 신경을 쓰는 사람은 아무도 없었다."

에릭은 책을 덮고 말했다.

"이제 행동할 시간이에요."

에릭은 일어서서 친근한 눈길로 엄마를 바라보았다.

"엄마, 엄마는 같이 가지 않는 게 좋겠어요. 엄마에겐 너무 위험해요."

인베아는 걱정이 되었다. 그녀는 대답을 망설였다.

"엄마는 또 다시 너를 잃고 싶지 않구나."

에릭은 엄마를 꼭 껴안았다.

"엄마, 난 이 이야기를 끝내야 돼요."

"물론, 그래야지."

마음이 무거웠지만 인베아는 가도 좋다고 허락해 주었다.

"같이 갈래?"

에릭이 트롤라에게 물었다.

빨강머리 트롤라는 같이 가자는 에릭의 말에 얼마나 감동을 받았는지 내색하고 싶지 않아 이렇게 말했다.

"더 기다릴 게 뭐가 있겠어?"

31

황금으로 된 순록 뿔을 단 왕관이 머리에 닿자 마르키타는 온몸에 전율이 일었다. 그녀는 이 시각을 위해 태어났고 오직 이 순간을 위해서 길러졌다. 그럼에도 불구하고 그녀는 자신이 처한 비극적 상황 또한 잊지 않았다. 퇴테볼은 그녀의 모든 행동을 예의주시하면서 대관식 축사 한마디 한마디를 놓치지 않았다.

온 나라가 그의 통치 하에 놓여 있다. 그는 전무후무한 권력자가 된 것이다. 그 순간 마르키타는 깊은 절망감에 사로잡혔다. 자신이 허수아비 여왕이며 비스랜드의 마스코트에 불과하다니! 그녀는 믿을 수 있는 사람이 아무도 없었다. 마음을 터놓을 만한 사람이나 힘 있는 친구 하나 없는, 곧 열아홉 살 생일을 맞이하는 한 젊은 여성에 불과했다. 유일하게 그녀를 도울 수 있는 사람은 미성년자 두 명과 울라 곤스헤겐뿐이었다. 하지만 그들은 사람이 살지 않는 집의 다락방에 살해당한 거인과 함께 갇혀 있다.

"…… 나는 언제나 나의 백성들을 사랑과 신뢰로써……"

대주교가 대관식 축사를 읽어 내려갔다.

"…… 나는 언제나 나의 백성들을 사랑과 신뢰로써……"

마르키타가 축사를 따라했다.

"위엄 있게 대할 것을……"

"위엄 있게 대할 것을……"

그렇게 했던가? 그렇게 할 수 있었던가? 퇴테볼이 수상직에 오른 뒤 결정한 일들 가운데 무엇 하나라도 변화시킬 힘이 나에게 있는가? 이 맹세를 하는 순간 이미 맹세를 어기고 있는 건 아닐까? 서둘러 일어나 이 자리에 모인 사람들을 향해 비스랜드의 운명이 무자비한 음모자의 손에 놓여 있다고 밝혀야 되는 건 아닐까? 나에게 그럴 용기가 있다면. 그렇다면 나는 진정 위대하고 용감한 여왕이 될 텐데!

그 모든 일이 어떻게 일어났는지 아무도 정확히 말할 수 없었다. 확실한 것은 어느 순간부터 2층에 있는 소년성가대에 인원이 세 명 추가되었다는 사실이다. 아마도 성구 보관실을 통해 대성당으로 몰래 들어온 뒤 2층에 있는 파이프오르간까지 간 모양이었다. 대주교의 축복에 이어 '영광스런 여왕에게 바치는 찬가'인 상투스 아드 글로리암 레기남이 백 명의 소년단원들의 음성을 통해 울려 퍼지면서 대관식 행사는 서서히 막을 내리고 있었다.

어민 망토를 두른 채 왕홀과 황금 눈덩이를 손에 들고, 머리에는 순록 왕관을 쓴 마르키타가 좌중을 향해 몸을 돌렸다. 모두의 얼굴에 열광적인 기쁨이 드러났다. 이제 그들에게는 그야말로 아름답기 그지없는 새 여왕이 생긴 것이다. 그들은 기뻐하며 십자형 돔 천장이 들썩일 정도로 큰 박수를 보냈다. 마르키타는 돌처럼 굳은 표정으로 사방을 향해 인사를 하며 감사를 전했다. 마르키타는 퇴테볼이 그 의례를 조롱 섞인 미소로 바라보는 모습도 놓치지 않았다.

대관식에 이어 곧바로 결혼식이 진행되었다. 전례 없는 진행이었다. 눈 깜짝할 사이에 긴 옷자락을 들고 있던 소년들이 꽃을 뿌리는 소녀들로 교체되었고, 대주교는 삼류 극단의 배우처럼 신속하게 대관식 예복에서 결혼식에 맞는 예복으로 갈아입었다. 이런 일들은 모두 전통을 우습게 여기는 처사였다. 그러나 그것은 국가의 수상이 결정한 일이었다. 신랑이라는 익숙지 않은 역할을 준비하면서, 이날 처음으로 초조한 빛을 보이던 퇴테볼은 네 개의 계단 중 두 번째 계단에서 발을 헛디뎌 비틀거리고 말았다. 바로 그 찰나에 일이 벌어졌다.

교회는 쥐죽은 듯 조용했다. 퇴테볼은 검정색 넥타이를 바로 잡은 뒤, 마르키타의 팔을 잡았다. 마르키타는 속이 뒤집힐 것 같았다. 막막한 심정을 말로 다 할 수 없었다. 제단 앞에 신랑 신부가 나란히 섰다. 대주교는 황금색 술이 달린 모자를 쓰고 예식을 진행하기 위해 힘없이 입을 열었다.

"그는 그 누구와도 결혼할 수 없습니다!"

유리처럼 투명한 목소리가 정적을 뚫고 울려 퍼졌다. 높은 톤의 어린 목소리이었다. 가장 높은 곳에서 울려 나오는 소리였다. 모두 다 뒤를 돌아본 건 아니었지만 다들 놀라서 뻣뻣하게 굳은 것 같았다.

"퇴테볼 수상은 마르키타 공주님과 결혼할 수 없습니다!"

에릭이 두 번째로 외쳤다.

난간에 선 에릭의 모습은 돔 천장의 천국 그림과 어울려 마치 어린 대천사처럼 보였다.

"절대로 안 됩니다! 저자에겐 이미 부인이 있습니다!"

사람들이 이리저리 고개를 돌리며 술렁이기 시작했다. 사람들은 성당 내부를 향해 두려운 기색 하나 없이 외치는 작은 형체를 올려다보았다. 에릭의 음성은 대리석 기둥과 돔 지붕에 부딪혀 다각도로 울려 퍼졌다. 그 울림은 마치 아무도 거역할 수 없는 천상의 전령이 외치는 소리와도 같았다.

"그리고 그 부인이 지금 여기에 있습니다! 울라 곤스헤겐. 여러분들 모두 이 여인을 아실 겁니다! 여러분들이 잘 알고 있는 사람! 이 분이 바로 퇴테볼의 부인입니다!"

전령 같은 형체가 외쳤다.

이 순간 두 번째 형체가 에릭의 곁으로 다가와 합창단 복장을 벗어던지고 좌중에게 모습을 드러냈다.

"저는 울라 곤스헤겐입니다. 저는 퇴테볼의 포로로 잡혀 있었습니다. 오늘까지 말입니다. 이제 저는 말하겠습니다."

그녀가 힘찬 목소리로 말했다.

벼락을 맞은 듯 퇴테볼은 보초들에게 신호를 보냈다. 병사들은 즉각적으로 방해 작전을 폈으나 그렇게 간단한 일이 아니었다. 그들은 대부분 예배석의 가장자리에 서 있었으므로 파이프오르간이 있는 2층으로 가려면 대성당을 가로질러야 했다. 게다가 2층 계단으로 올라가는 문이 뭔가에 막혀 있었다. 빗장과 같은 단단한 어떤 것이었다. 방금 전에 트롤라가 벽에 있던 십자가상을 떼어 계단 문에 쐐기를 박았다는 걸 퇴테볼의 보초들이 알 리 만무했다.

울라 곤스헤겐은 계속 말을 이었다. 모두가 그녀의 말에 귀를 기울인 건 아니었다. 몇몇 사람은 조용히 하라고 외치기도 했고, 더러는 무슨 일인지 영문을 몰라 이것도 공식 순서의 일부냐며 묻는 사람도 있었다. 점점 더 소리가 커졌다.

하지만 오래 가지는 않았다.

2층에 있는 친구들을 발견한 마르키타는 그들이 자유로운 몸이고 또 지금까지는 안전하다는 것을 깨닫자 말할 수 없는 안도감이 밀려왔다. 이 순간이야말로 치욕스런 가면무도회를 끝내야 할 시간이었다.

"내 말을 들으십시오! 이 나라에는 지금 전대미문의 끔찍한 사건이 벌어지고 있습니다! 오늘까지 비밀로 부쳐졌던 사건이 있습니다! 이제 나는 그것들을 밝히고자 합니다!"

어린 여왕 마르키타가 외쳤다.

시작은 좋았다. 좌중이 조용해졌다. 그러나 동시에 마르키타는 이제껏 한 번도 정식으로 연설을 해 본 적이 없다는 걸 깨달았다. 스포츠 행사나 비스랜드 전통 패션쇼를 개최했던 적은 있었지만 이번 경우는 달랐다. 위대한 동시에 연약하기 짝이 없는 것, 바로 진실과 권력이 걸린 문제였다. 열여덟 살짜리가 그런 것에 관해 섣불리 말했다가 괜한 웃음거리가 되는 건 아닐까? 권력과 진실이 얼마나 보잘것없는 연관성으로 이어져 있는지 잘 표현해낼 수 있을까? 마르키타는 숨을 들이켰다. 그녀는 입을 열었다. 순간순간 말의 요점을 잃어버리면 어떡하나 하는 생각이 들었지만, 어린 여왕은 평정을 잃지 않고 신중하면서도 확실한 어조로 말했다. 긴 옷에 가려 보이지 않았을 뿐, 그녀의 무릎은 사시나무 떨듯 떨고 있었다. 왕관이 이마로 흘러내리는 것도 신경 써야 했다. 그렇게 하면서도 그녀는 크보렌 사람들을 비참한 상황에 이르게 한 부친의 죄과를 이야기했다. 콰르누르타안의 광산과 보르데 왕의 통치 하에 시작된 여러 폐해들에 대해서도 말했다. 그런 사건들을 처리하면서 보였던 자신의 무능력한 모습에 관해서도 침묵하지 않았다. 마르키타는 퇴테볼이 국가를 위해 헌신한 공로에 대해서도 언급을 회피하지 않았다. 그러나 그 말에 이어 그의 잔인한 음모와 공갈, 협박에 관해 말했다. 그가 계략을 써서 권력을 얻은 뒤 부인을 감옥으로 보낸 이야기도 했다. 어쩌면 마르키타는 이 모든 걸 올바로 전달하지 못했을 수도 있다. 과장된 경우도 있고, 몇 가지는 단순하게 말하기도 했다. 하지만 가장 중요한 건 그녀가 사람들을 설득시켰다는 점이다. 모두들 마르키타에게 빠져들었다.

그러면 퇴테볼은? 비스랜드에서 가장 큰 권세를 가진 그가 그 시간 동안 가만히 있었을까? 자기 신부가 자신의 계략을 폭로하도록 가만히 보고만 있었을까? 숱한 그의 속임수 중

한 가지를 발휘하여 여왕을 침묵하게 만들지는 않았을까?

아이나르 퇴테볼은 복수를 원했다. 모든 것을 아우르는 거창한 복수. 자신이 당했던 굴욕에 대한 복수. 콰르누르타안 광산에서의 사고로 발육부전이 된 다리에 대한 복수.

지하 갱도에 있던 열 살짜리 아이. 그 아이의 넓적다리 위로 탄차가 지나가게 했던 부주의한 십장(일꾼들의 감독-옮긴이)……. 병원에 누워 있는 동안 퇴테볼은 이 사고에 책임이 있는 자들을 모두 벌하겠다고 맹세했다. 그는 왕과 왕의 종족들에게 모멸감을 안겨 주고 싶었다.

다시 걸을 수 있게 되자 퇴테볼은 사고 이후 1센티미터도 자라지 않은 다리로 어렵사리 수도를 찾아왔다. 궁전의 마구간에 취직하여 고된 일을 하면서도 그는 주의를 게을리하지 않았다. 그의 증오심은 날이 갈수록 커졌다. 그러나 어떠한 경우에도 그런 내색을 하지 않았다. 왕을 위해 순록 마차를 대령할 때도, 콧대 높은 마르키타가 썰매 타는 걸 도와줄 때도 그랬다. 그에게 주의를 기울이는 사람은 아무도 없었다. 그 누가 마구간에서 일하는 불구 소년에게 관심을 갖겠는가? 퇴테볼은 마르키타를 관찰했다. 그녀의 오만함과 자부심을 관찰했다. 그의 내부에선 굉장한 계획이 세워지고 있었다. 왕을 권좌에서 밀어내고 공주를 자신의 아내로 만드는 것. 이 나라에서 가장 아름다운 소녀를 난쟁이만 한 장애자의 소유로 만드는 것.

그는 양심의 가책 따위는 무시하고 인정사정없이 앞만 보고 달려왔다. 그리고 그 계획을 성취했다. 그는 굉장한 수완과 판단력을 겸비한 사람이었다. 권력은 그의 본성과 같은 것이었다. 그는 권력을 사랑했고 권력에 대한 타고난 직감도 있었다. 에너지의 위력에 대한 직감은 더더욱 탁월했다. 어떤 장소에서 특정한 어떤 시간에 순수한 에너지가 돌발적으로 발생할 경우, 그것은 막을 방법이 없다. 퇴테볼은 그것을 잘 알고 있었다. 그는 그것에 대한 확실한 진동계를 갖고 있었다. 바로 그의 다리였다.

수상은 좌중의 얼굴에서 당혹감과 거부감이, 그 다음엔 혼란스러움과 분노가 나타나는 것을 보았다. 대관식이 기대했던 것과 전혀 다르게 진행되었기 때문이다. 그러나 곧이어 이 어린 여인의 에너지가 사람들에게로 퍼져나가는 것을 느꼈다. 마치 그녀가 사람들의 머리 위로 마법사의 천을 드리우기라도 한 듯, 모두가 그녀에게 사로잡혔다. 이 순간 대성당에 모인 고위 인사들은 여왕의 말을 무조건 믿을 것이다! 여왕의 말이 진실이건 아니면 여왕이 진실이라고 생각한 걸 말했을 뿐이건 상관없었다. 마르키타는 이제 진실 그 자체였다.

왕관을 쓰고 어민 모피로 온몸을 휘감은 그녀가 저기 서 있다. 그녀의 말을 중단시키려고 해 봤자 처참한 좌절만 맛보게 될 것이다. 퇴테볼의 몸 속 근육 한 올, 한 올이 그 사실을 알려 주었다. 그리고 지금 그의 정신은 이 사실을 눈으로 확인하고 있었다. 그러는 사이 그의 옆구리 아래쪽으로 말로 표현할 수 없는 고통이 엄습해 왔다. 기형으로 자란 뼈와 옛날의 상처가 지옥과도 같은 고통으로 그를 괴롭혔다. 다리의 살이 타들어 가는 것 같았다. 그는 신음하며 비틀거렸다. 뭐라도 붙잡아야 할 것 같았다. 그는 허우적거리다가 대주교의 예복을 움켜잡았다. 마르키타가 말을 마칠 때까지, 퇴테볼은 극심한 고통에 땀을 비 오듯 흘리며 그 자세 그대로 서 있는 것 외에는 아무것도 할 수 없었다. 악의 화신 퇴테볼 수상은 자신의 패배를 깨달았다. 오, 그렇다고 모두 다 끝나 버린 건 아니다. 진실은 변질되기 쉬운 잡지 기사와 같아서, 오늘의 진실이 바로 내일 거짓으로 밝혀질 수도 있는 법이다. 하지만 그는 지금 이곳에, 이 대관식 날에 그동안 이를 악물고 품어왔던 그의 소원을 묻어야 했다. 마르키타는 그의 부인이 되지 않을 것이다. 무기를 동원한 폭력으로도, 그 어떤 변론으로도 여론을 뒤바꿀 수는 없었다. 퇴테볼은 승부사이며 투사였다. 승부사로서 그는 자신의 패배를 인정하지 않을 수 없었다. 그러나 투사의 시각에서 보면 그것은 다음 라운드의 시작을 의미할 뿐이었다.

숨 막히는 정적이 대성당에 모인 사람들을 짓눌렀다. 수상은 있는 힘을 다해 두 다리로 버티고 섰다. 그는 납빛으로 변한 얼굴로 마르키타 쪽으로 몸을 숙이고 말했다.

"내 대답이 무엇인지는 곧 알게 될 거다."

쉰 목소리였다.

순간순간 다리를 쑤셔대는 타들어가는 듯한 통증에도 불구하고 그는 고개를 꼿꼿이 세우고 중앙 통로를 향해 첫 발을 내디뎠다. 그의 부하들이 정문을 열어 주었다. 오랜 기다림 끝에 마침내 환호성을 터뜨리는 군중들을 뒤로 한 채 퇴테볼은 검은 승용차에 올라타 그곳을 떠났다.

바깥에 있던 비스랜드 백성들은 왜 신랑 신부가 함께 교회를 떠나지 않는지 영문을 몰라 환호성을 지르다 말고 소리를 삼켰다. 그러나 잠시 후 새로 즉위한 여왕이 모습을 드러내자 그들은 더 큰 소리로 환호성을 질렀다. 마르키타는 아이들 두 명을 대동하고 나타났다. 처음 보는 성가대복을 입은 소년과, 불같이 빨간 머리를 한 소녀였다.

다음 며칠 간 나라 안 사람들은 대체 무슨 일이 일어난 건지 궁금해했다. 하려던 결혼식은 왜 거행하지 않고, 또 웬 비공개 자문회의는 저리도 자주 열린담? 국회의원들이 특별 회의에 소집된 이유는 무엇일까? 퇴테볼 수상이 한마디 해명도 없이 수도를 떠난 이유는? 크보렌 땅으로 떠났다던데 이유가 뭘까? 거기서 또 뭘 하려는 거지? 크보렌 사람들이 전쟁을 일으킬 거라는 소문은 또 어디서 나온 거야? 과도 정부가 구성되고 팔십 세의 브외레고르 대공이 수상으로 선출된 까닭은 또 무엇일까?

비스랜드인들은 울라 곤스헤겐이 왜 여왕의 자문 위원으로 임명되었는지 나중에야 알게 되었다. 사람들은 울라의 신문에서 진실을 읽을 날만 손꼽아 기다렸다. 마침내 신문이 발행되었을 때, 사람들은 많은 내용을 접할 수 있었다. 그러나 결코 진실을 통째로 다 알 수는 없었다. 사람들은 온갖 추측을 했고 말도 안 되는 소리들을 지껄였다.

이를테면 마르키타 공주가 이미 한 번 약혼한 적이 있다는 말도 들렸다. 브렉케라는 크보렌 사람과. 브렉케는 감옥에 있다가 왕명으로 풀려났다. 그의 사진이 신문에 실렸는데 그야말로 사나이 중의 사나이였다! 비스랜드의 여성들은 그에게 열광했다. 사람들은 넓은 어깨에, 밝은 색 머리카락, 웃을 때면 환하게 빛나는 치아를 가진 이 북방의 남자가 마르키타 공주의 새 신랑이 되기를 바랐다. 브렉케가 나타나는 곳마다 사람들이 몰려들어 숙덕거렸다. 과연 언제 그가 마르키타 공주와 부부가 될까? 하고.

하지만 브렉케는 울라 곤스헤겐과 서둘러 결혼했다. 잔뜩 실망한 비스랜드인들은 신문을 통해 울라 편집장이 왕의 결정에 따라 아이나르 퇴테볼과 이혼한 상태였음을 접했다. 결혼식은 가장 가까운 지인들만 모인 가운데 이루어졌다. 여왕도 참석했다. 이렇게 이혼과 결혼이 뒤섞인 행사들을 접한 사람들은 당혹감을 느끼며, 좋았던 옛 시절을 그리워했다.

그러나 갑자기 이 모든 사랑 이야기와 결혼에 관한 추측들이 뒷전으로 밀려났다. 크보렌 지역 사람들이 비스랜드로부터 독립을 원한다는 뉴스가 전국으로 퍼졌기 때문이다. 그들은 독립된 한 국가임을 선언했다. 그것은 크보렌 사람들의 자발적인 의사가 아니라, 그들의 새 지도자인 아이나르 퇴테볼의 선언이었다.

정부와 왕실, 경험 없는 여왕과 노쇠한 브외레고르 수상은 크보렌인들의 독립을 받아들일 것인지, 그들과의 전쟁을 감수할 것인지 결정해야 했다. 언론에선 콰르누르타안 광산이 크보렌 지역에 있다는 사실을 부각시키지 않으려고 했다.

마르키타는 자신이 맡은 새로운 임무를 수행하는데 그렇게 많은 시간이 필요할 줄은 꿈에도 몰랐다. 더 이상 스키점프를 타러 갈 수가 없었고, 슬랄롬 대회도 그녀 없이 개최되었다. 이주크와 다른 썰매개들도 우리 안에서 나올 일이 없었다. 공주의 전용 썰매에는 거미줄이 쳐졌다. 대신 여왕은 자문 회의와 협의회를 쫓아다니고, 지령을 내리고, 공문서를 읽느라 정신없이 바빴다. 그녀는 저녁마다 거울에 비친 자신의 길게 째진, 옅은 푸른색 눈이 점점 더 엄해지는 것을 느꼈다. 그러면서도 언젠가는 양미간의 주름살이 사라질 날이 올 거라는 희망을 잃지 않았다.

하루하루 늘어나는 업무 때문에 여왕은 자신을 도와준 사람들에게 감사할 시간조차 내기 힘들었다. 간수장의 오해로 이틀이 지나서야 왕궁 감옥에서 발견되어 석방된 노르웨이 출신의 형사 반장과 아차토카가 마르키타 앞으로 인도되었다. 마르키타는 막 제출된 서류에 서명을 해야 해서 스톨베어 반장의 희망 사항을 한쪽 귀로 흘려들었다. 그는 코스니오크라 불리는 분리주의자 집단을 위해 황금을 요청했다. 여왕은 희미하게 기억을 떠올렸다. 그들은 노상강도에 납치범들이 아니었던가? 어쩌면 크보렌인과의 전투에 쓸모가 있을지도 모르겠군. 마르키타는 코스니오크들에게 금을 주기로 약속했다.

비스랜드의 공주가 실제로 존재한다는 것을 끝까지 믿지 않았던 스벤 스톨베어는 우아한 공주의 모습에 반한 채, 그녀가 가슴에 달아 준 빈데고르의 은별을 바라보며 물러났다.

아차토카에 관해서는 이미 뜻한 바가 있었다. 공주는 비스랜드 종족에 관한 지식과 머나먼 오지에 사는 빙하 부족의 언어를 구사할 줄 아는 그의 능력을 높이 샀다. 마르키타는 협상에 대비해 아차토카를 측근에 두고자 했다. 그러나 아차토카는 왕궁으로 이주하기를 거부하고 학생기숙사의 냄새나는 기숙사 방을 고집했다.

여왕은 트롤라를 위해서 특별한 선물을 준비했다. 고래의 견갑골을 깎아 만든 그녀의 오래된 스케이트보드였다. 마르키타는 접견실 사이의 날개 대문을 열고 보드를 어떻게 조종하는지 시범을 보였다. 그러나 곧 내각 회의가 있다면서 브외레고르 대공이 여왕을 모시러 오는 바람에, 유감스럽게도 10분 만에 만남을 끝내야 했다.

에릭에게는 어떤 식으로 감사의 마음을 전해야 할지 몰랐다. 그 어떤 말로도, 그 어떤 선물로도 그녀의 마음을 표현할 수 없었다. 처음부터 그녀를 믿어 준 사람은 다름 아닌 에릭이었다. 마르키타와 비스랜드가 실존한다는 것과 공주를 구해야 한다는 것을 믿어 준 사람. 불과 얼마 전까지도 휠체어에 앉아 있던 몸이었지만 비밀에 가득 찬 이야기가 위임한 모든 일을 훌륭히 완수한 소년이었다. 여왕은 아무 말 없이 소년을 안았다. 두 사람은 그렇게 아무 말 없이 서 있었다. 에릭은 마르키타와의 이별이 너무도 두려웠다. 심장이 터질 것만 같았다. 마르키타가 에릭을 위로했다. 이번 방문이 절대로 마지막이 아닐 거라며.

첫 번째 접견실에는 이미 다른 파견단이 대기하고 있었다. 접견실로 나오던 에릭은 다시 한 번 뒤돌아섰다. 녹색 옷을 입은 마르키타가 에릭을 향해 손을 흔들어 보였다. 에릭의 눈에 비친 그녀는 너무도 아름다웠고, 동시에 한없이 외로워 보였다. 에릭은 접견실을 지나 저마다 또 다른 복도로 이어지는 세 개의 복도를 통과하여 내부 계단실로 왔고, 계단을 내려와 밖으로 나왔다. 에릭은 슬픔에 잠긴 채 아픈 가슴을 안고 아치형 복도를 달려 나와 궁의 입구에 다다랐다. 그곳엔 벌써 엄마와 트롤라가 기다리고 있었다.

"…… 벌써 엄마와 트롤라가 기다리고 있었다."

인베아는 책을 덮었다.

인베아와 에릭 그리고 트롤라는 할 말을 잃은 아빠와 마주 앉아 있었다. 그 옆에는 깔보기 대장 지그리트가 벌어진 입을 다물지 못하고 동생 에릭을 빤히 바라보고 있었다. 그들은 샌드비켄에, 집에 와 있었다. 에릭이 아빠에게 엄마를 찾아 준 것이다. 하지만 예상치 못한 기쁨에도 불구하고 그 이야기는 아빠를 극도로 혼란스럽게 만들었다.

"그런데 세 사람 모두 말이야. 대체 어떻게 모든 게…… 정말로 거기에 쓰인 대로 그렇게 될 거라고 믿게 된 건지 도무지 이해가 안 가."

아빠가 자신 없는 말투로 물었다.

"경험으로 안 거죠."

트롤라가 덤덤한 말투로 답했다. 트롤라는 평소와 마찬가지로 에릭의 아빠가 이해가 느린 편이라고 생각했다.

"잠깐, 잠깐."

아빠는 정신을 집중하려고 노력했다.

"그러니까 북쪽에 어떤 나라가 있어. 그러니까 이야기 속에 말이다. 그 이야기 속에서 한 공주가 이야기를 보냈는데, 그 이야기가 인베아에게 왔고, 인베아는 그 책을 에릭에게 선물했어. 그 후에 인베아가 납치를 당했고. 그래서 에릭은 그 책을 보낸 공주가 사는 북쪽 나라로 간 거고. ……그러니까 그 나라 말이다…… 책에 나오는 …… 북쪽에 있는 그……."

그는 뭐가 뭔지 통 알 수가 없다는 듯, 더 이상 아무 말도 못하고 고개만 절레절레 흔들었다.

트롤라는 에릭이 아빠보다 엄마를 더 많이 닮은 것 같아 기뻤다.

"반장님께서 엘레쉰드에서부터 집까지 직접 바래다주시다니 얼마나 고마운 일이니."

이야기를 바꿔 보려고 인베아가 말했다.

에릭과 트롤라가 마주 보며 씩 웃었다.

"제 생각엔 반장님이 안나 리자를 다시 만나고 싶다는 생각에 우회로를 만드신 것 같은데요."

트롤라가 킥킥거렸다.

"지금쯤 반장님은 모닥불 앞에 앉아서 안나 리자에게 모험담을 들려주고 계실 거야. 빈데고르의 은별을 보여 주시면서."

"그리고 안나 리자의 어머니가 빨리 잠자리에 들기만을 기다리시겠지!"

둘은 큰 소리로 웃었다. 나머지 가족들은 영문을 모르겠다는 듯 서로 눈길을 주고받았다.

"자, 이제 난 가 봐야 돼. 숙제를 해야 되거든. 너무 오래 있었네."

트롤라는 레몬주스를 비웠다.

에릭은 생각에 잠긴 듯 고개를 끄덕였다. 마르키타만 아니었으면 트롤라보다 더 좋은 여자 친구는 없었을 것이다. 에릭은 트롤라를 문까지 바래다주었다.

"너, 내일 스케이트보드 예선 경기에 올 거니?"

"마르키타가 선물로 준 스케이트보드를 탈 거야?"

"다른 애들을 내 눈앞에서 모조리 쓸어버릴 거야."

트롤라는 이별 인사로 에릭에게 뽀뽀를 하고 싶었지만 지그리트가 쳐다보고 있어서 그만 두었다. 빨강머리 여자애가 다시 눈비 속으로 사라졌다.

에릭은 빠른 속도로 휠체어를 몰아 엄마 아빠에게로 갔다.

"모험이 다 끝났으니 이제 뭘 할 생각이니?"

인베아가 물었다.

에릭도 뭘 할지 생각 중이었지만 아직 뭘 해야 할지 아무런 답도 내리지 못한 상태였다.

"일단 잠이나 좀 잘래요. 너무 피곤하거든요. 가자, 퀴르콜."

에릭이 소리쳤다.

잠시 정적이 감돌았다. 못생긴 검정개 한 마리가 벽난로 뒤에서 뛰쳐나왔다. 개는 휠체어를 보며 목이 쉬어라 짖어댔다.

지그리트는 귀를 틀어막았다.

"너 정말로 이 짐승을 기를 생각이야?"

"이 짐승이 없었으면 다시 돌아오지 못했을지도 몰라."

에릭은 덥수룩한 개털을 헝클어뜨렸다.

검정개가 으르렁거렸다.

"자러 갈까, 퀴르콜?"

녀석은 이를 드러내고 으르렁거리며 몸을 흔들었다.

"퀴르콜도 피곤한가 봐요."

에릭은 탁자 위에 있던 책을 품에 안았다.

"다들 안녕히 주무세요."

에릭과 검정개가 방으로 들어갔다.

침대에 누워 있으려니 모든 것이 아주 오래전 일처럼 느껴졌다. 무늬 있는 양탄자, 빙하와 얼음 덩어리가 둥둥 떠 있는 포스터, 일곱 시 반에 맞춰진 자명종. 이제 이런 이야기가 계속되겠구나. 에릭은 한숨을 쉬었다. 이젠 공주를 위한 싸움 대신 생물학이나 대수학과 싸워야 한다.

"새로운 모험이 시작될 거야."

에릭이 조용한 방 안에 대고 말했다.

"내일 당장은 아니겠지. 하지만 언젠가는 틀림없이 시작될 거야. 안 그래, 퀴르콜?"

검정개가 으르렁거리며 꼬리로 마루를 쳤다. 불을 끄기 전에 에릭은 다시 한 번 책을 펼쳐 들었다.

"에릭은 벌써 두 눈이 감겨 왔다."

에릭은 벌써 두 눈이 감겨왔다. 책이 펼쳐진 채로 미끄러져 바닥으로 떨어졌다. 샌드비켄의 소년은 곤히 잠이 들었다. 소년은 빈데고르의 옅은 하늘빛 빙하 꿈을 꾸었다. 빙하 골짜기의 가장자리에서 어마어마한 사나이가 나타났다. 온몸에 모피를 두른 거인이었다. 그는 꿈을 꾸고 있는 소년을 향해 손을 흔들었다. 에릭은 잠결에도 '호' 하고 답하며 옅은 미소를 지었다.

마르키타 공주를
구하라

ⓒ 느림보 2009

초판 1쇄 발행일 · 2009년 3월 30일 | 초판 2쇄 발행일 · 2010년 7월 22일

글쓴이 · 다그뉘 라센 | 옮긴이 · 함미라 | 펴낸이 · 윤은숙

편집 · 이현주 박미숙 | 디자인 · 조현주 | 마케팅 · 구본건 나다연 최강섭

펴낸 곳 · 도서출판 (주)느림보 | 등록일자 · 1997년 4월 17일 | 등록번호 · 제10-1432호

주소 · 경기도 파주시 교하읍 문발리 파주출판단지 513-9

전화 · 편집부 (031)955-7391 영업부 (031)955-7374 | 팩스 · (031)955-7393

홈페이지 · www.nurimbo.co.kr

ISBN 978-89-5876-088-7 (43850)

책값은 뒤표지에 있습니다.